U0399693

《路翎全集》编辑委员会

后期编校

第 一 卷	张捷铭
第 二 卷	刘 璐
第 三 卷	汪星爱
第 四 卷	祝星纯
第 五 卷(上、下)	胡 楠
第 六 卷	张业松
第 七 卷	刘 杨
第 八 卷	张业松
第 九 卷	廖伟杰
第 十 卷	张业松
第十一卷	康 凌
第十二卷	张宝元
第十三卷	刘 云
第十四卷	张宝元
附 卷	廖伟杰

特约编辑

余璐瑶

出版说明

路翎(1923—1994)于1938年开始发表作品,抗战胜利前后即已成为“七月派”最具代表性的作家之一,1954年当选为中国作家协会理事。1955年后中断写作。1981年“复出”,焕发出新的创作热情,直至逝世未曾辍笔。其创作生涯具有明显的阶段性,致有“一生两世”(冀汸)之说。其前期创作史有定评,学术研究中讨论较多、读书市场上流传较广,但多限于知名度较高的品种,缺乏全面汇集和整理。其后期创作在《路翎晚年作品集》(张业松、徐朗编,东方出版中心1998年)出版后亦引起较大关注,但迄今仅限于此,未有完整呈现。《路翎全集》以全面收集和呈现路翎作品为目标,收录了多种绝版作品集、集外作品和初次发表的晚年作品,是路翎毕生创作文献的首次系统性全编。号为全集,容仍有见闻未及、搜罗未尽之处,有待识者见教,以臻异日完璧。

《路翎全集》的编辑工作于2012年3月正式启动,原计划编为10卷,另附卷1卷。其中第1—6卷以1955年以前的作品为主,列为上编;第7—10卷以1980年以后的作品为主,列为下编。2014年6月准此推出了上编第1—6卷的预印本,未发行。

岁月不居,世情迁变,人事随之。现根据后期工作的进展情况,对原计划做了调整,将《路翎全集》重编为14卷15册,另附卷1册。总体编排原则不变,兼顾创作时间和文类,但相对而言原编更侧重时间，现编更突出文类。经此调整，除不同篇幅的小说外，路翎作品中的诗歌、话剧、书信等都得以单独成卷，可以更好地体现出作家成就的多样性。

现第1—6卷收入路翎生前出版过的6部中短篇小说和特写集、3部单行本中篇小说和3部长篇小说，以及14篇集外短篇。这些构成路翎毕生文学成就的主体，从最著名的《饥饿的郭素娥》《财主底儿女们》等到最神秘的朝鲜战争题材长篇小说《战争，为了和平》等均包含在内。其中绝大多数绝版多年，或只在报刊上发表过。此次完整编集，是历史上首次完整展示路翎作为1940—1950年代最负盛名的小说家之一，在小说创作上的成就；也是对他作为"前途不可限量"（刘西渭语）的"文学天才"所打开的可能性的首次集中呈现。

第7—9卷收入路翎话剧、散文、文论和书信。话剧作品均创作于1940—1950年代之交，属前期作品，其中包括完成后从未发表或演出的剧本《祖国儿女》；散文、文论并为1卷，与书信集情况相似，都汇集了作者创作生涯前后期的作品，其中首次汇集的散佚作品尤多。总体来说，这几卷所收，仅限于目前见闻所及，只能算劫余残存，不敢说全面完整，却也因此弥足珍贵，成为了解路翎创作道路和文学观念的不可多得的一手文献。

第10—14卷收入路翎晚年作品，包括诗歌1卷、中短篇1卷、长篇3卷。这5卷构成一个完整的路翎晚年作品系列，是体现《路翎全集》之"全集"性质的最主要的依据。诗歌卷辑存了路翎早年诗作，但主要是创作于1980年代之后的作品，是其晚年创作中最为特异的部分，具备很高的文学价值和研究价值。《路翎晚年作品集》所收录的是当时能收集到的晚年诗歌、散文和中短篇小说作品，篇幅约当本书1卷，其中作品已按文类拆散编入相应各卷。路翎晚年创作的中短篇小说不多，这次尽数收录了，主要有《袁秀英、袁秀兰姊妹》《横笛街粮店》《米老鼠手帕》《表》等。晚年长篇小说收录了《江南春雨》《野鸭洼》《吴俊美》《乡归》等4部。这些作品均系据手稿誊录，首次发表，将揭开路翎作为战争和"革命"年代的幸存者，在国家和社会逐渐走上回复正常的道路的年代里，他的"奋斗和忧伤"的真相。可以说，这些作品也是时代的证言，帮助我们认识历史的无情，人的柔弱与坚强，以及二者之间的复杂辩证。

附卷为资料卷，收入《路翎与我：余明英口述历史》（黄美冰著）和《路翎年谱简编》《路翎著述目录》《路翎研究资料索引》等资料，意在提供有关路翎生平和创作的准确信息。其中《路翎与我：余明英口述历史》录存了当事人留下的历史证言，弥足珍贵。

承蒙余明英先生和她的女儿徐绍羽、徐朗、徐玫女士及其家属的信赖和不遗余力的支持，本集在编集授权和资料获取方面获得了巨大的优势，大量手稿和稀见资料得以汇于一编，是本集能够成立的首要条件。在多年的工作过程中，众多前辈、友人、机构及其工作者也给予了大量帮助，包括提供佚文佚简、协助取得版本藏品、指示门径线索等等，为完善本集做出了重要而关键的贡献。在此特别应该提及的是晓风女士、李辉先生、朱珩青女士以及复旦大学图书馆、上海图书馆、重庆图书馆、国家图书馆、北京鲁迅博物馆、中国现代文学馆等。十分感谢！

本集编校历时多年，前后接受咨询、参与意见、惠予帮助、参加工作的师友众多。其中部分前辈已经仙逝，他们是：梅志先生（1914—2004）、贾植芳先生（1916—2008）、任敏先生（1918—2002）、何满子先生（1919—2009）、彭燕郊先生（1920—2008）、冀汸先生（1920—2013）、绿原先生（1922—2009）、舒芜先生（1922—2009）、牛汉先生（1923—2013）、朱健先生（1923—2021）、化铁先生（1925—2013）、袁伯康先生（1926—2013）、欧阳庄先生（1929—2012）等；本集编委余明英先生（1922—2014）、鲁煤先生（1923—2014）、罗飞先生（1925—2017）、邵燕祥先生（1933—2020）等亦先后辞世。人寿不永，人事难全，罪在后死，痛何如之！谨此恭悼，以申铭谢。

本集作为复旦大学“985工程”和“双一流”学科建设的成果，整个编辑出版工作持续得到了复旦大学出版社、复旦大学文科处、复旦大学中文系以及上海文化发展基金会等相关部门和机构的历任领导及相关工作人员的关怀和支持，诚属不易，感念至深！

本集由张业松主编，黄美冰、刘云、康凌、刘杨、胡楠、罗铮、宗原、姚晓昕、李碧琰、陈雪娜、柳怡汀、陈文烨、禹磊、夏小雨、周帅等参与了前期文献调研及誊录等工作，康凌、刘云、刘杨、胡楠、廖伟杰、祝星纯、刘璐、张捷铭、张宝元、汪星爱等参与了后期编校。前期责任编辑余璐瑶女士和后期责任编辑方尚芩女士等付出了艰辛的劳动，她们为本集的编辑出版提供了最大的帮助。感谢大家！

《路翎全集》编辑委员会

复旦大学出版社

2024年4月

编校凡例

1. 本书所收路翎作品，分已刊、未刊两类，总体上按时间线索编排，同时区分文类，兼顾各卷篇幅均衡。已刊单行本选用初版本，集外作品采用初刊本为底本；万不得已，采用后出最早版本。版本信息在书名、辑名页或单篇末尾予以说明。未刊者据手稿誊录付排。

2. 本书篇目编次，集子优先，集外作品附后。集子原则上按初版时间排序，但考虑到有些集子尽管初版较晚，集内作品创作时间则在早期，故有所调整。集外作品按文类编入相应卷次单列一辑，辑内作品按创作或发表时间排序。

3. 所有内容遵照原作。单行本保留原有形态，书信、文论及晚年作品等汇编本不论是否作家生前审定，均不做单行本收录，而按本书体例予以重编。个别篇章入集版本与初刊版本内容上有较大出入，以前者为底本，校补重大变动。

4. 作家出版社 1954 年版《板门店前线散记》所收的 7 篇朝鲜战地特写，后已全数收入宁夏人民出版社 1981 年版《初雪》，后者包含了作者同一时期发表的名作《洼地上的“战役”》等 4 篇小说，内容更充实，本书收录后者，据前者校勘。

5. 所有作品原则上不添加知识性注释。书信集中的《致友人》部分原文及注释多为收信人提供，注文信息重出互见者酌情删改，此外悉予保留。对于文中会引起疑问或歧义的字词及其他需要特别说明的情况，做了注释；对于不影响阅读而与现行用法有出入的字词，予以保留。为方便阅读，所有注释采用脚注。

6. 原刊辑校及手稿誊录皆以存真为最高原则，其次兼顾出版规范。为保持作品的原貌及作者的语言风格，旧有的用法和作者特有的用法等尽量不作改动。原刊版本及手稿中的繁体字、二简字等，在不影响原文意义的情况下，径改为通用简体；标点符号使用不够规范的地方，做了规范化处理；缺字、脱字、误字等能取得“理校”结论的，加[ ]补出；字迹模糊或难以辨识理解的，尽量避免强作解人，以□代替，一个□代替一个字符；手稿上划去而能清晰辨识的文字，尽可能加（）录存；手稿诗文篇幅较长的，在文末注明原稿纸本概况。

编者谨识

全集总目

第一卷　中短篇小说，1940—1946
青春的祝福
求爱

第二卷　中短篇小说，1944—1948
在铁链中
平原

第三卷　中短篇小说、特写，1949—1953
朱桂花的故事
初雪
集外短篇（1938—1950）

第四卷　中长篇小说，1943—1948
饥饿的郭素娥
蜗牛在荆棘上
嘉陵江畔的传奇
燃烧的荒地

第五卷（上）　长篇小说，1945
财主底儿女们（第一部）

第五卷(下)　长篇小说,1948

财主底儿女们(第二部)

第六卷　长篇小说,1954

战争,为了和平

第七卷　话剧,1947—1951

云雀

反动派一团糟

迎着明天

英雄母亲

祖国在前进

祖国儿女

第八卷　散文、文论,1938—1992

散文(1938—1992)

文论(1940—1954)

第九卷　书信,1939—1994

致胡风

致余明英

致友人

致机构

第十卷　诗歌,1938—1990

早年诗作辑存(1938—1942)

晚年诗歌(1981—1990)

第十一卷　晚年中短篇小说,1982—1992

第十二卷　晚年长篇小说,1985

江南春雨

第十三卷　晚年长篇小说,1986

野鸭洼

第十四卷　晚年长篇小说,1992

乡归

吴俊美

附卷

路翎与我——余明英口述历史

路翎研究资料

路翎全集

第一卷

中短篇小说 1940—1946

青春的祝福

求爱

復旦大學出版社

本集获复旦大学“985工程”三期整体推进人文社会科学研究项目和
上海文化发展基金会资助出版，为国家社科基金项目（22BZW134）中期成果

少年路翎

1938年四川省合川县（今重庆市合川区）《大声日报·哨兵》副刊同人合影，前排左为刘国光，中为路翎

《青春的祝福》初版书影

《求爱》初版书影

目　录

青春的祝福 …… 001

家 …… 003

何绍德被捕了 …… 028

祖父底职业 …… 045

黑色子孙之一 …… 058

棺材 …… 084

卸煤台下 …… 112

青春的祝福 …… 158

谷 …… 215

求爱 …… 263

王家老太婆和她的小猪 …… 265

瞎子 …… 272

新奇的娱乐 …… 276

草鞋 …… 279

滩上 …… 283

悲愤的生涯 …… 286

老的和小的 …… 289

棋逢敌手 …… 293

英雄底舞蹈 …… 297
俏皮的女人 …… 302
幸福的人 …… 308
江湖好汉和挑水伕的决斗 …… 313
一个商人怎样喂饱了一群官吏 …… 318
翻译家 …… 325
英雄与美人 …… 329
秋夜 …… 334
可怜的父亲 …… 339
一封重要的来信 …… 343
求爱 …… 348
感情教育 …… 354
旅途 …… 360
人权 …… 369
中国胜利之夜 …… 380
后记 …… 385

青春的祝福

《青春的祝福》，重庆南天出版社 1945 年 3 月初版，上海希望社 1947 年 5 月再版。据初版排校。

家

一

在运煤车厢后面高高地凝视着前面的车头而被煤烟所朦胧的客车，在铁道底每一个转湾的处所就暴躁地撞响着，仿佛它急于要冲到那些低矮而乌黑的煤车底长串前面去。

四月天，气候使人昏倦，沉醉。客车底窗子全打开着，人底沉重的头就在每个窗洞口像田野的麦穗一般软软垂动，笼子一样的车厢狠狠地跳动了一下，每个人都从惊惶里抬起头来，朦胧地四顾。于是刘耀庭底声音突然击破了沉闷，响亮起来了，他底说话的对象从一个肿脸的路警移开来，叫车厢里每个人都觉得这麻子是对着自己在说。圆圆的肚皮鼓起在破制服里的路警高兴地笑着，在车身急剧地摇幌的时候，他老练地攀住车门底上端，回答刘耀庭说：

“两个炸弹炸了些泥巴，另外有一个铁匠铺遭了，沙柳湾。”

“唉唉，冤枉死了多少百姓噢。”这边一个衰老的农人在两边挤着他底肩膀里挣扎着；因为要运动他底麻痺的脚，他站了起来。他底脸向窗外探望，他底叹息溶在四月的暖风里了。

肿脸路警小孩子一般高兴，他把圆滚滚的身子吊在一只攀住门的手臂上，几乎有一次撞到刘耀庭底黄鼻子上去。刘耀庭，用他底洪亮的嗄嗓子遮盖了车厢里的一切声音：

“……这个死家伙，要上沙柳湾呢！真是死得好；死得才没有人怜惜。——哎哟，你还没听说，就是那个王道明王死鬼，唉！死得天有眼睛。”他底手杖挨着每一句话或重或轻地击着车板，他底四方形的头急剧地旋转着，仿佛要攒进一个看不见的东西里去似地。“一个人生在世界上为的是甚么嘛？忙一辈子，又为的啥子嘛？这个死鬼！我早就说嘛，这个一钱如命的东西，”他把手杖夹在膝盖中间，用细瘦的手指，在眼睛前面比着圆圈：“这个老守财奴，真是死得干净！你，你说嘛，你说他哪一天化三分钱在街上喝过一碗清茶，你，你哪一个看见他一毛两毛的用过？”刘耀庭在“哪”字那里特别地拉长了他丑陋的嗓子。接着，他底麻脸上，闪耀着光采；他挺一挺胸：“这些人，进个三百四百嘛还有时候一下子化个一百八十，就说那天打牌，输也输过两百块嘛。哪里像他那死鬼那样子呀！家里连麻油菜油都一步一锁，你不相信么？你晓得他还有几千现洋埋在哪个墙里呀！——人活在世上是为了什么嘛？唉，死了好，我说死了好。炸弹有眼睛，他死了真没人怜惜！”刘耀庭脸上热辣辣的。没有另外的声音在车厢里应接他底话，他底面颊因久久的运动而发酸，于是他抚着他底脸，打了一个呵欠。立刻他就紧闭着嘴，陷在麻痺的沉思里，他显然在沉思另外一回事。他底冷却一般的嘴，使人很难相信它刚才曾经像喇叭一样地响出那样洪亮的声音；他底黄色的脸色和昏昏的眼睛也不像他在这车厢里认识一个人。肿脸路警不笑了，在无聊地瞧着窗外的山谷。四月天底疲乏不知什么时候又不知不觉地爬上了每个人底眼皮。此刻，只有刘耀庭和一个在一只篮子里提着一只黑花猫的农妇清醒着。农妇，她一直没有听见别的声音，她心里底悲伤的剧响使她底眼睛潮湿；而猫在篮子里不停地骚叫着。刘耀庭吐了一大口痰，两手扶着手杖在车板上无聊地敲响。

太阳斜在山谷底另一边了，车子驶过岔道的时候剧烈地撞跳着。快到工厂区了，人们活泼了一些。两个扬州媒婆般的女人在喁喁地谈着盐涨了价，而且买不到的事。刘耀庭底脸又正对着那痴笑的路警，他底眼睛紧挤着贪欲的黄色的皱纹，筋肉在他脸颊上抽动。他想再说一个故事，用他底声音占领车厢。“王家镇戏班底青衣给营长睡了一夜，一百四十块：小账五十……戏班子把这骚女人赶跑了。就是这么一回事！”他在心里模拟着他要说的话，而且被激动了；但是车厢里这一会有了很多另外的声音，快到运煤总站了，人全骚闹着，使他觉得心里异样苦涩，不知怎的没有力气再开口。路警无聊地还想把话题抓回来，他说：

“日本鬼儿子，炸弹也涨了价了啵！再去两回准没得丢。”

“三十六架……”老头子说，底下的声音被车厢底大声震动遮盖了。车子进入毗连着小酒店和杂货铺，在广场上山积着木料的工厂区。

“什么都涨了价，唉唉。”刘耀庭跟两个媒婆女人含糊地点着头；但是并不等她们把脚缩起，就摇摇幌幌地跨过去。他底眼睛是昏花的，弄得他一脚踩在女人底骨拐上。女人笑一般地叫唤着；而刘耀庭，他底干枯的腮就差不多贴着了那涂满廉价生发油底头。生发油底气味久久地绕着他底窄鼻子，冲动了他。一个幻想被唤起来，他猥琐地张开嘴笑了。路警以为这些和悦的人在向他告别打招呼，于是按着大补丁的黑裤子底屁股上的盒子炮，点着浮肿的头。刘耀庭在车子没有停好的时候就跳了下去。摸着胁下包着一丈蓝布和两条新毛巾底纸包，预备走进蛇一样蜿蜒在麦稞里的小路，但是他偏偏遇到了锅炉工人金仁高。

于是他谄媚地笑着小眼睛，甩着手杖迎上去：

“金先生，十五号请一准过来耍……”

东北工人走近了一步，摇幌着他底宽阔的肩膊。从他底尖锐的颧骨一直到赤裸的颈子，被已经让煤屑染成灰黑而且浸蚀着赭色药水的粗纱布包裹着。他底薄薄的发声的嘴在纱布下面紧闭。他的眼睛在污秽的额下闪耀。他底呼吸在纱布的阻碍里显得困难。

“请你刘先生好比帮我的忙。我女人底爹，他七十岁的人哪，从宜昌走了二十七天才找到这里；老人家身体太不行，要好好的休养，要添衣服，先给五十也行。我走你家里刚回来！”

“好说，好说！——不过这几天呀，家里有喜事，我十五号娶小，手里也不宽。……我这个人，向来是真心说老实话，唉。”刘耀庭底眼角的绉纹厉害地仿佛一个瓜子一样地抓动着，他底嘴是一只狡猾的贪婪的狐狸底嘴，但现在它们立刻就变幻成了一张阿谀的笑脸。

车厢驰走了。他们傍着木料底堆积站在黑色的坚硬的地上，刘耀庭手杖敲着地面。

锅炉工人愤怒了；他把一个粗大的拳头挥着春天挨晚底温柔而紧眯的空气说：

“那么这就没有一点办法！十袋灰面作还我。——这十袋灰面是桂林一个朋友放在我这里，预备在重庆开面铺的；如今人家在桂林炸死了。人家炸死了，摆在你这里三个月了。我这个钱，还要寄给他底女人；他还有一个三个月的小儿子！”金仁高直爽地诉说着。他底灼热的胸脯在急剧幌动的肩膊底下，迎着田野底风激动地起伏。灰白单上衣底胸前的一颗扣子脱落了，于是他底强壮的胸肌差不多完全裸露着了。

“哎呀，你老兄一点不知道做生意的苦处，——我交货交给别人两个多月，到如今一个钱也没有拿到。”刘耀庭飞溅着唾沫星，在“一个钱”那里拖长声音，旋转着他底方脑袋。

东北工人焦灼地沉默着，他底闪亮的眼睛映着春晚的美丽的霞照。

“老兄原谅点，再隔顶多一星期！”刘耀庭看见金仁高不作声了。声音愉快起来。他轻松地响着乌嘴唇，仿佛他要哼一只歌一般地清理着嗓子。

“这个大乱年头啊；唉唉，怎么得了啊。”他叹息。

金仁高狠狠地看他一眼，表示告别；向工场里急忙地走去。

晚风摇弄着疲乏的田野，播弄着工场的电灯，使它们花朵一般地灿烂在山谷里，朦胧的烟云重垫垫地沉落而凝聚了。

“十五号呀，你太太；你们一定要赏面子，来——耍！”

刘耀庭促然从沉思里醒来，向金仁高底背影一头狗一般浑身扭动，用丑陋的嗓子叫着。金仁高已不知走到哪里去了，他无聊地站了一下，突然提起布衫，挟紧纸包，就急速地迈开了草鞋。

猫在夜里非常不安地鸣叫。刘耀庭底妻子，这仅只生了一个一点也不逗人爱的女儿而不会再生育的女人，悲伤地哭泣着。她想让她底声音给对面房里的丈夫听见，然而丈夫却算账算得正起劲。于是，女人端着菜油灯去到正堂里来，用呜咽的声音唤着大黑猫。——一步一步慢吞吞地移着忧愁的影子，站在丈夫在算账的房间门口。

刘耀庭伏在账桌上。——听见女人底声响，仍然不作声地伏着，虽然那账上是再也多看不出一分钱来了。女人走进房来。站在桌子底左边，胆怯地问：

“今天，你上城买了些什么?”

“布，手巾。”

“之蕙要一件衣服接新娘……”女人说了女儿底名字。

“晓得，明天一起有，连你底……”刘耀庭把手摊开在桌上，张大了黑色的嘴打了一个呵欠，陡地站了起来。

“我还要有一笔账，——什么全涨价，我底房子当然要涨。以后左边碉楼上的房钱算作你的。”他底眼角放开了皱纹底爪子，用狠狠的眼光他瞧着有些伺偻的瘦女人，仿佛说：“你还不走开!”

“啊!”女人端着灯悲苦地走出了新房。

刘耀庭重新坐下来，显得异样满足与愉快，他竖起他坚硬的方头，用他底因快乐而细眯的眼睛瞧新房的陈设：新箱笼，新家具……，他底喉咙里咕咕地响着。

“我总算活了四十岁了呀!”他旋着脑袋想；他底浑浊的眼睛闪着满足的光。

二

穿过灯光下的空场，金仁高被包裹在锅炉房底汽管所喷出的白色的水汽里，湿润而温热的水汽搔得他底胸脯痒痒的。“他娘的这些土王八，又不把管子塞好!”他咒骂，于是钻进水汽浓厚而发出尖锐的声音的沟里去，闭拢了汽管底门。等他重新又走到通路上来的时候，他底四肢仿佛被水汽弄疲乏了。他底头壳里热昏而涨痛。在一座厂房里才找到了矮子庶务。庶务底长圆脸在淡巴菰底闪耀的红光里充满了使他自己感动的诚挚和亲切；他高高地招起多肉的手拍拍金仁高底倔强的肩膀答应明天早上看，要是运气好的话呢，可以设法弄到二十块钱。

要到九点才上夜工，金仁高回去吃晚饭。

昏暗的矮屋子里是潮湿的。油灯使得每一件东西底影子都不安地摇幌。金仁高底黄色的眼睛闪耀着幽暗的光。他粗卤地举起手，想把脸上的纱布撕下来；但是他底手在半途又回到衣袋里去，掏出一张报纸。

“我走了二十七天，三次险乎炸死，到重庆我就问这个煤矿公司。……真是好不容易，好不容易！”在后面过道的煤炉那里妻子底父亲底汉口口音抖颤着。

“要是死在路上啊！……”老人底声音低沉下去了；喃喃不清了好一会，又可以听见，“……像你可怜的哥哥，你妈……”

女人底抽咽声使金仁高全身灼热，他底腮旁的肌肉铁筋一般地痉挛着。油灯光照耀了他敞开的胸脯，起着棱角的大块的筋肉涂上一层朦胧的油一样的光。他底眼睛苦恼地四顾。最后他底头微微俯向报纸。在暧昧的光线里黑色的铅字仿佛在旋转着。他读着了这样一句话：“每个我们有家的后方同胞！我们要想想那成千成万的在血与火里辗转，在炸弹与刺刀里叫唤的无家可归的人。……”

“无家可归的人……这没有什么！”他没有再看下去了，他高大地在房里站起来，无意义地对自己说。他底眼睛久久地盯着昏暗的灯火，他是平静了，但是他又立刻投入了另一种久已遥远的激动里去，许多画幅在他眼前闪现，从油灯底火苗里变幻出来，——好久以来便仿佛因隔绝而淡忘的过去的日子现在是丝毫没有裂痕地连接上了在油灯底下慢步的今天，哭泣的女人底泪水与大火底沉默的反照连接着，踩着北方底血与雪的顽强的脚步今天是踩着黑色的煤屑，和泪底泥泞。……

"……我在武汉娶了她，四年；我离开家，九年……"锅炉工人底尖锐的颧骨上，散布着黑的斑点，强壮底手臂在他胸前交缠着，悲愤使他高大的身躯摇幌。——他凑着回忆的碎片：落在辛辣的幻梦里了。

"十年。"他几乎喊出来，急忙地把胸脯底衣服向中间拉拢；他拉开门，大步跨出去。

"哪里去，钱怎么样？"女人仿佛少女一般红着双颊，她底声音依然是凄伤而低哑的。

金仁高一只手推着门，站住了，一阵风窜进屋子里来，使他清醒。油灯底火苗似乎要离开灯蕊一般地分成两股，向空中乱舞。仿佛有强烈的火焰在四围燃烧着的锅炉工人，此刻平静了，重新又走回屋子里来。

"明天，明天看。"他气愤地回答妻子，他底右手掌停留在被纱布包着的颈子上。

这里是锅炉房，四张方方的大红嘴吞着煤。火焰在炉肚里轰轰地咬嚼着，撕打着，抱住了黑色的煤末，炉子底铁门打开的时候，血底红色就喷在工人底头发上，手臂上。金仁高一连走过了四扇打开的炉门，他紧张地跳上煤底小山丘，向炉顶上的在电灯底光线下闪亮的煤炉表看，红色的针指示了水汽底过度澎涨。于是他急忙跑到末一个炉门旁，向上急剧地旋着汽门底机轮，他底强壮的手臂紧张地搬动，他底头向上昂，想看清楚炉表；但是看不见，他又得再跃上煤底小山丘上去。没有一秒钟的时间可以用来挥去他额上淋漓的汗，他像一阵灰白色的旋风一般重新奔向炉门；红亮底火光喷照在他底潮湿的胸脯上，额角上。他底手挥动着，连续地向大嘴里送着煤，大嘴用疯狂的歌唱来沉醉他。以后，他又奔向两个活塞交互往来的汽机，用粗大的手捉住一个活塞。活塞依然在它底途程上跑着，于是他用耳朵听——愤怒使他底眼睛皱起来，一连旋了两个汽管门底圆轮（他底强硬的手指是那样飞速地使汽门底圆轮转动！）。他向旁边一个矮矮的工人问：

“外面塞住了?”

“不晓得。”

“去看看去!”

活塞迅速地飞舞起来了。金仁高底含愤的沉醉的无表情的脸又重新在红色底火焰前幌闪。他曲着两腿，仿佛一只麻木在自己底飞驰里的野兽，他挥动着铁杆。

“四十八架，过了涪陵!”一个因激动而细小的声音像电波一般通过了每个人，燃烧了每个人底神经。

金仁高通过敞开的大门瞧了瞧外面底天空：月亮底光辉遮蔽了碎金子一般的星星。一种激动，兴奋，紧张，在月华的天空和旷野里流荡着。继续着尖锐的蒸汽底嘶音，汽笛在锅炉房顶上咆哮了起来。

人们惊慌地通过广场奔跑着，发出短促的叫喊，灿烂的电灯在山上山下突然闭死了。月华静静地泻下来，轨路两侧的哺养着果实底桃树在一阵微风里发出甜蜜的低语。废水在厂房前面的水沟里潺湲。

大门搬拢了。黑布窗幔像哀伤的面幕一般垂了下来。恐怖而寂静的山谷和旷野被关在屋外。锅炉底下，火笑着，汹涌着。

金仁高跃在煤山上，注意地瞧着炉表；然而电灯熄了，炉表只在炉火底红光里醉着。

“这些混蛋，关错了电表了。”

他跃下煤山，搬开门，穿过寂静的广场向电表房跑去。

“喂，开门!”他叫，用粗大的拳头捶着门。

然而里面没有声音。他冲进去了，在黑暗里摸索，心里咒骂：“这些鬼东西全溜光了!”——挨着墙壁数着，他记得所有机器房底室内电灯是第二个表，用力地一搬，他重新又跑出来。

他愕住了，在山坎上灿烂着另一串电灯，“不好，错了!”他想，急急又跑进房子里去；等他改正了再出来时，他遇着了惊慌跑来的电机股主任。

“你是谁?”

“金仁高:你们熄了锅炉房的室内电灯!”

“放屁,你乱开电表,在紧急警报以后,你……汉奸!”

“锅炉炸了你负责,你应该质问你们的管理人,他为什么离开!”

“汉奸!”

“不许骂人,咱们可以在解除后到办事处见矿长!现在我有事!”金仁高愤怒地向锅炉房走去。

“汉奸,混账王八旦!”

“再骂老子揍你!——你的职位比我大,你是主任,你可以骂人?”金仁高因愤怒而颤抖着全身的肌肉,他底高大的影子在月光底下幌动。他底双臂张开,犹如一只预备战斗的野兽。

“先饶了你这一次!”电机股股长听见了飞机在轰响,向铁道那边遁去。他知道这争闹他是不一定会胜利的;他不可能撵走金仁高;锅炉房少不掉他,而且金仁高拳头不好惹!

“要你饶!”金仁高咆哮。

一只手从背后撕住了锅炉工人底衣服。

“……飞机来了,你不回去;……你,听!”恐怖地抑压着的声音在金仁高颈子背后发出,而且他底上衣,更紧地被那只惊惶的手拖着。

他愤恨地瞧了自己底女人一眼;抬起头来听见了压缩大地的庞大的震响!

血液在锅炉工人体内灼热而迅速地奔流。他一下也没有犹豫,抖动着强壮底手臂挣脱了女人,他向锅炉房跑去。

“爹在家里呀,死冤家,爹顶怕飞机呀!——”

“我有事!”他把笨重的门推了一个缝说:“不准下班,炸死了也不准下班,”想了一想又添上一句:“做一班算两班。”于是挤到房子里去了。

惭愧与愤恨燃烧着他,从煤堆上抓起大铁铲,他奔向炉门。鲜红的火光淋浇了他底全身,纱布从颈子上松弛下来了,他狠狠地一撕，胶在药膏一起被撕了大块溃烂的皮，血从颈子向背心沁流，然而他全然不知觉，纱布被扔在火里了。于是，一种仿佛是外来的不可思议的力气在他底紧张的筋肉里发生。他底从纱布里袒露出来的瘦削的脸，和他底疯狂颤抖的胸膛，在火底沐浴里仿佛一座凶猛而又美丽的雕像。他挥舞着铁的通条，把它一直捣到炉肚底最深处。火焰为这外来的挑拨者而互相绞打着，黑色的煤被烧成疲乏的灰。

炸弹在不远的地方爆炸。巨大的震响激烈地摇撼着地面。锅炉房底窗玻璃颤抖着，突然的一声巨响仿佛就在人们脑门上爆裂，一个矮小的工人惊叫起来，然而金仁高在恐怖里屹立着。他在紧张地调整气表，机声远去了，金仁高才慢慢地垂下了手，似乎在竭力记忆着刚才发生了什么事。——而锅炉工人自己，是决不能相信，在这给予疯狂的力的地面上，会有什么意外的事发生；因为，即使刚才的一声巨响把自己底肉体撵到半天里，他也只能相信这是自己身体本身的一种意料之中的爆炸。

电灯仿佛哭过的眼睛一般地昏沉，它们惊愕地注视着劫后的旷野。门开了；黑色的窗幔收下了，春夜的风吹着月色荡到锅炉房里来，小小的精巧的时钟用它底黑色的胳膊拥抱着十二点。下班。

金仁高疲乏而昏迷，全身软瘫。他在月光静静地照着的铁道上向前走，工场的电灯落在他背后了。铁道一直蜿蜒向浮漾着黑绿的雾的田野，闪耀着冷冷的倔强的光辉。

"我说又是你老哥，唉，警报！受惊了！"路那边传来刘耀庭底声音，他似乎是从床上跳起来就跑，以至于没有穿长衫。他带着那一根手杖，和一个白包袱。

"受惊了你，你下回不要穿白衣服躲飞机呢！看见白衣服日本飞机就要扫机关枪。"锅炉工人嘲笑地说，一直往前走。

"啊啊……来玩……你底太太。"刘耀庭仿佛吃了一惊一般地说：于是似乎机关枪真的追来了，他跳起来就走。

锅炉工人觉得颈子痛，一摸，湿润了一大片。

三

接着惊慌地睁着苦痛的无眠的眼睛的夜晚是初夏底稍长的白昼。天空混浊而残留着不洁的云，连山底溪谷上则滞凝着昏沉的烟雾。从寒冷里迸射出来的早春底日子早已被昏倦的人们遗忘了。人们在走到工厂去的路上，在种着硕大的甜菜的田地里，在水牛旋转着的谷磨旁边，……落在无知与愚蠢里，被一个巨大的黑影所猎获了。无休止的操劳，和跟踪着贪欲的昏倦，使得他们脸色苍白，浑身涂污着煤屑和污泥。

清早，刘耀庭去收小学校底房租。

刘家底房产除了自己住的一座外，还有租给乡镇小学校的一座和街上的两间，街上的两间由刘耀庭害肺病的哥哥主持着开了面粉铺。小学校没法涨价，但是有两个月的房租没有收了。

小学生乱闹着，用泥巴向穿草鞋挟着手杖的麻子房主投掷。最使刘耀庭气恼而伤心的就是他们把好好的砖墙打了许多洞，而从洞里掏出泥巴来。

“小孩子，没有办法，——我这个墙是这一带少有的砖墙，唉！”房主大声地跟总务主任说；总务主任淡淡地笑笑。

一个头上系着红结子的小女孩把一个簿子送到房主面前来。总务主任微笑地说：

“鄙校经费不够，刚开学要添课桌椅，还要修整房子，房子有好多处全漏了。照理，这是房主的事……”

“嗳，嗳，不是不是。我们这里向来如此！房主不负责。”

“不是不是，是请刘房东捐几块钱。”总务主任说完了，向涌在门口的学生挤挤眼睛，于是学生嚷：

“捐五块！”

“请刘先生捐捐！”

“不捐不是人！”

刘耀庭慌了一下，他在簿子里翻着，最后翻着一个“五角”，他谦虚地笑了。然而他底心依然撞跳得很厉害，这也许并不是刘耀庭着急几个钱，而是这些学生惊吓了他。

“刘先生非多捐一点不可。”总务主任简单地说；这次没有笑。

“自然，自然——”刘耀庭苦涩地笑了一笑。他底处境是无望了；他从房租底数目里抽出一块钱。“抗战时间，生活高啊。……”他仿佛无限遗憾地叹着气，向总务主任告辞。

“不要脸，捐一块……”

学生依然用墙洞里的泥巴团送了房主人底行。

刘耀庭底新草鞋在青石路闪耀。他失神地陷在污秽沉思底泥沼里，而且他心里有些气恼。一些难以满足的欲望，挑拨着他——钱底本身是一种欲望；而另外一些欲望又必须用钱来换取；这是一个矛盾！这矛盾使刘耀庭丑陋地青着麻脸，苦恼了半生。

在房间底黑暗的床背后，刘耀庭舒服地抚着金仁高的被炸死的朋友底十袋上好洋灰面，精确地计算着它们在土麦上市以后要涨怎样的价。他扑打着硬硬的面口袋使它们在微光里腾起微尘。

“这个蠢家伙……十袋灰面，——这个蠢工人！”他想起金仁高，高兴地笑出声来。

佝偻的女人提着油壶进房来，在天窗飘下的白光底下站住了，——是为着同情呢，还是为着使丈夫欢喜呢，她唠叨地诉说着：

“可怜呀！那个卖豆芽的女人，人家作孽哩，天不亮就抱一个牵一个地背着那一大篓豆芽，——卖到几个钱呢？人家总欺她，种田人哪里认得秤。该死那天我也糊涂，把五分当一角的把了她。她还补了我半斤豆芽。可怜我心里老不过意死了，真想把豆芽还她。可怜这年头……”

“你还她就是了，”从床背后面出来，刘耀庭白着眼睛生气地说。于是走出去了。

女人放下油壶揩着眼睛；慢慢地走出屋子。她准备去找她底一直在外面玩，简直不晓得归家底小女儿。

挨晚，房主刘耀庭跟他底左边楼上的房客——一个穿着中山服的公务员作了一次涨房租的谈话。

“还是你们好嘞！一打仗，这地方就建工厂；我们外乡人来的一多，你们地皮也值钱了，房子也有人住了。店里东西也贵了，——你看我们一家六口，现在一百多一个月够个什么？够吃米？真是还是你们这些人自在嘞。”公务员说，他底多肉的手指纹扯着。

“唉，吓吓！”刘耀庭掩饰不住自己底喜悦，他底嘴大大地张开；连肉红的牙花也露了出来。他底狗一样的舌头在黄而臭的牙齿上仔细地舐着。——但是他不会忘记他要加房租的本题。他底眼角利害地在颤动，在台阶旁的卷头小草上他走动了两步。

公务员燃起“强盗”烟，用力地抽吸，他在吐出烟圈的时候，伸出了两个多肉的手指表示他每月最多只能加两块钱。

两匹大狗向大门口奔驰，而且一面侧头向主人，献媚地吠叫，——从大门里显现了两个影子；刘耀庭认出一个是金仁高，于是唤住了狗。

“这是咱们的老朋友，新从河南日本人底下跑出来的，请你帮忙租右边楼底下的房子。”锅炉工人说。

被介绍的河南人点一点头，——他底结实的身体有些粗蠢，他底左眼珠似乎有毛病的眼睛闪亮着一种顽强的光。长长的须毛在他腮下蓬松地颤动。

“可以，可以，不过要在十五号过后，十五号我办喜事要用。”刘耀庭望着样子粗蠢的河南人，沉思了好久说。

“你无论如何要帮忙；你这么多屋子。偏偏要用这一间！”金仁高气愤起来；他底凶狠的眼睛逼射着刘耀庭。

“人家老远从河南来的！”金仁高又加上一句。

“打游击?”公务员扔了“强盗”底烟屁股，问河南人。

河南人点了点结实的头。

暮春底温和的黄昏降临了。归巢的鸟刷动翅膀不安地叫着。工厂拉了放晚工的汽笛；汽笛的声音久久地在山谷里旋绕，撞着每一个山峰。晚膳在引诱着疲倦的人，灯火亮了。

“明天给你们回答好不好？”刘耀庭敷衍地说。

“你就譬如帮忙，房钱不少你的，人家一家三口。”

“好说好说。”

刘耀庭卖弄了他底直爽；他说他底房钱并不多，一个月只六块钱，是这一带最便宜的。

“你在这一带哪里再找到我这样的房子？”旋转着他底四方头，顺便瞥了一下他底可爱的房产。

锅炉工人和他底朋友走出大门，温暖的夜晚和在坡上坡下闪耀的电灯向他们招引着。

四

木料底四方的堆积在黑暗里静静地偃卧着。最后一个运料工人也抚着疲乏的胸脯，走向灯光辉耀的堆煤棚，而被卷入晚膳的热气里了，于是这堆积在山坡映来的微光里向草地卧下了朦胧而甜蜜的影子，犹如一些驯良而带角的兽。草地里，锅炉底废水，和由溪流沁流来的小水流合流着，唱着温柔的歌……木场底对面山坡下，从一家棚屋里闪跳着鲜明的火光，跟着火光底每一跳闪，撞动着单调而巨大的声响。

“我们到镇上吃饭去罢。”金仁高搔着头说：“家里太讨厌！”

“好。”河南人回答；他底结实的身体摇晃着。因为每一步不能跨稳在一根枕铁上，他生气地跳到铁道旁边来，这样，他就和在铁道上大步跨着的金仁高隔远了些。他于是提高了他底坚硬的声音；即便在不说话的时候，他底眼睛也亮着顽强的光亮：“他妈真有趣：焦作那些日本王八也没有一点办法；工人出了矿上汽车；汽车下了上火车；火车又是轮船：不准走一步。但是太行山的游击队常常来闹，工人都跑光了——我也就跑了，幸好我老婆不在城里，她们住在开封乡下。”

“你到太行山有几个月？”

“三个月吃了五次烧蛋（扫荡）；最后一次打败了。”河南人发出干脆的笑声。

“你就到开封找大嫂?”

“我逃出包围啰!——日本人真有趣,不晓得搞的哪个鬼,睡觉的士兵,不带枪呀。像我们枪总是抱着当老婆……我们三个人逃的,很容易就逃出来了,不过另外两个人和我失散了。”

“失散了。……那边总还好。”锅炉工人把手抄在口袋里问。同时他想起来他忘了带钱;他失望地站住了,给弄得很着急。

“还好。……这边,只想做半年看,我总得想个法安顿一下,老婆同孩子。——这个时候有个家真拖累。你怎么?”河南人瞧着站在铁道上不走的金仁高,他底眼睛向着工场底灯光,闪着坚强的光辉。

“有个家真拖累!——我底钱又丢在家里了。他妈我回去拿,你等我一下。”金仁高说,向灯光底方向迈走大步。

“不,我有!不过不多。”河南人喊。

“我就来,你等一下。”锅炉工人在远远的一盏路灯下扬起长长的手臂。

“吓吓。”河南人清脆地笑了。把他底身体欹在一颗发散着香气的桃树干上,他底眼睛向工场凝视着。铁底击响,火底高歌拥抱,马达底轰震,电灯底辉耀,——春夜里的灿烂、喧闹、炽热,使他底结实的身体热辣起来,他高高举起粗短的手臂攀住了一根桃枝;一些饱满着液汁的叶子被他撕落;他把清香而潮湿的桃汁拿到鼻子上去,张开大鼻孔重新清朗地笑了;这笑声仿佛两块钢铁底急速的敲击。

“那个家伙,房东要办什么喜事?”河南人被一种强烈的酒笨重地摇撼了一下,想起来问。

“娶小老婆,”金仁高把大手掌在桌面上擦着;他底眼睛昏花地发闪。

“吓。”

“十七岁——这匹狗四十岁!”金仁高悲愤地喊。

"你现在多少钱一个月?"

"九十。"锅炉工人回答,停了一下又说:"公司里只准每月领一斗便宜米;一个人一斗,另外要吃得自己买。钱是不够用,连吃饭都勉强。——现在,尤其这个山头上东西真是贵得不得了,有时候你看,在锅炉面前忙得头也发汗了,身上也软了,想想家里面又是这个又是那个,心里怎么会好受。"

他底眼睛像映着锅炉的火光一样发红——酒精在他强壮的胸膛里燃烧着。从他底黄瘦的脸颊上,筋肉尖锐地痉挛起来,一阵剧痛通过了他底全身。他急忙地干了他底杯子,在桌子边上幌动着四肢,来缓和他底肌肉底痉挛。

"怎么,你?"河南人惊异地问。

"不要紧,身上抽筋,老毛病。"他苦笑。

"你来这里,还要翻沙?"他向店铺底吊在顶上的油灯望了好久,慢慢地问他底河南朋友。

"还是老行。"河南朋友显然不愿意多说话,蓬松的须毛在他胸前颠抖。

等他们离开昏沉的市镇向工场走回时,夜已经把田野拥抱得很甜蜜了。刮起了西风,工场底电灯晶莹地亮着,酒精使他们底血液在体内急速地奔流,他们沉默着,向灯光疾走。金仁高底高大的身体在风里摇幌。

一阵铁轮底急响震动了他们,从高高的煤库底远处,一辆小铁车在下坡的时候陷在绝望的速度里了。煤库是城堡一般高高地筑起的,而铁轨底这一端是支出在半空中。两秒钟不到,车子上的两个工人都要被这"城堡"判决了,他们没有法子制止光滑的铁轮在倾斜的轨道上的疯狂的嘶叫与滚动。从朦胧的电光可以看见:一个工人在车子里面蹲下来用两手拖住车沿。他是想躲避呢,或是想把车子从车子里面拖住呢?——这只仅是在有张开的嘴来不及的惊呼的一刹那,小铁车从城堡的顶端,飞到空中去了!

惨痛的绝叫扬起来。所有的人奔过去了。

河南人挤到人群里去，金仁高苦痛地站在一旁。

“一个断了腰，另一个手，腿，头，……全伤了。”河南人说，当他们走进工场底广场的时候。

“死一两个，算什么！”金仁高阴郁地说。

风大了起来，它蹂躏了大片的麦田；桑树底手掌舞着，仿佛想抓回什么被风带去的东西。——风带着桑树底咒骂搭击到厂房底高墙壁上；在高高的烟囱上，它扰乱着烟，仿佛一个流氓揪着女人底黑发。火星在烟囱口爆裂了。风唱着歌。

电灯，凄迷地在风里幌闪。黑暗的旷野暴乱了，它从温柔的梦里猝然醒来，幻想着，在风里哀号。

锅炉工人底裸露的强大的胸脯被风所激打，感到舒畅。他高高地挥着手，预备跟他底朋友告别。但是他突然屹立住了，他用力地摇撼着河南人底结实的肩膀说：

“有个家真拖累……几年来我是给累够了。”他底声音洪亮起来；“想到办法，半年之后我跟你一阵走。”

河南人底牛一样的身体在风里没有动一动，看不见他底宽阔的粗拙的脸，只有他底眼睛底光，在黑暗里燃烧着。

五

从裁缝铺里拿回新娘底旗袍，和妻子、女儿底衣服。当那个矮小的老头子裁缝狡猾地笑着说“恭喜”的时候，刘耀庭因愉快而大方起来了；他没有问老裁缝讨那多下的四毛钱。他用洪亮底嗓子想叫所有的人都听见那么地说：“多的钱，你喝酒罢。”于是从裁缝铺里他喜洋洋地走出来，高高地提着他底蓝长衫。但走不到几步，他就计算着手里几件衣服衣料子，工钱……“料子买得太贵，又不好；在这个时候是应该简省一点的……”他想，懊恼得很，他又跌入沉思的陷阱里去了。刘耀庭是很难满足的，他底利欲心，鼓勇着他底贪婪，……然而到愈不能满足，突然觉得自己什么也没有的时候，那就可怕了，他现在是四十岁的人了，没有好几年活了。他觉得他非发达一下不可。

杂货铺里有人谈着沙柳湾炸死的王老头，这使他想起“你看他哪一天化三分钱喝过一碗茶”的自己底宏论来，但是他这一次没有停留下来参加，因为事情太忙。一个国家在发达的时候总是无闲人的，这他在哪里听说过，一个人当然也是如此。然而他心里老是觉得有点不舒服。为什么？他不能明了。他底麻脸可怕地苍黄。仿佛夜里总没有睡好，他底眼睛是迷糊的，并且他走不到两三步就要打一个呵欠；他底嘴张得连肉色的牙花露了出来，好像一个可怕的血腥的洞，腰干也酸。他懊恼今天忘了带手杖。

很忙，在街上转来转去转了很久。他跟每一个熟识的人打招呼，最后他想起来金仁高底朋友，今天下午要搬家，他于是垂着方方的头走回家去。

“这个笨家伙，日本人倒没有杀了他……”他想，这样的想法使他自己很高兴。“河南来的，他一定甚么东西全没有；一定又是乱拖东西……”刘耀庭对于工人们底乱拖东西痛恨得了不得。另外，一个胖监工天天读书，装读书人底文雅样子；监工底太太天天打牌。左边楼底下一家一个做矿的把他底板凳拿去当柴烧，……他都看不惯，几回将生气他都忍住了，因为和工人，蠢东西，是无理可讲的。

刘耀庭家现在不种水田了，水田都卖给铁路工厂了，大烟囱和连排的厂房代替了稻谷底明亮的金黄。因为不种水田，牛也卖了。——他跟他底不合乎潮流的哥哥争执了好久，在这件事上，他是聪敏的。——现在他家里只雇了一个伙房，种着一个山头。房子呢，就租给工人们。……发达起来了；就连铁路边上的一个小杂货铺每天也要赚上一二十块，于是很多人劝刘耀庭，刘耀庭自己也这么想：娶一个小罢，没有儿子总是一个缺憾呢。

当他因为爬一个斜坡而弯着腰时，他发现了地上有五毛的一张纸币。于是他底眼睛从昏倦里亮了起来，他拾起它，把它揉卷在手心里。当他觉得一个女人在忙忙地看着他时，他又假装地在地面上找着，然后大口地吐了痰；仿佛因为遗失了东西没有找到而气恼。

五毛钱，中国农民银行的票子！这鼓舞使他不知不觉地走了很长的一段路，通过茂盛的竹丛，他看见他底“在这一带房子最好”的家了。

“唉唉。这是哪一回事？……”他看见右边楼房已经打开了，便急急地跑过去。

河南人缓缓而吃力地移动着他底笨重的身体在搬动一张工厂工人睡的木床。他同他底同样结实的胖胖的女人，背向着门；她底扫帚扬起厚积的灰尘。而锅炉工人金仁高，则在安置着一张桌子；他底头上流着汗。

金仁高看见了刘耀庭，住了手，点了一下头，说：

“他底二十块压租算我面粉底下的，还有，请你帮忙借两张椅子。”

“哦，我这几天呀，你是知道的呀……”主人着急了，窘迫地旋着方头又卑鄙地笑着露出暗红的牙花。

“大家帮忙，大家省事！”金仁高僵硬地说。

刘耀庭惊愕地沉默了。他底老鼠一样的眼睛从河南人身上又移到女人身上，仿佛审视货物一般。他又瞧了那穿红上衣的小孩好久，后来他弯下身子穿着草鞋，抬起头来时，脸上才恢复了那狐狸一样的笑容。

“哎呀，我有事，少陪……”他突然大声说，向正屋里跑去了。

金仁高瞧着蓝布衫的背影嘲笑地哼了一声。

“这种家伙，得揍！这时候娶小。”河南人底女人摔了扫帚，说。她底圆脸潮湿而发红。

河南人把大水桶里的水捞响，绞起一块大抹布来，一面用抹布上的水滴向灰尘洒去，他底巨大的身体移动着，隔了好久才笨重地说：

“还揍不了那么多！——他要惹了我，我可不饶他。”

“他拿了我十袋面粉还没有给钱，三个月。”金仁高说着，一面用脚踢墙角上的一块砖头。

“问他要！”

金仁高欹着墙，不作声。

“真不容易：我这个家又算是个家了。”河南人闪着眼睛说。他底结实的身体栽在屋子中央。

“先过半年再说，下半年我也不想干了。”金仁高在墙上移动了一下。

河南人底声音于是明朗了起来。

“在河南咱们是到处为家；在一个地方蹲久了就死了，一点没意思。……这个时代是要到处为家，连女人也上军队才行。”他望了他底女人一眼，“我们哪里还算得准一住几个月呀，这真是要上霉。”他笑了；他底沉重而爽朗的笑久久在墙壁上撞响着。

金仁高感到苦恼。他离开墙壁，在屋里走了几步。他底手交拘着他赤裸而凸起的肌肉的胸脯。

“我回去了，上过下午的工我再来。”

说着，他就走出屋门，大步跨过庭院，消失在大门口了。

刘耀庭底小女儿，那凶恶的姑娘从河南女人手里抢过一个大铁钉——河南女人发怒了，她把铁钉狠狠地夺回来。

“滚过去！”她骂。

“整你祖宗；你不要脸。”小姑娘翻着眼睛回答。

于是一个结实的厚厚的手掌，热辣地飞在小姑娘底污秽的脸颊上。刘耀庭底小女儿号啕大哭了，在她底脸颊上，显现了五条暗红的印痕。

这非常之侮辱了刘耀庭。他像一匹老公羊一样发怒了；他要找河南人评理。他用洪亮的声音站在庭院中央破口大叫，他底头旋转着，使他浑身扭动。

“你们这些工人才搬进来，不懂一点规矩：你们凡事总得讲个理，我们打官司去，你们……”

他底无休止的大叫在这里突然停止了——从右边楼底下窜出了一头可怕的结实的牛；忍到无可再忍的河南人一把封住了刘耀庭底长衫的领子。他底铁一样的臂膀一收拢使刘耀庭发出模糊的声音，栽到他底胸口来。

“你底小孩子骂我女人不要脸；她什么地方不要脸，她偷了你底东西？——走，要打官司去！”河南人说，他屹立着：他底蓬松的须毛因愤怒而颤动。他底眼睛凶猛地发闪。

刘耀庭在工人手里发出短促而含糊的声音，他悸抖了，他底衰弱的哥哥在一旁昏乱地站着，看见金仁高进来，便连忙哀求：

“金先生帮帮忙，帮帮忙，劝劝你底朋友，劝劝……闹出事来不好……不好。”

刘耀庭从工人手里脱出来，一溜烟地跑上台阶，躲进屋子里去了。

“唉唉，这个笨东西；我把房子租给这个蠢牛……”他跳着脚叹息着：“唉唉，世界无公理，强权就是公理，……这是什么世界，这成啥子世界；工人无法无天。”

他白着小眼睛仿佛一条将死的鱼一般睡在床上。一阵阵悸抖通过他底因惊吓而衰弱的身体。心房在他胸口不停地撞跳。

“哥哥，……你，你跟我在二舅药铺里拿一付平气的药来，平气的药！”他喊，在床上翻着身，昂起他的方头。

六

洗过澡，金仁高去上晚工。当他绕过一座厂房，预备通过广场去时，他失声地喊了出来，立刻穿过铁道与麦田，穿过人声底兴奋而紧张的喧闹，他向前飞奔。

火在刘耀庭底屋子上奔腾，火头翻卷着，火灾蔓延开来了。

刘耀庭很沮丧，把房子租给了这样的工人，尤其使他懊悔。在挂着“重庆府捷报”“乾德堂”字样的黑漆牌堂屋里，他失神地徘徊着。堂屋里囤积着暗影；春天底夜晚到来了，周围是寂静的。但他底心里晦涩。后天要娶小了，添一个女人，——但是又怎样呢？他底心眼塞住了，想不通，只是觉得异样失望。

他走进房去，看见佝偻的小女人痴痴地坐在床沿上。“好点灯了。”他吩咐;又重新走到石阶下来。

这样的浓重而又凄迷的黑暗,这样的寂静是很容易使人想起来自己是仿佛活在另一个世界里似的。刘耀庭今日是很苦痛了!他忙了四十年,然而他有什么呢?他向这一个不可思议的叫人窒息的世界,带来了什么呢?

他在草地上失神地徘徊着,垂着头。河南人重重地摇撼着地面走进来;向自己屋子里去了。突然一声窒息的绝叫惊坏了他:他嗅到了烟辣味和布料臭。

他底皮肤起皱,冷水淋浇了他底全身。

火底蛇封住了房门,女人昏迷地抱着一个大枕头跑出来,跌倒在堂屋里。火焰仿佛一个巨魔,翻滚着咬嚼它底捕获物。大股的浓烟在厅堂里旋卷,找寻着出路,刘耀庭仅仅来得及抢出了他底钱包与账簿。他失手无措,站在台阶上跳脚狂喊。

火焰向夜空伸出了舌头,新鲜的呼吸使它突然巨大地立起来,它舐着屋脊,然后咬碎木头,爆炸开来的瓦片飞入空际。

跑过来几个工人:第一个是河南人……第四个,是金仁高。

“你底东西呢?”金仁高用短促的话句问河南人。

“搬到后门口去了。”河南人迅速地回答:“你先上左边楼;我上右边!”他说。

河南女人挑进了第一桶水。

金仁高顺着橘子树攀上围墙,跃到矮楼底屋瓦上去。他接过了河南人吃力地举在头上的一大桶水。

他每一步都踩碎瓦片;他向火焰跃去。

白色的水汽嘶嘶咒骂着……

河南人底强壮的身体穿过人群,投向另一边的楼门;他上了楼。

“找一根铁勾子来,快!”他向人群里喊。他底每一个声音仿佛一个大石块从楼栏上掷向人群。

在这边屋瓦上,鲜红的火光淋浇着金仁高,他底宽阔的胸膛敞开了;汗水浸湿了他底身体。一种蛮性的力在他里面爆发。

听见着火的屋子里有人惨叫，他一脚踢破了矮楼底木窗栏；找到一条漫着烟的走道，冲下去。

“乾德堂”的大扁被火拥抱着，发出巨响落在他旁边。他底长长的臂抱出了垂死的刘耀庭底女人。一块瓦飞掷在他底额上，血流下来。

“我房里啊，天啊！”庭院里刘耀庭疯狂地哭喊。

锅炉工人这次从正门冲进火焰里去了。他自己也不知道他抱出的是什么东西；一袋洋面摔撒在地上。

刘耀庭跑进屋子里去；出来时他底长衫着了火，他在地上打滚地哭。

整个屋宇笼罩在凶猛而饥饿的火焰里了，一些工人帮着抢救左边楼上公务员底家属。……在右边突然起了一个巨大的轰响，一股带着火星的浓烟直冲空际。……

河南人在火光里仿佛一头狰狞的狮子，他急剧地挥动他粗壮的手臂；大铁勾勾住了一只梁木。

“你们向这边来呀！”金仁高向那胡乱泼些水的人咆哮。这里，一个奇迹发生了；所有的人服从着高大的锅炉工人，他们迅速地推倒一堵短墙，锅炉工人从河南女人手里接了一桶水，向火焰奔去；火焰退缩了，第二、第三……桶水相继地向疯狂的火焰进攻，占领着它底地盘。

接连倒下了三堵墙，火焰萎缩下去……

刘耀庭躲在门外甜菜地里，一头病狗一样地喊叫；当他看见一些人拆他底围墙时，他挣扎着狂喊。

“你们不要丧德呀！围墙不准拆呀！”

然而人们服从着另一个命令；人们服从着兴奋。一些拾煤的小孩子，甚至一些女人，她们和几个路警混在一起喊叫着搬落围墙上的砖头。

“不要拆，火都快熄了！”刘耀庭看见那个肿脸的路警，于是用力地拖着他底肥手臂。

"我们奉了命令,帮助救火……"路警这一次没有小孩子一般地笑。他挣脱刘耀庭底手,跑开了。

围墙轰然一声倒下了。刘耀庭仿佛被围墙压着一般昏迷了。

火灾是黑色的昏倦的生活上的鲜红的光朵;是女人们和孩子们底节日。他们高兴而满足地谈笑着,欢跃着。——火冷却了,月光凄迷地照在瓦砾场上。工场底电灯也把他底光线微弱地射来。于是人们疲倦了;世界仍旧和两个钟点以前一样,是平凡的。

"刘耀庭那麻子呀,居心不良呀,这个年月娶小老婆!"

"天报应。赚够了钱了!"

"小老婆是隔山沟的,只十六岁。"一个小女孩讪讪地说。

"不许你岔嘴!"一个女人骂。

人们散去了,清凉的风从田野吹来摇响竹丛,在火场上风低低唱着歌,拨亮了不死的火星,一根臭木头又重新被燃着。

锅炉工人和河南人,疲乏地,慢慢从竹丛里走出来。河南人底妻子抱着小孩,他自己背着一个大行李。他们撞着了一个影子一般站在竹丛底下的刘耀庭。

"是你,我当是谁?"金仁高愤愤地说。电灯底微光照见了他包着白布的上额。他底眼睛异样地发红。

"我,我这个家,——完了呀!"刘耀庭跺着脚在工人背后用丑陋的鹅一样的嗓子叫。

"没有完。"河南人嘲讽地回答,他底声音是沉重的。它击伤了刘耀庭,刘耀庭失声地哭了出来;但很快地他制止了。

"我说我还是不配要这个家。"河南人清朗但是苦楚地笑了。

"到我家里挤两天再说罢。"金仁高疲乏地说。

他们走进工厂底灯光里去了。

冷却的火场上,刘耀庭在废墟里翻掘。他底被金仁高救出来的快要死去的女人绊倒了他,他底小女儿在一旁哭起来了。

他像一头病狗一样地爬着,不能清楚究竟发生了什么事。最后他又惨冽地哭出长长的一声来。

“我底家,家啊……”

他底丑陋的声音长久地在夜的废墟上飘荡着。

一九四〇

何绍德被捕了

煤司走进粉刷得洁白的小屋子里来，在背后掩上厚重的白木门。轻轻地，带着那种报告自以为必定使人惊异的事情的颤抖的声音说：

“上个月来的那个兵跌死了。”

新矿长惊愕地抬起黄色的脸，用腿撑开椅子站起来。

“哪个兵？”他问。

于是煤司略微提高了嗓子，尽力地描绘着：

“就是那个说是在前方打散了下来的瘦子，湖北人，姓殷……这都要问何绍德，他认得他。……那个兵，前天晚上还哭的哩；他不喜欢跟别人说话，他一定是喝醉了酒，一下子滑下斜口去了。”他在“一定”这里放重了他底声音，说完了，便用手擦了一下嘴，企图在这个动作里使自己恢复平静；他仿佛要把声音从嘴上揩掉一般。

“何绍德是谁？”新矿长问。

“是杨承伦底下的工人。”

“你找他来，”矿长坐下去，点燃了一只烟。在烟雾里沉思着。

何绍德是一个阴郁的人；他底脸上蕴藏着愤懑。他翻起眼睛来瞧着矿长，一面把他底腰挺得更直。

“他是一个兵，一个散兵，”他说，狠狠地瞧着对方底黄色的汗津津的脸：“他是我底旧朋友；他没有饭吃，又冷又饿，那时候杨承伦正需要工人，我就介绍他给他了。”

“你是河北人？”新矿长闪耀着烟黑的牙齿。

“是。”

“在哪儿干生活?”

“焦作也干过。……”

何绍德机警而恼怒地端详着矿长,脸上掠过一道光彩。但随即冷淡了。

“你去。”

他拉开白木门走到太阳底下来了,他底粗黑的眉头在额上皱紧着,眼睛黑颤栗着狞恶的光。

“跌死了,他跌死了! 两百块的抚恤,一条命。”他自己说,一面向石板路迈开大步:“他是一个兵,他的一切只有我知道,我也是一个兵,我受伤了,我不归队,我恨,恨,我真痛恨!”

他底紧握的拳头在早晨底蔚蓝的空气里挥动着。他向场上走去。

他去找连金,一个总是卖弄着什么的年青的女人,这乡下女人在最近一个月内把他蛊惑了;他为了这不可思议的情感而恼怒着。何绍德不是一个喜欢开玩笑的人,他底生命里是有着严肃与愤怒。那么,他怎么样来解释自己和这女人底关系呢! 何绍德从来没有设想过世界上会有一个女人成为他底妻子;更不能设想自己是连金这样一个女人底丈夫。那么轧姘头罢,——不,这在何绍德也是不可能的:他是多么不能忍受这一句话啊。他不能污秽,也不能随便。那么,他为什么在追求着连金呢?

“她是一个乡下女人,她卖弄,卖弄风骚;她什么也不知道,她所有的只是今天,今天,让男人抱着……不,不能这样想,何绍德你。”他对自己说,在石板上站住了。他抬起手来,狠狠地搔着头发,于是瞧见了蒸腾着喧闹的烟雾的市集。他底眼睛突然光彩了起来,这光彩是迷乱而困恼的。

他在街上转了一圈,没有找到连金,他往常总是看见她坐在那间杂货铺底柜台里的。然而今天她不在,柜台里,是寂寞和幽暗,她也许在她底乡下的家里还没有赶来罢,他绕出镇口,在一颗老黄桷树底下站住了。

"她总说家在湾子里，在乡下，她底乡下的家是怎样的家呢？她底家里还另外有些什么人呢？"何绍德自己问。他底黄色的明亮的眼睛眺望着远方的光秃的山头，在他的脚前展开的，是休耕的水田；水田里潮湿的泥土闪着寒冷的光。

于是，在一条泥路上，他感觉到（他底眼睛并没有从山头移开）她来了。

她垂着十分诱惑人的头，手里甩着一根软软的柳条，她底脚步急速地闪动着，翻倒一大块泥在水田里，于是瞥着溅起的水花，翘起嘴唇。

何绍德向前走了一步为的是让自己被她看见。

她笑着，向他点头，她底脸上泛着润湿的红潮。

"你今天没事，不上工？"她说；只是为了说一说。

"嗯。我没有事。"何绍德盯着她，皱起眼皮。他是为着她完全忘记了他们底约会而激恼了。

女人甩一甩头发，经过何绍德身边，预备向镇上走，她底眼睛里闪耀着甚么心事也没有的人那种平静的微笑。

何绍德追上了一步。

"连金，……"他唤。

女人站住了，诧异地瞧着他。

"我在等你，我有话跟你说，"他严肃地皱着眉头说。"你有甚么事吗？"

"我爹叫我去借钱。"连金回答。把手里的折断的柳条掉去。她显得有些苦恼了。

"你爹？……要多少。"

女人眨一眨眼睛，不作声。她有趣地瞧了一下何绍德，仿佛说："你一个工人也问我这些，你有钱吗？"于是转过身，第二次地预备走。

何绍德把手硬硬地伸到绿制服底荷包里去，掏出了两张票子。

"你拿去。"他用硬僵的调子说。他底脸完全起皱了，他底漂亮的嘴唇扭曲着。

“哎呀，你们矿工二十块钱多不容易!”连金软软地说，笑了；不知为什么缘故脸微微红了。她接了何绍德塞在她手里的钱。脸上闪烁着炽热的诱惑的光。

“何绍德呀!”她说，“我大后天下午有空，你到铺子里来找我，请你吃，”她咽了一口口水，“请你吃饼子。”

她摆动她底丰满的头发向街上走去。

“吃饼子，好，”何绍德迷乱地说:“那么明天看罢，明天，……”他底脸上诞生了一个苦楚的微笑。但同时这微笑消失了，他问自己:“我倒底干甚么呢?”他底脸变得困惑而愤怒。

他走到街上去，预备买一包烟，在走到烟摊子前面时他才记起来他底钱让连金拿去了。他失望地把手塞在衣袋里，不能决定要到哪里去；他又不愿意立刻就回到矿上去，于是在街道上走着。他走得很快，一下子把一条街就走完了，仿佛正在有甚么事，或者急于要找寻什么东西一般。以后又重新折回来走。这一次走着的时候，他底思想开始有着落，他想着在井里跌死的那个兵。

“你要记着你怎么活过来的，不要糊涂，你要像人一样活着!”

但他突然扬起了眼睛。在跟谁说话呢？叫谁活着呢？“他已经死了，他死了。”他大声说，他底声音震荡着自己底耳膜，“他底神经受了刺激，喝醉了，就跌死了，好哩！还在通缉他哩。”

在一个小巷子口，他又看到连金，她跟一个高个子的瘦男人站着在亲密地说话，在看见他的时候她向他点头，于是又继续霎着眼睛，和瘦男人谈着。

何绍德被从自己底思想的轨道里震落了，他只瞧见女人底小手在抚弄着衣领上的纽扣；那小手诱惑地舒展着，运动着，同时就扼住了何绍德底心。

血液在他脸上膨胀了，“滚滚，这女人，这女人；……”他喃喃着，他底嘴唇颤抖:“我懂了，我被她征服了；但是，我征服不了她。……但是这搞的什么事呢，为什么呢？呸?”

他向矿山跑去，太阳照着他蓬乱的头发。

他是一个伤兵，一个和跌死的殷连祺属于同一连的伤兵，从医院里出来，突然被一种什么情绪所恼怒，他没有到办事处去报到，跑到这小矿上来了。他曾经是一个很好的矿工，现在他仍然挖着煤。

何绍德比一切这样的人在灵魂里有着更多的愤怒。他孤独，悲凉，世界在他眼前展开，他带着光辉的年青在这世界上行走；然而总是什么东西压迫着他，使他不能满足他底欲求，使他苦痛，他所要求的东西是多么不容易得到啊，现在是，又回到贫苦的黑色的生活里来了；贫苦就首先使他底愤恨燃烧："为什么他们这样蠢笨，这样可怜呢，为什么他们要胡里胡涂地生活，在井里跌死呢……这是他们自己不好吗！是的啊！"

但思想转了向，他又很快地想起了连金。

他从他原来坐着的木床上跳起来，这想念太使他不能忍受了。他跃到矮棚门口，抓住了一个上夜工回来的满身煤屑的工人。

"你会好吗？"他叫，瞪着眼睛。

矿工给弄惶惑了，瞧着何绍德底微张的愤怒的嘴，口吃地说：

"你说甚么……我，……要睡了。"

他于是蹒跚地走到床前，石头一般地躺倒了，何绍德是那么悲愤地瞧着矿工底盖在煤屑里的苍黄浮肿的脸。他甩开他底头，冲出木棚底密丛，向山坡下跑去。

遇到煤司，煤司告诉他，新矿长因为要改组整个的矿，已经升他为工头，叫他去。

矿厂是依照着新组织法改组的，这新矿长是一个有毅力、聪敏并且使得每一个人都喜欢他的壮年人，他派定了工头，宣布废除租客制。

"何绍德，你觉得这样做好吗？废除旧制度。"他问何绍德。

"好。"何绍德阴沉地回答。

但是新矿长并不生气，他闪着他底光亮的黄皮鞋在小白屋子里走动着，抽着烟。

“何绍德。”他沉思地说，“何绍德，你要努力，新公司一定不亏你，你不要承认杨承伦，他把你调开了，……你要干，好好地干，回去跟他们说！”这里的“他们”指矿工们，他摔掉了纸烟头。

何绍德沉默，用锐利的眼睛瞧着新矿长：“他为什么要看上我呢？”他想，他回答：

“好吧。”

下午他请几个矿工喝一杯酒。

他底面容表露出他底内心对这件事的无感动。但是他喝了许多酒；他底黄色的眼睛漂亮地闪霎着，他开始说：

“以后我们不承认租客了，比方杨承伦，他只一个包工。……你们对你们底生活感到怎样？”他突然问，改变了声调。

刘黑，这是一个茁实，天真，孩子一般的青年人。他冒失地回答：

“我们要加钱才行，加钱！”

“是哩，我们底生活很不好晓得罢，”何绍德说。“比方，上星期一殷连祺他跌死了，是的，他胡涂，吃醉了，怪他自己，但是在痛苦的时候去喝一杯酒——喝多些也一样，没有关系，这就是生活！——你能怪他吗？我们底生活是这么样可怜，痛苦！”

他用手撑起下颚。内心底感动使他微微俯下痉挛的脸。

“我们底生活。……”年青的矿工咕噜着。

“好吧喝酒罢，来，何绍德说的对，这就是生活，”矿工挥起坚硬的粗手臂喊。

“殷连祺他是一个兵吗？”

何绍德向问话的人射了一眼。他显然是在这里被刺着了；他从牙齿缝里说：

“兵，你为什么要问？”

“问问就是了。”

“我也是一个兵。”何绍德用确切的字音低低地说，撕了一撕淡绿色的制服，“看我底衣服。”

于是所有的人都惊愕地发觉了：何绍德完全是一个兵。

“生活是比狗还不如呀！”何绍德站起来，涨红了脸，他底眼睛要烧着了。

在路上，何绍德遇到了矿上最大的租客杨承伦，杨承伦是个狠毒，险恶的地主。

“你不上工！”他朝何绍德叫，他底灰色的眼珠在深陷的发青的眼窝里可怕地颤栗着。

何绍德不理会他，自己走自己的。

“你站住。”杨承伦跳脚。

何绍德站住。

“你吃哪个的饭呀，狗养的！”

“你再骂就揍你！”他转过身子，咆哮：“老子吃自己底饭，吃国家的饭！”

杨承伦被没有预备到的还击愣住了，他底发紫的嘴皮上翘起着几根贪欲的尖须。但他突然那么使人难受地怪声笑了起来，这是一种没有情感的可怕的笑。

然后他继续向前奔走。每天四十吨煤完账了，他急得几乎要哭出来。

“好龟儿子何绍德……一个兵……看老子对付你！”

他走了一段路之后又蹬着脚，转向何绍德这边，用哭一般的声音骂。

何绍德在胸前交叠着手臂，嘴里含着半截香烟在煤棚底赤裸的支柱上靠着。烟雾蒙住了他底沉思的脸。把破毡帽狠狠地拖到额上来，他决定地说：“去，去！看她到底怎么样——哼，吃饼子！”

于是他跳下煤棚，向田野里走去。

“我要跟她说，说个究竟……，我不相信在她里面没有一分真实，我不相信她完全虚伪，……这到底怎样解释呢？”他问自己，于是他回答：“她那样子做，是因为生活压迫她；我们每一人总有自己底生活，对的。”

他用“我们”两个字把连金和他联在一起，但同时又感到这是荒谬的，不可能的。

他底思索充满了真实的生命，它是严肃的。向市集走去，并不像一般人在找女人去的时候那样带着情欲的，飘浮的心境。他感到他是必得要这么做的，就是，解决生命上的一个重大的问题。

然而这一个问题他也终不能解决——他底内心的声音告诉他：绝望了，于是再不去想她，是最可能的并且也是好的解决。

然而他不明了怎么叫做希望，什么是他底希望；因此，就连绝望本身，也是荒谬的。

他在恋爱——只仅这是他所能理解的，这是奇异的，不相称的，永远纠缠不清的恋爱。

在镇前面的碉楼旁边，他看到了杨承伦，在杨承伦旁站着的，是她！

她向他招呼，像普通相识的人们所做的那样，她底表情困恼，似乎她正在和杨承伦谈着一件不乐意的事，因而她生气了。

杨承伦回过头来，竭力要把自己底表情弄得严厉些，但是他底脸上除了贪欲的黑色皱皮底更起皱以外，并不能有别的东西。

何绍德底心脏跳跃得快了，脸热辣起来了；他不能知道他究竟在做什么，他着恼了。于是他不望连金，一直向镇上走，仿佛他并不是为找她而来的一样。

“杨承伦这狗种也是她底姘头吗？……”他在能够思想的时候想：“我不能这么瞎想；这是不对的，他和她不相称，并且，她像是生他底气哩……但是不正是因为关系亲密，所以才会生气吗？……好罢，这算是一切全解决了。我回去，再不理她，这是再好也没有了。”

他于是返回了正在踏上土坡去的脚，掉转头来，但是立刻站住不动了。连金微微低着头，向他这里走来。他感到她在深黑的睫毛底下看他。

她走到他前面的时候就抬起头，大胆地瞧着他。

“何绍德，”她低低地说，娇憨地甩着头发，“你跑，你到哪里去呀？”

“我来找你。”何绍德毫不犹豫地生气地回答。

“找我？”

“是哩。”

“好吧。”她炽热地闪着眼睛，这眼睛里带着一种邪恶的东西；但同时又有着一点稀有的属于少女的温柔，毫不注意地说：“是，来要我还你钱的吗？”

“不，不不！”何绍德连忙说，看入她底深灰眼睛；他底黑色的漂亮的嘴唇突然僵住在这一个字上了。

他们一同走着，经过街上，又走向秋天底黑灰的田野，终于在一个贞节坊底石座旁停住了。

何绍德觉得骄傲：他是跟她走在一起了。并且他自己证实了她在和他走着的这一段路上并没有想别人；他决定了要把什么都说一说。

“你并不清楚我，我……”他觉得他底嘴仍然僵硬。他试着使自己镇定下来，试着去说关于生活和生命底全部庞大的话，给自己一种高尚的情感。他说：“我觉得你很……很奇怪……一个人……或者，”他突然歇下来了，“说些什么呢？说的有什么用呢，她不要听的，……”他问自己，于是他说：

“我知道你不要听的。……”

“我要听！”

她底眼睛里露出好奇；她底脸因这而温柔了；她底秀丽的肩闪动着，她底饱满的胸脯使她完全像一个少女。——但是何绍德假若以为这就是“爱”，他可错了。然而他正是被这所激动，他底心脏感到麻痺的疼痛，他不能解说这是为什么；他也以为这就是爱，是幸福。

他轻轻地如同一个恋人一样地坐在石头上面去，伸开他底健壮的腿；他底脚踏着一丛枯萎的草。

“我是一个漂泊的人，”他颤抖地说，不敢瞧连金，仿佛假若一瞧，他底好容易攫得的情感就要破碎；他底手随便地摘下了一根长在石缝里的草，草在他手里颤抖着：“我走了很多地方。我以前做矿，后来当兵。……我懂得生活，生活是一个严重的东西。比如，我遇见了你……我告诉你，我并没有接近过一个女人像接近你一样，……我见过多少女人啊。……但是你跟她们不同。”他在这里原是预备说，“你给我底感觉不同”的，但是他说错了，不过也并没有想到改正；他勇敢地瞧着连金。他看到连金底脸是沉静而苍白了，他简直不认识她了。不知为什么缘故，他感到可怕。

“我一点都不懂你底话。”连金低低地说，她在这里也因为遇到了她自己从来不知道的东西而感到惶恐，何绍德底声音是这样战栗和严肃，是这样使她吃惊；从来没有一个男人用这样的声调跟她说话。从来没有一个男人在这个时候还会这样傻，找一个机会抱住她，这就完了。她和他在这个时候都需要这个；生活除了这个以外，也再不能有另外的意义。哦，在她看上了何绍德的这一瞬间（仅仅一瞬间）；何绍德和她是多么不能接近啊。

她皱起眉头，伤愁地瞧着他。

何绍德是用恋人底眼光解释着一切的，连金底秀丽的伤愁的眉头在他看来有着另一种意义；这就是：已经懂得他底话了。

“一件严肃的事，生活，……”他心醉了，枯草在他底手上战栗得更厉害了：“我觉得我爱上了你，这也是严肃的事，或者我们并不同，”他突然停歇了他底话，因为看见连金小手在她底胸前抽搐了一下。他屏住气。……

他于是发觉了连金底深灰的眼睛里是淡漠和残酷。他底心碎了。

“你们井里跌死一个兵？”她用生疏的调子问，想使自己从重压里逃脱。

“嗯。”

“你也是一个兵？你说的。”

“我是一个兵；这是一个光荣的字。”何绍德突然没来由地生气了，涨红了脸。

“你不上前线？”女人无意地问。

“不高兴去，……杨承伦是谁？是你什么人？”他粗暴地问，利锐地逼视着连金底脸。

于是连金生气地回答，拖长了声音：

“我爹。”

何绍德是这样活生生地被击溃了。何绍德是这样庄重地把灵魂里最宝贵的东西赤裸裸地捧出来，而受到一个市侩女儿底蔑视，被击溃了；何绍德是把自己底血淋淋的悲凉而热辣的心放到地下，让一个毫不足道的女人所践踏，所蹂躏了。

何绍德残酷地咬着嘴唇半闭着眼睛，向秋天底荒凉的田地奔去。

连金，就完全是她一个人，在镇上支撑着一家杂货店，她已经没有一点还保留着是一个农家姑娘了；这正同他父亲杨承伦已不是一个单纯的地主，而是一个市侩一样，她结识着一些土绅士，一些外地来的技术工人，和像何绍德这样的年青的矿工。她不断地企求着新鲜和神秘；何绍德在她眼睛里就是一个新鲜的神秘的人，然而何绍德现在却变得又傻又可怕了。他给了她一些苦痛的感觉，这正如一个人在隐约地发现了一种可怕的东西时所起的感觉一样。他给她打开了通到生命底另一面的一扇门；这门里面是奇异的，但却又正是她不敢走近或是不能走近的；于是她感到了渺茫的苦恼，和突然袭来的全部生活底空虚。她些微地受了一点伤了。

然而，在回到自己底原有的生活上，回到原有的心理状态的时候上，这一点伤是极容易被淡忘的。因为，谁也没有理由叫这样一个女人抛弃了现有的生活去想那些与她完全不相干的事；谁也没有理由叫她去追寻她所从来不知道的生活。

她没有母亲（这样的女人似乎从来不是被母亲所教养大的）。她底贪欲的父亲又极容易对付，就是，有几个钱，就一切都马虎过去了。只仅有一次，杨承伦因为绅士的身份（主要的原因还是昨天赌牌九的时候输钱了），而发怒了。他把女儿捆在房间里，面色发黑，显现了更多的毛，在堂屋中间咆哮着。

从房间里透出了连金底软软的淫荡的声音；她求饶说：

“爹我不，我不了，爹你让我出去；我在刘家有二百块钱今天要去拿。……”

于是立刻，从杨承伦底尖尖的颧骨上，从他底被贪欲的皱纹圈绕的灰色的小眼睛里——一直到他多毛的颈子，展开了一个猥亵的笑。他变成了这样一个动物：他失去了自制力，慌乱地在堂屋里徘徊。用手在每一样东西上触一下，一面颤抖地说：

“我底烟袋呢？喂喂，我说我底烟袋，……”

从这一回起，父亲再不能管束女儿了；假若拿了钱还不走开的话，他就得伺候女儿底颜色。连金，现在是到了一个女人底最好的年纪了，愉快地沉醉在自由底生活里。

何绍德在路上走着，他底面容阴沉而狞恶。突然，他被一只有力的手从背后抓住，还没有来得及回过头来，颈子上已挨了热辣的一拳。

他底眼睛可怕地睁大，通过袭击者底肩膀，他看见了远远站着的杨承伦，于是他从围着他的两个汉子挣脱，向杨承伦奔去。

杨承伦逃跑了；何绍德重新被两个凶恶的流氓围着：在脸上挨了结实的一拳之后，他被放倒在地上了。

从土坡上跑下来了年青的矿工刘黑，他举起手灯，敲在一个流氓的头上，从毒打里救护了何绍德。

何绍德踉跄在泥路上，因暴戾的愤怒而浑身颤抖。他向刘黑说：

“我要杀死杨承伦，我要离开这里了。”

“杀死他！”刘黑底眼睛里充满着天真的兴奋，不知为什么突然这样同情着甚而爱着何绍德。他底黑胸脯鼓动着，他喘息说：“杀死他……何绍德你是一个好人，你，你走哪里去呢？”

“去死，”何绍德底被击得青肿的眼睛微闭，“我各种生活都享受过了，但是我。……我做什么呢？我爱上了杨承伦底女儿……但是我为什么不要爱一爱呢？生活，生活！”

他底嘴唇战抖，他底眼睛里闪耀着要活，要美丽地活的强烈的光。

“我晓得，何绍德呀！……”矿工痛苦地叫。

“你晓得，对的，我们一起要晓得，——要享受，要生活，要……”

何绍德没有说完他底话。他感到他要炸裂；突然艰难地提起腿，向山坡上跑去了。

何绍德就因为和人打了架，行为不规矩，罚了一个星期底工，在这个小矿上他要算得是最好的矿工了；他被派去管理一架抽水机。井里出了一百多吨水，公司里限制要在三天以内抽完；然而何绍德在抽了不到五十吨的时候就突然爬上矿井；他不干了！

他起初躺在他底木床上，艰苦地沉思着，随后跃起来，挤着在吃饭的一大群工人，向田野跑去。

他并不明了他要做甚么，他是这样的愤怒，在他突然看到迎着他笑嬉嬉走来的连金的时候，就更愤怒了。

“你要做什么？”他向连金叫，竭力压抑着自己；他底面色是苍白的。

连金是负荷着这样一个使她自己发生兴趣但同时又感到害怕的任务来的，她要设法使何绍德和她到离这里有五里路的一个小镇上去，在那个小镇上，她底父亲杨承伦和一个受伤的连副在等待着。

事情是这样发生的：杨承伦遇到一个向他问路的黑脸孔的连副。在他是什么人都可以谈一谈的，他说：

“你同志是一个官吗？嗯，在我们矿上也有几个兵。”

“几个兵？”连副皱起眉头。

“跌死了一个哩，叫做殷连祺。”

“你说哪一个？叫什么？”

“殷连祺，还有何绍德。”

“殷连祺是一个逃兵，逃兵，但是何绍德……”连副自己说：“何绍德，河北人，很有知识，很勇敢，他是一个伤兵，他和我在一个医院里，后来，……”于是他突然抬起头，带着一个军人底坚定和严肃审视着杨承伦。

“殷连祺是何绍德介绍来的。何绍德他是一个坏蛋！”杨承伦连忙说。

“那么我是他底长官！你能带他来让我看一看吗？你说话当然要负责任的！”连副说。他像所有的军人一样，不能让人家随便污蔑他这一个连里的最好的一个兵。

杨承伦被弄得气恼了，他痛恶何绍德；现在他势非把何绍德找来不可，何绍德掩藏一个逃兵，是至少得坐牢的。于是这件事像每一件不相干的繁琐的事一样，使这市侩感到兴趣了。他必须不在军官面前丢脸……但是怎么样找来何绍德呢？

于是他想到了她底女儿认识这矿工。

他对连金说：

“你替我把何绍德找来，找到泥岗埡好吗？”

连金一听到何绍德底名字，突然不高兴起来了。

“我不。”她说；接着她又问：“找他做甚么呢？”

“有事，你就说你自己找他。哀哀，好玩，你就说你自己，你自己，你自己，”父亲底油滑的嘴突然感到艰难。他底多骨的手颤抖着，他口吃地说：“你不是跟他很好吗？”

“哪个说的！”连金竖起眉毛。

“哝哝，你们是朋友也不行吗？……我，我是很喜欢的；何绍德是一个很好，很聪敏的人。”

“何绍德是一个聪敏的人，……”女人想。她底思想里渗杂着一个女人想着这一类话的时候特有的情感，何绍德在她心里投进了一个极强的影子，不管她愿意不愿意，这影子是暂时磨灭不掉的；而这影子现在又突然加强了，它是那么紧紧抱着她底单纯的心。她感到自己在和何绍德底简单的关系里尝到了一种她从来没有尝到过特殊的情感：一种含着她所永不能理解的严肃，在她说来是那么可怕的情感，因此，在想起他来的时候，她就苦痛而伤愁(她是多么不愿意苦痛和伤愁)。正如一个人看到别人掉在泥坑里，这个人在挣扎着，但是不能跳出来，而自己又因为某种缘故不能帮助的时候，所感到的一样。在一个这样的女人，这种情感就会特别浓厚，因为，以她们底单纯的易感心境，她们是很容易使自己相信别人是掉在深坑里的。

连金是稍微同情着何绍德的。

因此，在她父亲突然向她提起何绍德来的时候，她竟然惶惑了："何绍德，他是多么奇怪，又可怜，……他是想我的。"她想；她底脸起初显得在考虑一件重大的事的时候的那样庄重，但是后来她突然又笑了。这因为"他是想我的"，于是答应了父亲。

何绍德使她苦恼，但是何绍德同时又给予她那么强烈的刺激。连金是带着一个人去探寻神秘的或是可怕的东西的时候所带的好奇心来找何绍德的。

她那么像什么事也没有发生过一般地笑着；但是她底笑遮蔽不住她底惶惑。

"你要我去吗？吃饼子吗？"何绍德生气地说，盯着她底脸："好罢，去罢。"

"但是不要闹出事来了啊。"女人想，望着何绍德底手，于是困惑地问：

"你没有事吧？"

"没有；我不干了。"何绍德抬一抬眼睛，他在连金底声音里听出了严肃，感到她这一次是对他认真起来了，于是平静了一些，开始让自己稍微地再爱着这女人。

他们在路上走着。

"你说你当过兵。"她偶然问。

"当过兵。"他回答，嗅到了身旁女人底头发底香气；他底眼睛瞥着连金底丰满的脸，情欲开始压迫着他，他迷乱了。

"怎么不去打仗呢？"

"不高兴打；我不归队。"

“不有罪吗?”

“有,有罪,哼,枪毙我吗?”

他紧张地偷瞧着连金,一刻也没有转移开放松,所有的问题他现在不关心;他只是迷乱地想着目前的情况:他跟这女人到底是做的一些什么呢?他不像这样一个女人底情夫,也不能是朋友,那么,现在这样走着,是为着甚么呢?

他突然问,不看她。

“我那天说的话,你懂吗?”

于是他听见了低低的回答:

“不懂。”

他叹了一口气,皱起眼睛,生气了,粗暴地又问:

“那么,你要我到泥岗垭去做甚么?”

“你不去就不去就是了。”女人撅起嘴。

“要我死吗?”何绍德继续自己底调子,不听女人底话;他根本没有想到他要走开。

连金突然扬起眼睛,吃惊地瞧着他。

“我告诉你,连金,你这样生活着,你要当心……”他低着头说:“我要离开这里了;让我们各自走开罢,各人生活各人的,那真好得多。连金,你要当心!……”

连金底眼睛里充满着同情,她底脸变得温柔了;她这一次听得懂了何绍德底话。

“这真好得多……”何绍德说,瞧入连金的脸,又昏乱了。他们走近泥岗垭了,他底脑子里已经空洞,变得十分焦躁,仿佛老是在等待着一件不可知的东西,而这东西又老是不会到来一般;在他偶然向前面看着的时候,他看见了在山坡底竹丛下站着杨承伦,而在杨承伦旁边,站着一个穿灰布军衣的军官;他底脸立刻可怕地发黑了,因为他立刻认出来,这军官是他那一连底连副。

“好呀!”他叫,站住了;他底漂亮的嘴唇狞恶地扭曲着。

连金愣住,看看父亲旁边的连副,又看看何绍德,“糟了,……

何绍德是一个犯罪的……我爹和他有仇，……我害了何绍德底命了。”她想。这个思想电一般地照明了她底头脑，她底脸上立刻布满了灰白。她歪斜地站着，用拘挛的手拉撕着蓝布短衣。

她怜悯地瞧着何绍德，何绍德底脸是愤怒，痛苦和严肃；他狼一般地微张着嘴，把坚硬的拳头举在胸前。

于是，连金生平第一次感觉到了生命底严肃和痛苦：“何绍德就要死了；他是一个聪敏的人……”她迅速地想，一面用不灵便的手掏出一卷钞票来。

“何绍德，你拿去，你逃走，……”

何绍德愈发愤怒，但是，当“逃走”这两个字从连金底嘴唇里迸出来的时候，他心里底尖锐的矛盾底痛苦突然解决了。他决不逃走！

他向她手里的一卷钞票瞥了一眼，于是一掌把它击落在地下，随后他向前奔了一步，用一种野蛮的力抱住了这女人，把她向胸前拉拢，又向土坡上推去。

连金呻吟了一下，用苦痛的怜悯的眼光瞧着何绍德。

何绍德在这一个动作里爆炸，大步奔过山坡，向杨承伦追去。

连副没有阻挡这一头愤怒的兽；他只仅跟在何绍德后面，皱起他底眉头瞧着何绍德底落下去的拳头和在何绍德膝盖底下狂喊的杨承伦。

十分钟以后，何绍德蹒跚地向连副走来，用严肃的声调颤抖地说：

“宋连副自然还认得我；我何绍德。”

何绍德被捕了。

一九四一、二

祖父底职业

吴受方在手里玩弄着一颗大螺旋钉，站下来，看工人底女儿们筛煤渣。

吴受方今年十五岁。十五岁的少年，是已经能够朦胧地感受到世界底愁苦和不幸；十五岁的少年，是已经在内心里疼痛着对不知甚么东西的漠然的依恋，和跟着这依恋而来的感伤了。吴受方底对天空，对地面，对人……的每一瞥都是充满着少年的丰富的情感的。他现在就用着这种眼光来瞧着满身乌黑的捡煤渣的工人底女儿们。

他自己在脑子里构想着关于工人底女孩子们的故事。她们都很不幸和贫苦，像一切这样的孩子们一样，她们家庭里一定感觉到很苦痛，所以即使在没有煤渣可筛的时候，也要一直挨到晚上，到吃饭的时候才回家。那个拖着鼻涕，战栗着通红的嘴唇，在颊上有一条紫黑色的血痕〔底〕小女孩，她一定有一个喜欢喝酒的，脾气不好的父亲。吴受方自己底父亲脾气就非常不好，但是并不喝酒；不知道为什么缘故想着别人底爸爸的时候要加上一个“会闹酒的”，而且构想得非常确切，就仿佛他看见那醉汉底红眼睛一般；于是觉得自己底父亲还算是好，他（父亲）是一个电机工人，要比矿工们强。

煤灰从女孩子们底胸前腾起来，迷蒙了潮湿的低空，她们底脸上，头发上，盖满着煤灰，她们低低地咕噜着，没有人能听清楚她们在咕噜些什么；人是希望她们怨恨她们底命运的，然而她们竟然一点不要想到怨恨，或许她们因劳顿而疲乏麻醉了。人是想要肯定：在她们底灵魂里是有着生命底火花的！然而看上去，她们竟是这样幼小地衰老，青春地憔悴，竟是这样污秽和瘦瘠啊！

“她们多末可怜，”吴受方自己说，把大螺旋钉抛到空中又接着，“穷人底孩子总是可怜的，刘先生就说过……我们工人底孩子。”当这样想的时候，他突然觉得他底后脑上被什么软软的东西击了一下，于是掉过头去，看见了装着鬼脸的黑三。黑三手里拿着一根竹杆，顶上系着一只死老鼠。

“龟儿子，发邪吗……”小黑三露出乌黑的结实的一排牙齿，恶狠狠地向吴受方挑战。这是街坊上的一个女光棍底独子：一个大胆的小流氓。

吴受方瞪大了眼睛，瞧着凶恶的黑三。黑三居然也来欺他，这使得他很气愤。他原是想揍黑三一顿的，但是不知为什么缘故抑制了勃发的好胜心，走开了。

“小流氓！……”吴受方咕噜着，他底脚踏着坚硬的泥路；他底颈子因为畏风，缩在破旧的衣领里。他向工厂底铁工房走去；在那里他可以找到他底叔叔，“我不然中学一年级了，为什么，为什么爸不叫上中学呢?”他想，仿佛决心要想透这一个问题，他突然在一棵光秃的桃树旁边站住了，挥着手：“爷爷说：只一个孙子，得上学，愿出学费。——但是出不起膳费呀！不行，不交伙食费总不行。那个女校长，听说多和气，大胖子，鼓眼泡，但是不出伙食费不行。爸呢，唉，又连公费生都不叫考。”

他于是想起来了：去年暑天，当小学毕业的时候，刘先生抚着自己底头顶，说是“考去吧，孩子。”并且答应给证明公费，于是爷爷，大个子，弯背的爷爷就给了五块钱，也叫：“儿子，去吧！”但是还没走到河边，爸爸就追上来，把五块钱夺去了。

想到这里，他底脆弱的心战栗起来了，想起爷爷底样子，爷爷对自己说的话，他就感到心酸。“人生是多末痛苦呵。”吴受方对自己说，于是离开桃树，开始向厂房跑起来。两滴泪水滚落在他底胸脯上，他拼命地摇着头，舞动手臂。

吴受方是年少的。正因为如此，刚才的那一点点回忆的刺伤,除了奔跑过后的身体底舒适的温热以外,没有给他留下什么。

他们是天津人。父亲是电机工,一个忧闷,时常没来由地发怒,每天披着涂着油污的黑大衣,在腮下生着硬胡子的人;块头硕大,脸孔发黄;父亲连年受着生活底亏累,身体也坏了,时常生病咳嗽,时常沉没在呆想里。(吴受方看着这一副呆想的痉挛的脸,是多么难过,骇怕啊!)但是叔叔却完全跟他不同。叔叔年青,泼剌,吓!看叔叔底那一双膀子罢——它在炉火面前伺候着铁,它使动钳子全身颤抖:叔父是一个好铁工!

父亲是在电机房里。吴受方一看见父亲底黑大衣就恐慌起来,就起了一种想跑得远一些的念头。

他奔过广场,到叔叔那里去。那里,是红的鲜明的火焰,响亮敲击的铁工们。

叔叔第一个打了一把钳子。战争,买不到外国货,于是叔叔自己动手了;烧着和捶着,做了三天。

吴受方默想着一把钳子底构造。

一张老虎嘴柄子,……怎样呢?六年级底教课书上也没有这些。

他自己在窗台上找来一把钳子;这就明白了:是两边交叉起来,中间钻一个洞。

叔父底锤子击在一块烧红的铁上;叔父底矿石一般的乌眼睛里爆耀着红光:他底手臂像绞扭着的粗绳索。

"呜,你来了,"叔父翻着火,招呼吴受方。

吴受方底嘴唇动了动,安静地站在一边。

祖父发愁只吃了半碗饭,到房里去了,吴受方呆呆地瞧着爷爷弯弯的背,觉得难受,因为不小心,一只筷子从他底手里滑落到地下去了;他觉得父亲在狠狠地盯着他,于是涨红了脸,把筷子拾起来,也不揩一揩,就把碗里的饭划完。

父亲默默地抓起黑大衣,上工去了。妈妈和姐姐在厨房里,她们不说话，也竭力不使手里的东西碰响；这样子，当有一个粗碗偶然碰击到锅上去的时候，那声音就会格外叫人难受。吴受方听着这声音，很惶恐，他瞧了瞧正在添第四碗饭的叔叔。

"奶呢？"叔叔问，嘲弄地扬起眼睛。

"奶，在王家打牌！"吴受方瞧着叔叔底乌亮的眼睛，透了一口气回答。

叔叔皱起浓黑的眉头，不响地吃着。

"来呀，"祖父在房里唤："受方！"

吴受方推开半合的门进去，房间里很暗淡，从一张污秽的明瓦透进来一长条灰白的，凄清的光亮。走近床边，瞧着躺在蓝布被上的祖父，吴受方底头上和肩上就落着明瓦底光；于是屋子里的光线变动了一下。

"吃完了？"祖父问，咬一咬干枯的嘴唇。

"嗯。"

不知为甚缘故，吴受方感到心脏在加速地跳动。

老人把头移了个位置，严厉地瞧着孙子。于是训斥起来："一天到晚在外边跑，跑出个把戏来没有？"

他底颈子痉挛地扭了一下，他底眼珠在这时候变了颜色，变成一种吴受方那么熟悉的充满恋爱的青色，他底声音也突然温暖了；他颤抖地，缓缓地说：

"替我好好念书，念书，晓得罢。"

他把黄铜眼镜除下来，用一块黑布揩它。他底太阳筋爆起着小蛇一样的血管。

吴受方站在桌子边上，用手指划着桌子，不敢看祖父底脸。祖父底样子给他唤起了一种极丰满的哀愁和辛酸的情感，他突然想哭：他底眼角已经酸痛而湿润了。

"唉，年月啊？"

他听见祖父底叹息；他忍受不住了，于是喊：

"爷。"

"你爸呢？"爷爷问。

"上工去了。"

"叔叔?"

"在吃饭。"

"叫,叫他来!"

吴受方在院子里徘徊,等叔叔出来。"爷多么可怜,爷多喜欢我……但是我,我怎么办呢?我一定不辜负爷底希望。"他想。他很焦灼,"怎么叔叔还不出来?"他自己问,突然又加上说:"生活很艰难,日子一天一天过去,童年时代也就过去,再不,再不会回来了。"他记不清楚在哪里听说过这句话;这句话现在很适合他自己,于是他就长久地反复地说着,使自己感到依恋和辛酸。他在小院子里来回走,把口袋里的两个一分钱的铜板敲响着。他愈来愈焦急,敲了足足有一百下了,怎么叔叔还不出来呢?但又不愿意进房去看一看。于是在口袋里再敲,敲一下走一步:一、二、三、四、……

天空是阴着,刮着风。枯叶在枝条上急速打转,飘落了;叔叔底脸显得严肃,他低着粗黑的眉毛,跨着大步,通过院子出去了;枯叶就从他蓬着黑发的头顶上滑过。他没有看见吴受方,吴受方正在又一次地自己说:"生活艰难;童年时代被摧毁了,"正在考虑着"摧毁"两个字,也疏忽了这一瞬间。突然觉得叔父出去了,院子里是寒冷和寂寞,他就跳跃着追出去;他跑着嘴里还在嚷"摧毁"。

"摧毁——,叔叔,爷爷说什么?"

叔叔瞧了瞧他又望着前面灰色的天空,低低地说:

"说时年不好,一家人日子难过,在外乡漂流,"走了一步他又加上一句:"这你全知道,受方,是不是?"

叔叔,年青的男子,他底脸,挺秀而严肃,他底眼睛,流动着湿润的光。他用他底坚硬的手抓住了吴受方底。

吴受方真正地被痛苦压倒了——比方吃饭的时候那种样子,比方晚上妈妈挨爸爸骂,淌眼泪……这一切都带着它们惯有的异样的暗影札在他底灵魂里了;他时常在家里要躲避一个大黑影，所以他喜欢叔叔。叔叔，年青的男子！

“我们要把日本人，把仇敌逐出去。……前途怎样呢？”吴受方想。突然他被包围在一种又兴奋又忧郁又骇怕的情感里了，他靠近叔叔走着，在口袋里拼命扭着两个一分钱的铜币。

“还有你……”叔叔说着突然又吞下去了；他充满着爱抚凝视着吴受方。

“怎么我怎样，叔叔！”

“不甚么，”叔叔回答，更紧地捏着吴受方底手，直到他感到痛。叔叔底眼睛里冒着青色的烟，他底脸像在炉子里找寻一块铁那时一样充满着严谨的神情。

走进铁房，叔叔就脱了外衣，向第二号炉子走去。——副手已经把铁烧红了，叔叔没头没脑地喝了一些开水，就动起手来。

这年青的男子底眼睛，在火底红色的反照里闪耀着炽热的光，闪耀着凶猛而又柔和的光。他底嘴紧闭着，是严肃的。吴受方想知道叔叔刚才预备说什么，他羡慕地瞧着交互跳跃着鲜明的红光和黯红的影子的叔叔底嘴。

火星在砧上爆裂开来。

人三天没有看见祖父底高大、弯曲、穿着灰大衣底影子在门口出入了。

祖父原来是每天要到号房里去替公司里抄写东西的，但现在不去了。他躺在被窝里，发着烧：在四十度以上的高热里说着可怕的谵语。他底黄铜眼镜被摘下来搁在枕头旁边。他底眼窝是这样地陷凹而且发青得怕人啊，脸仿佛一下子缩小了一半，它完全显露出青黑的皱纹。他说话，小鼻子翕动着，呼出污浊的气。

吴受方胆怯地走到床边，他刚从阴冷的田野跑回来，这小房间用一种使他不能忍受的气味接待了他。他看见祖父底可怕的脸，就默默地站着，仿佛在回忆一件重大的事。

祖父底眼睛无力地睁了一下。

"爷要开水?"吴受方问,感到爷可怜,他难受起来了。

老人摇摇头。

他简直不认得祖父了;他从来没有觉得祖父是像今天这样地无能,可怜;这样渺小地被世界摒弃在这蓝布被窝里。祖父一生是一个倔强的人;祖父在吴受方底童年里是一个不可少的,伟大的影子,是一个充满光辉的影子,……吴受方被刺着,默默地淌眼泪了;他底嘴唇可爱地扭曲在一边。

"我说,"祖父用打颤的声音说:"你,受方,你还是读书罢。"

"爷!"

"告诉你,过来,受方,"老人底眼睛里突然爆亮了一种凶猛的然而是柔和的光,这使吴受方想起叔叔来:"告诉你,我在家乡也办过一个小矿,……我底半生全花在那上头,如今是全完了;你爹,你叔,如今是在别人手底下做事,受别人的气……"他咳嗽,青紫色的血管在他底太阳穴上痉挛着:"你,你,我明年还是让你读书:你不要做工,读书好些……另求上进罢。"

"爷,"吴受方闭着眼睛,用睫毛挡住泪水;他把手移到额上来,揩着。"听见没有,"祖父在被窝里喘气,"给我一杯茶!"

他小心地揭开水瓶,心里想:"爷不叫我做工,叫我读书,这样到底哪一样好呢?"

再过四天,清早,祖父就死了。

祖父底眼睛那样骇人地向下陷落,祖父底嘴微张着,仿佛对这世界有一句没有说完的话,仿佛留给自己底孩子们一种永久的责备——祖父死了!吴受方痛哭着。祖父是不能看见心爱的孙儿去上学了;吴受方自己决心再不在外面乱跑,决心用功温习功课,好让祖父得到安慰,但是祖父死了。吴受方再读书安慰谁呢?再有谁会叫吴受方读书呢!人生是多么不幸啊,祖父是多么叫人伤心啊,吴受方哭着。

天井里阴凉怪气的;母鸡在墙角里打盹。奶奶掏出钱来,叫他到镇上去买香烛。吴受方埋着头,昏昏地跑过院子,在硬硬的泥路上走着。

祖父以前在号房里替人家钞文件，为的是多赚几个钱。但是祖父老了，骨头硬了，做不来这样的事啊；从来是倔强的，不是低三下四看人家脸色的人啊，半个月前祖父闹气把事辞了。嗯，吴受方自己记得的，那天祖父好像特别快活，他穿着灰大衣，肩膀高高耸起微微向一边歪斜。就在这个地方，就在吴受方现在正在走着的石灰窑旁边，递给他一只柑子。

"吃罢，"他说，睁起眼睛："你看你身上的灰，你今年也不小了。"

吴受方不驯伏地撅撅嘴，像一切被宠爱的孩子们所做的一样，柑子水涂满了他底嘴唇。

"你吃半个，"他送给祖父。

"不。"祖父底温热的大手拉着吴受方底："再吃不下，就带回去给姐姐罢。"

吴受方不带给姐姐，他把柑子一起吃光了。他仰起头来，看着祖父脸上的慈祥的胡须问：

"爷，你不上工了。"

"不上了；不受人家底气。"祖父皱起眼睛回答。

吴受方底手躺在祖父底大手里感到一种坚实同时又渺茫的感觉，"不受人家的气；"吴受方想："我们要永远不受人家的气！"

但是祖父现在真的不受人家底气了。

祖父有时候可怕得像一只狼，但是祖父病了，生着气，在被窝里战栗着，他底脸像一只发怒的老山羊。

"北方，好啊。……"

"嗯，你们太不中用；老二，你完全是小孩子。"

"出了太阳了吗？冬天……"

老人底干枯的手在空中摸扒，他底小鼻头嗅着；他底紫红的凝住血的脸上淌着虚弱的汗。但是他扒不到北方底，冬天底太阳，终于，留下不可知的责备和生命底愤怒，死去了。

吴受方底要读书的希望是和祖父一同死去了。吴受方站在尸体底床前，战栗着，淌着眼泪，吃力地思索一件事，一件重大的事。但是，他不能想得透。——不过，吴受方觉得，他自己要算是这世界上最懂得祖父底不可知的责备和愤怒的人了。

夜里，吴受方梦见祖父牵着自己底手，在黄沙飞漫的旷原上飞跑着；他们是要跑到一个地方去，一个每一个人都欢笑着，劳动着，一个充满光明和梦想的美丽的地方。祖父底慈祥的倔强的胡子闪耀着，他告诉他底孙子（用那么一种充满青春的丰满的声调告诉吴受方），他们要跑得再快一点就可以赶得上一幕准备了多少年的大戏底上演，……他们于是跑得更快了，从豺狼底头上跨过去，听见了柔和的远远的鹿鸣。吴受方自己是变成一个英俊的少年人了：哦！那激动所有的生命的戏，哦，那美丽的，光明的大街，汽车，电车，空中火车跑着，人们欢笑着的大街；哦，那长发辫上系着红绒绳的眼睛明亮而羞怯的少女。……这女孩子是在惆怅着，因为，为什么，吴受方到这时候还不来呢？

于是，吴受方，全身充满骄矜的光辉……来到这美丽的地方了。他是比神话里的骑士还要美，比小说里的青年主人公还要叫人感动；比中国底薛仁贵还要勇敢，还要更多一些悲苦的经历。

祖父去看戏去了。但是吴受方不想要看戏；他和他底女朋友搀着手，在明亮的大街上去着；他们吃着巧克力糖、棕色的，软软的糖。……

突然醒来了，女孩子，糖，明亮的街，全没有了。而且连祖父也永远没有了。他重新合上眼睛，想继续美丽的梦，但是不成。他底身上冒着冷汗。他看见窗子已经发白了。他并且听见父亲底在地板上走动的冬冬的脚步声。

父亲仿佛整夜都没有睡，他底眼睛蒙眬地，惺忪地张大着，头发是蓬乱的。他底发胖的身躯每走一步，就使壁上的小柜子簌簌地颤抖。他仿佛有着无底的怨恨，他仿佛要把地面踩陷下去，或是踩成一个坑，使自己陷到地里去。

他看着吴受方底睁着的眼睛，便说：

“告诉你受方，下回少跟叔叔在一起瞎扯；他有他底事。听见没有？”

吴受方惊愕地，悲伤地偷偷瞧着父亲：他底黑大衣正从他肩上滑落下来，他攫住它，他底脸孔发黑。

吴受方是多么骇怕，多么难过啊；这家庭是最不幸的家庭，祖父死了，爹跟叔吵了架。

下午，放工的时候，父亲自己抓着半袋面粉，摇摇幌幌地艰难地走着，他底眼睛一样闪着痛苦的，惺忪的光，叔叔招呼他，他只冷淡地回答；现在叔叔不回来吃饭了。

叔叔使力地挥动铁锤，他底突出的额脑，在红色的火光里幌动，他底眼睛里是凶猛的，幸福的光。吴受方喜欢叔叔，喜欢火花，和不停歇的敲击，喜欢年青，“我要是有二十岁就好了，”他想。

他不再满山跑，在路上大声唱歌了，他在读一本书；他要用这来纪念祖父，他用白铁皮做一个框子，贴着祖父底小照片：“爷爷，我读书了；不进学校也可以读书的！”在他望着照片的时候他就大声地说，有一次他哭泣起来，想起爷爷，厉害地哭泣了。他底眼泪潮湿了书本。

“我们会要到一个光明的地方去的，光明的地方！”他底满溢着泪水的灿烂的眼睛说。当想到梦里的那个和自己牵着手走路的，有系着红绒绳的黑发辫的女孩子的时候，他底脸上就充满着梦幻和羞怯；他幸福地笑了。

吴受方还是每天要到铁工场去，有一次，已经很晚了，他还是不愿意回家。下工的时候，叔叔扣好衣服，招唤他，他才把他底眼睛从红色的炉火移开。

他们一齐离开那灰屋子，让田野的冷风扑着，向家里去。

叔叔仿佛有些异样，他站住了说：

“你跟我去吃饭罢。”

“回去吃，叔。”

“不要。”

青年的男子在风里屹立着。天黑下来了，工场底电灯在冰冷的空气里闪耀，他站了一下，把手从衣袋里拿出来挥着解决说：

“你跟我去吃饭，吃了饭一路回家。”

“爸跟你吵了架？”吴受方问。

“没有。”叔叔回答，隔了一下又加上说：“爷死了，家里境况不好，我所以搬出来住，晓得罢。”

“晓得。”

“爷死了，想他罢。”

吴受方望一盏电灯，生活底寂寞和愁苦袭击着他底少年的心。他眼睛又湿了。

“爷在河北也办过一个小矿……哪晓得生生地给别人拼倒了，叫他到这里来跟人家钞写东西，真是磨折他，……你晓得罢，爷很爱你？”铁工说，狠狠地用手挥着冰冷的空气：“我们生活太苦了，这样总不行的！”

吃过饭，他们一齐向家里走去。

“这一来，吴受方，你读不成书了；那吗，闲在家里也不成，要帮爹做做事，挣几个钱。”铁工跨着大步，在田野吹来的风里嘘着气。一个笼满蒸汽的火车头在路轨上徘徊，把叔叔和吴受方隔开了，灯光美丽地染着水汽底涡圈，风把路上的煤火挥在草丛里又播弄它。吴受方和叔叔在黑暗的通路上又重新挨在一起。

“叔，我们底生活会好起来吗？”吴受方胆怯地，声音颤抖地问。

“会。”铁工底充满确信的有力的声音回答。他问：“你想学铁匠吗？”

“怕爸不准。”

“你敢不敢，要擦得手心流血的，……”

吴受方默着，在黑暗里狠狠地擦着手心。

“我说你还是弄文雅一点的罢。”

他们到家了，叔叔没有玩一下，也没有跟父亲谈两句就要走，奶奶那两天没打牌了，这会在房里哭哩。叔叔听见奶奶哭就皱着眉，吴受方开门，送叔叔出来。

“吴受方，我说的是真话，”铁工站下来，抚着吴受方底头。他底眼睛里是湿润的，柔和的光；把头俯向吴受方，他低低地说：“干罢，会好的！”接着又摇了摇头，加上说：“要苦一辈子哩。”

吴受方感到叔叔底眼[泪]珠要滴在自己底额上，而且烫着自己底额。于是更紧地依在叔叔底强壮的手臂上。

叔叔突然丢开他，向灯火跑去了。

冷风吹着吴受方底软软的头发，滑向他底颈子里去，吴受方感觉着冷了，但是他底心脏却在温热地跳跃着。

吴受方开始上工了，上午八点到十二点，下午一点到五点，这全是爸爸说好的，当爸爸告诉吴受方这件事的时候，吴受方不知为什么缘故红了脸；但是他立刻勇敢地答应了。

像一切这样的孩子一样，他默默地准备着担起那掷到他肩上来而且随着年龄的增长而加重的担子了。这担子到底是怎样的，人生底苦重的负荷到底是怎样的，吴受方还不能够十分清楚。但是他是被剧烈地兴奋了，他底少年的情感炸裂了。他望着祖父底照片，又一次地哭泣着，厉害地哭泣着。

他跟在父亲底黑大衣后面，走近那个号房，战栗着，四肢变得僵硬，做些什么呢？他用乞怜的眼睛望着父亲。

哦！吴受方明白的：做爷爷底事；就在这个号房里，像爷爷一样写——字，吴受方是写得并不坏的。

他怎样坐在高高的板凳上，他底周围那些穿蓝布衣的工人说些甚么，（仿佛说：“咦，一个小鬼！”）他怎样翻开那一大叠《外工日报表》，他全不记得了；他现在是写第二个名字在簿子上了。

“杨海清。”

还是写得歪，写得一点也不好。他决心要把第三个名字写得好一点，于是翻着簿子，偷偷地看前面是怎么写的，——呀，还忘了填“加工”“罚工”——他于是又照着写：

“加工一个半。”

他底心跳得好响啊，嗯，吴受方认得的，大簿子顶前面是祖父底字——

“爷，我在做你底事了，……”他自己说，一面惶急地看看周围。他真想跑出去大哭一场，写这些多讨厌呵；这些跟少年的瑰奇的幻想是多末不相干啊。做铁匠，擦破手心，比这要强多了，真的，二十几岁就可以像叔叔那样了，——而这样写，会成一个驼子的，像祖父那样。

他发觉一个胖工人在看着他，于是便惊慌地又写起来，他底脸涨红，泪水烧灼着他底眼睛。

这时候，父亲是在电机旁边徘徊；叔叔挥着大铁锤；“妈妈洗菜，奶奶打牌，姐姐洗衣服……”在镇定下来的时候他对自己说：“我在写外工日报表，我们一家人，……还有爷爷埋在地下。”

吴受方不再在外面跑了；他毕竟也不能为纪念祖父而读书。他要像每一个担着生活底重荷的大人一样，每天去上工。

星期日下午，他把头发也剃光了。从镇上跑出来摸摸光头，心里感到酸痛，小黑三在后面用橘子皮掷他，他也不理会。

他向工厂底方向跑。

一九四〇

黑色子孙之一

一

金承德经跟洗煤工人底工头打了架，被炼焦厂开除了。

他去找石二。他期望在矿上能够暂时找到一点事，当他沿着十几里的运煤路走到矿厂的时候，天已经挨晚了。从初夏的夜晚底薄暗的旷野走进工厂区，被辉煌的灯火照射着，他突然给一种没来由的喜悦之感所淹没，在那个山坳里，就是，在那个炼焦厂里蹲了一个多月，他是多么感到受气和不惬意啊。那里是乌暗的，晚上没有电灯，从焦炉里透出来的黯红的火苗只是叫人感到胸口沉重，而这里，是灯火，是灿烂与活泼；那里是受气的，比方，不敬工头一只烟他就不高兴你，来跟你出花头了；但是这里——这里是怎样呢？“这里是一个大矿，总要好些的。”他想，一面把头歪到左肩上去，擦着颊上的痒。当他遇着一个高个子的矿工的时候，他就走上去，竭力和气地问：

“请问你老哥，石二，石工头他在哪里？”

高个子矿工没有即刻回答，他把矿灯换一个手，他底乌黑的脸显然有着一种疲倦的不耐烦的神情。他俯下头来用幽暗的眼睛瞧着金承德淡淡地：

“不晓得。”

“不晓得，拿你妈底臭架子！”金承德一连霎着眼睛，望着蹒跚走下土坡去的矿工的背影在心里骂；他被矿工底回答弄得很惶急，但是在骂过之后，就又平静了。“到处都是鬼，天下乌鸦一般黑，”他想。通过一些煤渣路，他歪歪倒倒地继续朝前走。厂房前的电灯照见了他底蓬乱的头发和污秽的显现着不安的脸。

他找到工人宿舍里。石二不在，石二上晚工还没有回。于是他又跑下山坡，穿过了工厂，来到矿洞前面。

他坐在一块石头上，等待着，起初，他向矿洞里张望，闪耀着惶急的眼睛，但是逐渐地，他底颈子酸痛地弯曲下来了，（早上，这里曾经挨过工头底一木棍，）从他底脸上，那种卑怯的，虚弱的光采消失了。他必须等到十几点钟，现在才九点不到。

“糟了，一塌都完账了。我底脾气不好，我又偷懒。”他对自己咕噜，用长长的脏指甲搔着左颊。他在眼睛蒙眬地瞧向灯光被水汽所迷胡的矿洞里去。“要挖煤，要……我是做不来的。凭良心说，我讨厌这一行。要是回湖南去，去种地就好了。要是日本人给打跑了就好了。现在，要吃饭，就不得不受别人冤气。我不，不再偷人东西了。”他突然说出来，于是惊讶地，睁大眼睛，愣住了。立刻，他仿佛感受到屈辱似地替自己辩着：“不，不，哪个叫何传梓叫他不借给我钱呀。他是一个吝鬼，他这个啬吝鬼！”

他骂着，愤怒地捏起拳向空中击去。以后，他就疲倦地垂着头，他底身体被疲乏吃成一个空洞的壳了。

石二是一个健壮的人，一个每一瞬间，每一个地方找寻着自己，因而苦恼的人，矿灯在他手里绿荧荧地闪耀着，映显他底在胡须里突出的倔强下颚。他底腿每走一步要颤抖一下，它是被苦重的工作所麻痺，所摧毁了。

“那么，你是要来挖煤？”

金承德在脸上感到石二底眼光，觉得不自在，他用鼻音低低地回答：

“有甚么法子呢。那边我不干了。我不干了，活受冤气，……”

他底眼睛眯晞着，瞧着卸煤台上面的一盏光亮的电灯。电光使夏夜底空气温柔，在他眼睛里闪烁着红光。

石二皱着额头，沉思着，过后用手狠狠地搔着头发问：

“你家里有信来？”

“没有，”金承德抬一抬手，向石二望一眼，又不满地加上说：

“瘟婆娘呀，都死光了。”

“唔。你家，它让日本人占了。”石二说。

金承德突然耸起肩膀睁大眼睛问：

“你怎么知道？”

“看报的，你最近寄钱回去没有？”

金承德露出要哭的神情，扭曲着嘴唇。他不晓得回答什么好。于是他撒谎了；他底声音给他弄得弱而酸苦：

“寄了五十块钱。但是这一来收不到了，”他叹了一口气，仿佛惋惜着钱不能收到。

走下土坡，通过厂房底煤屑路，他们在水塘旁边的小路上走着。水塘映着厂房底电光。茂盛的水草里，蛙鼓噪着。渴望着气候底炎热。电杆底绿光从玻璃窗里强烈地迸射出来，使人影在狞恶而美丽的光焰里显现。熔化的铁发出嘶嘶的声音。矿灯在石二腿旁边亮着；石二底步子是踉跄而苦痛的，他底粗大的脚踏倒着芳香的长草。宿舍临近了，到宿舍门口的时候，石二才低低地说了一句：

“这里，很苦，哪里都一样的苦！”

“不要紧的，我晓得！”金承德慌忙地回答。

在木板床底破棉絮上坐下了，石二跟他底女人说。

“饭好了吗？拿来拿来！”

瘦小的女人贫弱地在电光底下走动着，仿佛一个饥饿的老鼠，她悄悄地，似乎怕触坏什么东西一般地移动着饭碗。隔壁房间里传来一只用酸酸的嗓子唱着的有着依恋的调子的歌，因为唱歌的人竭力想使自己底声音传达出内心的渺茫的依恋，拙劣的嗓子就提得更尖锐，这尖锐简直有点叫人忍不住。

金承德吐着痰，难受起来了。

“好了，我底家丢了，还是你好，石二——抽一只。”

石二几乎使人不觉察地摇了摇头，接过来金承德递给他的香烟。

“打点酒来行不行？”金承德闪着黄色的大牙齿，他底脸上飘浮着那种担心着自己会挨骂的无力的，有几分阿谀的笑。

石二点了点头。

隔壁房里又哭泣地唱起来了，金承德扭着颈子悲苦地说：

“哪一天不受苦就好了。有瓶没有，我去打酒，”他突然用一种高亢的，想摆脱什么的声调叫，于是跑出弥漫着辣味的烟雾的房间，跃下温暖的山坡，打酒去了。

石二喝着酒，让酒燃烧着血液。他底牙齿在第四杯酒下肚的时候战栗着，他固执地摆着手，蒙眬地说：

“过着日子，比畜牲还不如，你愿意吗？你还不改一改脾气吗？你要认真一点过活，认真一点，不要鬼混。……”

“我真的认真呀，”金承德粗暴地叫，一直瞧到石二底眼睛里去，在那里看见了一点不寻常的东西，一点激动的，强烈地爱着的濡湿的光辉。他感到不可思议。迷乱了，石二底固执而苦恼的激情传染了他。

“今天，吴家的那个鸦片鬼跑了。丢下一个四岁的小儿子逃走了，”石二继续说，抚摸着湿润的多毛的胸脯；“他为什么不逃走呢？他该了一屁股两肋摆的债；他一天要吃几块钱的烟，他赌钱，这些土财主，”他绷紧嘴，他底眼睛皱起，“他把家产荡光了。地皮，山头，房子全卖了；他底老婆跟人跑了。你不晓得罢，他底堂房哥哥，那个讨厌的东西卖鸦片，今天他就去讨烟吃，他们就问他要钱，捆起来打他。……我上工去的时候遇着他，他低着头，拖着一双烂鞋子，是呀，他那样低着头，好像很难受，但是怪谁呢？——比方，一不小心，在井里烧死了，怪哪个呢？——你知道罢，怪哪个？”

“你又说怪日本人是不是？他怎么逃走的呢？你喝酒。”金承德认真地说。

“把人弄得比畜牲还不如——这不是怪日本人的问题。日本人也有享福的，也有受苦的，被压迫的……”

“你说呀！”金承德焦急地叫。

“说什么，哦，他逃走了就是了！不晓得逃到哪里去了。他底堂房哥哥把他底一口橱，一些东西都搬去抵债，他底小儿子饿了一天了。”石二把最后一句话放得特别低，说完了，用力地抽了一大口烟。他底粗黑的手在胸脯底坚硬的肌肉上抚摸着，仿佛抚着里面的某一种东西，使它安静一般。

“不是人不是人！”金承德粗蠢地叫。

石二带着一种严肃的表情瞧着金承德底涨红的脸，他突然问：

“炼焦厂你干甚么不干了？”

金承德仿佛被这声音剥去了一切遮掩，变得赤裸裸了一般，他毫不思索地回答：

“我偷了十块钱。”

于是，瞧着石二底闪耀的眼睛，他又加上说：

“他们分红不分我的，他们欺我外乡人。”

他听着自己底声音在昏黯的灯光底下撞响着，颤抖了起来。他吃惊地瞧着石二底紫色的咬紧的嘴，感到这嘴是在咬着他底心，使它流血。“石二是一个好人，我是向他说的！”他自己讲，突然想到信息全无的家，啜泣了，他并没有多少悲伤，不过觉得受了什么人的欺，需要哭泣一下才好。

二

金承德没有下井，因为他对矿井感到一些害怕。他被石二介绍给一个矮小的，翘着尖尖的胡须的工头，在卸煤台底旋转车旁工作着。他是一个惯会欺骗自己，时常感到内心底虚弱的人，因此，最重要的，就是麻痺自己，从而迷失。他很愿意沉没在生活底污浊的泥河里，再沉下去一点就更好；让自己被淹没，躲在阴暗里，享受着可怜的各种满足。在他，满足是什么地方都有的，就像撒落在轨道旁边的闪着乌黑的光的矿石一样，所以，石二，石二底自寻苦恼，在他是觉得不可思议的。

他在旋转车台底栏杆旁边坐着，把褴褛的衣服剥下去，在有些热辣底太阳下晒着肩膀，和沾污着煤屑的发着黄光的胸脯。

他底呼吸很平稳,把背脊依在一根木柱子上,在初夏的昏倦和内心活动底贫乏里,几乎睡着了;待到一个硬硬的脚踢到他肩头上来时,他才迷胡地咕噜着,抬起头来。

"车子来了,要下煤了。"

他慌张地站起来,怯弱而昏晕地笑着。绞车压着铁轨发着轰震大响,被推到车台上来了。那个刚才说话的高个子工人,敏捷地扬起手,卷一卷袖子,从推绞车的朋友嘴里摘下半截香烟来,于是带着一个顽皮和善的微笑,贪婪地吸着,一面用手把着弧形的铁条。

圆笼子转动着,绞车里的煤倒下去,落到斗车里去了,煤屑在悒闷的空气里飞腾着,铁条碰出单调的声音。

"满了呀,狗娘养的! ——换一个,快,"底下叫。

"狗娘养的,骂得好!"金承德点着头,贪馋地笑着,望着大个子嘴唇上的在冒烟的烟尾巴。

绞车继续地来,于是,再没有一秒钟可以歇息了。人被沉重的忙碌所吞没了,金承德底眼睛前面闪动着大个子底长长地张开的手;他仿佛觉得这手要把他拖住。

当绞车都推回矿洞里去的时候,大个子搓着手,醒着鼻子,跟金承德说:

"老哥,放机警点,刚才要是车子来了,你还在睡,……给管工看见了不大好。"

"这些狗娘养的管工,"金承德小声骂,于是突然意识到骂这话不适当,涨红了脸酸酸地说:"不错,你说的对!"一面在心里想:"你像行的很哩,你是什么东西!"

大个子走到一块石头上,坐下来。他底膝盖几乎触着了下颚,用手擦着脸,他问金承德:

"你以前在哪里干活?"

金承德用手指了指坡底下的冒着火苗的焦炭炉说:

"在兴德湾焦厂。"

"那里好!"大个子伸直腰,打了一个呵欠:"我有一个兄弟在那里，呵——呵。”

“你兄弟是哪个？”

“何传梓，洗煤工呀！——你认得？”

“嗯嗯，”金承德慌了，艰窘地缩着头，他想：“他该不会晓得罢。——这杂种像是晓得哩，十块钱，”于是他突然吃力地叫：

“煤来了，来了。”

接着又放低了嗓子回答：

“何传梓是你弟弟，是哩，我和他不大熟。”在煤车带着大声滚近来的时候他又补上说，“他是洗煤工，我是杂工。”

于是他胆怯地闪着眼睛，从眼睛里盯着大个子。大个子走向圆轮底另一面，向他射了一眼，他赶忙把眼睛避开去，一面在心里说：

“乖乖，厉害哩，狗东西！”

下工了，金承德笑嘻嘻地走向大个子何连旁边去，用小声说：

“老哥，我们喝一杯去。去！”

何连底脸呈现着快活而和善的紫红色。他点了点头。不知为什么缘故，金承德突然觉得轻松起来了。他把头偏在一边，低低地哼着连自己也不明了是什么意思的歌：

“那一天晚上，

我底房里有红光：蜡烛亮光光……”

大个子弯一弯腰，搔着颈子问：

“那一天晚上你娶老婆吗？”

他得意地继续唱，没有回答。山坡上，下工的工人拥挤着，向明亮而柔和的空气里跑，仿佛有什么东西在等待着他们。风吹来快成熟的麦子底暖暖的香味。人们聒噪着，被什么欲望所驱使，想唱歌……但是有人在焦炉那里打起架来了，于是平静被打碎了。被兴奋弄得更疲倦的人们垂着头，散开在小路上走着。

金承德在人群后面发现了石二，他不愿意自己也被压着，弄得不快活，便高声地向石二叫：

“石二，二哥！”

石二静静地走近来，脸上沉思的表情没有消失，他问：

“什么事？”

“喝一杯去？”

“哦，你一个人吗？”

“还有，还有他，”金承德指了指站在不远的旁边的何连，石二向何连瞧着，于是闪耀着眼睛；这眼睛是困恼的。

紫红色在何连底开朗的脸上消失了，剩下的是阴郁和多少带着一些和善的恼怒。为了一间房子，石二和何连争吵过。但真正使他们关系疏淡的原因似乎还不在这里。主要的是，何连很知道一点东西，而石二觉得：“他只是有知识，知道，但是他不关心：他为什么过活着，一天到晚好像什么事也没有呢？”

在石二看来，真正理解一切并且感受着它的人，他一定是严肃的，并且因为在内心斗争着，是苦恼的；而他所得到的快乐，是庸俗的人所不能理解的。

但他在犹豫了一下之后，毕竟跟金承德一起去了。

“我要晓得清楚他，他到底是什么样子的一个家伙！”他想，一面妒嫉地瞧着走在前面的何连底高大的强壮的躯体。

几分钟以后，他们坐在低矮的，昏暗的小酒店里了，何连高高地翘起一只腿，他底困惑已经平静了。他仿佛并不在思想什么，他之所以久久地凝视着田野的蔚蓝的远方，和山峰上的金红而柔和的晚霞，只是因为那黄昏太可爱的缘故。他皱起嘴，低低地吹响着，然而石二却因为对方那样地轻视自己底敌人而恼怒起来了；他摇着上身，嗓子干枯而尖锐地叫：

“何连，喂！”

何连扭回头来，皱起眉头，带着一种和善而又阴郁的微微的嘲弄瞧着石二。

“作什么呀？”他说。

“你误会了我！”石二苦痛地说，但同时感到这不是他所要说的。他倔强而又惶急地闪着前额，眼光扫过何连底黑色的脸，于是注视着在金承德手里玩弄着的矿灯，这一来，他平静了；换了一种声调，他开始说：

“那间房子，因为我有家眷，公司里，……”

“你不要说公司罢！”何连更紧地皱起眉，他底脸更黑了，微笑从他嘴角上消失了。

石二惊愕地瞧了他一眼。

“当然我不是拿公司来袒护我自己：事实上，我有家眷，真叫我苦痛，”石二说，咽了一口口水。他突然从“苦痛”这两个字抓着了一种情感，于是他觉得一切都建立到一个基础上去了。他用手抚着喉头，低低地，温和地问：

“你觉得这里生活如何？”

“这个酒搀水的呀，老板！”何连从酒杯仰起鼻子来，突然叫，于是金承德也粗暴地叫起来了；他正因为一切没有他所想像的那样如意而惶惑着。

被打碎了情绪的石二，正如被打碎了古磁瓶的珠宝掮客一般愤怒了。

一个大头的飞虻在昏暗的空气里营营地唱着，绕着圆圈飞舞，仿佛说：“天气热起来就好了，就要热起来了！”

矮屋顶上开始燃着一盏油灯，炉灶里的和别的什么地方来的烟雾昏迷着它，它自己也冒出浓浊的烟雾，白昼在旷野上熄灭了；初夏底多么美好的晚上来到了。

在屋角里的一张桌子上，有人用怯弱的，蒙眬的声音低低地谈着。石二俯头在干了的酒杯上，听见了这样两句话：

“我：晚上要吃四块钱鸦片。”

“鸦片吃不起了，怎么好呢？在去年子。……”他猝然抬起头来，向屋角底暗影里投了悲愤的一瞥，于是用坚硬的声音问金承德：

“你也不要吃鸦片，你吃？”

“不，不，我，……”金承德口吃地说，惊愕地瞧着石二嘴角上的翘起的几根硬硬的长须；他好久地瞧着：那硬胡须在神经质地战栗。

事实上他并没有抽鸦片，他甚至敢担保他自己连吃鸦片的念头也不曾有过。他现在所想的只是女人，——但是他怎么突然害怕起石二来了，那胡须在他眼里扩大，甚至石二底全体都变成那么几根胡须，在他眼睛里苦恼而愤怒地战栗着。

他困惑，卑屈地笑了，但是因为这笑而浑身发烧，他也恼怒了。

他瞧着何连。

何连静静地俯着他底绕着细细的黑色皱纹的前额，并不看石二，开始说：

"老兄，我很知道你。"

"你知道我？"石二叫，仿佛对方底话是一根刺。

"唔，"何连把手罩在桌子上，他底长而污秽的头发在这一瞬间披下来，拂着他底前额。他并不把它推上去，只是把颈子摇幌着；于是头发完全散下来了。他低低地但是坚定地说："人生就是这么样一个东西；苦痛连着苦痛，比方，在你想着什么，也许是想着将来罢——在你回家去的时候，你底老婆突然难受地和你说，米吃完了，于是你刚才所想的一切，一切快乐和希望，就散了，我们被压迫着，因为要吃饭，整个的社会构造是这么坏！"

"我底老婆！……"石二尖锐地叫，他是在这里被伤害着了，但是他不承认，他不承认有什么东西能摧毁他底对于未来的希望！

"我不会误会你呀！你很好，"何连继续说，他底眼睛在披散的头发下闪耀，他开始把头发拂上去，使黑色的额和明亮的眼睛完全映着灯光："我早都忘记那间房子底事了，我单身一个人，哪里都是一个窝，只是你老是对我那样看着，那样……"

石二瞧着对方，他嫉妒着，咬着牙齿，把手掌在桌面上狠狠地推过去，使桌子发出令人难受的声音。

"你快活真好！"他困难地说。

"闷着总不好的……"何连突然清朗地笑了。

“哦，你以前在哪里？……”

“也作矿。”

“那你为什么不下井？”在石二看来，作矿而不下井，简直是侮辱。

“因为病了一场，底下空气不好，隔几天我就要下去了。”

“你底领班是谁？”

“吴老大。”

“他有三个老婆哩。狗种！吃人肉的！”石二叫。

“但是我一个老婆也没有。”何连快活地说，把酒杯里的酒一下子喝干：“我真想有一个婆娘。你有吗？”他问金承德。

“没有带出来，要给日本人生孩子了，那才好！”金承德说，嘴角上浮起一个猥亵的笑容，挤着眼睛；因为从长久的被冷淡里回复过来，他活泼起来了。

“当然，何连，你要知道，我是在计算着，我们哪一天会报仇的。你想我们有一天会快活吗？报仇！”石二把重重的拳头击在桌面上；“你看看吧，我一件衣服也做不起，我底老婆穿着破裤子，她才二十四岁呀，我们底孩子没有饭吃，日本鬼把我们赶出了家。而现在……”

“我们底儿子就不像爸爸们了，”何连站起来，用小腿推开板凳，他的头几乎触着了屋顶。“他们不会‘老爷，让我做工罢，给我吃饭罢’那样了，好的，给我半包强盗烟！”他挥着手，向店老板说。

他们走出来，走在微风吹皱着麦浪的田间小路上。灯火在山谷里灿烂着，发电机送来清新的，强力的颤抖声。一个农家女人在山坡上唤着撒野的孩子。铁匠铺底茅棚里，红而灼热的铁被捶弯了。

“我后天就下井了。”何连说，一面吹着口哨。微风吻着他底唇，跃到他底肺里去，生命和力，在年青的矿工底体内洋溢了。

金承德仰着头瞧着有一颗着红色的光环的大星，“他们说的是些什么？自己吓自己！——我也要下井！”他对自己说，于是伸开大手掌攀住石二底坚硬的肩膀。气喘地喊：

“我也下井！”

石二掉过头来。他底脸上呈显着清新的喜悦；他点了点头，仿佛不愿意用说话来破坏他底心境。最后，他叹了一口气。

“你晓得十五初一他们要敬山王菩萨吗？”他问何连。

“河南人不。”

“我就是湖南矿工！我，要反对的！”他说，深深地吸了满肺含着麦香的风，仰起头，瞧向有着黄红色的光环的大星。

三

当他底女人用怯生生的眼光瞧着他，低低地仿佛怕触坏一个脆弱的东西（整个的生活就是建筑在这个脆弱基础上的）似地向他说“你明天明天借……借二十块钱来，来行吗？”的时候，他垂下了他底沾满了煤屑的头；想起要去向那个恶毒的领班乞怜，说好话，他愤怒了。

“怎么样呢？……”他涨红了脸叫。

女人瞪大了眼睛，悲苦扭曲了她底发青的嘴唇。几乎要从地面上跳起来一般地向前走了一步，用她底骨棱棱的手向空中抓了一下。

“问你，问你，问你自己！……”

于是她像走近了一个可怕的东西似地，连忙向后退，依靠在涂着臭虫底血迹和泥污的墙壁上。

石二抑压着自己；不看女人，他踉跄地向床边走去。

“她，二十四岁！”他自己说，怜惜地瞧了女人一眼：“这不是做梦，假使穿起绸旗袍来，她也可以呼唤听差的，但是，谁叫她底丈夫是一个四十块钱一个月的矿工呢？谁叫她呢！……”于是他立刻挥着手，仿佛不愿意再想这个了，忧愁地，用阴郁的眼光环顾着狭窄得可怜的房间。这房子的墙壁是如此薄弱，就要有一阵比较大的风，它是就会被吹倒的；而这房子里所有的破烂不堪的东西，只要有十五块钱，就可以统统买光了。

“好呀，好极了！”他战栗着，蹒跚地向门口走去；在走过女人身边时，他又瞧了她一眼，他觉得她竟是这般渺小可怜！——他爱她吗？但是金钱是不会和他们讲恋爱的，在人被压溃，变成野兽的时候，爱是完全不会有的，只有那比爱更强猛更热辣的，只有那燃烧！

他载荷了这重压，幌摇着肩膀，向门外跃去；想不到步履竟是如此艰难，他底头简直要炸裂了。

“我一下就回来。”他望着门外漆黑的天空说。

“你要累了。”女人低低地说：“十一点多还哪里走？”

石二没有回答，走出门来了。一阵风拥抱着他，掀起他底破烂的衣角。他在山坡上站住。他底眼睛眺望着工厂底美丽的灯火，和在灯火下面卷滚着的，白色的水汽，水汽发出嘶嘶的声音从过窄的铅管里挤出来，仿佛一头温柔的大兽一般在空场上爬行着。

他没有想到要到哪里去，但是他朝坡下走了，把住宅区底小孩底啼哭，女人底鼻音的咒骂，和醉汉底迷糊的叫喊留在脑后，通过那埋着死了的工人的坟场走着。借着远远映来的电灯底苍白的微光，他无意识地辨认着一个坟堆前面的木牌上所写的名字。然后又继续朝坡下走，但在走近路边上的在一切坟里最小的一面时，他愣住了；“这是老头子，老头子吴东，多么可怜，他天天喊：你们救救我一家呀，上医院呀，但是谁也救不了他。——咦，他底坟上怎么没有木牌，四块板板，怕，怕，烂了罢？”他自言自语地说了出来，于是一种漠然的恐怖压伏了他了，他底背脊寒凉。最伤心的是同类底尸体！然而这里还不只仅是伤心……实际上，伤心的这一种情感在矿工们已差不多是没有了；生命被麻痹了，那么，就变成绝望的，非人性的恐怖！

他再向下走，感到自己是被一种看不见的东西所包裹住了。在一条石板路上徘徊好久，他才镇定了自己。正在这时候，一个歪歪倒倒的样子向他撞过来。他立刻认识了，他唤：

“金承德！”

金承德向黑暗里辨认着,嗅鼻子。

“石二是你,我当是鬼哩?”他蒙眬地说;他底声音是重浊的。

“上哪里去了的,半夜三更?”

“何家坝呀,”金承德带着猥亵的鼻音沙沙地说,又怪异地笑了一声,何家坝有的是酒店,烟馆,和卖淫的女人。

“去做甚么呢?”

“割肉。”金承德更污秽地笑了。

“割肉怎么呢?”石二恼怒地问。

“就是这么个样。”他做了一个猥亵的姿势,同时用左手醒了一下鼻子。石二看出来,他是赤着膊的,破衣服搭在肩膀上。

“化了多少钱?”石二盘问。

“十元。不多。三等货就要五元。蛮嫩的货,骚货,像母马一样哩。”

“你发,你发昏吗?”

“都在那里哩,赌钱也好,鸦片也好。……不然,就发闷啊。你去看罢,包管满意:无毒无疮。何连也在哩。”

“哦!”石二仿佛被敲击了一下,他是深深地感到自己底严重的苦痛和孤独了。

“哦,要报仇的!”他喃喃着。

他同金承德一齐向坡上走,金承德昏昏地唱着:

“那天晚上。

我底房里有红光,……亮……光光。……”

他突然问:

“你在井里做事,满意吗?”

“满意。”

“胡说,你听了我底话没有?”他又愤怒起来了。

“听了呀!”金承德粗蠢地叫。

“你记得你底老婆,你底家吗?”

“替日本人生儿……”金承德说着说着,遗失了话句了,他从石二底闪耀的眼睛,从石二底沉重的严肃声调上感觉到了某种压迫着他，使他害怕的东西，口吃了起来。

“你是要我介绍你上矿上来做事吗？”石二站住了，挥着粗壮的手。

“哪里都一样吃饭哩，……你卫护老板。”他挣扎着。

“是这样子？这样子！”石二怒不可遏了；“你在焦厂偷了，偷了十块钱让人家赶出来了。你这样瞎搞不又要偷吗？”

金承德被伤害得如此之重，——但是在他底灵魂里是有着足够的东西来抵御这伤害的，“鬼杂种，像教训得行哩。”他在心里说，他底脸热辣起来了，嘴角上挂着怯弱的笑。

从石坡路底深黑的一端，响起了脚步声。渐渐地一个瘦瘦的人影可以辨认了。金承德向人影瞥了一眼，于是惊慌地向山坡上跑去。

石二从背后抓住了他。

“老二！”金承德恐怖地乞怜地叫，想推开对方底手。

瘦子追上来，认出了金承德。

“我认得你叫金承德，你们矿工跑不掉的，”瘦子底头上浸着淋漓的汗水，他叫着，用手来抱金承德。

金承德因绝望，羞辱而勃发了野性，扬起他底脚，踢在瘦子的腰上，于是瘦子，跟弯下腰去同时用怪异的声音喊：

“你少给了五块钱，天有眼睛呀！……”

“揍你！”

“你不敢！……你要赔，……我们打官司……”瘦子在青石上跳。

“有五块钱吗？”石二问金承德。他底眼睛逼视着他。

“没有，……”

“真的没有？！”石二严厉地望着他。

“有两块，……”

“那么我添三块！”石二掏出钱来，紧张地凝视着金承德底在裤带上战栗的手。

把钱递给瘦家伙，石二皱着眉头，挡住了对方的话：

“滚！再噜嗦就不行了。”

于是瘦家伙仿佛一只老鼠一般地霎着眼睛，看看金承德又看看石二，走开去了，边走边冷冷地唱歌一般地说：

“没钱就别上何家坝。”

石二回过头来，向金承德严厉地说：

“怎样，割肉吗？”

金承德困惑地张着嘴。

风在山坡上吹着，吹来甜蜜的夏夜底气息，工厂底灯火亮得更清莹了，它们仿佛都要用热烈的声音说起话来，或者，它们是在准备一个合唱。在山坡上，污浊的生命底流静止了。可怜的女人，被生活底重荷所压碎的矿工们，他们在夜里也做着被攫夺的梦；（小孩子也梦见被人夺去了一篓子捡来的煤。）因自己寻获不到一点剩余的东西而喃喃着。

金承德是很难受了。菩萨是把一切安排得多么不惬意啊；菩萨不能给矿工女人底婴孩铺好一张天鹅绒的床，也不能使金承德有很多的钱，有好看的女人。

“你说，有菩萨吗？”他庄重地问石二。

“胡说。菩萨一分钱可以买一百个。”石二悲愤地叫。

“那么，不想自己底妈，老婆……人也犯罪吗？”

“要看怎样的不想，你要是当兵打日本人去了，那么，不想，不想罢；要是你去割肉……你就是混蛋。”

“我是混蛋，是混账王八旦！”金承德咕噜着，感到自己要炸裂。

在他们通过坟场，向坡上走去的时候，他还依然在昏昏地咕噜着：

“一天到晚闷死了，做工，做工……我怕哩……你叫我怎样办？……”

石二是晓得怎样办的，但是他感到他甚么也说不出来。

四

把黑色的裤腿卷在膝盖上的何连在小路上很快地走着。那长长的腿因为长久被潮湿的煤气所浸蚀，又每天用冷水洗擦，所以异样地发红。他底腿闪动得这样快，……没有一分钟工夫他就跨过草丛隐没在库房的墙壁背后了。

他想在人堆里可以找到石二，然而他只仅看见金承德。

“石二呢？”

“睡觉，在家里睡觉，”金承德满脸困惑地回答。

“你们在做甚么？……”

金承德犹豫了一下，向周围的人环视着，然后低低地说：

“我们有事，……”

于是何连向人群射出挑战的一眼，背转身走开了。

“这是河南鬼！”在他背后有人低低地骂。

何连头也不回，向山坡上走去，就在住宅底前面他遇到了石二，石二用一只手扼着自己底颈子，在沉思。

“石二！”他喊。

“呃，”石二松下手，回过头来，思想底光浪蒙住了他底脸；他底眼睛露出苦痛的神情。

“我来和你商量一件事。”何连气喘地说。

“什么事？”

他迅速地霎着眼睛，用手拂着冒汗的前额；在这样的动作里他镇定了自己，他说：

“你们湖南人对河南人很不好，恐怕……”

“哦，”石二截断他，声音变得愤怒地沙哑：“你们河南人待湖南人好吗？……”

“不是，”何连的眼睛挑战的快活地闪耀着：“我说错了，你也说错了，不是谁对谁不好……人总是一样的，……我是说：关系弄得很坏了，昨天在井口就吵了嘴。”

“还要打架的！”石二痛恶地叫，一面向何连投了一眼，（何连正用他底长脚踏倒了一棵草，又试着把它播竖起来，他底眼睛注视着自己底光赤的脚）接着，他放低了声音说："他们要敬山王菩萨，要上面给钱，上面当然不给。那么，大家就齐心不上工，……但是他们恨河南班不敬菩萨，恨你们去上工。"

"他们在商量哩，……金承德也在，替菩萨出力，……蠢，蠢！……"何连在泥地上踱走着。那一棵孤独的草因为扶不起来，就被他率性踩到泥里去了。

"能够劝劝的吧，……"石二紧张地瞧着何连，说，一面赶忙咬紧了嘴唇。

何连底额上闪着紫红色，他突然笑了，笑得那样快活，并且带着嘲讽。石二恼怒了。

"我说错了吗？……"他凶狠地凝视何连。

"我劝过了呀！……"何连闪着牙齿回答。

"那么，那么……"石二一直瞧到对方底脸孔里去，想在这脸上发现一些他不了解的东西。他准备好了伤害，突然问：

"你去了何家坝？"

何连望了他一眼，没有改变声调回答：

"去了的。"

"去做什么的？"石二被自己紧张起来了。

"割肉呀！"

"好。"准备好攻击的人没有准备好防御；被伤害了的不是何连，而是他自己。他凝视着何连，眼睛烧灼。

何连没有把眼睛避开去，他底发黑的嘴唇逐渐弯曲，微笑变成了一条极细的几乎不可觉察的皱纹，锁住了他底嘴，在额上，那细细的黑色的皱纹出现得更多了，他底眼睛开始幽暗，变得漂亮。

"去了的，"他静静地说，他底手在前胸绞扭着："因为，生活……是这样的苦……苦。"

石二不敢再瞧对方。他仰起头来，注视着一片飘泊的薄云，"苦……苦……"他在心里绝叫。

“你并不比金承德好多少。……”他同情地说。

“我并不好。”何连说，摇着污黑的头，一面翘起嘴唇，他底脸突然涨红了，完全像小孩子一样。

“但是并没有多少关系……”他低低地温暖着自己：“在将来，在需要我底生命的时候，我何连，二十二岁的矿工……有一样，这样一条不值钱的命。”他低下了头，用手抚着自己底胸脯，仿佛在保护着内心底活动。

“要时时刻刻对得起自己。”石二说，也激动。

何连突然抬起头来，把长发甩到顶上去，喘气地说：

“你不要……不要说了。……”

“那么，你告诉我河南人你们怎样罢……我总要想办法的，这件事。”

于是他们长久地谈了起来。

矿道底潮湿的空气侵蚀着金承德，使他作呕。他底脚在斜井底木梯上面摸索着。矿灯在他手里闪耀着绿色的不快意的光。在他底前面，后面都是矿工们在摸索。木梯滑腻而泥泞；人底光脚发出胶黏着泥水的声响。

斜井底支柱上生着霉，腐蚀了，恶劣的气息压迫着人底肺。绞车上下着，发出单调而粗涩的声响。这里是五十度，在五十五度的底下，绞车简直成了直线在降落了。苍白的光在远远的底下照着，映着一些在金承德前面走着的人底幽魂一般的影子。铁板在下面令人感到恐怖地敲起来了，于是铁索战栗着，绞车又向上拖；这一次绞车上坐的是一个领班，他粗暴地挥着手，向走在木梯上的矿工们喊：

“快走呀。猪！”

金承德胆怯地望着上升的绞车，一面弯着腿摸索下一层木梯，在这一瞬间他突然听到什么东西坍落的巨响，接着，就是一个幽灵底惨绝的嚎叫。一个矿工在斜梯上滚了五十公尺，跌烂在斜井底下了。

木梯断了一级。人们叫嚷着，于是愤怒传染开来，金红的火花在人们眼睛里爆炸着。

“明天，明天就接你了；山王菩萨，菩萨，……”一个老矿工战栗着嘴唇。

于是在人们顶上轰震着石二底愤怒的，尖锐的声音：

“我们不走这里走，我们要坐绞车；我们我们……我们是人！”

这声音是这么倔强和固执，这么确信到野蛮的程度；这么愤恨和这么叫人悲恸！一瞬间，它压伏了矿道里的一切的声音，蹂躏着每一个人底心。

金承德快要炸裂了，天下竟然也有这样的事，一秒钟不到，就跌得稀烂了，石二底声音竟是这样地压着他底胸口和轰击着他底头脑啊，突然用一只手臂蒙着脸，他哭泣了。

“……我们是人，是……石二，……”

他底抽咽飘浮起来。这细小的一面想抑止住的呜咽仿佛是从石层里发出来的，这石层几年来吞食了无数的矿工，无数的黑色的挣扎的生灵，现在他们都为着欢迎一个血淋淋的新来者而回忆起来了；他们都觉得要哭泣一下了。

几个矿工抽咽了；一个“开风门”的八岁的小孩子突然嚎啕大哭了起来，这天真的生命底呼号提示着人们，使他们自己知道在深渊里是跌得怎么深了，这天真的恐怖的呼号暗示着人们，使他们知道自己离灭亡是多么近了。它仿佛在抗议着：“我这么幼小，我为什么也要死呢！爸爸们，叔叔和哥哥们，爬到上面去罢。”

石二底燃烧的嗓子继续咆哮着：

“我们上去，不走这里去，我们是人，我们还拜菩萨吗！我们还不想一想自己吗！”（灼热的眼泪滚到他底颊上）“我们，在日本飞机丢炸弹的时候。光拜菩萨也行吗！”

“不，我们不，……”

“我说的不，死也，也不！”

矿工们咆哮了。

当死者底血肉模糊的尸体被绞车拖上来摆在一号副井口的时候，石二难看地青着脸；绞车台底潮湿的电灯蒙眬照着他底肌肉起着棱角的胸脯，他用手撕着衣服，使胸脯更赤裸。他底眼珠在痉挛的眼窝里发红地战栗着，他看死尸，又看看站在他旁边的金承德，突然一下子攫住了金承德的手臂。

“河南人跟我们湖南人有什么仇?”他暴戾地喊，这声音同时创伤了他自己，环视着周围的人，眼泪滚下了他底面颊。

五

在“放拖”的轨道旁，当石二听到背后棍子底嘶叫，预备逃走的时候，一块石子绊倒了他，于是重重的狠毒的一棍子击在他底后脑上，他晕昏了；他底鼻孔里流出了紫黑的血。血液胶黏着煤屑遮盖了他底青黑色的嘴。

从水沟那边跃过来，在棍子底第二下敲击里拯救了他的，是何连。

何连敏捷地伸出长长的手，抱住了袭击者底腰：这是一个茁壮的河南人。

“不能打!”他厉声喊。

“打死湖南人，”矿工野兽一般地咆哮，挣扎着，在转过身子来的时候，他长久地用发红的可怕的眼睛瞧着何连，于是认识了。

“你帮他忙!”他喊。

“你是我亲戚……你知道罢，不能打!”

在这时石二苏醒了。挣扎着，他坐起来，迷乱地瞧着他底仇敌，他底血污的脸抽搐着。

“打罢，打罢，”他苦痛地叫，闭上眼睛：“但是兄弟，兄弟，我们都是一样的：一个没吃没穿的矿工啊。兄弟，你打好了，但是……”他举起手来，扼紧他底喉头，他底肩膀因为过分的苦痛而悸战着：“但是，打死了，我们自己打死自己，却便宜别人。”

矿工垂下了他底手，面容发青，嘴陷凹；突然丢下棍子，他背转身向山坡跑去。

没有比叫两只疯狗相咬更容易的事了。在灾忌的日子，河南班照样下井，但是不幸的是：井里着了火，烧死了三个人；这仇恨当然就发泄在湖南班身上了。头一天夜里十点钟就在澡堂里赤裸裸地打了起来，因为两只不同省籍的手同时去取一块肥皂。于是上面来调解说："不要打，明天早上十点钟给你们满意的答复。"但是没有能够等到十点钟就爆炸了。

头天晚上在澡堂里吃了亏的湖南人在清早六点钟不到就向山坡面进攻（因为河南人底住宅在山上面），而愤怒的北方汉，就一下子从破烂的门里跃出来了。

疯狂的搏斗立刻就蔓延到厂房前，放拖的轨道上，……井里的工人带着疲乏和病态的愤怒，爬上来了，这都是一群因绝望而疯狂的野兽。

铁条，铲子，扁担，……在太阳底下闪耀着；它们渴望着血。一个矮矮的矿工被别人追逐着，在山腰上迷失了路，从尖锐地突起的石头上面翻了下来。于是打击落在他身上，他底头稀烂了，他底叫喊是那样的苦痛，竟仿佛使空气里飞溅着黑色的血。

房子被打毁了，疯狂的破坏欲攫获了黑色的生灵们。他们咀嚼着大嘴，甚至想用嘴来咬。

整个的矿山，从正常的轨道倾覆了。

金承德在别人后面，也拿着一根棍子，因为别人是那样的愤怒和勇敢，他不好意思胆怯，但是当他在腰干上挨了重重的一棍子时，他就向山坡下的麦田里飞逃。

他是那样地悸抖着，把漆黑的身子完全隐没在麦棵森林里。他伏在潮湿的泥土上面，听着远远传来的蒙胧的喊打声，渐渐觉得疲乏。他起初原想逃走，逃开这不惬意的地方的（他是多么不高兴做矿工啊），但是现在他什么也不想了，仿佛一切已经远去，而自己现在是在另外一个世界里了;麦子底香和泥土底醉人的气息开始完全征服了曾经是农民的金承德,他底脚尖深深地踢到土里去,他底鼻子在温热的麦杆上摩擦着。他做着迷胡的梦;口水流出来流在泥土上。太阳通过长长的茂密的麦棵斑斑地照着他,听见泥土里有虫子用一种颤抖的音唱着歌,他心醉了。

“乖乖,曲裳唱歌哩……”他喃喃着。用手抓着泥土:“糟了哩,他们打死人了啊,到处人杀人;日本人杀中国人;俄国人杀……杀洋鬼子,……”于是他突然想起一句话:“乌龟打王八,王八打乌龟!”而得意地怯弱地笑了。

被调停了,被弹压了,或者是:意识到了自己做什么,感到苦痛的战栗,疲乏了,搏斗停止了,第二天,人垂头丧气地向矿井走去。

现在不走木梯了,是走着长长地向下斜去的,乌黑的矿道:从五十公尺绕到百公尺,只有变压器房那里有一盏电灯照着,旧工程那里,赤裸裸的矿工用他底背脊背着拖子,在木轨道上爬着。他们时而喘息,肺病地咳嗽,掀起屁股和背脊来爬一步,时而把手抓穿木轨挡,歇息着。矿灯底苍白的光照见他们底漆黑的苦楚的脸,和全身的痉挛的肌肉。

金承德喝了一些酒,踉踉跄跄地向矿道里走去,在斜口前面,他看见了隔着三个绞车走过的高个子何连。

何连底脸在藤帽子底圆边底下闪着墨绿色。他在静静地走着,当一个包头布上插着电泡的瘦弱的矿工用酸酸的调子向旁边一个说:“借两口烟抽抽罢,两口……”的时候,他向他们投了一眼,急骤地,仿佛颈子被刺着一般地摆过头来,看见了金承德。

“石二好些了,不要紧的!”他向金承德说。

“他在病房里?”金承德问。

“你还不知道吗? 七号。”

金承德突然想起石二对自己那么好,而自己对他底受伤却那么不注意,深深地感觉到良心底不安。

“知道，知道的！”他困惑地回答，“今天我还，还要去看他哩！”

何连看了他一眼，从岔道转向一号井去了。

何连底眼光深深地恼怒了金承德。他恶意地咒骂着，蹒跚地向漆黑的郁热的矿道走去。他底不安这一次没有能很快地就消逝。他越向矿道底下走就越惶惑，石二底严厉而苦恼的影子是那末厉害地缠绕了他，使他觉得呼吸窘迫。他做了多对不起自己和对不起别人的事啊，这一下他完全都想起来了。一切全不适意，全绝望着。……在风门前面，他向壁角里那个褴褛的小孩子站住了。

“你几岁了？”他问。他学着石二底口气。并不向已经拉开的门洞走。

“七岁。”小孩回答，畏缩着。

“多少钱一个月？”

“半块钱一天。”小孩说，把漆黑的小拳头放在嘴边。

“半块，”金承德莫名其妙地怜悯，“一个月十五块钱呀！”他加上说。

“这全是不值得的事，假若就这样地过一生……”他想，用着矿灯，向风门走去。一些赤裸的，暗澹的影子在暧昧的光线里移动着。煤屑发出剥落的声响。一个满载着煤的拖子被推过去了；于是看见在矿墙底下，一个汉子俯头在膝盖上，冲动地哭泣着。

“你，干活呀！”包工走上来重重地向他肩头上踢着。

所有的人全默默地，仿佛没有看到这件事；然金承德突然眼睛酸楚。他垂着头穿过水汞房，一面在心里喊叫：

“你，干活呀！”

抓上了锹。然而他一锹也不掘，痴呆地瞧着矿层。

“现在是不公道的天下啊……”他想，“我金承德的婆娘被日本儿子要了，我在这里也算完了。不干了啊，一定不干了。

他愤恨地掷去了工具。

于是向绞车台那里望去。在灯光下，几个汉子无声地交换着车辆。车子换好了铁索就咆哮起来。他走过去，在斜井底下站住了。一个工人伏在空车箱里被送了下来，他认识那是何连。

“你不上工吗?”何连问。

“不，偏不上!”金承德猛然蠢笨地叫。故意地避开何连，向二连子底一条窄管矿道走去。站在漆黑里，倾听着，他底胸口突然凶凶地怦跳了起来。

感到口渴，又想抽烟，他混乱极了。他底脸被画出在从绞车台映来的微光里。它是黑绿色的。他底手臂也呈显着阴郁的颜色。……多么伤心啊！他离开家，离开他底母亲和妻子，离开他底他们一家人靠它活命的土地已经三年了。他去当兵，不成……做一个工人，也不成。在一切里面他显得蠢笨而又狡猾，贪馋而又顽固，人们总在欺侮他，世界总在播弄他，现在，他是落在这坟墓一样的矿井里了。看不见一线光亮，他不能知道他将要有怎样的结果。……

“去你底妈!”他骂，“我什么也不管！我回去，跟日本人种地，……不，有什么好种呢？还不是一样吗？就……这样罢。……”他模糊地想。不知不觉地走着，现在是站在深水井面前了。深水井尚未竣工，他走向标记着危险的红灯;这红灯仿佛一只大的甲虫似地扑进他底迷乱的眼睛。他浑身发烧，昏昏地垂头向漾着美丽的红光的狞恶的水。

一瞬间，地面在他脚下旋转，迸裂;井沿坍塌，他被投到空中去了。

金承德沉没了，——矿山依然是阴郁的和兴高采烈的;它吞没和忘掉这一个黑色的子孙，像吞没和忘掉别一个一样。

一天以后，头上包裹着白布的石二和他底女人来到坟场上。他们站在金承德底坟前。

“金承德!”石二严肃地喊，望着坟前的木牌。他底膝盖任草棵上战栗着。

女人愁惨地瞧着她底丈夫;她底眼睛被泪水弄湿了。

“他死了,金承德!”石二说。

“他跌死了。”女人不解地回答,用手抚着破烂的衣角。

“是呀!他跌死了;我呢?我也要跌死的……让我们……”

“石二!”女人恐怖地叫,盯住石二底遮上黑暗的光浪的额。

“全把他忘记了;他可怜,他像畜牲样,”情绪窒息,他哑声叫,“但是我不,我……我透不过气来了。”

“老二呀!”女人抓住了他底手。

“我们走罢。……金承德……”

女人瞧一瞧丈夫,又瞧一瞧坟墓,于是突然以虔诚的姿势跪倒在坟前。

“金承德啊,要,要保佑你的……你多么可怜啊,”她低低地哭,“你家里还以为你,啊……你底……你若有灵,你保佑石二他……”

“要保佑的!”石二悲痛地说,泪水涌出来,“哦……要报仇的……”

他向山坡下的平坦的旷野,向旷野上矗立着的厂房和大烟突伸出他底强壮的手臂。

一九四〇

棺　材

一

这是一个繁荣的，乡下人所谓东家的家庭。

离来龙场有两里路，在一个陡坡上丛生着杂木和野草，较为平坦的地方则一块一块用青石片砌拦起来。开辟成菜地的山峦底侧面，俯瞰着一大片水田，它底旧式的碉楼笨拙地矗立着。围绕着碉楼和它底下的几栋低矮的瓦屋，是一圈随着地势底高低而建筑起来的灰砖墙。——这灰砖墙在屋后扩张开去，把一个在五年前原是一块并不属于这家庭的旷地的后院贪婪地抱在自己怀里；后院现在成为菜圃，它在春天和夏天富裕地哺育着菜蔬和果实，完全不再忆及以前的主人了。五年前，它底以前的主人不知道因为什么缘故在几天内全家病死，只剩下一个七岁的半疯的女孩流落到十几里外——或许更远些——的矿业区去。而在这不幸发生后的半个月，这家庭底主人，王德全和他底弟弟王德润，就向邻居们宣布了他们自己杜撰的这肥腴的旷地底以前的历史，使别人，首先使自己对这新奇的历史心服，一面悄悄地重修了后门，扩张了围墙。

从这时候开始，这家庭就复兴了，在这以前，王德全和王德润，假若还愿意回忆的话，他们是差不多经过了十五年的穷苦的潦倒的。虽然他们都还年轻，只有二十岁，但那时候年青就和年老一样并不是财富。连续不断的荒年、匪灾、内战，使农村荒凉，把人底生活完全毁坏了。他们底父亲，一直到老年都在放荡的，残忍而势利的鳏夫，跟哥老会底袍兄弟们一起到省外去，就不再回顾家园一眼，死在异乡了；一个弟弟也是这时候怀着绝望的梦跟军队出走的，他走到他们从不曾梦想过的地方，连一封信都不寄回来。

但他们，王德全和王德润，因为都成了家，舍不得离开乡土去做无望的漂流，所以还一直顽固地看守着灾害和贫穷。王德全在来龙镇开了一家杂货铺，勉强糊口，他底弟弟则野蛮地跑遍了邻近的乡镇，靠要债和借债，偶尔也赊贩一批乡货做空头生意来过活。

然而现在，精光的年头已经度过去，像隔日的恶梦一样，王德全和王德润不再回顾它了。他们底儿女都逐渐长大，到了可以把希望放在他们身上的年龄，他们享有着金钱底权力和荣耀，穷苦的街坊和邻人，为了期望借十块或二十块钱，时常恭敬地到他们家里来领受轻蔑；就是那些一向看不起他们的，因战争而逃难到这里来的下江主妇，现在也为了借一点家具，借用一下磨子而来向他们底女人请安，和她们冗长地，兴奋地讲述他们所不曾到过的，现在已毁灭在战火里的豪华世界。

王德全是一个勤劳而谨慎的人。他无论在什么时候都在为他底家务思虑得精疲力尽，都在忙碌。人们可以看见他这一个时候用尊严的姿势挺着腰，在背后牵着一个巨大的有着蓬乱的黄土色根须的枯树桩，向家里吃力地拖去；那枯树桩像一个怪物的头，在被拖上台阶的时候粗暴地跳着，碰出难堪的大声，不肯前进，使他不得不改变了他底庄严的姿势，举起两只手将它拥抱起来，——另一个时候则仔细地捞起衣袖，在后院里用一根破竹杆播松被谁泼了水的毛豆稭。这种劳碌使他愉快，巩固了他底冷酷的骄傲，从而使他轻蔑世界，轻蔑那些不劳碌或劳碌得无价值的人。他底弟弟，在他看来，懒惰放肆，就是这些人里面的一个。

然而王德润也同样轻蔑他。他看不起他底阴险和吝啬，他底对佃客的残忍，觉得他不像一个活人。在一切上面，他自己是毫不顾忌地放纵欲望，而且漠不关心的。他在自己底后屋里摆鸦片铺；他大宗地输卖菜油，桐油，以及别的什么容易赚钱的货物。和对手争嚷的时候，他底声音粗暴，强大，不容反驳；每个和他交涉过的人都要稀奇像这样一个昏疲而苍黄的人竟会有那么多的精力！

他们底女人对于他们各人都是十分恰当的。王德全底，是一个微胖，小眼睛，下巴很肥，有着乡村里的人描写它为福像的那种脸的阴沉而骄傲的女人，王德润底，则泼辣，放荡，外表凶恶。两个女人时常争吵。在争吵的时候，王德全底女人总是先令人难受地阴沉地哼一声，用肥厚的手拍一下桌子，而当对方，当王德润底女人从所住的后院里爆发了尖利而激昂的诉说和唱歌一般的，用拍手来伴奏的咒骂时，她便冷冷地走进房去，缝起衣服或是搓起麻线来，不做声了。

王德润所住的后屋里，每晚都挤满着吸鸦片的客人，那些老板和地主；他们带着浓痰，懒惰的愤慨，嫉世的冷笑来，谈着生意和谁家女儿偷人。在这时候，他底女人因为不放心那个胖丫头素芬，就十分忙碌；她一面兴奋地高谈阔论，咒骂吴二嫂底豆腐块切得太小，一面在热水里拔着鸡毛，替客人们做消夜的菜。她底三个孩子在这时候也顶顶快活，他们可以弄到半块钱，由最大的一个叫做黑娃子的领头，到路口的摊子上去买花生吃；可以像过节一样地学狗叫，在地下打滚。

在夜深了，弟弟底客人快要散去，或者又来了第二批的时候，哥哥才理好了账目，锁好了柜子，并且细心地擦净白漆板，写上今天赊欠的账或明天要办的货，从店铺里回来，他沉思地，胡涂地在黑暗的路上走着，一面轻轻吸着长烟杆。他低着头，反复着他底左手拉衣袖的习惯，就像冬天人们在怕冷的时候所做的似的。那瘦瘦的羊型脸，不时在烟火底闪烁里被描现，上面凝固着一种近于麻木的骄傲神情。当快要到家，可以从几棵大树的暗影里分辨出那臃肿的碉楼的时候，他会习惯地从牙齿缝里取出烟杆来在枯干的嘴角上泛起一个满足的微笑，但是一走进大门，他就奇特地不如意，愠怒起来了。听着弟弟底客人们从后屋里发出来的胶黏的嗡嗡声，他就狠狠地用舌头从闭紧的嘴唇里挤出一口痰来，吐在地上；但这痰假若落在当路的处所，他便要恼恨地走回来，用布鞋底踏掉。

但虽然恨当路的痰一样地恨弟弟，他还是每晚都要到鸦片铺里去走一趟，向客人们寒暄，有时也买一口烟抽，像一个被人尊敬的家长所应做的。

这一个繁荣的家庭，每晚总要到十二点钟以后，到邻人们都早已安息，就连那睡得最迟的勤苦的吴二嫂底推豆腐的单调、粗涩、沉重的声音，也被漫夜底寂寞所吞噬的时候才完结它底生活；这时候，它底大门机警地开了，它底客人们面颊发烧地走出来，在路口点着了灯笼，然后借着微弱的光明，向田里底深处走去，散布生活底疲倦。

二

王德全很早就起来，在院子里察看着财物。最后他经过碉楼，预备到后院里去数一数树上的柑子，但一个细弱的啼哭声使他在肮脏的过道里站住了。

于是他看见了女佣人李嫂，他底一个做木匠的佃客底女人。她蹲着，一只手扶着放在脚边的盛着包谷的白箩筐，一只手高高抬起来蒙着眼睛。她底头发是披散的，背脊上的衣服也撕了一个大破洞，那挂着的破布在哭泣里轻轻地抖动着。

他狠狠地踏了一下脚。李嫂回头，倏然站起，露出肮脏的，哭肿的脸。

“你怎么呀，大清早？”

“老爷……”

“你这包谷哪里弄来的？”他拉一拉左袖，弯腰抓起一把包谷，把那深黄色的发光的大颗粒在手心里仔细播弄着。“这包谷可以，唔？”

“在河边上买来的，老爷。”李嫂揩眼泪，口吃地说。

“怎么，你这一早就下河边来了，三十里路。……”

“我昨天夜晚去的。”

"胡讲。——这买多少钱一斗?"

"才六十五……"这穷苦的女人在悲惨的脸上露出一个得意的微笑,"场上要卖九十。……"

王德全严厉地望着她,后来又难看地笑。

"你明天跟我背两斗来。"

女人抽气,沉默。

"你为什么哭?"主人这才想起了本题。

"我? ……"李嫂又哭了,但随即就翘起嘴,忍住了它,"我昨天饿了一天了。我抗不动这一斗……"

"老李呢。他做房子,为什么还不回来?"

女人用充血的眼睛愚蠢地但可怕地钉住主人。

"他给拉兵拉去了!"她叫,"老爷,你借给我二十块钱,好吧?"

王德全听到钱,青色的小眼袋鼓起,愤怒了起来。木匠李荣成欠他一年的租这是她替他做两年女工,也无法偿补的,况且他还把碉楼下层让给他们住。

"我哪来钱! 李嫂,"他说,后来就用细弱的声音叫起来了;"你快叫李荣成回来! 这是划不来的。我一个钱也没有,过的是苦生活呀! ……"

他为自己底"苦生活"所动,想发泄一下那种苦恼他的情感,脸不安地发白,嘴唇焦渴似地战栗着。但他立刻就觉察到这女人简直没有听他。她只是发痴地抬起眼睛,瞧着后院树上的在秋天底朝阳下闪耀着鲜明的黄色的柑子。

"老爷!"她回来,皱起她底肿脸,痴幻地说,"你救老李出来吧。"

"嗤,笑话,政府底大事,我怎么管得着。那些强盗兵……"

于是李嫂不再望他,抬起箩筐来,到碉楼里去了。她胡涂地做着事:寻觅木柴,把包谷倒在锅里,一面淌着眼泪。她是一个幻想异常多的女人,即使在辛劳使她疲弱,绝望使她不明了周围一切的现在,也还是只要一出神,就幻想了起来。她幻想河里的汽划子向繁华的城市开去，载着那些亲爱的农人，其中最出色的是他底粗暴的，懦弱的丈夫；她幻想他们上了战场，那是一望无涯的染血的平地，上面鸡鹰似地飞着飞机……但终于草把烧疼了她底手，使她惊醒了。她揩眼睛，把肿脸歪到炉口去，用她底衰弱的肺吹着。

这时候王德全在后院里向碉楼叫：

"李嫂，快一点胀饱，要煮猪草，你底锅……"

他咕噜着，走到柑子树下，高高举起烟杆数起柑子来。

"一个、两个、三、四、五、六、七、八……十五荷！它龟儿躲在那叶子里面哩！"他高兴地笑，露出黄牙。但数了三遍，结果总是少五个。

"一定是黑娃子小杂种——晓得是不是他生的——偷去了。还没有熟。唉，子不教，父之过。"他愤激地想，望着可爱的秋天阳光，叹了一口气。

黑娃子是王德润底大儿子，今年十三岁。他底偷柑子的本领是奇特的，据王德全底统计，还没有黄熟，他就偷了四十二个。

这使王德全恼怒。的确，他是这一排柑子树的主人，它们像他一切财产一样，有着一段使他感到荣耀的历史。就在前年，在因为打仗，外乡人来得多了，对面山坡上盖起房子，修筑起石灰窑来的时候，他把它们移到家里来的。在那以前，这大棵年青的树是兄弟似地守卫着山坡的；石灰窑底主人要把它们砍去，他知道了，觉得非常可惜，就回来向家族提议，"哪一个把这六棵树移回来，将来结了橘柑就归哪一个。他们是一定会结果子的，"他严正地说，拉一拉左袖，"那些下江人太蠢，不知道。至于我，不过想把它们栽在后院里就是了，——它们可以叫一家人兴旺。"但是他的提议底主要的对象，弟弟，却冰冷地给了他一个白眼。他愤激起来了，立刻就率领着雇工，把树移了回来。他发誓即使它们永远不结果实，他也要栽培，以便得到木材，吐这口冤气。但第二年它们就透露了希望，给予了十二个发青的小柑子。王德全胜利了，他独自浇粪，挖土，今年它们就一下子茁壮了起来，给结了一百多个。然而王德润底女人，孩子，在柑子还发青的时候就打去吃，仿佛这六棵香美的树是原来就生长在这两房共有的后院里，被两房人底劳碌所栽培，完全不曾有这一段王德全所创造的历史一样。

他又一次记牢了柑子底数目，——一共六十三个，——沉思地，而且因为李嫂底大清早的哭泣，显出苦闷的脸相，回到屋子里去吃早饭了。走过堂屋的时候，他遇到了刚刚起来的弟弟。王德润披着衣服，粗鲁地向地下吐痰，冲过他大步走向门边，仿佛以为他是一段木头。在喉咙里虎虎地哼了几下之后，他站在门槛上拉下裤子，放肆地向台阶下小起便来。

王德全尊严地站在背后看着他。

"黑娃子又偷了柑子，还是黄的哩。"弟弟转身的时候他突然说。他原来是想说另外的教训话的，但不知怎么却脱口说出了这些。而且因为声调竟会这么屈服、微弱，他感到狼狈。但立刻就又恢复了那种苦闷的，严刻的脸色。

弟弟底眼洼里有着昨夜底纵欲所留下的青痕，神情凶横而昏迷。对哥哥底话，他除了冷冷哼一声以外，一点表示也没有。当哥哥想再要说话的时候，他就招展着衣襟，喷着口臭，擦过他走到小院子里去。

"他妈底屄，跟老子打水！"站在石花缸旁边，他向自己屋里重浊地叫。

王德全迷惘。在吃饭的时候，他底沉默的怒容使得他孩子和女人都不安。最后，他把柑子底事情告诉了女人。女人听了，只是放下了饭碗，揩揩嘴，又把饭碗端起来，重新不动声色地慢慢吞吃着，仿佛表示像这样的事是不值得扰乱饭桌的。但当听到李嫂底事的时候，她紧紧地皱起了眉头。

哥哥已经走上了青石路，不断地拉衣袖（似乎他在用袖口思索），到镇上去了，弟弟才开始吃早饭。他吃得极多。他底方正的大黑嘴发出粘腻的大声，可怕地咀嚼着；他底红色的大舌头送出唾液来，舐着碗边，舐着嘴唇，像一头野兽在舐着骨头。在桌子底下，他底腿不住地因肉体底兴奋而颤抖，使得黑娃子恐惧会有一个爆栗要落到自己额上来，不安地把屁股向凳子底另一端移动。他实在吃得太饱了，但是还在不满足地看着菜碗，又挟起一个大辣椒来沾满了麦酱，塞到嘴里去。最后，他眯起疲懒的眼睛，向黑娃子开始说话。

"你狗日的，又偷……柑子了！"他挺胸，送出一个饱噎："狗日，吃得饱！"

黑娃子突然明了了他，向他兴奋地，带着兽性的愉快望着。

"快吃！"女人用筷子敲孩子底后脑："柑子又不是他们一个人的，"她粗野地向王德润吵，"偏偏老子们吃不得。哼，你就装鬼像。"她翘起嘴，轻蔑地笑。

"吃得吃得！"王德润满足地笑着，睁大他底油腻的肉欲的黄眼睛，"看吧，看你狠，老子晚上够整你！"

"放你屁！"女人兴奋地叫，接着回头向后屋喊："素芬，你跟猪一样，来收碗！"

"女人总要像个女人，看你简直太撒野！"男的站起来，伸懒腰，打着呵欠，"狗日几棵柑子树有那些稀奇，老子简直看不上眼！这些阴阳怪气的死尸，盐巴都舍不得吃，老子生平最痛恨……"他停住，望了一望屋檐上的灿烂的晴空；"今天日本飞机不要又来！……哦，告诉你，"他弯腰，用手掌遮起多毛的嘴，凑着女人底耳朵说："老李给拉兵拉去了。"

女人做出郑重其事的面孔，然后快乐地尖声笑。

"唯，拉去了，格老子租钱到不了手了！"他舐了一下她底发着油臭的耳朵；她举手打，狂笑；黑娃子迷乱地睁大眼睛。

没有多久，他拿着粗木棍慢吞吞地走出了后院，开始了他底一天的生活。他是悠闲的，在秋天的阳光下，懒洋洋地踱着方步；哪一只脚先转过去方便他便朝哪边走，但不管朝哪边走他都有事做。任何地方都有争嚷，新出炉的谣言，乡村底辛辣的新闻在等待着他。

女人吩咐好家事，追他去了。

在这一对夫妇走出去之后，胖丫头素芬就偷偷地从后屋里出来，抱着腹部，迅速地跑过阳光底院落到碉楼底下去。李嫂底包谷还没有烧熟——她原是应该先把它们磨碎的，但因为胡涂竟整粒地倒在锅里了。因此，她被那些僵硬的颗粒弄得失手无措，异常痛苦。

素芬进来，兴奋地嘶声问：

"李嫂，好了吗？"

李嫂恨恨地望着她，然后昏迷地闭起眼睛怪叫。

"我吃石子，要死了！死！……"

胖素芬叹息，退了一步又跨上前三步，取出脏围裙里的一个草叶包来，把它打开；于是在饿昏的女人面前出现了中间夹着泡菜的一堆温热的饭。

"你吃。"素芬快乐地说。

李嫂张开手臂，在空中幌动。

"你……不怕给晓得？……"她说，还想往下说，但是饭粒塞满了她底嘴。于是她野蛮地吞吃了起来。

吃完了饭，她若有所失地怔怔地望着她底伙伴。

"你不怕他们……打你。……好的，我恨他们！"她叫起来，又哭了，"你，你吃了没有，素芬？我今天吃了你底饭。……我平常也恨你的。……"

"我吃了！"胖少女回答，不安地搓着粗糙的手，脸幸福地涨红："我真的吃了。刚刚吃过……我还要去弄豆子。我吃了！"她拒绝似地甩手，迅速钻出碉楼。

三

王德全永远细心地沉湎于他底事务，每天不是到乡下去看地，便是到镇上来料理生意。他底境遇好起来了。他高兴他没有料错，前一个月买进的三百斤菜油在这半个月内突然暴涨了起来。于是他经营得更细心，更严刻，对那些异乡主妇，那些玻璃厂和石灰窑的工人底女人，连一毛钱都要坚持。到了十月中旬，他就雇了一个远房的诚实的侄子做他底伙计，摆脱了琐碎的事务，把一些时间化在家里的一个旧籐椅里，化在晒太阳和擦白铜水烟袋上，如他好几年来所希冀的，俨然成了一个有权力但是悠闲的主人，成了一家底可敬的长辈。但这味道不久就变成苦的，令他不安的了，他非去绞麻绳，非去数草纸不可，不这么，他就要像生了病似地不舒服。在他底苍黄的骨棱棱的脸上，永远呈显着一种为挂虑而苦恼，而失措的迟钝的，灰色的表情；这些他非要它们存在不可的挂虑纠缠着他，使他时常像一头污泥里的鲤鱼似地做着黯然无光的挣扎。顽固和骄傲使他远离了邻人，使得邻人们不禁因为他过活得比他可以过活的要坏得多而唾弃他起来。至于他底弟弟，在这一段时间里，虽然看来还是对什么都不顾念，也遭受了一些苦恼。地方上查得紧，小鸦片馆受了威胁，他底喊叫不再那么高了；不知因为哪一种缘故，他在很多次争吵里都并没有胜利。走路的时候，他也露出了沉思，但这沉思是要比哥哥底实在些的……总之，他即或失败，一个闯过防地的走私者吃了枪弹，也没有他底哥哥，一个在自家底小堂屋里徬徨的人被自己底影子吓倒那么可怜。

但过了半个月，什么较大的事情也没有发生；一切都照样平安。

这一夜，王德润底鸦片客人刚刚散去，就起了狂风。这狂风仿佛一张有着钢牙的大嘴，在咬嚼屋顶，使得这家庭底碉楼和屋子簌簌地抖动着。王德润是睡得很沉的，假若不捶他底头，就不能喊醒他。但王德全却不然；狂风一起，门板一碰响，他就不能睡了。他点了一盏灯走出房来，用手护住火苗，向四处察看，因为相信自己听见了一种缌缌走动的声音。

但什么也没有。然而在这种察看中，他底凝固了的心却被所得的严肃的印象偷偷叩开了。他寒冷，对周围的一切有了一种鲜跃的感觉，突然和他底挂虑，他底全部生活的昏暧状态远离了……缩了缩身体再看的时候，一切全带着自己底打着辛苦的印记的历史生动地对他无声地说起话来。陈旧的桌椅说："从你娶亲的时候起，我便在了！那后来被人害死的麻子木匠做了我！”写着“枝书”“采药”的挂在中堂左边的黑漆牌说，“你底祖父，你底祖父！”院子里的破裂了的石水缸也说着和这类似的话；至于那竖立在围墙上面的黑色的碉楼和它后面的在狂风里啸出怖人的大声的高大蔽天的沙桐树，则愤怒而悲切地鸣叫道：“我们有两百年了！两百年了！你底生活永远不会好，你就要倒下去！”

主人怔住了！这些灰黯的摆设，古旧的建树，它们能活多少年！在这变幻的世界里，他昏沉地钻营，自大而空虚地消磨生命，有多少时日在心里连一点空隙也不留给他们呀！然而它们却一直是统治者！

他恐惧，一阵风扑熄了灯。他依着门柱懊丧地站着，从嘴里喃喃地发出昏迷的，悲凄的哼声。

不知怎么一来，他放下熄了的灯，通过小天井，开门走下台阶到大院子里来了。他仿佛听到在狂风阵阵呼啸底掩盖下，从院角里也发出一种缕缕的声音。他走过去，这种声音果然并非他底错觉，他看到了一个狗一般地摇动着的黑影，风吹开他底长衫，他突然恐怖得打颤。

“谁！”他尖厉地叫，于是在这叫声下，恰如一个相信自己正直的人一样，他壮了胆子，慢慢地走过去。

那黑影发出一声落魄的尖啼，站直成一个人形了。他即刻认识了它是不幸的李嫂。他再走近一步，发现了倒在旁边的一个箩篼。但他先不说话（假若是他底弟弟，那立刻就要爆叫起来，动手敲打），只是弯下腰去察看着。箩篼里和倒在旁边地上的，是从墙根的一个堆子上偷来的煤，另外还有几根木柴。

他在手指头上研着煤，向李嫂厉声问：

“你干啥子！”

“烧饭……”这失魄的不幸的女人带哭声回答。

“我今天才买来的，这里四十八块钱！”他指墙根，声音是冷酷的，“你怎么要这个……”一阵迎面扑来的风封住了他底嘴；

“要这个烧饭！”他用手遮住嘴叫。

李嫂战栗得像一根芦苇，她首先发出恐惧的尖啼，接着就悲恸地哭泣，最后张开手又合起来，跪在主人面前了。

“救……饶我……这个煤……”她抓住主人底长衫哭诉；这哭诉与其说是想得到饶恕，倒宁是用来使自己底绝望的痛苦化为热烈的悲悽。

王德全震动了一下，但随即就把长衫从李嫂手里挣脱，退了一步。哭泣扰乱了他，使他惶惑，微微有些失措。一阵呼啸而来的风掊击着碉楼底墙壁，在暗了的枪眼里呜咽。

风过去后，他愤怒起来，开始审判。

“你为什么偷煤，说！——站起来！”

李嫂软弱地爬起来，木然站着，许久不开口。

“嗬嗬，啊啊，呒……”以后她咂咂嘴唇，发出这些什么也不说明的哼声。但在这之后，出于主人意料之外，她用一种梦幻的大声说：“老爷，老李怕是让枪打死了！我做了一个梦，爬起来，想拿一点煤火吧，就出来了。我不知道……风好大！”

“胡说！妖怪！”王德全叫。

“我冷病了，要烧火。”她静静地撒谎，仿佛她自己也相信这是真实。

这种声调激怒了王德全。他在愤怒里失措，不晓得该怎样办。终于他迅速地从地上捡起一根木柴来，向这偷窃的女人肩头上击去。

女佣人在木柴底劈击下，哭起来，向碉楼逃去。王德全慢慢地追着她，仿佛追一头绝不会逃掉的狗，一直追到碉楼里面。

“你说，你说，”他磨砺牙齿，带着怯懦的凶残叫，“你偷东西，简直无法无天！”于是他向四壁看，想要发现什么可以拿走的东西；在半夜里打一个无防御的女人究竟不是甚么良好的德行，他应该拿走她底唯一的一件新蓝布衣才对。

他慢慢走向壁角，像取自己底东西一样把那件衣服取下来，挟在腋下，但就在这一瞬间，蜷伏在另一边墙角的眩怯的李嫂向他疯狂地扑过来了。她揪牢他，默默地争夺着她底最后的财产，在抢不下来的时候就用头撞，动嘴狂咬。在蓝布衣两端拉推了有一分钟，王德全被恐怖征服，放了手，在对方拾起一个破碗来企图向他砸的时候，迅速地逃出了碉楼。刚跑上正屋底台阶，他就听见那只破碗碎裂在身后的声音。

“疯了，疯了！……”他暴跳，捶自己底胸。

狂风在天穹里鸣响，然后带着强韧的呼啸降到地面上来。碉楼摇幌，瓦片战栗，发出巨大的爆裂声，墙外的沙桐树干折断了！

王德全抱着头，惊骇地向碉楼后望。风过去，露出静静的，灰色的天空；这天空比前一瞬间扩大，沙桐树底失去枝叶和副干的树身孤独而沉默地在它底下竖立着。

这一家的主人逃进屋去了。

第二天清早，他恢复了平静，秘密地跑到后门外去。

沙桐树像断折了一只手臂一般被劈断了一根巨大的副干。这副干倒下来，仅和母体联着一大块青白色的树皮。郁黑色的茂密的枝叶和碎小的褐色小圆果就无助地扫着地面，在早晨的凉风里簌簌发响。有一段枯木被摔到菜地里去，一端插入一个清水洼，仿佛为灼热的伤和死寻一点滋润。

王德全起初有些苦恼，失望，觉得不吉，随后就感到侥幸，因为树干假若倒在另一边，就要毁坏了他底围墙和猪棚；最后，当他突然发现这一段木头底可惊的用途的时候，他就把夜来的暗影忘记得干干净净，欢喜起来了。

他眯起积着眼屎的小眼睛，严肃地闭紧嘴，绕着树干跑，用烟杆比量着它底长度和圆周。

“这是我的！”他感谢地想，因为觉得弟弟决不会理这个。“烂了，”他用手指弹树皮；“这是我的，没有关系。”

他有很多说不出来的理由，主张这树干是他的。随即他就想起了它底用途——镇上和乡里最近很需要中等的棺材，这段木头足够供给八个死尸，使自己收入一千块钱。

下午就来了三个木匠，搬回了木头，叮叮咚咚地动起手来了。但跟着这沉闷的声音，他却陷入那种不可收拾的可怜的挂虑里，好心情完全丧失。当事情开始实现，当可爱的希望化做在灰黯的天穹下疲乏地进行着的现实的时候，夜来的不吉的暗影就升了起来，他精神扰乱，感到空虚，懊丧。这有什么可高兴的呢？树倒了，原来是自己的，原来就应该做棺材的呀！

而且，缠于一种僵冷的印象，他不敢把夜里的事告诉他底精细的女人，他只是神情晦涩地向她说，用这一段木头做棺材，是一件值得的事。但她对这件事，像对世界上任何她认为一定存在着并且进行着的事一样，并不感到什么出色的兴味。什么事都不会惊扰她，刺入她底冷漠的心。听到木匠来了，她只微微在麻线球上抬了一下头，用低而缓的声音吩咐她底孩子们，叫他们把所有的多余的木片和刨花全抬回来，一点也不要给别人沾去。

四

然而王德润夫妇却显得很大度。似乎毫没有发生什么使自己吃亏的事情一样，他们整个下午都在外面闲荡，连黑娃子，都不知跑到哪里去了！他今天没有偷柑子，也没有走近这热闹的棺材作场一步。

这种沉默使王德全苦恼。现在又发觉自己并没有独吞这段木头的真正的理由。但因为对于自己无利的事实没有勇气承认，他便怀恨弟弟，以为他底动摇纯粹是由弟弟底沉默造成的；木头原是自己底呀，然而弟弟一沉默，便使他觉得仿佛不是自己底了。这使他盲目地痛恨了起来，而尤其使他气昏的，是第二天早上发生了这样的事：

吃过早饭，他预备到镇上去。但一走出大门，他便看见了正在锯断一棵老核桃树的王德润和他底三个雇工。他站住了，然后苍白地走过去。

弟弟戴着小绒帽，鼻子伤风地呜响着，用愉快而粗暴的声音向他底工人说：

“这个，市价简直就三百！……”

王德全尖叫了起来：

“怎么，这个风水树呀！”

弟弟掉过头，极端轻蔑地看哥哥一眼，然后从长袍角里抽出一只手来，弯腰醒鼻涕。

“做棺材。”他捏着鼻子回答：“这个木头好罢。”

“好……哎呀，弟弟，”哥哥难看地笑，“回屋来，我跟你商量一件事？”

“明天商量。”

哥哥用烟杆指天，严厉地望着他。

“你要先跟我说一声才对。”

“跟你说！你底，惨白发臭！”弟弟狂妄地张开嘴；“我底这个，又红又香……”

“你胡闹！”

“准你放火不准我点灯？——我们分家！”王德润回答，跃到一块石头上去。

王德全严酷地沉思着，望定在锯子下慢慢弯下来的老核桃树。随后他底手臂抽掣了起来；像一个瘦傀儡似地扭动着身体，他激越地啼叫道：

“不务正业，你丧心病狂！你要分家，你有什么家！我们是什么样的人家，祖宗没有亏你呀！”

当他从激烈的弯腰里昂起可怜的头来的时候，他底眼睛里冒出了两小颗泪水。

但王德润怒起下颚的硬毛，神圣地叫：

“祖宗，祖宗呀！良心有黑白，坟地有浅厚，我们没有哪个不造孽。……”他感动，“你知道沙桐树是哪一代的树，你用它做棺材？”

“那是风刮倒的。……”

“祖宗叫一阵风来试试你底心呀！”哥哥战栗，弟弟继续叫：“我是粗人，是正直人，我从来不存坏心眼，要打架就是两个拳头……”他望自己底拳头，脸激动得发光。“我顶看不起你们格老子阴险人，你们龟儿子真是不讲公德不要脸！快锯！”他跃下石头，转向他底雇工。

核桃树战栗着，发出大声折倒了。王德全昏迷地转回屋子来。

“棺材！棺材！祖宗，棺材！”他喃喃，向院子里走去；但随即就站住了，因为发现木匠在糟蹋木材。“留神点，这个木头不要弄短了。”他指着一块烂木头忿怒地说，“你看着补起来，上面刨一刨……”

没有说完话，他就昏昏跑进屋去了，在旧籐椅上躺下来，痛苦地叹了一口气。

“我不服输！这样惨，这样惨！……”他把他底恐惧化做失败的痛苦，捶着头角。“我一定……不过我还是做起来，再找一个木匠。一口气一口血啊！”

李嫂走进来，把手抄在短衣下面，停住。

“老爷！”她欢喜地唤。

王德全骇异地望着她，尖声问：

“你为什么这样快活？”

“老李回来了！”

主人僵直地站起，想了一下，严厉地问：

“他为什么回来？”

“他今天早上天麻麻亮来敲门的。……老爷……”李嫂犹豫。

王德全立刻想到可以省下一个木工。

“你叫他快来！”他露出小牙齿，挥手。

女人叹气，揩眼泪，望定王德全。

“他腰肿了，又胸口疼。他病了。”

“他为什么回来？”王德全尖叫。

“他从城里跑回来。”女人怛怯地，猥琐地，谄媚地笑：“问你借二十块钱。”

“胡说。……”王德全说，颈子发胀，直直地伸了一伸，像咽下一件难堪的东西似地咽下了几乎就讲出口来的“你好不要脸”这句话。“你叫老李来！”他用苦闷的声音说。

李嫂退了出去，把浮肿的脸埋在胸口。

王德全静静地躺到籐椅里，抽起烟来。和李嫂争过以后，外部底生活秩序帮他战胜了内心底惶惑。他可以沉思，可以回到日常底挂虑上来了。沉静而昏疲的灰色道路仍然在他面前，从弟弟底鸦片馆主人的嘴里吹出来的黑雾很快地就不留痕迹地消散了。

“这有什么要紧，瞧瞧看吧。”他想；“我们不怕在这种人面前吃一点亏。他不会过得好的，他不会过得好，真的，”他痛苦地想，企图在心里战胜，“你不会好啊……我？……我明天一定叫李荣成上工，上工！”

王德润底核桃木棺材，一共四口，两天就做成了。他底勇敢的女人叫黑娃来收木柴。他捡得异常快，异常仔细。只要木片一在斧头底下翘起来，他便跨上去，连斧头底锋口都不顾忌，用手去搬，而且还同时紧紧地狡猾地监视着另一把斧头。

棺材一口一口地排列到碉楼底下和围墙旁边去，使院落缩小，显得热闹，惨澹。它们，王德润底，恰如他自己所赞美，带一点红色，王德全底则惨白，而且因为木头不整齐，显得满身创疤。它们翅起狰狞的额，张开厚耳朵，向天空迈出地面上最善于残杀的人的那种尖下巴，用一种疲倦的猛兽打呵欠的姿势，守卫着这出色的家庭底院落。

五

李嫂底丈夫，木匠李荣成，是在十里外的一个镇口建筑房子的时候，跑在小坡上去大便，被两个兵拉去的。在路上他企图逃跑，被兵士把腰部击伤了。但一个月后，他终于从城边逃了出来。

他是一个坏脾气的蛮性的家伙，欲望强而纷乱，却没有足够的意志，并且身体十分坏。带着重伤的身子狂奔了一百多里路，决不肯休息一下，以至于回到这亲爱的和穷苦的碉楼里来的时候，已完全昏迷，完全软瘫了。

李嫂快乐地愚蠢地蜷伏在他旁边，整夜都在幻想，一面喃喃说："菩萨，他回来了，他回来了。"

第二天她用她所能用的法，弄到了几块钱。木匠咆哮着，把她请来的道士兼医生吓走了，叫她什么医生都不必请，只要替他买一些酒来泡药草，因为他相信他没有别的病，除了骨头受了寒。李嫂是知道丈夫底脾气的，没有告诉他王德全要他做工的事，她整天都偷着为他奔忙，时常替他到街上去探听，看是不是还要抓他。这木匠是患着心底虚弱症的，他总觉得整个的世界都在压迫，反对他，虽然当这世界底风暴狂击他的那一瞬间，他能够野蛮地大胆地，愚蠢地逃脱。

这晚上，他似乎复元了些，于是走到院落里去。但立刻就转来了。

"棺材？这是哪个狗肏的，他开棺材铺？"他问女人。

女人用一种企图使他欢心的声调把事情说给了他。她说及伟大的沙桐树底折倒，说及兄弟底争斗；最后转回来，说到了王德全给她的屈辱。

她坐下来，把手放在膝盖上，以便凝想。那风暴的夜给她底印象是极深的，但是她说不出来；因为要说得诚实，便愈说愈乱。

"……我说，弄一点煤，生火吧。我就是在想这，你是贪火的，"她向男人望了一眼，"后来王德全来了，我跪求，他打死我。风好大啊……那时你还在城里不？……哼，抢我底衣服，我拼死呀，我用碗砸他，他逃了。那个时候风把大树刮倒！砰！呀……"她向碉楼外瞧，哭了起来，"好不惨啊！我是没得依靠孤苦可怜的……"

木匠被扰乱了。他惊愕地望着女人，大声说：

"说清楚，王德全怎么样？"

"他打我啊……"

"你说，他怎么了！"木匠怒叫，露出牙齿，"我不在，你就怎么了！你这丑八怪，你这妖怪！我要是死在枪子底下不回来……”

李嫂软弱地大哭。木匠盲目地妒嫉了起来，向她扑去，捶打她，但她并不反抗。以后，愚蠢的男人从床下拖出酒罐，毒饮着，就倒在床边上睡去了。

女人照拂他睡好，独自痴痴地坐着，望着灯火。夜深的时候，她偷偷地走出了碉楼。

她总要获得什么，使自己和病瘫的丈夫活下去。前一天，她弄到了一些煤，从王德全底鸡窝里偷了四个鸡蛋，而且在树上打了六个柑子，今天中午就把它们卖掉了。这些成功鼓舞了她，使她陶醉，这一夜，她底企图更大。

但煤被王德全移走了，院子里除了棺材和一些烂木材外，没有什么另外的东西。小鸦片馆已经散去，通到主人底正屋的里门是牢不可破地关着。她徬徨，悲切地叹气，抬头望天，痴想了起来。碉楼底巨大的黑影后面，沙桐树底独干沙沙发响，一群乌鸦在它上面骚动了起来，用一种竹片破裂的声音苦恼地尖叫着，以后又忿怒地拍响翅膀，复归宁息。浓黑的天空上面闪耀着稀疏的白色小星。在不远的前面是把这一块地面跟别的世界截然分开的山脉底沉重的黑影。

这女人就这样痴站着，在幻想自己对它一点常识也没有的远方豪华世界和炮火世界，或根本不属于人类的世界——在那世界里，自然也要木匠造房子，但那些木匠都不穷苦，不凶暴，自然也有一个李嫂，不过她并不替人家喂猪扒地；在地狱里，会有两个鬼魂被拖到判官面前，一个是瘦弱而险恶的王德全，一个是偷东西的李嫂，王德全被判决下油锅，李嫂则进恶狗村。……

她觉得这判决公平。自从嫁了李荣成，她便成了一个有罪的女人了，她以为：生活穷苦便是罪恶的证明。

于是她想起遥远的，黄金的女儿生活来，低低地啼哭了。所有的人全忘记她曾经是一个地主姑娘这回事了，即令她自己，也无法知道，在她跌出来以后，在那些年以后，那种素朴的、静淑的、多幻梦的生活是不是还在这不幸的人间存在。

她实在说不出来——她是多么愿意它不曾存在啊！

森冷的棺材对她变得亲切，她扑过去，抱住它们里面的一个，用头在上面抵撞着。

"什么都不是我的，连你也不是我的……"她哭，"我丑，我穷，我破烂，我偷。狗禽王德全……一年的租，一年租，一年租啊……"

以后她昏倦了，微微睡去。等知觉清楚一点的时候，她发现自己到了大门外边。

面前是漆黑的田野，没有灯火，没有人类底声音。她盲目地向前摸索，不知道自己究竟要到哪里去，去做什么。在一座矮瓦屋底朦胧的黑影前她惊惶地站住了。立刻就蹲了下来。

"不行……"她想。

但正在这时候，屋子里突然传出了凳子翻倒的大声，她缩到田沟里，听见了一个男人底暴戾的声音叫：

"我要去，看你怎么样！"

一个女人底细弱的声音回答：

"何苦来啊！"

"我要去，我要……你不相信问大妈——我再不蹲在这乡下了！"

这叫声还没有完，一只母鸡发出不安的碎乱的啼声，从墙根下跑了出来。李嫂爬过去。

"他们吵多么可怜……"她想，"连鸡都跑出来了。"

她向鸡扑去，捏紧它底咽喉。

"哈，一只鸡！"她逃跑，在胸前紧抱着鸡，"它为什么不归巢呢？他们吵得可怜。一只鸡，哈，一只鸡！"

在碉楼里，李荣成睁大充血的眼睛坐在床上；见她进来，就突然跳起来。

"你抱着什么，什么！"他暴乱地喊。

李嫂亲昵地把母鸡捧在手里，走向他。

"那吴家又在吵架，他们真可怜呀，鸡都跑出来了。我……"

"什么，你不要脸，偷鸡?"木匠全身抽掣，脸相痛苦。随后他疯狂地跃起，残酷地向女人底腹部踢了一脚。女人滚跌到地上去了，鸡从她怀里落下来，在屋子里惊慌地乱窜，发出尖啼和翅膀扑击的声音。

在地上，她睁大苦痛的眼睛，仿佛不明了世界为什么这么残酷，不善良。木匠嚎叫起来，发了病，全身痉挛，冲回床上去，于是她在地上坐起来，呆呆地望着丈夫底向空中乱蹬的脚，感到一种稀有的快意。但终于她啼叫了一声，在床边跪倒，把他底昏乱的，喷着臭气的头捧在胸前，像前一瞬间捧着偷来的母鸡一样。

六

弟兄两个开始了卖棺材的奔走。王德全要安静些，他认为，即使卖不出去，摆到明年夏天它们是一定要涨价的，但王德润却完全不同。他像进行一件非胜利不可的事一般，兴奋地在街坊上奔走着，对于邻人底非议，一概装作没有听见，即使非听见不可，他也只是以一顿毫无目标的乱骂来回答。要压倒哥哥的这个欲望，现在比一切都强烈；对于任何事情，他都很少思索，有时虽然思索稳妥了，也要以盲目的冲动来完成，在棺材底竞争上，这也完全一样。

石灰窑底一个烧饭的老太婆病死了，这事情仿佛很逗引王德全底兴味，他跑过去，问她害的是什么病，而且沉闷地在停尸的芦棚底下站了好久。他底神情是挂虑的，微微有些失望，因为感到这老太婆不属于睡得起他的棺材的人类。以后他就走开了，不安静起来，用棺材不一定就要卖出去这个念头安慰自己，而且开始念及别的事务，追求别的挂虑。

然而正在这时候，王德润底棺材却以两百五十块钱卖出去了一个。买主是一个石匠，他底女人死于湿瘟。他起初选择了王德全底，以为那要便宜些，但王德全底胖女人却冷漠地一口咬定三百，于是王德润和石匠讲了朋友，把自己的价钱退到二百五，并且愉快地指出他哥哥底全是烂木头打补钉拼起来的，得到了胜利。胖女人这一回整个地愤怒了；恰恰这时候黑娃子奉了母亲底指示偷了树上的已经成熟的柑子，于是她便叫李嫂把所有的柑子完全打下来。

丰盛的收获！——挂起了风暴的标帜！

王德全，这挂虑的，细声说话的人愤怒得脸发白。棺材卖不掉，可以的，但决不能因为它是用烂木头拼凑起来的而买不掉！

他冲到小院子底石水缸面前，用尖细的假声喊他底弟弟。

“喊我？”弟弟大声嚷，走出来。

“嗅，喊你。是呀，喊你！”

王德润张开紫黑色的嘴打呵欠，然后微微卷了一卷衣袖，向两边看。王德全战栗起来了。

“你过来，”他威严地，可怜地挺胸，“我要问你……”

“你问我个鸡巴！”

“我问你，”哥哥胆怯地说，随即露出要哭的相貌，拼命地大声叫：“你简直侮辱兄长，我底货为什么是拼起来的？是……？”

“烂的！”

“混账，无父无君！”

弟弟跃起，愚蠢地乱蹦，用丑陋的大声咆哮。

“你不服气老子卖了棺材！老子不犯王法不怕鬼！你底留给自己睡！”

哥哥镇静了一下自己，然后双手捧着烟杆，做了一个遮拦的手势，扬高声音说：

“喳，慢吵！不要吵！说一句良心话，我们都不很漂亮。你要懂得，你要晓得，你得小心你的，鸦片馆！”

“什么，再说一句！”弟弟厉声叫，喘息，垂下手毕直地站着，仿佛愤怒压得他不能再动，使他失去了知觉。

“开鸦片馆！”这呼喊极像惨厉的哭泣。

“滚进去！”站在格子门边的王德全底胖女人举手喝叱她底小女儿。小女孩缩进头去，她冷酷地走近来，鼻子起皱。

像一个点燃的花炮，王德润跳起来了。胖女人不发一言地冲上去，举起手里的木棒；但随即又丢下它，用手来拖丈夫。王德全跌向弟弟怀里，长衫领在对方底大手下破裂发响，左手则被女人慌乱地拖着，痛苦地跳脚，发出小猪一样的尖叫。

但这叫声使野兽似的王德润不能忍受，短促地感到苦闷。他抖肩膀，露出牙齿，伴着一个矮而哑的吼声，一拳把王德全击到泥污里去。

七

并不用自己出面，王德全买动一个屠户告发了王德润。戴着方顶新礼帽，穿着灰帆布大衣的联保主任捡了一个天气晴朗的下午来访谒这家庭，露出一个满足的微笑。一只秋蝇跃过他底鼻子，他机械地伸出双手来捉，捉不到，就向它飞去的方向狠狠地挥拳头。但李嫂走过，看见了他底古怪的动作，损伤了他底威严，使他发怒。

这是很令人疲困的天气。王德全正坐在椅子里，把瘦头埋在肩下，流着口水打瞌睡，联保主任底怒气冲冲的脚步声把他惊醒了。

“唔，主任，你坐！……你！……”他抬起昏而木的头，挥着手，向联保主任昏乱地拼命叫。“抽烟，请烟……”

他双手递上烟杆，但主任走到小院子里去了。

“老二在家吗?”他懒声懒气地问。

“在，在。……”王德全拉左袖，呆呆地出神，感到说不出来的懊丧，随即忿怒起来了。

他恨恨地坐到籐椅里去，听着后屋里的声音，起初是王德润底吵哑的放肆的大声，随后是联保主任底低语，最后，王德润高声慷慨地赌起咒来，撞响桌子。两声短促的笑飞起来之后，一切便沉寂了。

王德全被这些声音牵着走，最后跌到泥泞里。哦；秋天底下午是困顿的。

“蠢呀，蠢呀，狗肏的，蠢呀!”他痛苦地想，“联保主任是什么东西！他下午来，就像是来买棺材。价钱讲好了！”

王德润和查鸦片铺的年青的官吏出了后屋。两个人面色都严肃，没有看他。很明显的，他失败了。

这之后，王德润底好喧嚣的女人走到石花缸面前，狠狠地望了望他，捧着肚皮，摇着装饰着大夹针的头，带着疯狂的神情，用一种残忍、辛辣、短促的声音笑了起来。笑声中止，她半闭起迸出泪水来的眼睛，凝神地向沉寂的阳光谛听着；这种凝神使她底涂满铅粉的憔悴的脸上显出一种犹疑的忧虑的表情；她深深叹了一口气，仿佛在这古旧的屋宇里，她底心现在满溢了。

但立刻，她底脸发光，凶恶；她定定地看着王德全。

“狗日的呀！棺材买不掉怪到老子们头上来呀！”她叫，拍手，“柑子柑子独吞，木头木头独占，这种畜牲哟！”她拖长她底声音，“有种的到×××那里去告一告，说呀！……”

王德全跳起来，傀儡似地奋舞着手。

“你说，你说什么说！……”

但王德润底女人不理他，突然想起了一个什么念头，迅速地跑出院子去了。他苍白地站着，茫然失措；连高举的手都忘记放下来。

终于他抓起了一个茶杯，像李嫂对付他一样，向门边狠力摔去。

“也到这一步，老子不受欺，老子和你们拼！”他在茶杯碎裂的声音下狂叫。

他底胖女人拖住他。

“你发什么疯？”

“老子要揍死他们。”

“喏，喏，天下本没有什么大不了的事？”

王德全挣脱她，盲目地往门外跑去。但是在院落底台板上被木匠李荣成拦住了。

“你干啥子！”他叫。

木匠冷冷地望定他，萎缩起身体，疲弱地说：

“我们要搬走。”

“拿三百块钱来！”

木匠痛楚地摇幌，脸铁青，似乎就要倒下去。

“没有天……良……”他微语，但随即他忘去一切，爆炸了；他疯狂地挥动手，跳上两级石阶，用涸喘的尖声叫：“你吃了我们好多多，你吃了我们好多多……我们不过活！”

“闭嘴！”

“你不是人，抢李嫂底衣服，你简直抢衣服呀！……”他瞪直眼睛，痛苦地喘息，“你们全不叫人！”

王德全退了一步，举起烟杆来，但木匠已经不省人事，全身抽掣，像一段木头一样倒下去了。他底头重重地撞在一口棺材上，传出沉闷的音响；可怕的白沫从鼻孔里和嘴里冒出来，遮盖了他底脸。

“李嫂，李嫂呀！”

他骇异地叫。李嫂慢慢地，胡涂地走出了后院，跑到丈夫面前，从墙根抓了一把草塞住他底嘴，然后抱起手呆呆地站着。

“你，把他，抬回屋去！”王德全焦灼地说。

女人抬起恨恨的眼睛望他，仿佛说：“就是这样！你看！”

“我抬不动。”她阴沉地说。

“放屁！”

“大家都看见……老爷，你借一点钱给我们，”她蠢笨地威胁，“就好……”

主人正要暴跳，王德润冲上了台阶，喷着他底脸叫：

“好了，我们进去办一下，你是我的哥哥哟！”他指哥哥底鼻子，然后撇开他，奔进去。

哥哥转身跟了进去。他一走开，李嫂就伏倒在抽搐的男人旁边，啼哭了起来。这哭声使他茫然，几乎绊倒在门槛上。

弟弟在正堂里出现，豪迈地唱着哥哥底名字，向桌上插了一把尖刀。

“就用这个来解决！”他吼叫，踢翻凳子，“先赔我三百元包袱?”

哥哥捶一捶胸脯,仿佛表示自己年老。

“老子送了三百块那狗种,这是第一笔账;第二笔,你记得前些年,没有打仗的时候老子怎样救过你?”

王德全偷看刀子,挣扎着回答:

“你……救我?”

“不用闲话,老子要爽快!”王德润底声音嘶裂了,他张开嘴,舐着发火的牙齿。“滚!”他向哥哥底企图向桌子上伸的瘦手叫:“今天老子送你一口棺材!”

胖女人尖叫着冲了过来。

“你喝醉了,弟弟,”王德全又一次伸出手去,“听我说……不准,走开,”他喝叱他底女人。

“后天说!”弟弟用厚手掌护住刀柄。

“你们闹什么呀……”

“不要胡闹……自有公理,我们坐下来谈,”他拖了一下板凳角,企图坐下,但弟弟挥了一下手,他又迅速地收回屁股,挺着肚皮站直;“……你哥哥哪一点为难了你?什么事又不好商量?”他停了一下,喘息:“动刀三分罪,我是你底哥哥!”

“再说!”弟弟捶桌子,伸手向刀柄。

“你敢胡闹!”他向后退,麻木地叫,“你败家的东西,喊政府枪毙你!”

弟弟扬起刀,看准了方向,狂野地扑过来,用一只手把哥哥挟住。胖女人厉叫。

“救命呀!”

“老子们试试看,老子们试试看!”他用刀柄敲哥哥底头,一面扭动全身,把拖着他底手臂的嫂嫂摔到地上。嫂嫂底拖拉解救了他底懦弱,使他可以一面顺着她退,一面吼得更狂妄。王德全用手乱抓,在雪亮的刀锋底恐吓下尖声啼哭起来了。

胖女人跪下去。

“有话好说,有话好说……”

“不行！”他舞刀。

“救命呀！”王德全哀号。

王德润底女人激动地喊着，奔进来了。她扑到三个人中间，抱住了丈夫底肩头。王德润松手，王德全跌到地上去，在桌子底下爬着，最后这拉架的女人也被野蛮的丈夫推倒了，四个人扰成了一团。

当王德全夫妇逃回这边屋子来的时候，王德润底女人就开始叫骂，率领着黑娃子冲到石花缸旁边，用石子，木桩做武器，向这边攻击。

第二天，请了族人来，由哥哥出钱款待，他们分家了。最末一次的瓜分，极其仔细；屋后的山坡一房一半；后院用篱笆隔起，柑子树一房三棵；至于那在狂风的夜里失去了副干的，残废的沙桐树，则归了弟弟。

八

李荣成在当天夜里就死去了。

李嫂底凄惨的哭啼在这家庭里除了胖丫头素芬以外没有惊醒别人，虽然王德全是醒了的，但正处在不幸的境况中，决没有心来理会。这哭声愈拖愈长，愈凄惨，浸淫着秋夜和黑暗的田野，使邻人不能安宁。“听呀，李荣成死了。”他们低声说：“死了。凭良心说，也是可怜的。”但立刻他们就又睡去了；谁还有心分给别人吸，他们自己底苦杯已经是那么深！

第二天清早，不幸的女人带着哭肿的眼睛跑来找王德全，向他叩头，请他布施一口棺材。但这使王德全苦痛：他也是不幸的，而且又没有布施底习惯。

他昏乱地叫起来，用烟杆把她赶走了。于是，芦席包裹着死了的木匠，抬上山去。

人们都以为李嫂要疯，但不。她第二天——也就是这家庭分妥了家的那一天——就开始为偿还上年的租钱而继续劳作了。还是懒惰，肮脏，还是夜里出来偷窃，然后到河边去买包谷，除了很少说话这一点外，一切都和以前一样。但到十二月中旬，她起了变化，白天里也不在家了，而且穿上了一件没有破洞的蓝布衫。王德润底女人侦知了一切，而且快乐地宣布了出来：她和石灰窑底工人轧姘头。

王德全毒打她，扣留了所有的东西，把她驱逐了出去。

谁也不关心她底命运；不幸的木匠底死亡也早已被忘记，除了人间有一本账簿上还记着他所欠的三百块钱。——在这偏僻的山谷里，这家庭就这样地循着自己底轨道生活下去了。分家和争吵并不曾影响各自底生活。王德润底小鸦片馆很发达，所以到了冬天的时候，他底女人就穿上了城里妇女所穿的那种红毛线外衣，他也备置了缎子皮袍，土耳其帽子和红漆手杖。这一对夫妇雄纠纠地走路，在冷冽的山风里用更狂妄放肆的嗓子叫喊。……

王德全，他虽然永不会忘记柑子树底屈辱和棺材底仇恨，却也恢复了麻木的尊严。不过他永远挂虑，永远不满足；他底女人也和他一样，他们并差不多每天从新兴建筑场走过的时候，都要拾几块大木头举在肩上，甚至两个人抬着，静静地，用一种怠慢的姿势走回来。这种姿势，就仿佛他们以为世界上所有人都不会爱惜财物，只有他们这种人类才是一切财物底真正保护者一样。于是没有多久，他们底后屋里就积满了木材，在那里生□。

至于那些棺材，红的也好，白的也好，它们在春瘟来到以前大概没有卖出去的希望了。都已经被冬天底潮湿侵蚀得发黑，积满尘污，缩成丑陋而可憎的形体。所以当一个老女人来问价钱的时候，王德润退让到一百五都没有能脱手。

“再不能让了，这是老实价，”他摇头，向那女人说，“工钱都不够，这时候，米粮贵，木匠十四个工，”他说，拉一拉左袖，“划多少，你算算看呀！”

“阿弥陀佛！人总要有良心……”老女人叹息，闭上干枯的眼睑。

卸煤台下

一

包工严成武从卸煤台后的石渣堆上攀下来，挥着汗水，懒懒地走向他底朋友，铁匠出身的孙其银。孙其银正粗笨地张开腿，骑在一块长方形的石头上，无表情地望着那些在山坡上挥锤狂喊，汗液浸湿了褴褛的衬裤，脸孔痛苦地发胀的石工们。看见他来了就敏捷地收回一只腿，让出位置，然后略略俯下紫胀的大圆脸，从衬衣底胸袋里掏出了一小叠污秽的煤单。

严成武严谨地看了煤单，叠好，在两边的方肩头上发狠地轮流擦着面颊。孙其银半闭起眼睛，嘲讽地瞧着对方的长手指底弯曲的骨节，低而明确地说：

"许小东老婆病很沉，自己也不好；这一个工还是算他的，我说。"

包工不满地看了看他底朋友底濡湿的圆脸，干枯地清了一下喉咙，然后困难地点了点头。

"做包工并不划算……"他尖细地说。石工令人难堪地吼了起来，铁锤击在山石上，两个人都向那边瞧了一眼。"平常做里工都扣钱的。"他站起来，解开蓝布衣底最末一颗纽扣，露出瘦削的胸脯，焦虑地望卸煤台。"我交不了煤，就拿不到钱。"接着他胀着颈子向坡上的石工们用干燥的大声叫："这里一起有几方呀?"

"三方。"坡上无力地回答。

"天气够热，娘!"他拍裤子上的灰尘，征求同意似地望孙其银，但孙其银却怪异地扭着颈子，眯起眼睛，瞧向卸煤台尽端的煤场。

"我去了,劳你神。"

"好说。"

包工焦躁地走去。一触到他底长长的,勤劳而势利的褐色颈项,孙其银底明确的小眼睛就恼怒地皱起来了,这颈项消失了之后,他就迅速地跨向坡侧的树下,喝着石工们底水。然后,他仿佛更肯定了他底意志似地,在中午底酷热的太阳下,强旺地爬上了斗车底愚蠢的行列在那里隆隆发响的卸煤台。

他是严成武底远亲,住在这矿上三个月了,但并没有弄到固定的职业。严成武报他做监工,他替严成武查号,收煤单;此外,还替他照顾着一个临时的开山包工。他底态度决不像一个监工,也从来不表露要做一个好老板的愿望,所以使工人们觉得奇异。有人说他正在暗暗地弄成一个大包工来压倒严成武,又有人说他即将调成职员,但结果都不对。从他底黑胖的时而透明时而阴晦的脸上,是看不出这些来的。所能看出的,是他跟严成武很不对。

很多人把这很不对的原因解释做,像他这样有种有力的好人,处在势利的包工下,自然要感到委屈,不服输。这自然是的。但既然有种有力,为什么不跳下去呢?这就在于,严成武能做一个势利的小包工,想做一个富裕的大包工,可以仅仅以一个包工底眼睛来看全世界,在烈日底下辛苦别人和自己,咒骂一切妨碍他底利益的存在,孙其银却不能。

当过铁匠,在风炉、锤与砧旁边愤怒交替着蒙昧地度过八年;领导过一小支游击队,在南方底林丛里从大腿上流过铁匠底血;爱过一个都市的下流女人,想从头来安排生活,但终于失望,痛恶地奔开,——这样的人,愿意成为一个包工吗?

二

火车蹒跚地驶进卸煤台。卸煤工们在台墙上怒叫,奔向各自的仓口,打开闸门。仓口拥塞起来了,人滚跌到头仓里去,和煤块搏斗。但管工一走开,火车司机一走到矮棚里去歇息,一切便又复归怠堕了。卸煤工们懒懒地扬着铲子，在窒息的黑雾里咳嗽，咒骂车厢多。捡石块的童工匍匐到台墙上来，出神地，用动物的眼睛凝视着下面的车厢，和疲乏地蹩过机车前的，衣裳破损的妓女。管工喊叫，司机走回来，于是车厢向后推移，童工躲回煤堆，卸煤工们在灼热刺肉的煤砂里重新作困苦的殊死挣扎。

卸煤台连接着焦炭场底斜坡，连接着煤场；斗车底铁轨从巨大的筛煤机转弯，倔强地支成两条，通到台上来。刚刚上日工不久，工人们都拼死地卖力，以便好在炎热的中午时分偷点懒。但笨重的斗车底运动时常在转弯的地方遇到阻碍。这次是列在第四辆的许小东底车子苦涩地呻吟着，跳道了。许小东惊慌地跳开去，后面的车子在下坡路上无法制止地冲过来，猛烈地碰在病车上；病车倾斜，于是斗车行列底进行被阻遏住了。

“喂喂，死了；”后面的唐述云叫，严厉地皱起眉头，仿佛表示，今天准定每个人因此少推一车，少得五毛钱。

瘦长，大头的许小东惶惑地摸脸，胡涂地想着刚才要是被后面冲上来的车子砸伤了腰的话，一切便会怎样。

“死了。唉，又死了。”他反应似地大声说，叉起腰，有罪地望着伙伴们。

“你动手呀，雄！”唐述云恶叫。这是一个以严刻和强悍自居但其实善良的流浪汉。

孙其银在他们前面出现。唐述云肃静，侧头假装着想什么，然后和许小东一同跨向倾斜的斗车。孙其银阴沉地单独抬着斗车底前端，但因为他单独，老工人方正基和一个少年从后面默默地跑了上来。

斗车重新加入了行列。许小东崛起屁股，痛心地瞧着空车腹，这会使他损失了一根签。他哀求地望孙其银，但后者却无表情地望着煤场，然后歪着破皮鞋，大步跨回号棚去了。

于是斗车工怨恨起来，扩大了自己底失望。但正当他昏晕地经过号棚，望也不望孙其银的时候，仿佛并没有发生这件事，仿佛车子里堆满了煤似的，一根竹签碰出愉快的声响落下来了。

这是使粗笨的胸膛悸抖、酥软的短歌。他惊喜地转头，孙其银淡淡地努嘴，示意他快推。他羞涩地笑了，努力崛起屁股。

火车在这时候发出尖叫驰出了卸煤台。

中午的时候，他到矮棚里来找孙其银。

他异常瘦削。腿长，头发刚硬脏乱，鼻尖下垂，时常和他底现出儿童的羞涩微笑的短上唇一齐挤动。眼睛无光，但隐藏着一种晦暗的，深深注意的神情，一种怀疑的苦闷的渴慕。从他底扁平的大手底不安的运动上，尤其是从他底惶惑松弛的哀凉的微笑上，人们可以窥察到被压抑的儿童和辛苦的成人底某种奇异的混合。来找孙其银的时候，他底这种状态愈发明显。他屈起长腿，多余地束着裤带，自私地笑着，把黄色的大门牙向黑胖子(黑胖子和破皮鞋是工人们给孙其银取的绰号)，不知道怎样才能说出自己底愿望。

“孙老板，我和你说……”他说，谗媚地注视对方。

孙其银阴沉地皱眉，不愿意别人叫他老板。但他终于抚慰似地笑了一笑，在凳子上转动身体，把手随便地摊开。他这样做，是为了使斗车工不再局促。

“你坐。”他随便说。“你缺的一个工，”他用响朗的声调说，“我跟严老板说过了，不算。照平常的车数。”

“谢孙老板。”

“这是严成武底事。”他狠狠地搔颈子，“这本来不大好算。是我从前说了，说伙计们害一半天病，照给钱，他就会谢老板，卖力做。”他嘲讽地笑，玩弄粗手指。

许小东脸红，假装着去望台墙前的争吵，歪过脸去。孙其银不安地站了起来。

“是这样……我家里病得很糟……”他麻木地说，不敢看孙其银，“这些日子我累伤了。孙老板是好人，许小东不忘记。”他底眼皮抽搐。孙其银扰乱地皱鼻子，望地下。“我想，现在半月忙到了，我想先借半月钱。借我吧，我女人要吃药。我累伤了。”

汗液遮盖了他底瘦脸,“是孙老板我才敢说。我累伤了。”

孙其银默默站定,铁匠似地向上缩紧厚肩,半垂下眼睑,沉思地望着棚外。

“你借不到的。”掣回眼光。他说,“我垫你吧。不过,不多。”

斗车工狼狈地佝偻,把拳起的右手举到腮边。

“谢孙老板。”他呛呛地说,似乎要哭。

孙其银闭嘴,以一种和他底矮胖身体不甚相称的快捷伸手到荷包里去,在翻出了一大堆烂纸片之后,找到了十块钱。

“不要叫孙老板!”他突然抱歉地,慈和地微笑,做了一个割断的手势:“不相干的!”

三点钟下工,许小东到镇上去给女人抓药。在到镇上去的路上,他以他底方式天真地在心里歌咏着孙其银,愿他将来享福,一面自己在这歌咏里体会到自私的喜悦。但当他从镇上回来,通过厂房走向宿舍去的时候,这种心境就完全消失了。他疲劳,心酸,突然对一切不明了,落在渺茫里了。

他突然觉得,他底处境所以如此坏,如此屈辱,完全要归罪给他底女人。地面工人是工资最少的,养不起一个家。单身汉会多自在!他为什么要拖着她呢?谁使她跟着他的呢?

谁?往回想罢,那时候还没有打仗。……女人,在做姑娘的日子,是没有想到会过这样的生活的,是永远不曾想到自己会成为一个工人底老婆,在污黑、四壁破烂的屋子里生伤寒症的,这正如他许小东从不曾知道世界上会有这种生活存在,自己会成为一个可怜的推煤车工人一样。他们都生长在江西底佃农家庭里。都似乎应该沿着老辈子们所走的旱荒的道路,把自己底生命一点一滴地消磨在干禾堆里或牛轭后面,由固执而烂朽地抱紧那贫苦的,狭窄的小生涯以至于最后使每一块肉,每一滴血都化做泥土。但和昏朦的年青一同得到的,却是完全不同的东西。

战争,流徙……怎样的剧变!这在他们是无法明了,不可信任的。因此,他们还时常有一种黏腻的感觉,以为回到故乡去的日子是近了,尤其是女人,她没有这个感觉似乎就无法生活;她说，笑，回忆，呻吟，时常呈显出一种半疯狂的状态。但不管这感觉怎样骚扰他们，不管他们怎样执着这希望，他们对目前的生活，还是异常，实在异常可怜地尽力去建设。然而经过了两年，愈对这种生活熟悉，他们就愈发觉得建设的不可能，自己们是可怕地悬在空中。工资每个月都不够，还没有到手就吃光了；一毛钱也不能积蓄下来的时候，怎么能够谈别的呢？

许小东胡涂，想到工资稍稍多一点就好了，想到下井。

走近宿舍的时候，他遇到了站在路旁的槐树荫里，鼓出生锈似的大眼睛，狠狠地挥拳自语的唐述云。

"哪里来？"唐述云粗声问，拉开扁嘴。

许小东畏惧。

"抓药哩。"他回答，不想停留，继续往上走。经过槐树，他听见唐述云在他后面独自大声嚷着，像在和谁争吵。

"哼……要是我……"这流浪汉怪声低叫："要是我！先赏他两个耳光再说。……这种东西有鬼用！有屁用！吓，你看那天上的火云……吓，许小东！"他放宽嗓子，喊。

许小东惊愕地回头，有些恼恨。

"你老婆病还没有好吗？"唐述云迈出下颚，大声问。然后，他安闲地把手插到衣袋里去，点头沉思。

"没有好。"许小东回答，疲倦地微笑。他觉得对方在发神经，假装这么问，但为什么要假装，他却想不透。

"这样的人也好……，他一天到晚闹些什么呢？"走进宿舍的时候，想。

房间里异常烘热。光线胶腻而污秽，金头苍蝇像火星似地乱迸着，当他走近桌子，卸下上衣的时候，它们轰然飞起无礼地撞向他底脸。他愤怒地用衣服乱打，惊醒了病人。

于是他微微弯腰，女人在肮脏的棉絮里痛苦地呻吟，抽搐着鼻翼。他觉得他应该听到什么话，但没有。

"我抓药来了……"他说，声音里含着失望。

"嗯。"

"借了十块钱。"

女人咳嗽，用被头揩着颊上的淋漓的汗水。他望着她，心里涌起苦痛的怨恨。

"不要撕开被，"他尖叫，"着了风，又糟呀！"

"你怎的借到钱？"

"孙老板，"他叫，在房间里寻找一个可以坐的地方，但找不到，于是只好屈腿站住，"孙老……孙其银，就是你那回见到的矮黑胖子借我的。"他在说话的时候平静了下来，脸上流露出一种童稚的感激和骄傲。

"哦……孙——胖子！ 破皮鞋！"女人笑。

"你知道？"他儿童似地瞪大眼睛。

"奇了，我不知道。你刚才还说，他前天还到坡上来的呀！"

他皱起眉来，不想继续这微妙地伤损他底心的谈话。

"我饿了。"他惶惑地说。

"早上还有饭，冷了……要热一热。"女人不安，企图爬起来。

"炉子都不燃。"他叽咕，内心混乱。"不，你睡你的。"于是蹲到壁角去，烧起火来。"生病要休息休息。……吓，我累伤了哇！"他在浓烈的煤烟里流泪，咳嗽，大声说，"我总是这么想，回家怕也没法了。一片凄凉，日本人糟光了。你一个人无法子……吓，后来我想下井。"他沉默的严峻地思索着，一面抛两块煤到炉膛里去，把锅置好。"看吧，"他笑，"我们总算活下来了。还是下井好，多三块一天，好一点就多五块。"

"我们做这个做一辈子吗？"

许小东伸直腿，向矮炉子不相称地弯着长腰，在锅里面翻弄着；他故意用锅铲在锅底上擦出一种苦涩的声音。

"你不懂，女人！"他大声说，缩起唇皮；"你老是问我，我怎么晓得，哪一个晓得明天吃什么菜！"

"我听说朱家他们都回去了。"女人兴奋地昂头，流汗，向丈夫怯生生地笑；"听说哪里都不打仗了。"

"你哪知道。前个月日本飞机还来的，忘了吗？ 狗种！ ……"

"我知道。告诉你我知道。"她夸耀地笑,"爹还在,他们,怕都安生过着……"她底眼睛发亮,怀乡的凄情闪过她底脸;"安生啊!还以为我们在外面好呢?……你一定想想,不然朱家怎么回去的呢?"

"他们哪里是回去;到城里做工去了。"

"不。"女人固执地摇头,"不管怎样,在家里讨饭也好。啊……"

"当汉奸去!"丈夫倏然伸直腰,尖声怒叫。

沉默。女人呻吟,男人咳嗽。但以后他们又谈起不管在哪里,要是能够依然种田就好了的话来。女人对这表露了不可遏制的病人的热望,男人则无可奈何地叹息,思索,终于声明自己对一切都不敢想。末后他把话拉到孙其银上面去,心境好起来了。

"黑胖子是多好的人啊!"他一面吞饭一面嗡嗡地说,"多好的人,人家是有种的。听说打过仗;严成武算得什么!……"他凝想,天真地笑,翘起拇指,"……想起来了,你要吃什么不要?挂面好不,我还剩底有钱。"

"不要。"女人动情地回答,"你明天不买菜吗!"

"好些了就好了。昨天烧得好怕人!"他亲切地望着她,然后俯下大脑袋,用脏指甲在桌子缝里刮,"这个屋子好热!呀,你看我身上的汗!有什么法子呢?……逃难的人,慢慢来,慢慢看罢。"他咬紧牙齿,像屏息算计复仇的人似地瞪大眼睛望着窗洞外。"下井的时候看罢。"

女人凄清地拼命吸气,然后曼声叹息。他站起来,恨恨地摇着破桌子,使碗盏发响。苍蝇跃过他底鼻子,他机械地张手捕捉,一面想着晚上要不要找谁谈天去。

屋子是西晒。红色的,沉闷的暗光还留在布满斑痕的里壁上,桌子底下和床板后面已经晦暗了。这是在日常生活里最令人烦闷的时候,蚊虫响起来,在晦冥里布下胶黏的刺丛,更使得疲乏的人工难以忍耐。他胡涂地洗刷锅碗,怨怒地把它们弄出噪声,一面马似地踢着腿,咒骂蚊虫。

“不是人住的地方！不是人……”他昏乱地骂，一手揩擦额上的汗水，一手提着刷净的锅，找寻一个置放的地方。

“喂喂，挂在那个钉子上面！”女人过份严重地叫。像一切穷苦而勤劳的主妇一样，她爱惜她底东西，假若有谁把它们放错了位置，她就不能睡着。

许小东被这呼声所惊，异常怨恨。他响着鼻子，不经心地侧身，去摸索铁钉。然而不幸，他底手一离开，锅就发出震动穷人魂魄的大声，跌到地下去了！

“啊啊——不得了……”女人痛叫，从床上跃起。许小东弯腰，向四面迟钝地环顾，一面张开嘴，发出一种断断续续的，愤怒的呼声；最后蹲下去，捧起锅，向屋外照着，一块暗红的光——一个致命的破洞！

女人跃过来了。她挤着丈夫底赤裸的背脊，微微屈腿，把手放在膝上，从丈夫底汗臭的腋下向锅底破洞惊怖地注视着。无望的寂静。听见蚊虫们底怒鸣。

“这么大！”丈夫喃喃说，汗水淋下他底失色的瘦脸。

“不能用了！”女人微弱地说，但随后便痛心地大叫起来：“看哟，这怎么得了！现在要卖四十块钱，我们过得好苦呀！”她哭，捶丈夫底肩膀，“这怎么好！这怎么好！这怎么好！”

再没有更痛苦，更无望的事了，比之于一个穷迫无依的家庭打碎了一只锅，在这一瞬间以前，女人底生命仿佛是找不到依托的，现在她才突然明白，她原来是依存于这一口旧锅！她多么爱这一口锅，只要它还是完整的，不能用来烧饭都可以！只要它还是完整的，她便不再想要回到故乡去，也不再想要过种地挖菜的农家生活！然而迟了！

她哭，呻吟，诅咒，绝望地跺脚。……

许小东是沉默的，虽然他底心情和女人底完全一样。他重重地放下那该死的锅，颓然坐到床板上去，垂下儿童似的畸形的大头，翻着眼睛向晦冥的壁角麻痹地凝视着。但末后他底惊愕的眼睛凄苦地起皱，脸颊恐惧地战栗起来了。在晚上来到以前的虚假而紊乱的昏沉光线里，这脸显得特别失常，特别难看。

女人还在呻吟喊叫。

“睡吧，你……你睡你的，不准叫！”他跃起来，握拳捶胸，一面流着泪。“不准叫！”他哑声喊。

三

恰好在大雷雨的一夜严成武底包工派成了夜工。

整个晚上，山谷里奇特地燥热，郁闷。山峰板起脸，停止呼吸，肩着笨重的层云。雷雨在夜里迟钝地开始了。两个钟点后，山洪暴发。卸煤台下底倾斜的场坪和路床变成了河流。二十团矿道木在水流上漂浮，煤底山积被从中间吃空，坍倒下来，一刻钟就冲走了一千吨。卸煤台上，电线呼啸着，灯泡闪灼，放出可怜的微光，映照着左右下面的黑色的狂流。波涛狂啸，扑击到激动的无光的山谷中央去，吞没了尚未刈割的，丰满的稻田。

工人们兴奋地尖叫，抱着头跑过空场。斗车工们全体都挤到卸煤台前端的芦席棚里来。芦席棚左近，焦炭炉被水冲塌了一个，另两个还在倔强地吐着暗红的，凶厉的火焰。煤场上，环节似的电灯在冰雹般的大雨里所努力射出的低垂的光，连成了昏朦的一片。还有人跑过，掷响工具，尖叫着，像一匹被追的老鼠。闪电刺破黑暗，把豪放的洪流映成沉重的青色。雷响，山谷震撼。没有完工的筛煤台在雷响之后发出一队兵叫喊似的声音，坍倒了。于是有人在芦席棚前面用激越而沉痛的声音喊孙其银；这声音被风弹得很远，造成一种人类在粉碎世界的不可思议的大力底压迫下奋勇呼救的印象。

孙其银原先是躲在那筛煤台底下的，但在打雷的时候，他已经顶着一件硬雨衣，像一个打足气的球似地通过煤厂向厂棚跑来了。工程倒下，他站住，愤怒地向后凝视，冲进厂棚的时候，他欢喜似地喘着气。

“危险呀！”

“你简直为什么不到这边来！”唐述云恨恨地叫。

“孙其银，煤冲跑了！”

“煤冲跑了！”孙其银四面望，仿佛在寻找说话的人。

“孙胖子，工程倒了！”

“工程倒了！”

“雨万岁呀！”许小东昂奋地说。

“黑胖子，今天干不成了，回家睡觉。”

“干不成了！”

又打雷的时候说话才停止。这些话并无什么实在的意义，然而却决不可缺少。它们仿佛是一些光明的球，孙其银友爱地接住，然后坦率地抛回来，轻轻掷中了粗笨的工人们的胸怀底最温柔的所在，使他们露出满嘴黑牙默笑，使被风雨击打的厂棚里洋溢着天真的生气。雷声过去，每个人都深入肃穆的梦境，听着在芦席底隙罅里尖叫的风，望着斜斜刺过低垂的光圈的雨箭，不再说话。芦席被风掀去了一块，雨扑进来，大家向后挤，踩着水塘，又开始在漆黑里喧闹。

“不要挤，后面是水！”声音大而温和；赤脚在水里响。

“冷起来了。”

“你穿少了，小家伙。”老头子方正基在许小东前面大声说；想战胜风声，使自己底瘪嘴声音让每个小家伙都听见。“我就有数。我说：‘大雨来啦！’……这些天气，我们从小种田的人，哪有不明白呀，这些事，我哪有不明白呀！我就想……”顶上的芦席又被掀去一张，几个人，其中最厉害的是流浪汉唐述云，咳嗽了起来，遮断了他底衰老的自我表现。

“吭吭，要把我们吹跑了呀！”

“孙胖子，你站这边来——不要挤！——那边有雨！”唐述云清楚而温和地说。

“好的。工程底下严成武底号棚也倒了。”孙其银说，凝视着棚外，仿佛觉得有什么新的仇敌要出现，他必须战胜它，保卫伙计们。“你们看，雨下大了！好些东西全压在那底下，吓！”

“活该！”

“安逸呀!”

许小东从水洼里提起一只脚来,向前挤了一步,伸直细颈子,竭力想看见孙其银。首先模糊地落在他眼睛里的,是唐述云底覆在鼓眼睛上的硬发,和他底仇恨似地张开着的,怪异的扁嘴。这嘴在微光里动着,但没有声音。许小东本能地骇怕。但终于鼓起勇气移开眼光,瞧见孙其银了。孙其银微微侧头,极端严肃地瞧着远远的煤场。脸是浑实,明确,坚强的,给人以不可击倒的印象。

许小东贪婪地注视这脸,似乎想得到什么秘密的解答。他假装咳嗽,但没有被注意;孙其银慢慢地举起手来,刮了一下圆鼻子上的水滴,这个动作在他看来似乎就是一个严重的暗示,他窒息了!

终于,他偷偷弯着长腰,离开伙伴们,从后面钻出厂棚去了。他涉过水塘,四面张望然后麻木地在狂雨里站定。四面是雨,是水底狂流,没有了孙其银,也没了伙伴们;焦炭炉底火焰是骇人的,厉风要压倒一切,灯光要暴露他底孱弱的身躯。为什么要离开伙伴们呢? 回去吧,他想,但他同时就拼命向前跑了。他底心麻痹地分裂为二,一半为了偷一口锅领着他本能地在雨里向煤场跑,一半却拿避雨厂棚里的伙伴们底唾弃和孙其银底责骂来惊骇他。愤怒的雨痛击他,使他好几次滑倒在泥坑里,作着可怜的挣扎。一种可怖的大声在他顶门上发生了! 他再不能分辨一切了! 一个工人在焦炭炉那里叫喊,像一柄利锥似地刺着他底心。极短促地,在他眼前,女人底病脸闪现了,孙其银底在鼻子上刮水的姿势闪现了! 煤场上的电灯变成了一个惩罚罪恶的,明亮的响雷。……

一口锅呀,他跪倒在被倾圮的工程所压倒的号棚边了!

于是,他开始用手挖掘。五分钟这样过去了。在这五分钟里,世界凝结了,灯光熄灭,雷雨中止了。所有的只是那一口还没有挖到手的旧铁锅! 他底手在矿灯底碎玻璃上割破,麻木地流着血。

“我想不到哟！我从来没有做过这样的事哟！不相信你无论问哪个，我想不到哟！……”他在心里哭，从泥污里拖着锅，“不然还不是别人拿去。我多么可怜！我们再不能做坏事了……哦！……”

他向四面望，然后把锅笨拙地用长手臂抱在胸前，向坡下逃走。但是一个从背后轰过来的熟悉的声音把他底一切希望全粉碎了！

“哪一个，站住！”严成武在雨伞底下粗厉地喊。

他机械地站住，战栗，抱紧铁锅。包工踩着泥水走上来。

“你做什么？——许小东，你偷东西！”

“我没有。”他用儿童的声气回答。

“这是什么？”

“锅。”他底眼睛昏花，喉咙里有血的热腥味。

“你拿它干事么，这是公家底东西！”

“严老板……”公家底东西从许小东肚子上滑下来，跌到泥水里去，偷锅贼张开求饶的手，无声地哭嚎着。

厚手掌热辣地击在瘦颊上，偷锅贼在泥水里像树枝一样摇幌。

“走，交给矿警队！”包工叫，高举起手里的伞，使得灯光照现了他底愤怒的眼睛，和满是向中央聚拢的细皱纹的扁额。“走！”他弯腰，掳衣袖，提起了赃物。

但是正在这时候，爬过砖堆，裹着雨衣的孙其银出现了。

“什么事？”

“你看就晓得了……他偷锅！”

孙其银沉默，看看严成武手里的锅又看看偷锅贼。雨小了，风更冷，他缩紧肩膀。

“你偷的吗？”末后他低沉地问，似乎有些颓衰。

“孙老板……我……”

孙其银挥开头上的雨衣，把它搭在肩头上，向灯光严厉地皱眉。

“你为什么偷？”犹豫了一下，他问，猛烈地咂嘴。

“真稀奇，老孙，”严成武在雨伞底暗影里凶暴地挥手，“这不是你底事呀！”他想笑，但是说出来的却是要哭的人儿一样的酸苦的大声。

从厂棚里有披着簑衣的工人出来，向这边走。

许小东畏缩地缩紧身躯，偷看孙其银。他看见他底大鼻子愤怒地翕动着，小眼睛幽暗。和对方底眼光相遇的时候，他恐惧地避开；又偷看，对方底深邃的眼光仍然向着他，于是他不再逃避。他把手战栗地移到乱发上去，绞着水；水流过他底干渴的唇，使它柔软，想再说话，同时，一个冲动在他底胸脯里蠢笨地萌生了。

“我们有好些天不能烧饭吃了。……借又借不到……我女人该死，哭……我问孙老板借十块钱给她买药，后来我底锅打破了！”他喘急，乞求地环视走上来围住的伙伴们，“我底锅打破了。”他悽苦地向肺里吸了一口潮湿的空气，然后伸直细弱的颈子，仰起大而怪的头颅，“我们穷，买不起一口锅，我老婆病得要死。各位老哥，我许小东是从来不动人家一根毫毛的；我们这么活是怎么办的呀！心都过坏了，黑区区的。……就是，这里锅废着，大水要冲走它，我想我拿来不是一样！救了我底老婆，你想，她整天哼，整天哭，说是回家去就好了，就好了！……”他用滞涩的鼻音说，流泪。“我真恨死她，真恨她呀！……”他叫。

人们沉默。雨在雨伞和笠帽上发响。许小东仰起下巴呜咽，然后抽掣着手，赤裸裸地，求救地望向孙其银。黑胖子难受似地避开他底眼光。

老头子方正基，在向严成武底冷酷的脸面窥看了好久之后，歪着头向孙其银说：

“我知道，唉，你们看，我这样说，……他底锅打破了。他老婆闷着哭。”

“我老婆哭。我底锅打破了！”许小东大声回应，猥崽地笑。

“我管你底锅打破不打破，我管你底老婆，……”包工吼，用战栗的手收拢雨伞，旋转着，使水滴溅在孙其银脸上。“你晓得我严成武也是在别人底下吃饭呀！你晓得天下人都要受人管，不能随便……我怎么交代，我怎么好交代！”他挥着拳头，许小东往后仰。

孙其银闭紧着嘴，用手在大而圆的鼻子上擦着，然后抖掉肩上的雨衣，放在肘弯里。他看严成武和许小东，在沉思。

“老严，就到这里为止吧。他是一个工人，本来不会偷东西的。”他慢慢地说，咬牙，一面皱眉瞧着锅。

本来，他有些犹豫，然而很快地便用外面的行动来战胜了它。他底心很朴素，惟其如此，这些被一种奇异的意志所支配的习惯的表情和声音都是华丽的，而且不无矫饰。他是那种善于用动作来确定外在的方向，领导动摇的思想，以战胜自己和敌人的人里面的出色的一个。关键就在这里。工人们起初都不敢说话，在等着他，现在却仿佛得到指令的士兵似地，开始明确地行动了。

“都是在外面的人，严老板，给大家一个情面罢。”唐述云挺胸说，瞪大眼睛。

“不行，走！”包工尖叫，拖犯人，“到矿警队去！”

“哎哟，这又有哪些好处呢？”

“哪个说？”

“严老板，大家都有生灾害病，倒楣的时候的。”

“把锅送给许小东吧，你可以开损失。”

“放屁！”

孙其银向前走了一步，愤怒地抖肩膀，用手指着许小东，低抑地说：

“你下次不准这样，”然后，他瞧向包工，和善地微笑，闪出牙齿，“许小东那么穷苦，你看，平常做工他卖力不卖力；你想，一个卖力的人，哪里不好去？哪个能说将来不遇见呢？哪个能说这个人将来不会大大帮自己呢？好人总不会让压没的，老哥，”他平稳地吸气，环视工人们，“这与你严老板毫无关碍，大水冲去了那么多，工程倒了，一口旧锅在公司里算得什么呢？你明天又有新的使了,而大家永远感谢你。”

“你是说……”

“把锅送给许小东!”唐述云劈进他底声音来。

工人们骚动了。雨在严成武收下雨伞来的时候已经止住,煤场上空气鲜冷,电灯明亮,他们底奋激的喧哗声传得很远。但在包工底失措的愤怒的手势里,大家又恨恨地静默了下来。听见远处火车汽罐底丝丝声。

“我严成武不是那样的人,各位,”他说,气得嘴唇战栗,“也可决不好欺。孙其银,这事情我交给你办了。”

最后一句话是咬牙切齿地说出来的,虽然有着信任的外貌。以后,他离开工人们,胡涂地撑开伞(其实已没有下雨了),迅速冲下煤坪。

大家嘲讽地注视着严成武底身影,有人重浊地清喉咙吐痰。

“狡猾!”孙其银冷冷地说。

“他要喊矿警的。”许小东喃喃说。

“哼,不会……”

“我们大家反对他,他平常就太刁。”

唐述云愤怒地扬起腿来,把一块木片踢到空中,然后抱着手,满意地向它底旋飞的投入黑暗的弧线凝视着。

这之后,工人们又落在犹豫的沉默里,全看着孙其银。孙其银懂得这。他严肃地微笑着,把雨衣换一个手,使自己显得更矮地缩着头吸了一口气,然后以一个长长的凝视望着狼狈的许小东。

“这口锅你拿回去吧。”他和善地说。

许小东,像防卫胸袋似地,把手举到稀湿的头发上去。

“我不要了。我不要,各位朋友……”他竭力叫,声音灼烧而破裂。

“唉,可怜!”方正基叹息,用老手拍着他底肩,“拿去吧。”

“不要紧的。”孙其银说。

“不要紧,我们不管怎样穷,送也送得起。”

“我不要了!”苦闷地呻吟。

这时候，抱着手观望了好久的唐述云一大步跨到他面前来，凶恶地抓住他底手臂，使他惊吓得打了一个寒噤。

“拿回去，”他怪叫，露出扒牙，凶狠地瞪着眼睛，“不中用的东西！一个男子汉要敢做敢当，这不是什么丑事!”他卷起衣袖，决然地提起地下的锅。“拿着!”他命令。许小东胡涂地服从。“走!”他发出第二个命令，用一根钢铁似的手指指着面前的泥泞的，在灯光下清冷发亮的道路。

“大哥，不要闹……”许小东困苦地弯腰，望那根倔强地指着路途的手指，望望自己手里的锅，然后胆怯地望孙其银，一面发出一种肉体底苦的呻吟。

“拿去吧。”孙其银简单地说。

终于，被唐述云蛮横地拖着，他抱着锅走下了煤坪。他感激，狼狈，被冷风吹活了麻木的血液，感到极失利的苦痛，在路上焚烧地哭出一声来。

“我不能做人了，老哥!”他呜咽着说，跪跌在泥水里。

唐述云默默地扶他起来，替他拿着锅。

“这叫什么话！哼!”走了好久之后他说，愤愤地响着鼻子。“不要紧的，兄弟，这不能怪你。我从前也干过这样的事，那更糟!”他底声音突然奇特地温和，亲切，这是许小东从没有从他嘴里听过的。“我在外面跑了十几年了，什么事都见过，都干过。唉，可恨，都干过!”他愤恨地嚷，大步跨向前。

四

像一切被生活压聩的人一样，许小东是很会欺骗自己的。这就是说，假若偷到了锅而不被别人知道，一切便不会如此严重；他简直就会蠢笨地找机会跟朋友们说，他底锅买上了当，花了三十五块钱。虽然淳朴的生灵会自己惶恐，谴责，痛苦，但在看不出世界在反对他的时候，他底自我欺瞒的本能却更强。然而正因为如此，这样的魂灵们，在犯罪一曝露，世界一在他面前变色的时候，就要变得不可收拾了；他会敲碎一切自己生存的理由，赤裸裸地进入黑暗的破灭。

他偷了锅，感到无法再立足于卸煤台上了，于是生了一天病。

在内心底黑暗里浮沉，磨苦于儿童式的，兽性的恐怖，痛苦，妒嫉，怨恨，最后又变得无力，归于胡涂。但在一切这样盲目了的时候，虽然他自认已经被某种东西摒弃了出来，某种东西还是支撑着他，而且愈来愈强。这便是孙其银和伙伴们底坚强的友谊。

他渐渐能够在心里去接近这个东西了。有一个瞬间，他对一切都盲目地怨恨，想要也推开它，但后来不了。

于是，他认为自己并不是最腐坏的，并没有做了什么真的坏事；又来艰辛地替深伤敷药。

但无论如何，这对他一生讲是一个可怕的分裂。以前，他心地胡涂，胆小地做工，有着回乡的希望，现在却把这些完全无情地打碎了；以至于在某些时候，心里充满了前所未有的冷酷而透明的毒质。

整个下午，他底脸上有一种惨白的黯澹的表情。他有时不安地乱动，有时又呆坐着像一块石头。这惊吓了他底勤苦的女人，使她以为自己做错了什么事。

发生了一场对话。

"你晓得这口锅哪里来的？"他突然问。

女人呆呆望着他，以后怯弱地回答：

"唐述云送……"

丈夫冷笑起来了。笑声中止，眼睛狰狞地盯着锅。

"我过一种好的生活，就是因为，……"他望女人，摇头，凄楚的笑，"我底脸丢光了。我也不能在这里做工了！不过我这会已不怕。一个男子汉为什么不要志气，为什么要受人欺侮……为什么光想着回家。我要死在外面！"

"什么事？有什么事，你说！"女人叫，抛开手里的烂湿的衣裳，“这锅哪里来的?”

许小东底脸痛苦地抽掣。

“偷……来的。”他怯弱地说，颓然倒回床上去。

“那呀！……你，不能做工了！”她愤怒地四面望，以后粗笨地撞着桌子痛叫：“你这是怎么搞的！你这是怎么搞的！……啊啊，我怎样活下去呀！”

“你自己会活的。”许小东在床板上冷冷地说，不看她。

女人底笨脸在蓬乱的头发下发青。当他咬响牙齿诅咒的时候，她恐怖地喘息，怒崛的大乳房在破旧的蓝布短衣里激烈地颤抖着，他侧目看她，心里突然软弱而狼狈。

“不要急。”他站起来，垂着大头颅，说，“我还是上工。孙其银帮我。”

女人无言，狠狠地擦泪水，然后转向门边，重新洗起衣服来。

望着女人底急剧掣动的多肉的肩，许小东困惑了。他转过身去，倏然间体会到渺茫的哀怜，意识到假若没有这样的女人，自己会活得更坏，更孤伶；于是便把生活所以这样无望的罪过归给了自己。他长久地垂着手，凝住眼光，默默站着。一种稀有的光采在他脸上诞生了。他走到洗衣的烂木桶边，弯下腰，呐呐地说：

“我们过得坏透了。本来可以好些的。……”他不安地笑，“就是我……不过你不要急，何苦来呢？我知道。我总会拼命的。”他口吃，突出牙齿，一面胆怯地按住了女人底肩；“我们总会好些。”

女人更快地搓衣服，水沫溅在他身上。

“哈，你这样梦吗?”

“我这样梦。”他屈着长腿蹲下来，把尖下巴搁在膝上，用两根手指捞了一下桶里的污水。“不然我就到别处去，做管理机子的工人，我要学会的，工钱就有十块，比方隔沟山里。”

女人注意地听他说，手底动作缓慢了下来，最后完全停止，信任地望他。他温存地羞涩地笑。

“十块钱,”她叹息,“十块钱也不够呀!”

“总好些。”他伸手拉下她手里的湿衣服,徒然地揩着自己底湿手,然后又轻轻地抛在她手上,“你这件衣服破了!”

“简直不能穿了。我看我们总要赤身露体的。”

女人底话是用悄然的调子说出来的,含着只有许小东才能体会到的爱抚和关切。他不笑了,心里充满温和的寒凉,瘦脸变得柔软。

就是这样的单纯的相对。从黑污而灼烧的卸煤台生活里,他们短促地检到自己了。都是年青的,都有力,都悽苦。女人觉得,要是在家乡,许小东是会横行些的,没有这么和顺:男人则觉得,要是在家乡,有专横的族人,虽然稍不穷苦,却没有这么独立。自然,这些感想并非现在才有;但以前恋于呆板的回乡梦,不能意识到它们底存在。于是他们带着另一种心情谈到了家乡。

“我们不是也遇到了好人!这里的朋友是好心的。好哩。家里就没有这样的人。……”许小东缓慢地,确实地说,用手击着膝盖,“大家都穷,大家帮忙哩。……下雨的时候,孙其银说工程倒了,——不要把那破衣服搁在砖上!——我就想到锅。这算什么,我又不是偷哪个的。但是狗肏严成武跟我下不去。朋友们都围上来,我丢脸呀——看,衣服滚下去了!——想不到他们把锅送我,孙其银说:‘喂,许小东,你拿回去!’”他底声音颤抖,“家里那些种田人没有这心肠啊!问你看,自己挣,是不是比看脸色好些?”

他像谈着远在家乡的事似地谈着自己底深伤,似乎已经不以为然了。但说完了话,脸上就露出思虑,惶惑的表情,愈来愈不安。女人起初微笑,后来就呆板地严肃;但关于家乡这一点,她无言,是同意的。

许小东突然瘦长地站起来,摊开手。

“这事情是我坏,我坏。没有法子呀!我们现在可以烧饭了!”他喷口沫,脸胀红,“我不在乎!这不是丑事……”他实证似地思索了一下，“今夜我还是上班去。”

“你不是发烧？”

“不。要工钱呀！”

夜里他去上班了。实在说，他现在异常害怕卸煤台，所以在去的时候，需要鼓起绝大的勇气。没有等到拉汽笛，他就跑到隔壁去喊醒方正基。因为在昏沉的睡眠里被扰醒，老头子底脾气特别大，愤愤地叫着，用老年人底方式诅咒着全世界。他说他已经做了二十几年的短工长工男工外工，像严成武那样的家伙早已看透了；他说所有的老板全是一样的，给的工钱只够工人吃个半饱好去再做工；他说做捶石子工是很好玩的，但是你不能玩，不能老实——在这瘟世界上决不能老实，不然就只好永远做工。最后他说到孙其银，赞美他底和善，又说到自己底前两年在江边给日本飞机炸死的老妻，和在乡下被过路兵拉走的，年青有力的独子，哀痛起来。在通过煤台的时候，他们遇到了严成武。

严成武通过轨路，从一顶旧礼帽底软瘫的边沿后面阴鸷地瞥着许小东。许小东起先胆怯地避开，后来就直率地回看，带着浮动的痛恨。他以为对方要喊他的，但没有；只露出心地狭小的人底威胁的表情，然后很快地车过脸去，用左手弄响右手拿着的一把煤签。和一个不足道的工人这样照面，委实使他痛苦，因此他就更恨他底朋友孙其银。许小东在恨恨地回看之后，畏惧起来，以为他是决不会放松那口锅的；决不会放松，是对的，但却不必是锅，因为，假若报告锅被窃，吝啬的公司当局就要被触动灵感似地来查问，一查问，别的一些谎报的损失就难于成立了。

但许小东底恐惧，在一遇到坐在横木堆上闲谈的孙其银，唐述云和别的几个伙伴的时候，就隐藏了。他靠唐述云坐下，和惶恐挣扎，慢慢地安静了下来。唐述云正在大发议论。

“看吧，你就顶怕这些事，缠上了一个女人，你就昏了。喂，你要甩开她，甩开她，这么干，”他把手掌向外锋利地劈了一下，“不然的话，才糟糕，你就怎么活也不是。呸！”他唾弃，鼓大眼睛。灯光像照在什么油液上面似地照在他底眼球上。

孙其银拿下嘴上的旧烟斗，舐嘴唇，喷出在灯光下泛着灰色的烟，慈和地在小眼睛里微笑着。这微笑，表示他虽然不同意，却完全了解。随后，他感到寒凉似地缩起肩膀，皱嘴，略带悲伤地嘘着气。

唐述云侧目望他，想得到他底声音。等到证明这没有希望，他就领悟似地点头，拍膝盖，用丑陋的嘶声继续叫了起来。

“比方你老哥有这个经验，”他向他身边的一个中年伙伴，“我们在外面跑狠了，有时心里空空，恨得厉害。见了什么人，就想喊‘你为什么活！’杀他底头！……弄得什么也不想要了，时间过去了，比方你我，都不是少年伙子了！”他又向孙其银侧目，感到对方脸上底严肃的表情，“什么全过去一半了。昏昏的，什么也没有学会，一件事也做不长，倒反到这里来推车子！我根本做不成事，做不成?”他拍手，停顿，低头向地面。“我尝想过，”用一种沉痛的低音，他接着说，“在中国像我们这样的人有多少？在世界上究竟有多少？他们能够好好地做一件事么?”他猛然抬头，灿烂地笑，“能的呀！我们都是这样的男子汉！可是他妈现在真委曲。……心里像爬了一条蛇那么不安，不能干什么，就鬼混，人家也不给事我们做。我在军队里，人家说我是疯子，可笑不可笑！好——我滚蛋！”他仰天怪笑，随后急剧地望孙其银：“喂孙胖子，我疯不?”

孙其银舐烟斗嘴，闪着快乐的，光亮的眼睛，洪亮地回答：“你不疯。”

“唉，你底怪像多！”一个伙伴说，“我们不比配你。”

方正基在许小东旁边做着迟缓的含胡的手势，以叹息开始，批评了起来。人们淡淡地或好笑地望向这边。许小东心跳。

“就是你怪话多，一点鬼用也没有。照说你不该推车子的，就像我。……何必呢？我要说起来，可比你多多少瞅。不必，我不说了。”他尴尬地笑，拉衣袖，按鼻孔，“你就没有别的法子，安生些吧。我说的不错，好生挣命罢。你又不成当管工去！”他望孙其银，咳嗽，“我老了，时时发病，日日伤悲。夜里头难得睡着，就听见你们闹，赌啊，押宝啊！唱啊！我爬起来，看看山底下，看看你们底窗，啊，我想：‘我就会死了，什么也不指望了！好的很，让他们一代又一代在这山里闹去吧。让他们这批胡涂虫扰下去吧。有一天他们也老了，老了时想起来，就会伤心些，就会悔的。’……可又有哪些用呢？少年人是不听老年人底话的，他们一些也不悔……总要拼命挣啊，小兄弟！”他摆头，泪水滚过他底干枯的面颊，“你们想想，五十年一过，这山里是什么样子，……我就见到，有些家已经两代葬下来了……”

横木堆上全体沉默。眼睛们闪着潮湿的悲楚的光辉，离开奋激的老年人，各自望向最妥当的地方。于是，在远远的宿舍山坡上，出现了五十年后的灯火，那是繁密，明亮而透红的，像喝醉了酒；在卸煤台上闪过了五十年后的高大的青年们，他们有力，强壮，不可凌辱；在左侧漆黑的坟场上照耀着五十年后的矿灯，孙儿们来寻祖父底坟——但是很难寻得着啊！因为，标记着近一百年的沉默的痛苦，坟是那么多！

爆发了叹息，唱歌，诅咒。方正基已经安静了，他站起来，胡涂地向黑暗里看，走到别处去。唐述云突然跃起，恨恨地挥拳尖叫：

“他是自私的呀！人全是自私的！”

“唐述云，不要吵。”许小东苦楚地遮住他。

“我们是有法子的，那法子，哼！”他扬手，反击许小东底手势，“都不要一个家，都不要狠命做工，为谁？都天天喝醉。那，吓，谁说不是好生活？”

许小东畏缩地望着，觉得这个人在反对自己。

“孙其银，我问你，”他鼓足勇气问，上前了一步，“江西现在打仗吗？”

孙其银笑。

“在打。”

“都在打吗？”

孙其银点头。唐述云跨到旁边来，指摘许小东：

“你并不是爱国，你是自私，像严成武爱国一样，自私！”

许小东愤恨，脸发烧。孙其银严酷地看看两个人。

“那么，我问你，”唐述云问孙其银，变了声调，就像他所以这么说，是为了表示他并非荒唐，不关心战争似地，“这个仗要打多久？”他底眼睛鼓出，浓眉压下。

孙其银玩弄烟斗柄，用来镇压自己底感染性的激动。

“很难说。”

“打完了日本，还要不要打呢？”许小东关切地问。

“要打。”

“打什么？”

孙其银仰头，从齿缝间吹了一口气，震动地回答：

“像日本那样的东西还是很多呀！”

“对，对！”唐述云恶叫，鼓了一下掌，“对！”

许小东偷看孙其银底发光的鼻子和锋利的嘴唇，眼睛发怔，流露出一种童稚的，幽暗的，苦闷的焦渴。最后他垂下大头，用手环抱着。孙其银想说什么，但又止住了，只是把烟斗咬在齿间，避着夜晚的凉风点火，遮掩着自己底愈来愈明显的不安。唐述云在这时候喜悦地看中了他底弱点。

“老孙，我想问你一件事。”他重新蹲下来，歉疚地皱起他底憔悴的眼皮，问。

“什么事？”孙其银略略惊诧。

“就是，你为什么，”他点头，用手在脸前从上到下地划了一条线，“为什么不来一个包工？”

“我不想蹲长久。”

“何必受严成武底气呢？我们拥护你！”

“我们护拥你！”许小东说。

孙其银喷烟，沉思，谦卑地微笑；但立刻脸色又变得严冷，不可接近。

“我不干的。等两个月我就走了。”

“哪去？”

"广东。"

"做什么?"

"在那里我有一些朋友,干游击队。"

唐述云庄重地望他底脸,搔头发,终于突出牙齿以决然的声音叫:

"我跟你去!"

许小东鱼一般地张开嘴,痛苦地喘息着。孙其银悄悄侧头向他,看见了他眼睛里的泪水,又不安地避开。流浪汉压紧双唇,从鼻子里重重地叹息。

"我有一点不明了,孙其银!"从深沉的缄默里醒来,唐述云温和地说:"我觉得,你心里有一个秘密,我猜不透。"

孙其银安静地瞧着卸煤台上的灯火,下唇收缩,眼睛慢慢眯细,又逐渐睁大,流闪着一种深邃的,智慧的光辉。

他摸火柴重新点燃烟斗。

"我从小就遭遇坏。"他用那种强壮男子底温和的低音开始说,"后来——那是苦的,我底母亲当了娼妓。……我学铁匠,被打伤了头。"他拂头发,在飘曳的烟雾里指着额上的一块发光的创疤。"遭遇了那么多痛苦难堪的事,我现在想起来都难受。一种黑暗无底的生活。啊,我终于逃出来了!"他瞪眼睛,生动地笑,"后来在广东打了仗,伤了腿。到重庆来却遇到了一个女人——完蛋了。……我想这些都是很简单的。不过我有时候,也糟,苦闷哩……吓吓!现在我预备再去广东。……你想我神秘吗?不。一个人应该少提到自己才好,他只需去做。况且我们不大熟,常有隔阂;你不是总见到我马马虎虎地对待自己吗?吓吓!"他垂下眉毛凝想,"好的,够羞了,"他愤怒地说,"我们只要不忘记,比方我,我底母亲,是谁使她那样的?这个疤,这个伤,"他指大腿,"是哪里来的,就够了。不要去想些怪事。……啊,我是一个平常人!"

"你对我们工人底态度?"唐述云沉思地问。

"我自己就是工人呀!这样误解多不对!"他放下烟斗,严刻地眯起眼睛，摇头。

“哦，孙其银，我想说，”许小东发出了他底干燥的，苦闷的细声，“我多么没有脸见人呀！我多难受！是哩！”他战栗地指自己底胸脯，“我简直不能算人，你看……我是一个坏人！”

“哪个都一样。……不，你不是！”

许小东惨澹地笑。

“能介绍我到别处去……叫我去吧。”他站起来垂着头，“这里我也不干了！”

孙其银沉思。

“谢你。我想我也并不比人坏些，”他干燥地叫，“我要……”

但汽笛吼叫了起来，打断了他底话。……

叫骂和歌声隐去之后，煤台上寂静了，只听见斗车运动底单调的大声。凉风安闲地吹着，灯火澄清，坡路寂寞。斗车工们在笨拙而迟缓的爬行里是无声的，仿佛失去了希望，也不再仇恨。但雷霆从地下升起来，给予他们底人类的沉默以一种勇往直前的粗壮的旋律——一切都来自他们自身，他们合一，带着足够粉碎一切的力量艰苦地向前！

他们里面的一个，许小东，惊喜地交付着他底力量，不，得到他底力量。卸煤台在脚下呻吟，山峰退避开去。他空空地望着前面的黑暗，但觉得什么都可以看见。

在他底生活里，他是从没有经验过这样的思虑，痛苦，失望，喜悦，焦渴，和觉醒的。

五

又度过了几天，天气微微凉起来，但许小东却仍然穿着打补绽的单衣。他是灼烧的，虽然卸煤台照样呈显着表面的安静，从不曾对偷锅的事底结果给一个暗示，他心里的裂痕却愈来愈大了。他晓得孙其银将要离开，唐述云也要去，而自己却不能。永远不能赶上任何人了，因为自己有一个老婆和一口偷来的锅！在偶然精神清朗起来的时候，他不再想到家乡，却在简单的脑筋里盘算着不可知的，然而又和自己有着血缘关系的世界；那全是从孙其银底暗示而来的。有一些时候，他给自己描绘着，打完了仗，一切全好了起来，愉快的工人们站在卸煤台上的情景；但一到自己走到煤台上来，又觉得一切全是老样，不会改变的。将来一个工人还是要被生活逼着偷锅的。那么，自己为什么还要做工，还要活下去呢？

哦，这是致死命的想法！他现在竟然从他底旧朽的故乡出来，走到这条路上去了。

但一切都瞒着那勤苦，有挂在嘴边的简单的幻梦的女人。在她面前他要露出了新的性情，新的爱好和嫌恶。于是怨恨爆发，敲打开始了，和顺的丈夫和体贴的女人全没有了。穷苦而失望的夫妇彼此转成了仇敌！

这天，黄昏时飘着雨，天空暗得很快。许小东做着被矿警鞭打，以后朋友们全光荣地离去，只剩下自己孤另另的一个人被关在碉堡里的惊恐多于屈辱的恶梦，从夜班工人底白昼睡眠里醒来了。在半醒半睡的境界里，一种野性的失望情绪使他颤抖，继而，他淋着汗坐起来，恰如一个神经衰弱的没有睡好的人一样，变得异常暴戾。房间里是昏黯的，女人在默默劳作，一面击响手臂，抵抗蚊虫。但他对一切都厌恶，觉得房间又暗又小，比平常更像地狱；觉得女人底动作全是不必要的。他苦闷地望窗洞外，瞧见了闪灼的灯光，于是猛然站起来。

“为什么亮？为什么响？为什么？你们是什么？”他在心里愤怒地问。

“你还可以睡的。饭没好。”女人懒洋洋地说，但这发音触犯了他。

“管你哪些事？”他凶叫。

女人，就像普通的横暴的丈夫底妻子一样，在所受的惨重伤害里回了一句委屈的，带着忍从的怨恨的话：“好，不管我底事。……”

许小东突出牙齿，带着疯狂的憎恶（他并不知道他是在憎恶自己)暴跳起来了。女人阴沉地退缩,继而又无力地反抗。但对于一个内心失去均衡的男人,任何回答都是难于被满意的;只足以使他愤怒更野蛮,更狂炽。一根木柴击过去了。不幸的妇人揩擦着额上的血,开始哀号;以后,就低沉地哭泣起来,被所恋的幻梦底凄凉的微风所吹拂,诉着命运底悲苦和不复返的农村童年。

人们大概很难想像一个这种妇人底粗糙的哭声里藏着些什么,但许小东明白。他发痴,昏昏地醒过来了;仿佛听到她在呜咽里说:

“从前你没有说过这些……你变得不像人了。”

这话对,他承认的。于是他四面张望,似乎想知道自己究竟在哪里。电灯使他吃惊地亮了,照见女人额上的鲜血。他伸手,想走过去揩这血,但又突然转身,冲过围在门口的工人邻居们,跑出来了。

在下雨,道路闪着寒凉的暗光。他敞开上衣,野性地漂流到厂房区去,又转出来,抱手站在车站旁的乱石堆上。下行煤车到站,转辙到卸煤台里去,然后又怒号着开出来,他还站在那里。最后是风从侧面草棚里吹过来的酒食气和一个粗喉咙所唱的愚蠢的情歌触动了他,使他懒懒地走下了乱石堆。

“四两酒,两块豆干。”他走进酒棚,坐到角隅去,不看周围的人。

半个钟点以后,他恍惚地从酒棚里出来了;那样地摇幌着,就仿佛他底饥饿相的大头是他的整个身躯底累赘似地。衣裳完全湿了,但他不管,只觉得很舒畅。他走到煤场上来,在焦炭炉后面,靠近坟场的一棵枝条弯曲的枯树下站定。

电灯不能照见他,使他很自在,可以尽量胡涂,也可以垂下燃烧的眼睑,享受飘渺的梦。但一个辛苦的工人底这样的梦是不多的,他顶多只能够胡涂地恍惚一下,在酒精底炽煽里觉得整个厂区都变成光明的了,然后又吃惊地睁开眼睛,想到工钱和老婆。

"……她是可怜的,可怜……累死了,"他哭,撕着潮湿的头发,"什么都没有……"

风吹动光枝,洒下水滴。他惊诧地扬起眼皮,望着面前的幌动的,朦胧的一切。"那是什么东西?"他想,张开嘴,舐着唇边的盐水,"我不要,我不管……哦,我凭什么,为什么要做工?要活?你们为什么在那里走?那是哪一个?哪一个?"他撑了一下背脊,离开树干,伸出一只盲目的手去;然后又颓然放下,"他不是孙其银,不是严成武!我认不得他!不过他为什么……哪一个,哪一个?……"

微弱的思想失散了。眼睑重新闭上,大头垂到左肩上去。但不一会,两只鹭鸶在光枝上扑击翅膀的声音又使他睁开眼睛来。这不是它们底家,白色的鸟在黑暗的雨丝里漂浮着,升到坟场上去了。他出神地注视着它们落下去的处所。

"他们飞过去了。他们飞过去,不想停在我这上面。……真的,我好久不看到这样的鸟雀了。飞飞啊……我是完全忘记了。飞飞啊……真的,再过五六年啊!……"

从焦炉左边的山坡上,几个戴着斗笠的,赶场归去的农人向这边走,激越而沉劲地说着话,抽着烟。在他们通过他以后,一个穿着整齐的少年溅着水追了上来,两手抱着一个大包袱,向他们不断地,用清朗而得意的脆声喊:

"陈叔叔,陈大叔……"

汉子们站定,其中的一个用力地答应。

"陈大叔,陈大……喃,这里,我说是的,你底包袱丢在我铺子里了!"他跃近来,献上包袱。许小东看见了他底兴奋的胖脸。

被叫做陈大叔的汉子村野地大笑起来,不停地吐口水,一面满意地点头。

"吓吓吓吓,是哩。我说明天托人来拿了……真好!谢你,小老板。"他狡猾地吹气。

"我爹说你底账……"

"都晓得。"他大声说,"你们消了夜了?"

"消了。"少年四面看,转身。

"好生走,路滑。"

那少年,在犹豫了一下之后,顺着焦炭炉子走去,一面好奇地,活泼地看着炉火。当他越过水沟,爬上泥泞的山路的时候,他就用嘶裂的尖声兴高采烈地唱起歌来。

许小东热切地注视着这一个简单的交接,没有放过任何一个动作和声音。起初感到一种生动的悲凄,温柔,感激,后来就又跌入不可收拾的失望,痛苦得颤抖。这是一种新的痛苦,当听到那少年底生气勃勃的歌声(或者毋宁说是叫声)的时候,他冲动地呜咽了。

"我们小时候都过去了!我们不会唱,不会跳了!"他仰头向天,"……没有家,没有指望……没有米,'小东,告诉你米没有了!'去你的!……偷锅啊!……偷锅,……我要说,'孙其银,带我走罢,我什么也不管,这些我厌透了!'……可恨啊!"

他向卸煤台跛行……

煤场上充满了声响;笨重而顽强地作为这暴怒的声响建筑底基石的,是斗车行列底震撼煤台的运动声。但是当火车鼓着深夜疾行的青春的兴奋冲进卸煤台的时候,新的噪杂声在车头的呼啸底领导下飞扬了起来,这持续而艰苦的轰响,就暂时地被冲没。所有的声音仿佛从高处坍倒下来似地向四面迸射,电灯底闪灼也突然兴奋起来了。

许小东没有能找到孙其银。伙伴来齐,他们开始上班了。立刻,他发觉了今天管号的是严成武。他底膝盖颤抖了起来;全身酸痛,胸脯虚弱,跟着白酒底燃烧而来的饥饿把他征服了。他在车沿后面惶恐地张望,想寻找救援,——但车子已经挨近了号棚。从严成武手里,一根煤签冷冷地丢下来,歪插在煤上,他伸手攫住了它,同时瞥见了对方底阴暗的长脸。

"快点走,来了!"后面怪声怒叫,是唐述云。严成武向这声音转脸,惊骇而猥琐地露出牙齿。

惶恐的斗车工推车向前，用盲目的怨恨来反抗整个卸煤台所加于他的压迫。他咬紧牙齿，弯屈着两股，摇动胸膛，和斗车兽性地斗争，和那使他底眼睛鼻子冒冷气的饥饿斗争。但推过两轮，他实在无法支持了。他呻吟着，牙齿发松。然而现在愈发不可能脱开，卸煤台用它底奇特的魔术拑制住了他，发出狞笑，仿佛说："你这软弱的生物，人类之中最可口的食物啊！看吧，我终于胜了，随时都可以吞掉你，只要我高兴！"——但这软弱的生物一瞬间又突然狠毒了起来，他要跑开！为什么他要做工？

……推车向前！

站在远处的人看见他推得很吃力，"你看那个家伙，就是那个偷锅的，简直推不动车子了！"他们跟朋友说；站在近处的人发觉到他底脸是可怕地惨白，"他不成了，可怜！不过每个工人总会这样，这是很平常的事。"他们叹息，议论。没有人愿意知道，为了和命运作最后的搏斗，他底力量是已经完全用尽了。

"方正基，看见孙胖子吗？"第五轮卸了之后，他转身向老头子说，声音战栗。

"没有，我听说他今天发烧。我想，一定的……唉——"

"他，发烧？"许小东呻吟，被踢中小肚子似地蹲下去，"他也生病？"

"他不生病，他是天神，哪个吃五谷不生灾！"

"哦，不是的！"他痛楚地叫。

"转身，转身！……"严成武在号棚前用他底丑陋的嗓子喊。

煤场上音响减少了，只有斗车队底轰响像迟钝的雷似地震动着。电力突然削弱，灯光晦暗，在低空里放着发红的光环。无光的灰云底巨柱在山峰上悬挂着，望着这云柱，许小东心里突然感到奇特的凉意：仿佛那不可见的凶恶的敌人已经离去了。顺煤台下的路轨瞧过去，是一排小食摊底摇曳的灯光，更远些，跨过无光的田野，是惺忪欲睡的农家灯火，那里也都在生活。哦，许小东觉得，这里的生活是错的，还有别样的生活，他应该去过。

"哪个救我？"他向那些标帜着另外的生活的灯光问，仰起呆钝的丑脸。

“要断脚了！”后面叫。

斗车蹒跚着经过号棚，一根签落了下来，同时，严成武用冷酷的低声向他说：

“你明天不要来上工了。”

“啊！”车子停住，工人微弱地唤，“严老板！”

“不要来。快推！”老板命令。

许小东摇头，伸出一只向天空求救的手，用麻木的大声说：

“严老板，你杀死了两个人！”

“车子快推！”

“孙其银呢？”他无人性地笑，可怕地转动眼珠。

“快推！”

包工挥拳头。血冲上许小东底太阳穴，然后又旋到眼睛里，但车子还是机械地向前滚动。

“够了，我早知道了，我不怕，我讨饭去好了，好了……”在向煤仓卸煤的时候他胡涂地想，“我要说，‘看你严成武……’，哼……”他哭了，不过他自己并不知道。

火车冲进煤台的吼叫使他打了一个寒噤。他出神地向底下凝视，看见了机车烟筒里喷出来的狂乱的火花。火花上升，在台墙底边沿上爆闪，消灭；浓烟缠着电柱飞舞，窜入黑暗的空中。他狠恶地撒手，放倒斗车，然后再重新低头向下看。煤掀流下去，腾起黑雾，而在这黑雾里，机车底倔强的雄伟的姿影显现在他底眼前。

台墙上工人忙碌着，发出怨恨的尖叫。工具碰响，煤堆在仓里坍倒，瀑布似地从窄小的仓口喷出去。台底上的斜坪上，工人男女们懒懒地跨过水洼，轻蔑地幌动着手臂。戴草帽的司机在砖堆上抱着一壶水向嘴里灌，然后轻松地哼着歌，走回机车。走近机车，一看见那炉膛里的熊熊的煤火，他就变得庄重，思虑，不复再是一个穿着淡红衬衫的可亲的青年了。……这一切在许小东面前构成了一幅生动，强力的图画。他每天都参加在这幅画里，从来都不觉得它，但现在它却成为亲密，值得留恋的了；成为最高贵，最丰富，最魅人的了！

但是他许小东要从它被驱走了！

他从胡涂里苏醒，体会到一种比解雇本身大得多的，失望的痛苦。他伸手，愤怒地摇自己底斗车——摇响它，来参加这劳动生命底粗野的合唱。但是斗车陷住了，不再回转来。他爱惜地弯下腰，检查它，最后又绕到煤台终台的危耸而弯曲的仓墙上去，伸手抱着车沿往上抬。这时候，从蹲屈的腿旁望下去，他又看见了就在他下面的冒烟的机车底强壮的姿影，和严肃地做着手势和朋友谈话的司机，因而神往。

"我要做个司机就好了。"他想。头昏晕。

从分叉的轨路中间，传来了严成武底焦急的叫声：

"许小东，你干什么？别人转不过来了！"

他猛然抬头，向包工底长身影发出一种干燥的吼声，严成武惊骇地后退。于是他再掀斗车，用一种愤怒的蛮力，在泞滑的仓墙上向外危险地撅着屁股。但机车底吼叫使他张开手臂，突然站起。

是的，他想起来了！他为什么还要替严成武做工呢？

他短促地瞥了一下黎明即将到来的天空，野性地吹着气。

"严成武，老子记着你！老子恨死你！"他恶叫。映着侧面的灯光，他底在仓墙上舞手昂头的瘦长的黑影，就像一个复仇的幽灵。

"许小东呀，你那里站不得！"唐述云惊叫，"过来过来！"

失望的魂灵厉笑。一种可怕的自弃力量伴着燃烧的复仇意志在他身上发生了。他横走了一步，向前冲，碰在斗车上，于是用手猛烈地一推。他想捡一块石头来击严成武，但是在略略弯腰的那一瞬间，顺着反推车沿的大力，他滑下仓墙，从煤台角上跌下去了；伸手来抓斗车，已经太迟了。

机车愤怒地喷着汽，开动了。绝叫从伙伴们里飞了出来。

但许小东却是沉默的。一个长长的，弯屈的躯体，来不及转动一下四肢，便落在煤车底关节中间了。

关节碰响。惨叫这才飞起来；恐惧，狞厉，爱生命的惨叫！机关车煞住，狂怒地喷着褐色的挟着火星的浓烟。人们叫喊着，奔向溅血的所在。年青的，红衬衫的司机攀下机车，眼睛发光，大步地跨向围在车厢旁的人群。

六

孙其银严冷地，急剧地奔上煤台，在斗车旁边，肇事的墙前端站定，向台墙，和煤台底下的人丛注视着。他底两只眼睛向中央皱拢，然后再以大力向下压，放射着愤怒的光芒。当他开始问话时候，他收缩肩膀，解开领扣，向灯光露出他底黝黑的，在粗颈子中央急遽地游动着的大喉核。

“从这里吗？”他低声问，几乎听不见。

方正基痴痴地注视着他底在裂开的薄唇间闪灼了一下的凶恶的犬齿。

“在这里。在这里，这里弯得近，是滑的呀！”他喘息地回答，接着就用激昂的大声说：“我不能不照实说，开革都可以，我老年人是不想什么，有良心……起先，在棚棚那边，严成武向许小东说！‘明天你不要来上工了！’我在前面听得清楚，啊，可怜的许小东就叫：‘老板，你杀死了两个人！’天啊，多么惨！他还是推呢，出了毛病了，他转到里轨去，第二趟转来，他还在这里，严成武骂他，他叫。多惨，多伤心哟！”他摆头，弯腰，苦楚地用手背揩着老泪，“我现在心里都不晓得怎样才好了！后来一吓，他就滚下去了！我和许小东是一样卖力吃饭的人啊！这怎么讲法，孙其银，你看，这可有个讲法。道理不是在我们这边么？啊，惨！……”

孙其银扬起左眉，露出紧张沉思的面容；这只是用来镇定自己和别人的，其实他什么也没有想。他伸手摇斗车，大下颚战栗着。

“好的。”他冷冷地说。

严成武蹒跚走来，挤开工人。他底长脸上盖着汗。

“许小东没有死。”他向孙其银报告，仿佛这是他底职责一般；“他醒了。”他狼狈地摆手，“断了一只腿。”

伙伴们无言。

“好的。”孙其银愤怒地说，望着包工。随后他排开众人，向煤台下走去。所有的人在后面跟着他。

围着许小东的人全体转过头来，向着新来的队伍望，仿佛信任他们可以解决一切似地。从默默地让开的缺口里，孙其银悄悄挤了进去，站在最前面。最后他展开宽肩，蹲了下来。

许小东在血污里颤抖着，发出一种可怖的呻吟，在被辗断的左腿和臀部中间，还联着一条强韧的，紧缩的血皮。灯光变明亮了，从头颅底排列上照下来，把无声淌着的血映成黑色。

他底嘶叫逐渐狂热。收拢完好的右腿，用破烂的手肘撑着上身，他开始在血泊里移动，作着令人难受的爬行。但最后突然折断了颈子似地埋下大头，翻过整个身体来，躺着不动了。血在股际鼓着泡沫，那联着断腿的韧皮在不可觉察地痉挛着。爬过的地方，浓艳的血缓缓流动，和泥污混在一起。

“许小东！”孙其银悲痛地，深沉地唤，“许小东！”

“许小东！”

伤痛者歪滚过头去，咬着地上的煤块。他底眼睛可怕地微睁；在他底破裂流血的嘴上，有一个敌意的暗影闪过。孙其银迅速地解下上衣，脱下自己底旧衬衫来，抛在地上，一面向身边的伙伴用眼睛招呼了一下。于是他们默默地，小心地替许小东包扎。

“去喊诊疗所，敲它底门！”以后，孙其银用嘶哑的声音向严成武喊。

“没有人的。”

孙其银撕破衬衫；他底赤裸的，强壮的肩头在灯光下闪动着。

“把朱大夫叫醒，叫醒，我们抬起来！”

方正基用战颤的手从地下捡起上衣，轻轻披在这强壮的男子底发汗的厚肩上。

“许小东!”这强壮的男子瞥见了许小东底望着他的眼睛,柔声唤。

“许小东!”方正基呜咽,张开缺牙的枯嘴。

人群沉默。凉风飘动褴褛的衣角。

“许小东,不要急!”

“许小东,有我们!”

孙其银底嘴微张,他底牙齿闪着温暖的光辉。一个苦楚的生动的微笑使他底圆脸柔和。

“许小东!”

许小东抽掣地抬手,呻吟,回答伙伴们。孙其银猛然蹲下去,用那种耐心的,和儿童说话的柔声向他说:

“认识我吗?”他指自己底裸露的、多毛的胸,“孙其银?”

起初是模糊的唔唔声,接着,一个发炎的,细弱的声音从不幸者底喉管里泄了出来:

“孙其银……”

孙其银伸手扶住了他底想抬起来的沉重的头。

“孙其银……我完……了! ……你们……”

铁匠咬嘴唇,深深地吸气。两个伙伴蹲下来察看许小东底胸脯。这时候严成武颓衰而恼恨地奔回来了。

“不开门。朱大夫到河坝去了!”

“混账!”唐述云吼。

另外的人们逐渐散去了。斗车工们忙碌着担架,商量黎明时冲开诊疗所的办法。孙其银纳闷似地依在潮湿的台墙上,喷着烟,从半开的眼皮下窥伺着在准备着什么一个行动的严成武。空气稀薄,凉了起来;灯光呈显着疲乏后的冷淡的清醒;山峰上的云柱化成了映着神秘的紫色微光的云卷,布满了默默的高空。

从第二次的昏迷里,许小东厉叫着苏醒了。

“孙其银啊!”伤痛者清楚地喊。

“我在这里。”孙其银用强旺的大声回答。

“哦，我明天不上班了！叫狗肏的严成武晓得，我再不上班了！……朋友，大家……”他吃力地昂起血污的头，“我许小东难受，偷了一口锅！……”他干燥地呜咽，“我不能和你们一起推车了！我……”他抑住呜咽，大声叫，“孙其银，我完了！”

“你没有。”几个灼烧的粗声回答。

他睁大眼睛，秘密地凝视了一下深青色的庄严的天空，然后呻吟：

“我完了……！照护我那可怜的女人……”

孙其银迅速地把冷烟斗收到裤袋里去，大步走向严成武。

“朋友，拿出良心来罢！看看许小东，他替你赚了不少钱！”

“哪个……”严成武摊开汗液的手。

“我送半个月的工！”唐述云尖声怪叫。

“我送……”

方正基捶着自己底头，来回地在轨路间走，像一只焦急的瘦鸟。最后，他走向孙其银，用老年人底声音痴狂地喊说：

“我也送半个月。”

孙其银锋锐地看严成武，抱着手臂，严成武苦痛地摇幌着，把大手抬到嘴边。

“我可以帮忙，不过这事与我无干。”

“不要欺侮人！”

包工退了一步，四面望，然后疯狂地大叫：

“孙其银你欺人太甚，这个工我不包了！”他举起拳头，在鼻子前面幌动，“解散，我不包了！”

孙其银用铁匠底姿势弯弯地垂着手，冷酷地看着他。

“狗肏严成武！”许小东在地下叫。

“你敢骂！”

铁匠脸发灰，一瞬间，他大步跨向前，扬起手，狠毒地击在包工底耳门上。严成武高高抬起手臂，撞跌到台墙上去。

“打得好！”

“打！”

严成武正在偷偷地捡一根棍子，但这吼叫的声音惊骇了他，使他把它重新丢到水沟里去。以后，他沿着台墙慢慢滑走，发出愈远离便声音愈高的诅咒，狗一般地消失在黑暗里了。

伙伴们重新围向许小东。风在电线上呜咽，卸煤台下全体寂静。突然，锅炉房汽笛底黎明五点的咆哮在山谷里震响了起来。这是一种强大而拖长的，悲沉的呼声，用在山峰上碰出的锋利、颤抖而短促的回响来做收束。人们好几年来就熟悉了这声音，但从来都不去懂得它底意义，然而今天，从这报告白昼的辛苦就要开始的悲嚎里，像在深夜里战栗醒来，听着一个巨灵底号叫似地大家觉察到一种深切的东西了。

所有的疲劳于苦重的工作的胸脯被黎明的冷风灌满。

"这是什么世界？它叫什么？"人们底眼睛互相问，"它说的是什么？是不是说我们？在这里的我们？"于是回答："是的，我们，我们整个。就是这样的世界，这样的夜，它说，往前走吧，前走吧！前走，不要怕痛！"一个丑陋的少年从眼睛里流出热泪来，涂在高而窄的颧骨上。在这汽笛底哀号，同伴底沉默，和黎明底凉风中间，在这倔强，凶狠污黑色的卸煤台底下，他是突然怎样地感到他的生命底丰满，坚强，和温柔！——"吓，不要怕，向前！"他底赤裸的眼睛说。

在面前的两个煤仓底大石头似的漏口上，有扒煤，捡石块的孩子们探出头来，以惊愕、凄苦的眼睛注视着许小东底颤动的肢体，孙其银底微张的，露出发亮的大牙齿来的锋利的嘴，和在一旁专心地绑着担架板的唐述云们。他们之中的一个悄悄地溜下煤仓，像一头黑猫似地跃到昏厥的许小东面前，把手按在膝盖上，俯腰看着，然后蹲下来，拖开自己的破上衣底边幅，轻轻地拭着这不幸者底鼻子上的污泥和血。……

七

许小东残废了。除此以外，还成了一个神经失常的人。

已经是秋天。他和他底女人走出工人宿舍，靠着孙其银底支持迁到铁道后面土坡上的一间荒废、破烂的棚屋里去。他也有内心正常的时候的；那多半是极早的早晨，他醒来，悄悄地，鬼魂似地拄着拐杖走出棚屋，呆呆地坐在土坡后看着柔和的，蔚蓝的天空。这时候，田野鲜耀，荡着泥土、草根和作物底甜而苦的气息；阳光穿过透明的空气，射在西边的苍老的山巅上，溪谷里还偃卧着清凉而深淘的暗影。这残废的青年人是庄严，沉默的，心里充满了难言的情感，但一到厂区里喧嚣起来，劳动的合唱破空而起的时候，他就要失去他底平衡了；立刻明了了生活底绝望，落到无光的痴狂里去了。一遇到一个人，他就要战栗，像对方会抢去他底财宝，损坏他底正义似地，高声咒骂起来。

他朗声咒骂，在他底歪扭的脸上，是呈显着动物底嫉恨和单纯的灵魂底高傲。

也有常人一样默默痛苦的时候，那便是在看见他底女人悄悄走出棚屋到东家去做佣工的那一瞬间。他懂得生活的！

做佣工的事是方正基介绍的，他认识那地主家的独身的长工。但也并非很容易就得到。开始的时候，女人在这样的不幸的打击之下绝望了，她拼命地奔走，哭号，说自己是如何能做，身体是如何之好，要求人家在煤场上给她一个工做；但不能成功。于是她只好每天去捡煤，筛锅炉房的残炭。方正基跟她在那地主家里说了好几次的情，最后一次带她到镇上的菜馆里去，让那家底喜欢大声议论的主人看人。两天之后才答应试做半个月，但除吃饭外，每月只给二十块钱。

“这是不少了啊！二十元，五元钱一张就四张，别人家才只两张！”那东家说。

这也答应了。开始去上工，做着喂猪，烧饭的事，以后又加进了到山头上扒地种菜这一项。事情是苦重的，而且那自私的，独身的长工欺侮她。但一个被压瞶，除了残废的丈夫底食物外什么也不敢希望的女人，是有着绝大的忍耐力的。她不再饶舌了，姿态蠢笨，像石块一般沉默；那简单的回乡梦固然是消失了，就连所梦想的土地上的勤劳也不再给她以任何感触。她开始胆怯，后来就谗媚那自私的伙房，时常偷一点冷饭回来喂她底丈夫。

回到棚子里来，她还要替丈夫烧饭，洗作，一直到深夜。

孙其银自然无法介绍一个年青女人到煤场上去做工，但他除了弄少数一点钱外，也没法安插许小东，他是疯了。他自己底处境也恶劣了起来；严成武丢开了的那个包工，他支持了几天，公司里不承认了。于是伙伴们向别的包工分散，他和唐述云则决定离开。

这是那不幸的矮棚子里的一个最痛楚的夜晚：许小东也终于和他底忠实的女人别离了！

已经度过了三个月，少数的抚恤和伙伴们送的钱快要用完，生活无法维持下去了。那长工对女人有了打算，冀求娶她，给许小东二百块钱。这意思是方正基转达的，他好久都不忍心，不敢说，却在这个酒醉的晚上，痛哭流涕地抓住许小东底肩膀，自语似地说了出来。疯人是聪明的，他了解，呆呆地拐着木杖望向灯火的厂区，不痛叫，也不说话。

夜里，他推醒了在白昼的辛苦之后睡得异常沉重的女人。

"你在东家做些什么事？"他气喘地问，像一个激动起来的平常人。

女人揉开眼睛，恐惧地在黑暗里望着他。

"烧饭，给他们媳妇看娃，扒地……"她战悸地屏息，听他底艰难的呼吸声。"你问做什么？"她胆怯地反问。

"你就想这个！哈，你不是每回在想……"许小东模糊不清地说，接着变了声调叫："我肯了！管我屁事，成！"他坐起来，拍手，"成！"

"什么？"

他捶自己底脑门。

"说是说……说，"他口吃，狂暴地支起独腿，"你卖给那个狗肏的，给钱我！我要喝酒，给钱我，你卖给……"

"你说……你没有疯！好没有良心啊！"女人半赤裸地滚下

木板，把头撞在柱上，开始痛哭。

疯人摸索着跛到门口，望着外面的灯光干嚎了起来。

“你们害死了我，害死了我！我不在乎，我不在乎！”他狂叫。叫过之后，就突然坐跌到地上去，再不作声。女人恐惧地奔向他，阻止了他底把泥块往嘴里塞的可怖的动作。

“我没有坏心肠，许小东没有，女人！我准不冤你……”以后，他用发炎的细声说，“我就写字据。我们不能过活了。……”

“不，我说你听。”女人说，“我可以赚钱，有工钱！……”

“胡说。我讲，你听好，你没有工钱。我们花光了；我去喝酒，医病要吃饭，女人，你听好，花光了。”

好几个月没有听见许小东这样清楚地说话，以为永远也听不到他这样说话了的女人，被恐慌，悲痛，酸凉，幸福所压倒，忘记了披衣服，冲出门去了。她在坡顶上蹲下来，抱着脸，仇恨地凝视着不远的卸煤台上下的繁密的、昏沉的灯火。

就在那里他们曾经维系过可怜的希望，也就在那里全部地摧毁了他们的生活！

“我看着你，看着你……看着你呀！”她蜷缩着身躯，粗笨地无声地向卸煤台叫，“我是死定了的，你也是死定了的！……我去不去？到底……？”她问自己，于是捶胸，失声啼哭。

从棚子里传出许小东底灼烧的喊叫：

“胡说，你胡说八道。我一个人可以活呀！要活呀！……你年纪轻，才二十三岁！”

“啊——你不对！”她悲酸地喊，冲回木棚，“我二十四岁了，今年……”

“今年我要死，你不信……”话没有说完，许小东滚跌到地下去了。

女人奔过去，张开粗笨的手臂，把他抱起来。她亲吻他，爱抚他，使他发出儿童的，拖长的呻吟。当他燃烧起野蛮的，疯人的情热，撕着她底僵硬的头发，冲撞着她底胸膛的时候，压迫于一种于她是陌生的激情，她喘息，仰头，在黑暗里热烈地哭叫了起来。

“我们完了，女人，完了！好，叫方正基来，叫他写字据！……”许小东狂叫：“你怎么不做声，不做声呀！”他摇她底头。

女人全身抽掣，用粗手盖住脸。于是许小东阴沉了下来。他察看她，嫉恨地用手指在她身上乱触，然后像被扼住喉管似地细声问：

“你不是高兴么？你是高兴，哦！”

“不准叫，你怎么知道我高兴！”

许小东哑默了，像女人到东家去做工的时候一样。在稀薄而寒凉的黑暗里，可以看见他底眼睛含着嫉恨和痛苦，在清醒地，幽暗地闪耀着。女人走向他，触他底肩，他抬起手来，发出一种黏胶的叫声，像卫护肉食的狗。

但是这带着疯人底痴情举起来的枯手臂，却在中途残酷地改变了意志——落在女人底赤裸的胸膛上的，是无情的一击！以后他发出一种吮吸的声音呜咽，他就痉挛起来，昏厥了。

黎明时方正基来。当看见这两个无力的，狠恶的，像从坟墓里掘出来似的人的时候，他惊慌地往外退，预备走。但许小东扑上来抓住了他。

“给我写个字据来，说好了！……”

老人望女人。在女人底憔悴的脸上，眼睛深陷，呆钝，但藏匿着一种可怕的光焰。

“说好了！”许小东吼，喷着白沫。

但他突然驯服，沮丧了下来，因为看见了孙其银和唐述云底来到。孙其银无表情，脸更黑，似乎掩藏着大的苦恼，也似乎内心里异常安静。唐述云底瘦削的脸却是明确的，好像在早晨的清冷的空气里洗过了一般；黄眼睛鼓出，愉快地闪着光；宽下额上的硬毛卖力地倔起，在表示着自己和那粗糙的皮肤的难于言喻的亲切。

他们轻轻走近棚屋，站住，惊愕。

“怎么回事？”

方正基慌忙地拖孙其银回到土坪下去。

“跟你说过的，你没有说怎样办哪！”他弯腰，用抖索的手指地，指胸，流着鼻涕，“他要把女人卖给那家伙了。”

孙其银皱起前额，吸气，压紧发黑的双唇；那望向地面的小眼睛是潮湿，亲切，美丽的，它微微颤动，在粗皱皮中间牵动着柔和的线条。老人看他，觉得他在受苦，要哭。

“不要……”他用梗塞的老音说，鼓起青色的，绕着憔悴的环圈的眼袋。

孙其银决然地从裤袋里拿出手来，解开胸前的纽扣，伸手到里面去。

“许小东怎样了？”唐述云悄声问。

“他清楚啊，可怜！”方正基用干瘪的嘴苦笑，但接着就哽咽了起来，“他比你我还……清楚……他肯了。”

“我去问他。”凝想了一下之后，唐述云说，转身跨回棚屋。

铁匠看着自己底手，然后抬头。

“这是一百块钱，方正基。”他底黑嘴唇战栗，“你以后有空照护着许小东，让他有个地方，他是很好的人。……我们今天下城了。”

“啊……好人，你走了。”

“很苦的。”铁匠用力地摇头。

“他卖了她了。”

孙其银点头。

“至少有一个不会饿死。”他突然流泪，黑脸发光，柔软，“不，这无好处！……我们力气还是不够。”

“你还回来？”

“回来！”铁匠抬头，向阳光绚烂的清晨天空。

唐述云底耐心劝说的低抑的声音从棚屋里传下来：

“许小东，你想，你不是可以找个事做吗？比方看木头，孙其银会介绍的。……”

疯人尖叫：“我，不呀，不呀！拿字据来！”

孙其银毅然转身走进去，方正基跟着。许小东正奔向呆坐在木板上的女人，狂热地张手舞蹈。

“算不得什么……唔唔……啊……我今生对不起你！”

像打一个喷嚏似地，女人又嚎哭起来了。许小东扑在她身上，她慌乱地推拒，身体粗笨地摇幌着。

唐述云俯头，垂手，大声叹息。这流浪了十几年，而且又要流浪开去的汉子不敢看这情景。

“许小东。”孙其银低沉地唤。

许小东止住了狂妄的动作，回过身子来，定定地望着他，像在等待吩咐。

“你非要这么干吗？”他缓慢清楚地问。

疯人拐着木棍上前，幌动大头，然后瞪大眼睛回答：

“你看就是了！”

孙其银蹒跚地转身，痛苦地凝视地上。

“许小东，你不要胡闹，听见没有？”

“我不胡闹。”

“休养些时，去做工。”

许小东拐着木棍扑到土灶上去，野性地叫：

“做工，做工，做工呀！”

沉默。唐述云询问地望孙其银，孙其银冷笑。从右侧的田野，微风鼓荡进来。可以看见大队的白云在山峦上拥挤，无言地奔走着。火车轰然冲出车站。

许小东拐到门口，出神地看列车，眼睛里流露出儿童的狂热。

“车子上去了。”方正基苍老地说。

“车子上去了。”唐述云恨恨地说。

孙其银慢慢地磨牙齿，像反刍的牛。女人底哭声扬高起来。

“上去了！”许小东喊。接着，他贪婪地看孙其银，牙齿磕响。

“大概就是这样，它要下来的……”孙其银沉思地自语。

于是许小东在木杖上荷腰，痛苦地喊：

“啊，你们是要走了，要走了！……”稀有光采照亮了他底毁坏了的脸，他用恳切，苦闷，甜蜜的年少的声音说："你们要走了，不许瞒我！"

铁匠缩颈子，带着一个苦痛的微笑回答：

"隔几个月，不到过年的时候就回来了。"

疯人伸直上身，跳了一下，凄凉地点头。

"我知道。"他无声地哭，喷出强烈的热气。

"不要急，这有什么，他们就要来的。"方正基向他说，"那个时候就好了。"

一种宁静，或者说，一种单纯的智慧的崇高神情在疯人眼睛里出现了。他四面望，——他懂得一切的！

"好好，好，……好，……飞飞飞啊！你们都会好了，……"他嘶声唱。但随后，当他瞥见了孙其银底不安神情的时候，他就痛叫起来："带我去吧，孙其银！我是好好的……带我去吧！"

女人站起来，把手按在肚子上，微仰着苍白的脸，恳求地高声说：

"你们也带我去，我去能做事。"

"你不准。"许小东狠狠看她。

在短暂的寂静之后，"带我去吧，带我去吧！"的惨厉的叫声又在木棚里飞扑了起来，像一个孩子呼喊失去的母亲，也像一匹被击中的大熊哀号它底无望的深伤。一直到孙其银和唐述云走下土坡，这声音还不曾停止。离去的人顺着铁路向厂区走，不时回头看，但彼此不说一句话。

……这失望的生灵底狂呼终于留在后面了。下行机车在上水，喷着鲜丽的白汽。煤车撞响，滚动，灼烧的卸煤台和劳动底合唱也留在后面了。铁匠和流浪汉背上小包袱，倔强地站在车台上，呼吸着机车底向后疾飘的热烟，眼睛潮湿，但仍然不说一句话。

女人带着几件破衣裳嫁了过去。许小东离开了棚屋，躲开方正基和别的熟人，成天烂醉，在厂区里拐着木棍漂零着，宣讲孙其银和他底朋友就要回来，大家就要好了的福音。女人起初还能找人送钱给他，但在被长工发觉，挨了一顿毒打之后，就只好在冬天的赤贫的山头上麻木地遥望着卸煤台了。在过新年的时候，因为用石块击伤了严成武，他被两个矿警押送着，逐出了矿区。矿警用枪托敲打他，他一面向前跌踯一面高喊："带我去罢，我来了，带我去吧！"

于是，在以后的新的灾难和骚动来到以前的日子里，那黎明即起，过着农妇生活的呆钝的含恨的女人，总是每天从地主底山头上遥望着卸煤台。

青春的祝福

一

沿着黏湿的人行道，矮瘦的章松明向前跨着庄严的、焦急的大步，在石板上狠狠地碰响手杖。入晚的小城上空覆盖着阴云，飘着冬天的烦腻的冷雨；街道清冷，仅在十字路口站着疲惫的警察，显得空虚，令人发慌。一辆人力车发出单调的吱喳声走过，在岗位左边笨拙地兜着圈子转弯，朦胧的车灯闪幌了一下，便消失了。

在一道从一家店铺底敞开的门板里照出来的雾一般的灯光下，章松明突然站定，为一个幽暗的思想所触动，抬头从眼镜里望了一下黑色的无言的天空，又望望周围的店家底黑影，和在街路尽头以胁迫的雄姿矗立着的城楼。他伸出闲空的左手，在光条里抓了一下，仿佛想抓住那细弱的，可嫌的雨丝，随即放到鼻子前嗅。

然后他咳嗽，挺胸，挥动木杖，疾速地向城楼走去。

两年半前他来过这县城，为了送他底妹妹上学，现在，由于一个偶然的机缘，怀着这机缘底宿命的伴侣不安和焦渴（他自以为必须承认，这一类的不安和焦渴，即他自称为花圈底烟影的，是他的理智底屈辱），他到这里来做一次，用他自己底话说，喜剧的访谒。他这形容立刻就证实了。因为当他匆匆地奔出城门，带着胡涂的确信走进一条黑暗的小巷子里去的时候，他被几头肥大的恶狗拦路叫骂了一顿，感谢狗，他发现自己走错了路。

这样，他便自弃地在泥水里践踏，耸着瘦肩，愠怒了起来。但正因为愠怒，背脊冒汗，他在走近那英国人，天主教浸礼会所创办的女医院底栏栅门，看见里面的明亮的，招引的灯光的时候，便体会到一种被爱抚的温柔。乡下小城里的礼拜堂，夜祷，灯光下的明净的赞美歌，女郎底故事……是他所挚爱的西欧小民族底小说里所写的，而现在，这小说里写着他底聪颖的妹妹。

他轻轻推门进去，走近青石路旁的一所像是传达室的小屋子站住，取出一块白布来揩眼镜，然后有礼地敲门。

门悄悄开了一个缝，露出灯光和一个妇人底额头。

“找哪个？”她问，用那种厌烦的，被火炉底煤烟呛哑的声音。

“谢谢你，我，我找高级护士班底章华云。”

门突然在冬天底冷气里勇敢地大开了。章松明从肥胖而整洁的妇人身边看进去，瞧见了雪白的床铺，和火炉，火炉里面的炽旺的、愉快的火焰。

妇人怀疑地瞧他，钉住他底大衣勾破、翻出棉花来的胸脯。

“她是我妹妹……”他解释，为衣服底破洞，为妹妹，感到火辣的羞辱。

“先生，现在是晚上了！”

章松明烦恼地看她。

“请明天下午三点钟来！”她说，抵御不住寒冷，预备转身。

“请你原谅……请你通融，特别。”章松明突然儿童似地，用鼻音恳求了起来（这会使他在事后被可嫌恶的情绪所扰乱，像每次一样），“我是她哥哥，从很远的地方来的。特意有一件要紧的事。轮船今天到迟了，所以……况且我明天就得离开！”

妇人垂下眼睑，镇静地瞧他，并微笑。对照着对方底镇静，刚才所说的话底可嫌恶的效果在他身上发生了。他失望，一时竟不知怎样才好。

“她们在上……晚上的祈祷。”

章松明轻蔑地，严刻地皱起眉头，耸肩。

“请你……！”

“我给你问问看。”妇人回答，露出不满，于是不带拢门，也不请客人到里面去等待（这两种行为是她底对待两种不同的客人的习惯，然而她现在无法证明面前这青年男子究竟属于哪一种），就向正楼底石级走去，但走了几步又转身，无味地问："你先生贵姓……叫什么名字？"她敏捷地改口。

章松明告诉了她。

"……我爱上帝大洋钱，上帝爱我好过年！"他嘲讽地自语，在小屋子前面徘徊，望向面前的高耸的楼房；左边的两排窗户全亮着，右边的则黑暗。花园被覆盖在黑暗和冷雨里，看不清楚，但可以嗅到梅花底香气。"唉唉，好香——圣母圣灵圣子！"他嗅鼻子，转身对着传达室里的炉火。"我不愿意烤火吗？唔唔，我喜欢下大雨——不过，也不是天生的流浪胚……但我却永远串不好一个喜剧的角色，实在，你知道，先生，在我们可敬的中国！"

"哥哥！"在他后面有少女底喜悦的、冲动的声音叫。他急剧转身。

"唔……"

"你来了，是你，来了！"章华云说，跌跑下石级。呼吸频促。从传达室底灯光，章松明看见了她底因情绪底灼烧而晕红，而笨拙的脸，和巨大的，闪灼的眼睛。

"你们刚才祈祷——完了没有？"

"完了。"少女喘息，笨拙地甩动结实的手，"你……一向怎样？怎么来的？"

"坐船来的。"

"你四个月没有给我信。你为什么……我底信你接到没有？哦，我忘记了……"

"带我到你们底会客室里去吧。"哥哥打断她，望灯光里的晶亮的雨丝。

"好的。你今天刚来的？你还是在重庆？……好的，走。"章华云局促地说，局促地单纯地笑，但灼红了脸，为了自己底可笑的，使哥哥喘不过气来的问题。她是以为自己最理解哥哥的；——她的确也知道哥哥不喜爱这些细琐的问题，犹如她还无法喜爱他底"生活，为什么？""在中国我们怎样才可以做得最好?”“我——我们需要什么?”“力量在哪里?”等等一样。

走过阴暗的冷气逼人的廊道,走进会客室,章松明疲倦地跌坐到靠门的一张籐椅里去,深深叹息。有好一会,他把木杖拄着右腮,垂下头,仿佛在沉思。而当他重新抬起头来的时候,他就战颤着腮肉和憔悴的眼角,从眼镜里敌意地窥察房间里的陈设。

在吊灯底谐和的灯光下,长方桌子上的洁白的台布给人以一种肃穆的、温柔的印象,桌子中央有一个暗紫色的精致的花瓶,里面站立着瘦弱的梅花。房间不大,左壁挂着圣母抱着孤儿的庄严的画像,右边壁角则悬着一张巨大的,画着灭顶的船、险恶的波涛、哀号的手臂的画片,但因为近视,章松明看不清楚。

“哥哥,你——等一下!”伏在白桌布上的章华云突然站直身躯说,然后开门跑出去。

门轻轻响了以后,少女底急促的脚步声也被严静的廊道吞蚀了。章松明站起,习惯地抖肩膀,开始在桌子与墙壁之间徘徊,并仰头读画片上的诗句。他这时才发现了另一幅像,那是悬在他原先坐的椅子上面的墙壁上的,画着在十字架上侧垂着圣洁的头的人子。

“他底灵光永远……”他用忿怒的声音开始念,但这时门悄悄开了,一个英国女人底黄发的头伸了进来又迅速地缩了出去。他看见了她底惊愕的、责备的眼睛。

“什么回事……魔鬼……撒旦抓你去!”他皱眉咒骂,看自己底瘦手,想到小旅馆十一点钟就要关门,那掌柜说,这是上面规定的,无论如何也不开。于是叹息,大步走向门,但又止住,听见了外面的谈话声。

“那是我哥哥。”妹妹底从顺的声音说。

“他今夜住在哪里?”这是一个带着舌尖的颤声的,异常娇细的女音,章松明猜测它属于那刚才探头进来的英国女人。

“城里一个旅馆。”少女用重浊的声音回答。

“好,好!”

“Dr 威兰,good night!”

在这之后，章华云急剧地冲进来，没有注意到哥哥底严肃的脸，伸出手，快乐地说：

“哥哥，你吃！”

“什么？”章松明为难地笑，看她手里的小点心盒。“什么？……啊！”他抓起一块蛋糕，贪婪地、微带嘲弄地塞到嘴里去。

章华云坐下，出示另一只手里的花布口袋。

“你要手巾吗？”她摇口袋，但并不解开。

“要？……也好。”

“我们弄的有一些……我还有两打奎宁，一瓶阿司匹灵……”她卖弄地说，把口袋举到鼻子上。章松明注意到，她底大眼睛里有儿童时代的挑逗的、喜悦的表情。

“好，要！”他回答，微笑，觉得妹妹底语气要求他这样。

章华云不再笑，露出严肃，探手到口袋里去，取出礼品抚弄，然后在每一件上拍一下，小心放好，做完了这件事，她抡动颈部底短发，皱眉看哥哥。章松明坐正，做等待的姿势——他知道妹妹将要说需要说的话了。

“哥……”她倚着桌子，羞涩地唤。

“唔。”

“你这半年蹲在哪里？做些什么？”

“我在重庆。”他直率地看她，下颚战颤。“教书。”他补说。

“哪个学校？”章华云责备地瞥他，温存地、怀疑地问。

“不跟你说谎，唉……”他突然暴躁地站起，大步跨到左边墙角去，声音忿怒，嘶哑，“害了一场病，住医院……住了两个月的小房间，一切如此。”

章华云追着他看，仿佛想探索话后面的东西，一面摩挲桌布。

“就是，”他站稳，表示苦闷地摇头；他底声音也温和，稳定了，“牵涉到一件不相干的小事，坐了两个月的高等监狱，……你急得很是不是？但是急有屁用，就是这样，我们鬼混，难得平安!”

“以后你打算怎样呢?”

“没有打算。……到贵阳去,教书。是不是?”

章华云不理解他底“是不是”是指什么;她不能理解,这只是当他内心烦乱,觉得需要压低自己,把空间让出来给对方的时候所用的口头语。因此,一到哥哥用这种风格说话,不论说的是什么,她就感到同情,不满,无话可说了。

“你不觉得么?”(这和“是不是”属于同一类)——章松明低声问,霎眼睛,在无血色的唇边浮一个黯淡的、自觉有罪的微笑。

“你这样不好。总要有固定的职业,而且,你底脾气——何必惹是非呢?”章华云说,弹指甲。

“我有把握。”他回答,自恕地咂嘴。当皱起眼睛再看的时候,他一瞬间严重地觉得妹妹长大了;而妹妹,也完全体会到,哥哥,流浪人,是过的怎么一种生活。她垂下眼睑,觉得两个人都不幸。他不安地探手到大衣口袋里去,摸索着。

“这里,哪,三十块钱。……我到贵阳再寄一些你罢。”

章华云脸红,把钱掩饰地塞进衣袖。突然快乐地大声说:

“看哪,瘟囚,你底大衣破了!”

“嘻嘻,在船上挤的。”

她做鬼脸,翘起嘴,用手指挑哥哥底大衣底破洞,然后跑出。几分钟后她拿着针线跑回。

“脱下来!”她命令。

章松明自嘲地笑,服从了。

于是,少女伏在桌上,带着深深的专注眯细眼睛,扬动眉毛,不时用力歪嘴角,开始补缀破洞。她逐渐酩酊。歪侧在紫花瓶旁边的丰满的、青春的面颊上泛起灿烂的血潮。

医院里现在很寂静。从楼上旁花园的这一边,一个唱着英文歌的清朗的女音带着青春底自爱掀动了开来。像一切精神不宁的人一样,章松明被这强旺的声音所苦恼,感到恋爱的激动,并感到生命被胁迫,被拖开去遭受着拷问的苦楚。他挣扎,反抗，恍惚地自嘲，走向壁角；歌声在深沉的静寂里升上光明的峰顶，并在云中回绕，他咬牙看基督像，眼睛潮湿，但笑了辛辣的、轻蔑的笑。风在窗外吹动梅树枝，刷响窗玻璃。……

歌声静止了。渡过暴躁、挂虑、恨恶、疲劳，章松明落进了幻梦底温柔的静谧。在这种时候，他底想像乘着尊敬底大船，放向远海。他想……他觉得他爱壁上的覆舟的画像，爱它底险恶，对人类生活的警惕；爱为理想流血的人之子；并且真的爱妹妹，因为她纯良，比自己具更多的青春和纯洁……他觉得……看吧，他还是具有这样多的力量和勇气，能够和像面前的画片上所画的那种猖獗的波涛奋战。

他走向窗户，把发烧的面颊贴在玻璃上，体会到一种纯洁的，安宁的欲望，那就是，赶快去做事，否则，去找一个能理解自己的朋友，倾诉一切。在偶然掉头的时候，妹妹底在黑大衣上迅速移走的手和匀整的、小儿的呼吸引起了他底注意。他自己现在也没有这呼吸，虽然他没有觉察到。在眼镜底闪灼不定的光圈里面，他底陷凹的眼睛迅速霎动，流露出单纯的冥想和梦幻的波澜。

“哥，”章华云清喉咙，柔声问，“你那几位朋友呢？”

章松明知道，她底主要的目的是问他爱人，虽然她说“那几位”。

“各人跑各人的路。”他随便回答。

“那么，她，朱……”

“哦，她很好！”他严厉地截断她，踱到另一边壁角去，“我是卖不了好多钱的！……”他蹒跚，苦痛地咳嗽，“她嫁了一个军官……”

“你底脾气不改，要吃亏的哩。”

章松明皱眉，用藏在眼镜后的眼睛无可奈何地微笑，是属于那种人的，他们觉得自己完全了解对方底一切，知道他想些什么，将要说什么。但立刻，当他体会到面前的这单纯的、自信的、勤于爱护、管束亲人的女郎是他们底受苦一生的母亲底再版的时候，感到生活底沉重，他就不能再继续这微笑了。母亲，彼岸的灵魂，总要比面前的平凡的实体有光辉，这种光辉使他懊恼地俯首，想起自己少年时代在她面前所犯的过错。自己难道真的把握得这样准吗？难道妹妹，世界上唯一的亲人，不也是对的吗？

"我不对么？我需要怎样？……"他习惯地出声思想；"实在，你看吧，死的抓住了活的！"——接着，他走向前，抱起手臂，沙哑地不连贯地向章华云说："你简直像妈妈！"

章华云带着沉醉的笑容抬头，但立刻收敛了这笑，惊诧地望他。

"但那样……是不成的，我是说……假若你对今天的生活用点功的话，是的，用点功，你便知道老妈妈底声音是……多么微弱！"他停顿，对自己感到惊异；又来教训妹妹了，这是温柔的，含着对过去生活依恋的、悲伤的任务；在他底好几年来所争取的理智前面，他称这依恋为花园底烟影。"……胡闹，花园，烟雾……看啊！"他忿怒地自语，嗅鼻子，看手掌。"我底意思是，华云，你这样都好，的确都好！但主要的……你要看远，你想想那些老人过了一辈子什么生活！你现在年轻，你以为怎样？"

"把大衣穿起来！"章华云展开大衣，用它遮住自己底脸。

哥哥叹息。

"你穿得这样单！"她说，摸他底肩头，"你底——我送你的毛线衣呢？"

"朋友拿去了！"

"你底鞋子也破成这个样子。要买一双的。"

"跑路总要破的。"

"你底身体多么坏，你不知道！"

章松明沉默，接受了这个爱抚的责备。他在画像底下踱走起来，开始抽烟，尖锐地在干枯的唇间嘘气。看见妹妹时而俯首，摩弄放在桌上的可怜的礼品袋，时而不安地、恳求地、难受地看他，他感到一种残忍的满足。他知道妹妹底痛苦是由他底表情，尤其是抽烟引起的，但正因为如此，他继续抽，使肌肉战颤，在脸上保持一种矫饰的轻蔑。——他满足，像顽劣的小孩在这种时候所感到的一样，即他发现，由于他底野性的行为，他底不能使他更满足的母亲在痛苦；像失败的事业家在这种时候所感到的一样，即他自以为他有权利，有力量向人间叫："哼，你们底爱情！"

终于，他觉得应该再说话，于是用生疏的声调问：

"你们院里情形怎样？"

章华云起首还沉默，思索地瞧着圣母像，但一说起话来，便自己也没有料到地变得激昂。

"……岂有此理，晓得吧，院长袒护她喜欢的学生，她们有钱，穿得漂亮呀，考得不好也是好！她们偷盗公物——你不要把绳子弄断了！"她急促地挥手，瞧着在哥哥手里被粗卤地扯弄着的花口袋；"……这些还是我自己留积下来的，为什么客气！……那些英国绅士婆只晓得买丝袜，买皮鞋，口红，……上帝赐给今日的食物！"她想嘲讽，但因过于热情，没有这才干，只能冷笑，"她们这些人——看，你又弄那画片，停会我——她们真可恶，连轰炸受伤的人都不救！你晓得，这附近有航空站，那回连炸了四天，又没有防空洞，躲起来要跑七八里路，回来，吃不到饭……这里，是黑暗，黑暗，黑暗！"

章松明被她底音调和姿势逗得兴奋起来，快乐地、嘲弄地看着她。

"躲警报吃不到饭就叫黑暗？"他说，咂嘴，用全力把身子压在桌上。

"我不是说的这呀！我没有说完呀！你这个人——不要把花弄坏了，要枯了。——这里尽收留她们底亲戚朋友，外人要贵得出奇，这还不讲，……连药都是二等的！这些人里有多少可恶的事！"

章松明想再说一句"这就叫黑暗"的，但只微微张嘴，说了半个声音，因为看见妹妹脸上突然掠过一朵暗云。

“你以为，我蹲在这里无知无识吗?”她说，声音低哑、谴责，伸手接住了哥哥无意中向她抛过来的花口袋;“……我们没有钱，我穷，什么费都缴不起，况且——”她突然停顿，用布袋掩住口。

章松明掩藏地、暗淡地笑，随后垂下头，看胸前的补丁，这是妹妹刚才缝的。就像前面所说的小孩子终于发现了母亲并不在注意他，她底痛苦只是为了一件家庭底大事，他在它面前连出声说话都没有权利一样，章松明懊丧，感到失望。

“我难道不懂事，不知道要过得好？我知道，我得慢慢去挣——我不能帮助你，也不能依靠……我们没有家……”

“我也无能帮助你的。”章松明喘息说，喉咙灼烧。

“哎呀，你，我难道劝劝你不对的么？多少次，几年了，你在小事情上依我，我决……”被情绪窒息，她呜咽起来。

“妹妹，忍住，不要这样!”章松明转身向墙，击木杖，用忿怒的怪异的声音喊。

“哥哥!”她忍住哭泣，侧着头，垂下手。

“怎样？……”

“我又叫你烦恼……加重……”她温柔地、凄凉地说，隔着泪水深情地看他。

“不，决不!”

少女忿怒地、喜悦地揩去泪水。

“决不，华云……”

“你晓得高明芬在这里么，我告诉过你?”她轻轻坐下，改换话题。

“晓得。唉……”

“她堕落了!”她说，活泼起来，甩头发，眼睛闪烁;“她过得多么坏，她妈真气死了!”

“平凡的喜剧罢。”章松明自语，拧自己底耳朵，“锣一敲，收场，又一幕，小丑出现……”

“你说什么?”

"哦，我在结账。"他耸肩，接着便以严重的语气说，"我们大约不能再这样鬼混下去了，因为……"

"因为中国？"章华云活泼地托住他，在张开的唇边浮着善良的，嘲弄的笑。

"鬼丫头，她明了我底弱点。"他在心里喜悦地说。"你笑早了！"他带着滑稽的严肃向妹妹，伏在桌子上，"这房间真安静。……我是说，六七年来，我颠簸，什么事也没有做成。"

"那么你去做罢！"妹妹快乐地说。

"是，遵命。但这是巴金底小说。"他回答，发笑。"二加二等于四，不，负负得正，两个错误等于一个正确，但一个……你看，我底账算得多好。"他咂嘴。"……你还读巴金么？在一个人知道真正的生活的时候，那种做梦主义，浅薄……现在不早了，我要回客栈去！"他突然站直，改变了声调和表情。

他向门走，但又站住默思，觉得总遗失了什么东西。章华云站起，迅速地俯首在手里的花口袋上，向里面窥看。

"隔半年再说罢。"他说，迟疑地看妹妹，憔悴的唇打颤，"这里呢，可以以后有一个职业，但实在不行，我们就再看。……"他缓缓地走动，响着木杖。"你需要些什么？"他问。

章华云从口袋上抬起头来；他觉得，她是故意看口袋看这么久的。

"没有……不要！"

"我到贵阳就设法寄钱你。前次给你的书看完了么？"

"看完了。哪，这个口袋也送你。"

"这个布好看，圣诞老人背货的……"

章华云忧戚地笑，伴他走出门。

"你不必送了。"

"不。你明天早上就动身吗？我不能来送你了。以后千万要小心啊！"

章松明难受地笑，狠恶地踏响皮鞋。

传达室里的灯光已熄灭。雨已停止。黑暗的空气里充满了梅花底冷香。章松明大口吸气，走出铁栏栅。

“好，我走了。”

少女倚壁站定，火热地看他。

“给我来信啊，哥哥！”

这是关系单纯的人们底沉重的告别。章松明不再说话，背起圣诞老人底、妹妹底花布口袋，跳到泥泞里去。大步向前走。

但走了十几步后，又忍不住偷偷向后看。妹妹还站在铁栏栅前，那是一个痴情的，纯洁的黑影，以高举的手臂抱着头。

冷风在黑巷里哭咽。他再向前走。突然少女惊吓地、冲动地叫了起来。

“哥哥，那里有一个大水溏呀，看，哥哥！”

章松明战栗，觉得这是某种明澈的智慧发给奔波的人类的一个急迫的警告。

“你要当心那个水溏，那个深渊！”走出小巷，他想，胡涂地在泥水里大步走，“……你们要独自担当痛苦，长的路，好极了。”他想，走得温暖起来；“但是，至少，对于串一个喜剧底角色，我是要失败的！……”

二

头上罩着白色护士帽的章华云，从一间特别病室出来，在廊道里向楼口匆促地跑去，因为一个吞饮红汞水企图自杀的牧师女人需要洗涤肠胃的药水。但在廊道中央，她突然停住了；把结实的双手合抱在胸前。她底嘴唇惊诧地微张，一个焦灼的、悲愁的表情使她的光洁的额上的皮肤向下游动：眉头底覆压使她底大眼睛里流露出的忿恨更鲜明。——在这种时候，她底因为一向被压抑而显得笨拙的脸是特别生动，特别美丽的。

她觉察到一个微妙的，严重的，在她说来甚至是可以包罗一切的思想，于是挥手，急迫地扯动多脂肪的颈子，想把它捕捉住。

“哼，你……”——但她只捕捉到这两个平凡的字，她失望。恍惚地移动脚步，向自己摇头。但一个身段苗条的护士长赶过她，用她底怀疑的、冷酷的眼光把她惊醒了。于是她恨恶地盯住这护士长底粉色的丝袜，跟在她后面上楼，把楼毡踏出沉闷的大声。

"嗤——轻！"护士长回头，优美地弯腰，摹仿英国女人，把一根白色的细食指放在突出的红唇上。

"有些人的生活根本是不必要的呀！哥哥底意思——"停在药室门口的时候，那个捕捉不到的思想在她里面出现，鲜明地，迅速地掠过；"比方她无意义地自杀，对谁有用呢？丈夫已经抛弃她了！再比方这个家伙，"（她指刚才那个护士长），"总喜欢装一个蓝眼睛，金头发，明明是下等人种，哼，英国爸爸，法利赛人！但是今天底天气多么好呀！"她秘密地向楼窗上的金色阳光笑，因为企图忍住笑，她底两腮和颈子鼓胀了起来。

正预备进门，门开了，颀长的护士长跨出一步，从捧在手里的磁盂上嫌恶地望她。

"忘记你底工作了吗，孩子？"

章华云脸红。但骄傲，因为刚才的思想，因为哥哥底严刻的嘲讽，最后，因为楼窗外的阳光。"谁是孩子！"她叽咕，走进药室，向迎着她走来的老司药用鼻音背诵药品底英文学名。

在晚上的值班前——去看护那个企图自杀的病人——章华云把脸盆搬到后院里，洗脸，洗衬衫。她把手巾底破洞小心地折好，仔细地擦着发红的手腕，一面烦恼地凝视着放在石块上的快要用完的肥皂。一切都不称心（她底要求已经是这样少！），一切都使她苦恼，羞辱。衬衫磨损了；没有钱买昂贵的笔记本（英国医师是不喜欢上报纸的，否则分数就会少）；没有钱买鞋子；哥哥不来信……

她把湿衬衫张开在额前，对着西方的落日底红光，计算着上面的破洞，然后，同样举着，忘记了改变姿势，计算白布底价钱。这价钱使她失望，于是她叹息，张开嘴，露出小儿底惊慌表情。在这种表情后，她底脸平板，是丑陋的。

一个女郎走近来，推她，她迅速掉头。

“章华云，认识我吗？”

“哦！”她用重浊的鼻音说，脸上闪出光采，“你，高明芬！”

在高明芬，这个宽阔的额上刊刻着轻蔑和悔恨，下颚尖瘦，身段美丽的二十几岁的女人底苍白的脸上，现在浮幻着一个温柔的、疲劳的、带着奇特的虚伪的微笑。她缓缓地向头上移动手，想爱抚什么，当章华云脸上的光采矜持地隐藏起来的时候，用一种抒情的习惯的语调说：

“你好久不来我那里玩了，是恨不是？”

“不，真的。”章华云歉疚地，讨好地笑，抬起发红的湿手。

高明芬看她，搐动丰满的鼻翼，在那里隐藏着一个轻蔑的、了解的笑，这笑章华云曾在哥哥脸上见过。

“今晚陪我玩好不好？”

“我马上上班了。”她回答，假装冷淡。狠狠擦手。“你看太阳都完了。我们这里今天有一个牧师女人自杀！”她说，闭起眼睛想什么，活泼起来，“你看，幸亏发觉得早！她丈夫遗弃了她，……是多么一个混蛋呀，在这城里有一些小势力！……”她灼红了脸，因为羞于自己底兴奋，但依然用那种压倒一切的、生命力旺盛的少女底声势往下说，眼睛美丽，“……你近来怎样？我是想来看你的，但没有空，又……并不，并不是跟你有隔阂！”她抛开手巾，“不过……啊，我没有能力理解你……”同时她在心里用想像的大声改正说，“我是理解你的！”

高明芬依然微笑，但太阳穴抽搐。

“你哪里学来这套话？哥哥教的罢。”她说，抽气；“我到城外来买一些东西……”

“你看我们院里的梅花都完全要开了，多么好！——我明天送你一些……”

“那是英国人底财产哩。”

章华云垂下眼睑，露出不满。

“我马上上班……”她迟疑地说，捧起脸盆。

高明芬点头，搜索地看她，然后阴郁地向医馆后门走去。但刚走出门，便被痛苦袭击，眩晕，依着一根电线杆虚弱地站立了下来。……她是章华云底旧同学，仅有一个孤寡的，守着一点点积蓄的妈；她在女人底生活上欺骗她底妈，首先是无事可做，追求青春底逸乐，让一个军官引诱了她又把她抛弃，以后便渺茫、忿怒、发疯地向这一条无光的路上走去了，交给了一个结过婚的公务员，和一个无职业的漂亮青年。当一个这样的女人突然在阳光下觉醒了青春与恋爱的时候，她会觉得有多少瑰奇的东西陈列在她面前！但是以后呢？——以后，为了免去这黑暗的，可怕的眩晕，免去这倚着电柱的痛苦的街旁站立，她愿意用一切去交换！

"你以为你年青，纯洁么，你以为我无耻……好吧，看着！但……迟了，这又，又为什么啊！"她挣扎，忿怒地跑开。

章华云怀着扰乱的、险暗的心情走进病室的时候，英国女医师威兰正在替病人做今天最后的工作，拉上厚毛毡，并划十字。看见护士学生，她严肃地点头，似乎说："这样很好，很好，我很满意，孩子！"然后悄悄踮脚走出。

房间不大，灯光很明亮。在寂静中走动，章华云觉得这微黄的灯光似乎是可以用手触摸的实体。她窥看病人，嗅药味，又转向窗户，感到极不自在，仿佛这个晚上，这些晚上总不该这么过似的。迟疑了很久之后，她走向壁前的小籐椅坐下，把一本书放在膝上从中间随便打开。

但看了几行就抛去了。不能平静。起初是一些渺茫的，疼痛的情绪，接着艰难的思想涌起来，汇成巨大的骚乱的浪头，把她覆没。她斜仰着身体，望着仿佛蒙在红雾里的吊灯，在美丽的眼睛里有一种忧愁的、尊敬的、梦想的表情。

首先她努力去想哥哥底话，这些话，对于这一瞬间的她变成了坚实的存在，决不能被温柔的、不经心的情感嘲弄；假若有谁像她曾经做过的一样来嘲弄它，她一定要激烈地防卫的。从这，她想到高明芬和面前的病人。

“……俄罗斯，女人底命运有三条艰苦的道路，哥哥叫我读这个。”她想，把左手从椅背上抽回来，温顺地放在膝上。“我呢？这里摆着两条路了。这个女人，她底丈夫不忠实，她底命运黑暗……那窗子上是什么？”

她伸直腰，瞪大眼睛望窗子，它被什么东西刷响了一下；但因为内面的思想，她底眼光是迟疑的，不像往常遇到这类事时那么敏锐，她站起，机械地走向窗子，用鼻尖贴住冰冷的，光滑的玻璃。

“没有东西，神经过敏！”她批评自己。“看呀，那都是梅树！”她叫自己看。“我要想一想我底道路，我是女人……”她战栗了一下，但思想却顺着同一的河床往下流；“很小的时候我和哥哥成天打架，但现在不了，见面要客气，简直像外人……我们长大，想起来，从前的环境，……我为什么还要挂念？父母谁不爱惜子女，但他们，对于我们，不一定是对的。比方，生意倒台，爸爸脾气大，不让哥哥再读书，说一生也不出门，不管世事的人是好的。一生么？这能够么？”她摇头，用手指划玻璃，“他们不幸早死了，想起来，我们底命运是可怜的。但即使不，不呀，这样的时代……”

她突然疾速掉头，觉得似乎有什么东西在窥探她底思想。但什么也没有，除了病人底粗涩的呼吸。

“再想一下罢。”她要求，体味着思想带给她的愉快。但像常有的情形一样，一到自己来意识它，思想便隐去，不可捉摸地消失了。一种混淆着过去的悲伤，将来的荣誉底甜蜜的悲辣的情感膨胀了起来，压迫着她，使她惊慌地，秘密地颤抖。

“哦，哦，老妈妈底声音是多么微弱，……”她自语，眼睛潮湿，用软弱的手指弹着窗玻璃，“从明天起，我一定先看完……”

忽然病人在床上动弹了起来，并且灼烧地咳嗽。她匆忙丢下自己，跑过去。

“朱太太，怎样，好些么？”

病人移动手，吃力地摇头，看着她。

“要开水么?”恰如护士底职务所要求的，她温柔地、耐心地问。

“不。”病人喘息。她企图坐起来，章华云止住她。“她们……呢?”她无力地问。

“她们不在这里。我值班。你要什么?”

“我要……章小姐，我忽然想起，我……”她甜蜜地说，但是痛恨使她底声音颤抖，“我蹲在这里两个月了！……”

护士俯腰，凝神看她。

“我底病我自己知道，不得好……我只希望死，死，你什么时候来啊!”

章华云突然伸直身体，勇敢地、庄严地望着吊灯，仿佛要和它斗争似地。病人难看地笑。

“章小姐，你今年几岁?”

“十八。”

“我晓得。你多好啊，年青，像我这样的人，我只想死，世界还要我干什么呢?”她咳嗽，吐痰，章华云扶她。“你看，你年青，像你这样的年纪，我也多多快乐……从前，我在无锡住在后街一座好看的房子里，你没有去过? 你听我说……无锡是好地方，——啊，我多恨，多可怜！——好地方，我住在……”她侧过头去，开始哭咽。

章华云是很惧怕病人，失望的人底一连串的诉苦的，她知道，当她们底寒热病好了，微小的希望满足了之后，就会恢复成一个健全的人，宁可去信仰上帝，却不愿再来理会在穷苦和青春里疾病着的自己，把她以前的扶助、耐心、凄苦的温柔，都当做是付过了钱，两不相欠的。然而不管她怀着多大的戒心，她还是极易被情感屈服，多么简单啊，只要在别人失望、痛楚、多言的时候想起自己底类似的状况来，就足够了，她是同情底天才!

这病人继续叙述自己，使她激动。

“我有一个孩子，他今年二十三岁了。他在上海……一直在上海，跟军队打仗去了，以前春天里他来信，说一切，一切都好，还杀了日本。”她温柔地笑，“你想我不知道么? 骗我，大家骗我，我不是人!”她捶自己,开始痛叫:“你们串通骗我呀!你们让我活受瘟罪呀!我死不了活不了,日子不再来,好狠心的世间人啊!……”她又哭,掀开厚毛毡。

“不要,朱太太。……我想说一句话,在身体不好的时候,就会把一切想得太坏。其实不是那样的。世界上的事,不是如人所想的……虽然我年轻。你看,你要静养……我担保……”想到自己不能担保什么,她突然流泪,掉过头去。

“你知道朱牧师不?”妇人新奇地问,指她底不忠实的丈夫。

“知道……”章华云回答,想批评,但又抑止。

妇人狠恶地咬牙,滚动眼珠。

“你看,他会不会到院里来?”她坚决地问,仿佛提示,只要丈夫来商量,她便饶恕一切;“哼,看吧,他们好,舒服……”她说,一个黑暗的,残忍的思想来到她脸上。章华云对这无经验,感到可怕。

“他要来,说过!”她大声说;同时在心里凄凉地叹息:“他怕永不再来了!”

“他信上帝,而……看吧,你告诉他!……”

这时门轻悄地开了,踮脚走进来的威兰惊讶地看病人,做手势使她安息,然后转向护士。

“不许和病人说话,除了必要的!”她严厉地说,瞪大明亮的,有神采的眼睛。

护士皱眉,轻蔑地转身,走向窗口。

“必要的,死才是必要的!”她忿怒地想,望窗外。

“朱太太,你需要安息,知道不知道?”威兰用女教师对幼稚生说话的语调说,“我们跟朱牧师送信去了……啊,上帝看顾你!”

妇人沉默,发红的鼻尖上泌着汗。

“呵,孩子,把窗打开。”

章华云服从了。

但这是幸福。夜是晴朗的,梅枝在素白色的微光里摇曳,芳香和冷气流进窗口,驱散了令人头晕的酸苦的药味。她紧贴窗棂，半闭起眼睛，让短发在耳朵上飘，以一种泼剌的力狠狠地吸着夜底寒冷的甜气。她安静，恬适，有不可捉摸的梦幻；美丽的情爱在她底青春的额上淋了下来……

她仰头。高空里浮着薄云。……但英国女人悄悄来到她身边了；好吧，她要和她做青春底竞赛，而且，无论和谁！

女医师用白色的小手摩弄窗扣。

“这梅花可爱，哦，孩子，它是你们底国花？”

“是，Miss 威兰！”

“中国现在是我底故乡了。”威兰用清脆的、温柔的声音说，灵活地摇头，“……我常常想，主分配给他底不幸的孩子们的命运是不差的。我们不能怀疑。我多么爱这个古老的民族啊……在我底青春里，我感谢……”

章华云侧头，锋锐地、明亮地、大胆地看她。

“不是用有罪的人类的声音……”女医师举手抚自己底发卷，在优美的，芳香的唇下藏着一个神秘的，爱悦的，稍稍有些羞涩的微笑。

“你满意我们这个国家么？”章华云问，咬嘴唇，而且脸颊灼烧。

威兰点头，动着嘴，仿佛在念数目字。

“啊，了不起！”她回答，霎眼睛。

章华云感到稀奇的不满足。她已经激动。据她底经验，假若不立即避开，就要担负更重的情感，愈来愈扰乱，非到说出令自己失悔的话不能停止。但现在，面对着这样的对手，她又无法抑制自己。于是她一面在窗棂上拉手，缓缓推动身体，用来使自己镇静，一面嘶哑地，快乐地说：

“谢谢你，Dr！我以为，你总有一些意见的。”

“没有呀，真的没有！”女医师摇头，用儿童的声气说：“我只过上帝赐给的生活，我不知道批评呀！好香的花。可惜没有月亮！”

“看，你批评了！”护士快乐地指摘，松开手，因为企图忍住笑，她底有光泽的颈子颤抖着。

威兰沉默，严峻，而且妒嫉，这是她底上帝的良心所不许可的。

正在为突然说出来的敏捷的话得意，燃烧在虚荣的兴奋里的章华云，瞥见了威兰底脸，微有些失措。但立刻，当她找到了某种支持（当然又是哥哥）的时候，她就忿怒，欲望报复。

“Dr 威兰，”她用温柔的，不稳定的低声说，“英国政府，我不懂，为什么要封锁滇缅路？”

英国女子怀疑地望她，仿佛不懂她底话。

“那是一种政策，必要的！”她严厉回答。

“供给日本军火！”护士底声音细弱，尖锐。

“这个我不知道。”

“我想是这样，”章华云说，望向天空的薄云，想到应该说得理智，“威兰先生，我是一个年纪轻的女子，是你底学生，不懂得多少……”她严肃，“我想，我们中国底青年，很想学习，知道国际底情形……”她停顿，歪头探索威兰底不动的蓝眼睛。

威兰点头，以一个优美的姿势把手抱在胸前。

“我想，威兰先生，英国是一个大帝国……它底政策中国人真是不容易理解。我想，这并不完全是中国人不对！……哦，先生！”她急剧地挥手，“中国人是对的，因为他们为了生存……我想，几十年由于大家互相不明白，流过多少血……先生，中国，它为什么磨苦，战争呢……难道……”

威兰用一个手势打断她。

“孩子，你对政治很有兴趣么？”她危险地叫。

护士底脸颊发烫，微张的唇在芳香的夜气里战栗。

“我很赞成你底精神，”女医师用沉闷的喉音说，严厉地点头，“但是，你底思想并不正确。一个青年人企图脱离主，她原是归服他的，跑向欲望的世界，多么可怕！”她抬起手，做手势，声音严正而清楚，一个说教者在优美的黄卷发底下出现了，“孩子，当心当心，诱惑是可怕的——它们，你瞧，你底话里有另外的意思。……”

“什么另外的意思，先生！”章华云用忿怒的鼻音问。

“要使他灭亡的，必先使他意志歪曲，然后疯狂！”

“哦！”护士悲愤地喊。

“有病人——”医师警告，吻食指，发出嗤声。

于是沉默。冷风通过窗户，头发飘动。

“你有一个哥哥？”好久之后威兰轻声问。

“我哥哥。”

“他在贵阳？”

“是哩。”

为一种突发的怜恤所动，主要的，为自己底某种不稳定的情绪所要求，英国女子开始热情地爱抚章华云，呼她为“可怜的孩子”，“受伤的纯洁的小鸟”，并且仰头喃喃用自己祖国底言语背诵诗句。她底发音富弹性，轻柔，优美。在垂在额前的发白的卷发下，她底陷凹的蓝眼睛转动，闪着幽暗的，青春的光。

在这样的爱抚里，章华云摒弃了刚才所坚持的一切，默默地，丰满地感动了。她痴痴地凝视对方，呼吸着她颈项里的魅人的香气，接触着她底温暖的皮肤，体会到一种于她是生疏的幸福。这种感受使她慌张、急迫、苦闷，竭力从威兰底手臂里往窗外望，仿佛寻找什么东西。

威兰压紧她底胸脯，吻她底额。

“Good night, My girl!”她说，迅速地，优美地，在章华云面前像明亮的云团似地浮了出去。

章华云眩晕，伏倒在窗棂上。

“这是怎么一回事？这是什么？哦哦，这是什么？……”她微语，热烈地流泪。她知道这是什么，英国女人传染给她的冲动是什么，但她无法，不敢把它用一个明显的字说出来！

病人睡去了。离换班大约还有两个钟点。她关好窗户，重新坐到籐椅里去，拿起书来。但还是看不进去，缝纫也不行。她底头脑已仿佛完全空洞了，然而感觉和想像却突然变得那样奇异，似乎是，一切都亲切，是可能的，但正因为如此，又是不可能的。窗外的芳香的梅花，美好的夜已被忘去了，还有病人底绝望，威兰底作为护身符的上帝。……这一切和她能有什么关系呢？于是她在椅子里懒散地倚下去，向灯光仰起疲倦的脸，因意识到又被欺骗了一次而扰乱，同时想起在世界上飘流，和命运恶斗的哥哥，以及与哥哥相联的光辉的、坚实的一切。

三

章华云就是在这严格的、温柔的医馆里度着最初的青春年华。它底严格束缚她扰乱她，使她苦痛；它底温柔又时常使她觉得被骗，涌出失望的、严肃的相貌来。她曾经有过一个暴君的父亲，在他身边，在故乡那繁华的、疲倦的大城市底污秽的腹部度过最初十二年的生活。对于这一长段生活，她现在有着蒙昧的，时常令她恐惧的回忆。恐惧是因为她还是每每由于凄凉，落进渺茫的依恋，想到属于她底被压抑的童年的那些栉比的木楼房，那些灰黄色的，枯萎的男女……还是依恋往昔的伤心，压抑。这压抑在她身上所留的印记，便是慌乱、笨拙的姿势，扰乱的兴奋，一遇到温柔的情感便动摇的意志，以及羞涩，胆小。哥哥一有机会便向这些进攻。在起初，对于这进攻，依恃着洁白的、单纯的心胸，她只用一个不表意思的微笑来回答。……

但她苦恼，凄凉。梦幻和回忆都不能喂养她了，心灵需要新的食物。于是她努力摆脱蒙昧的印象，用鲜明的语言来思索，并竭力爱周围，在周围寻找依托，……然而在这医院里，同学大都是本地人，虽然她竭力和她们相交，但一触到实际利害，她们就远离；往往是，她们都跑开了只剩下她一个人孤伶地站在廊道口。

因此，像很多次一样，这天夜里苦楚醒来的时候，她切切发誓，要从此对一切都世故，狠恶，不动心。第二天她整天的脸色都是矜持的，很少说话，装做思索。但一到夜晚，一触到一件严重的事，她底情绪就又完全改变了；一个狂激的大浪头盖没了她。

那个牧师底女人重新自杀了，吞吃了不知从哪里弄来的砒霜。

事实是，她很早便已绝望。丈夫已经带着情妇迁到江对岸去了，只付一些钱，托院里的慈善的教友们照拂她。在半身不遂里躺卧了好几年，她自己也知道是不会好的，因此她只盼望丈夫来一次，听取她底最后的饶恕或祝福，使她死得不至于过份难堪。但他不来。她是一个自私、神经质、心地逼窄的妇人，对出身的上等门第念念不忘，极其自尊。自尊底幻灭是不堪忍受的，于是她自杀。

夜里恰好又是章华云值班。她在读完了她底书之后，把自己深深地埋在籐椅里，专心缝补衣袋。突然妇人用清楚的，甚至快乐的声音喊她，说是嘴里苦，要药水。这种药水恰好这里没有预备，于是她毫不怀疑地抛开活计走出门。因为不紧要，她就在廊道里慢吞吞地走，一面舒展疲乏的四肢。几分钟后她低声唱着歌走回来，正预备推门，听见了一声冲动的惊叫。

这惊叫从疼痛的胸中发出，含着疯狂的甜蜜，惨痛的恐怖，悔恨和复仇，像野兽。叫喊的人被自己底声音鞭打得耸起肩，颤动颈部。护士向前跑。

妇人在床上扭作一团。

“你去请……朱牧师来！他，你去……”她发疯地叫。

“什么，怎样？快……”

“章小姐，多谢，……看啊，叫他来！”

章华云慌乱，想压迫她躺下，但被推开。她痛喊，捶自己。发觉妇人脸上有狂喜的，残酷的表情。

“你，朱太太……”她突然俯腰，用手抵膝盖，含着泪水温柔地说，“你，告诉我，你有什么痛苦呢？”

“叫他来啊……我死；死了！”

护士静止不动，看她底炽烧着砒霜底火焰的脸，然后疯狂地跑出去，跑上楼，大声喊叫，冲击医师底房门。在她跑回来的时候，她听见妇人底叫声已经改变，痛苦而窒息。

“你们好，你们好……你们来一下子呀，来一下子呀！”

“我……来了！”她大声回答，咬牙，奔过去。

“章小姐；我有一个儿子，……你以后知道他底消息就告诉他……你肯安慰他吗？”

“好，好！”少女啼哭。

“我……在家里，底下的红木箱夹层里，”妇人说，犹豫，“也好……有五百块钱，他们都不知道……那是我儿子的……你要是有机会……不要让别人知道！……”

“好，好！”

妇人侧头，热情地、昏迷地瞧她，像瞧着炽猛的火焰。

“你肯嫁给他……他好……”

“哦，哦！”护士学生悲苦地叫。同情是这样强大，她没有能够意识到本能地在她底胸膛里撞击着的嫌恶和忿怒；她扰乱，“朱太太，朱……哦，快呀，她自己，她又自杀！”她向走进门来的人群叫。

副院长，威兰，另外的医师和几个头发散乱的护士拥进病室。威兰跑向前。

“吃了什么？”她清朗地、简洁地问，把手掌摊开。

“我不知道……我去替她拿药回来……她就，她……”护士指妇人，用鼻音说，眼睛里露出天真的严肃和乞求。

妇人用手使劲拔床栏，咬被角，又开始嚎叫。威兰们底到来使她底情感冲突得更尖锐，更剧烈。细瘦，戴眼镜的副院长，一个冷淡而镇定的好性情的妇人首先弯腰向她，手扶住眼镜，仿佛想看得更清楚，仿佛表示，只有她能在大家底慌乱里沉静地观察事实，一手在背后缓缓招动，并从鼻子里哼出外科医生底惋惜的长音，在这呻吟似的长音中间，威兰不满意地用劲握拳，向一个惊愕地张着嘴的护士暴躁地严厉地叫：

“真蠢，去拿泻盐来，多多的，还有药水！”

护士更惊愕，她经历不多，在她看来，这样严重的声色是一定用来做别的事用的，比方打电话给城里，或者叫全院的人起来，——至少不能是吩咐拿泻盐。因此她还在等待，希望威兰改正。但威兰发怒，怀疑地，冷酷地看她；于是她惊觉，难看地挥手，缩着颈子跑出去了。

在护士跑出的时候，章华云忿怒地、怀疑地瞧威兰底涨红的颈子，仿佛要向她大叫，因为痛感到她底确切的严厉的叫声完全是出于个人底情感，不必要的；因为觉得只有自己一个人才理解这自杀的妇人底生活和秘密，而这是不能用言语或叫声表达的。于是她走向威兰，企图显露自己，给这件事以真实的意义。

但是院长转身，责备地看她，然后咬住短上唇叹息，用闷住的，沉滞的声音宣告病人底濒危。……

“电话。你们……你不尽职！”她骂章华云。“电话！”她说，比着手势走出病室。

章华云惊慌，看病人，耸肩颤抖。然后闭起眼睛跑出，在幽黯的廊道尽端的一个楼梯口坐下，拔地毡底硬毛，并苦楚地凝视远远的吊灯，像一个被责备的小孩。

异常寂静。左边，弹簧门外面是荣盛的冬天花木，门微开着，冷风嘶过门缝，送进沉重的芳香来。章华云，这被人世底创痛所责备的少年，嘴唇战栗，向门外的黑暗里瞧，苦苦思索，思索不成，便流泪。

“哦哦，我一点也不知道，我不知道！你不晓得，必要付多大的代价啊！”她在心里大叫，感到欢快，“人在怎样生活，你看，你年轻，不知道！”她哭，然后笑，又哭，年少的脸温柔而美丽。“残酷的世界啊，丑恶的社会！虚伪的人类！”她责骂，突然站起，盼顾，跃到楼梯上去；“你要争取，不要悲哀，灰心……将来你们不过这种生活！……看哪，他们走来这里了！”两个人影向这边走来，已经走近，但她仍然站在楼梯边，做着手势，急迫地把要向自己说的话说完；副院长和威兰走至斜对面停住，她向自己说了最后一句话，偷偷跃上两步，藏在黑暗里。

“我底意思是，Miss 威兰，她底所有的账我没有副本；我不知他们……”

威兰沉思，轻轻点头。

“朱牧师底钱，总数是两千么？在文先生那里……”

“写得很清楚。她住了两个月多一点。哦，好先生，我觉得朱牧师是很理智，很精细的人！”威兰提示，脸色庄重。“在上帝底事业上，我们需要他。他很有作为，大家信任他，”她做了一个华美的手势，侧头，声音柔软，稍稍带着兴奋，“这件事，那不幸的……”

“Dr 威兰！”副院长暧昧地喊，拒绝地推了一下手，“上帝知道人类底良心。朱牧师，这种行为我们不能赞同，况且我良心不安！”她躁急地说，张开嘴。

“哦，好先生，那是他底私生活。人总有弱点，我们底使命不在这里。况且我另外有我底可怜的心愿；我是弱者，我什么也不需要，什么也不需要！”

沉默。中年妇人阴沉地向旁边走了一步。

“她不是花费了那么多么，……尤其在我们底精神上？”

“精神？意义不在这里！”女医师抱手，露出牺牲者底高贵神情。

“我管这些做什么！我并不是这样的人！”副院长用街巷妇女底粗声叫，痛恨地丢弃了圣经上的谈话，“老实说，我自己已经够烦恼了；你不知道我底不幸！”她叹息，用来夸张她底话。“我们不能使朱牧师太便宜，这是丢脸的，我们中国人叫做呆子……我们，你看！”她瞪视用高跟鞋踏地的威兰，不说下去。

“宗教底友谊。啊，不幸！”威兰用充满感激的年青的声音说。藏在楼梯上的章华云震动，她熟悉这声音。

“我只有职业，没有友谊；何况这不叫友谊！”副院长高傲地回答。

“我不明白。”

“我们中国人是很直爽的。”她难看地笑，声音细弱，“告诉我，你是不愿干涉这件事么？”

威兰舞踊似地跳脚，然后冷淡地看她。

“我是医生。”

“啊，好小姐！”副院长谄媚地笑，“老实告诉你罢，我很为难，事务周转不过来，院长又到香港去了，所以我先支垫了这笔钱……修房子呀！不过这直接告诉朱牧师是无益的，他很奸滑……”她四面看，章华云畏惧地缩了一下，“暂时我们保守沉默，我看。否则我亲自向朱牧师说，就说，你底女人……”她露出威胁，音调沉重，并锋利地看威兰，她在她面前像小学生，“……还有Miss刘，她底钱！我们一总收来，向教友宣布事实，……而做为他们捐的基金……你看，这不是我个人底事。上帝知道。”她胜利地收束。

“我不表示意见。”

“那就好。我这个人，只要别人理解。……好，我们看看去罢。……那么，好威兰，”她继续说，“告诉我这老朽婆，你有什么不满意，你需要什么？……我该拿什么给你做圣诞节底礼物呢？”

但这时候，威兰畜养的一匹大猎狗突然从楼上跑下，在章华云腿旁停住，向她嗅鼻子，并发出短吼。章华云低声惊呼，狗快乐地跃到地头上，奔向主人。

“谁？”副院长厉声叫。

护士失措，跃下楼梯，向头部举手，昏晕地，可怜地瞧着她们。

“你——干什么？”

“我，我刚从楼上下来，那匹狗……”她用鼻音说，指狗。

“诚实吗？”威兰清脆地问。

章华云动着失色的唇，大眼睛里射出苦痛的儿童的光。

“你为什么在楼上？”副院长问。

“我……我难受！”她突然用忿怒的大声回答，望吊灯，笨拙地扭动颈子，“我要一个人在楼上，我要想想我自己！……”

“她喜爱孤独。啊，可怜的孩子！”威兰张开手，优美地说。

不管她怎么轻蔑这声音，这声音打动了她，使她流泪；这眼泪急迫，而且奇特地甜蜜。

副院长从阴暗的眼镜后面憎恶地看她。

“她不诚实。……我没有听见有下楼声音！在外国人面前不诚实，真丢人！”

但章华云已经镇定，变得倔强。她咬嘴唇，甩头发，忿怒地看副院长。

“你们喜欢怎么说，你们，你们就说好呐！”她回答，大步向廊道中央走去。猎狗跟在她后面跑，并欢乐地无声地跳跃着。

病房门口站着三个脸色庄重的护士学生。其中矮胖的一个迎向她，仰起发光的鼻子，小声问：

“看见老太婆没有？”她指副院长。

章华云用眼睛指了方向，走向门。

“她死了。”一个同学告诉她。

“我知道。但是还有人活着；我们……”

“你说什么？”

她不回答，瞪大为看见死亡而有所准备的眼睛，轻轻走进去。但一看见妇人底覆着白布的尸体，那流血的鼻孔和嘴唇，她底胸脯就急迫地撞动起来；她感到眩晕。

“她死了，什么，这就叫做死么？我这样昏麻，莫非也要死？”她垂下手臂，屏住呼吸。“多么容易，她不再活了，很快……”

她扬起眼睛，看周围，企图证明这房间是她所熟悉的；忽然她向籐椅旁边走去，脸上呈显出高贵的严肃，弯腰捡起半点钟前失落的书：高尔基底草原故事。

在弯腰的运动里，她觉得这房间并不陌生，虽然充满了新的意识；她觉得，血液注向胸口，澎湃作响，她是活着的，她活，于是死不再存在。

四

圣诞节来临了。对于基督教徒，在另外一些国度，在往年，这是神圣的，愉快的节日；但现在，在中国虽然也许还愉快，却主要的是必需的节日，为社会活动所必需，为在仪式上表明自己们存在所必需。而且，天主教徒们，他们原是不喜悦什么圣诞节的，现在，为了必需，也加入到里面来；这小城里便是这样，并且他们成了圣诞日礼底主持人。宗教已在社会生活里沉没；在圣诞礼里，有各种仪式底奇妙的混合。……

因为县城里秋季曾发生过可怕的瘟疫，这次的庆祝礼就被决定要举行得更扩大，更感谢（这几乎是老犹太教的做法）。说是扩大，是因为除了份内的四十几个教友外，还有一些贵宾，诸如县长夫人，新从美国回来的一对年青的实业家夫妇赏临。由于副院长底努力，县政府为这件事从特别费项内拨了一千公款。

威兰收到很多礼品，其中有副院长送的一件中国绸衣料，特别高兴。护士学生也互相赠送礼物，把一向安静的医院弄得充满了欢愉的骚声。但这空气愈膨胀，章华云愈痛苦。她接到的很少，这伤害她底虚荣心；主要的，她没有钱买东西来赠送。她给哥哥寄了信，照每年一样寄美丽的画片给他（虽然她明知道这只能引起他底惆怅），表白她底可能的思想，并向他要一点钱……但这就像投到那翻滚的江浪里去了一样，得不到任何回答。

她失望，感到被遗弃。还有两天就是圣诞节了，但每个护士学生都必须预备的白鞋子和白袜子她却还没有。曾经勇敢地向几个同学开口，但都遭了失败；于是她只剩下整天惶惑地走来走去，失神地张望，期待。最后她忽然想起了去找威兰。

威兰在自己底精致的小卧室里光着发红的腿跳跃，试穿新高跟鞋。见护士学生来，她矫饰地张开长裙，翘出一只优美的脚，并柔软地歪头，瞪大眼睛。

“孩子，什么事？”

章华云脸红，用发闪的眼睛瞧她底裙裾。

“我能替你做什么，孩子？”

“没有……”章华云皱眉。

威兰敏捷地放下左脚，拍手，在地板上跳跃。以后她走向大镜子，沉思着整理头发。

“Dr，我想问你……”

“什么，孩子？懂得果敢和坦白么？”她回头，惊异地小声叫，红着脸。

“我没有白鞋子……”章华云大声说，不知道自己说什么，“圣诞节需要的。”

威兰看她，想了一下，跑到屋角打开立柜。柜子下层陈列着六双以上的，各种颜色和式样的皮鞋。

“这里没有你们适用的……”她懊恼地说，注视着护士学生脚上的黑色粗布鞋。章华云预备走，因为注意到，在英国女子底眼光里含着她所熟悉的嫌恶。但威兰忽然站起，带着惊喜拍手欢叫，仿佛发现了什么宝贝。

“看啊，他们还说中国女人小脚，你底脚，脚多大呀！”

章华云看自己底脚，脸发白；她是极残酷地被伤害了。

“哦，不要这样，你应该，”她忿怒地叫，“你知道，英国女人！”她叫，含着眼泪冲出房间。……“我为什么流泪，我真软弱，压迫自己啊！”在楼梯上她发狠地想，“我去找老太婆，告假，决不参加圣诞节！……懂么，中国女人，因为你也是……”她停住，发现高明芬正活泼地向她跑来。

她依栏杆站住，露出冷淡的矜持的表情。

“你有什么事？”她问，敌意地看朋友脚上的新高跟鞋。

“我来邀你去看电影。”高明芬回答，“我有两张票，泰山情侣……你怎样？”

“我不去。”章华云说，瞪大眼睛哼鼻子，像抱着狠恶的决心的小孩。

高明芬笑，露出洁白的小牙齿。

“你发生了什么事？”

“我，我被侮辱了！”章华云回答，垂手，握拳，并拢脚跟，跳下楼梯。

“怎样？”

“我被侮辱，我恨我自己，我不坚强！”她喘息，大声说，“你来，我告诉你，你晓得！”于是她严重地拖住朋友的手，向寝室跑去。“……这难道是我们底命运么？你看，我们应该想一个法子，想想罢。”坐在床上，看看朋友底庄重的眼睛，她说，“要有一条出路，中国人，我们，青年……我不相信我不能做事，一件社会事业……啊，多么好，”她提高声音，火热地说，“……我现在这么想，我绝对……我，你看，我已经不年轻，我知道得够多，我明白一切。……那么，告诉我，高明芬，告诉我你底生活，你有什么痛苦……”她俯下发光的脸，柔声说。

高明芬笑了，喜悦的、自信的、但羞涩的笑。

“我……？”她说，叹息。“那么你预备怎样？”

“什么？”

“白鞋子。”

“我不参加！”护士屈辱地喊。

“我送你好不好？”

“不，况且……”她回答，但顿住，脸红。随后轻轻点头，偷看对方；于是，一瞬间，她觉得高明芬真的美丽，真的顽强，既然能支持黑暗的生活，就一定比自己具有更多的勇气。既然能这样镇定，了解别人，就一定存在着某种秘密的激情、矜持和高傲。于是，她觉得自己卑微，觉得刚才的表白是不足道的，可羞的。

高明芬了解地笑，站起来，整理坐皱的衣服。

“你没有事情么？”

“没有，管它。我对这里一切恨透了！”

“那么，”她看表，“我们去看电影吧。好久没有看了。”

“好。……”章华云说。猝然想起刚刚过去的一切，变得苦闷而恍惚。“那么，也好……但是我去告一下假。……”她苍白地，怯弱地说，盼顾，犹豫地走出卧室。

但一走进城，一接触到街市底诱人的，生动的热闹，她就安于环境，让自己快乐起来了。她高声说话，兴奋地笑，批评一切；她敏捷地掠过精彩的百货店，向里面热烈地观看；对于街市底噪杂、扰动、粗野的笑声和咒骂，她则迎之以年轻的，无识的，赤裸裸的呼吸。……

黄昏时她独自归来，埋头疾速走进小巷，在腋下挟着一个方整的纸包。她底脸阴沉、疲乏、苍白，仿佛在这个短促的下午经历了五年的苦难。她不去吃饭，径直走进寝室，把白鞋子摔到床上，站到窗口去，向铅冷的天空悲惨地仰头。这是从小被压抑的原始的性格底诚实的痛苦。因为，她竟然这样无意志，牺牲了自己所思考所希冀的重大的一切，让高明芬带进电影院，坐在她底男朋友旁边，听他们向她说最无聊的话。

她不明了一切，也无力愤恨。而且，她木然战悸，觉得很难逃出诱惑，它们现在还冰冷地沉在她心底……于是她苦楚地、凄凉地仰头。向晚的冬季天空里，铅灰色的云队在作着沉重的移行。

圣诞晚上，护士学生们一律穿起蓝制服和白鞋子，摇摆着短发，排队往城边的教堂去。夜来临，人声噪杂，愉快，圣诞树在前院里放射着灿烂的光辉。护士学生们在圣诞树前面列队，教友们闪耀着华贵的衣饰，踏响皮鞋，用红光焕发的脸庞张望、肃穆地通过。最后来了副院长，威兰，和贵宾。章华云在行列里屏息地，挑斗地张大眼睛寻找朱牧师，他是今天的圣礼底主持人。

朱牧师高大，脸色严峻苍白，在美丽的男性的唇上蓄着英国式的短髭。他跨着忿怒似的大步走过，在后面跟着他底原先是一个大学生的细瘦的情妇。章华云紧张，为就要来到的，自己决心执行的事恐惧，脸相变得僵硬。——护士学生们这时候听见了停留在圣诞树旁的县长夫人和实业家女人的谈话。

县长夫人有丑陋的长脸，声音和姿态都像乡妇，但极确信，令人无法怀疑她不是一个天生的县长妇人。一个决断的，严肃的表情能够给一切浅薄、谗媚、愚蠢以一种可敬的外貌，她就有着这样的表情。

“在美国，那是黄金之国啊，洪太太，我们这里穷乡僻壤，生活程度多高,”她说,严厉而沉重,并张手做手势。

事业家女人微笑,用小指向丈夫指圣诞树上的飘曳的红绸条。

“不。你以后要叫我哲芹!”她回答,垂下眼睑,“这里一切都使我觉得新鲜,故乡风味……县政办的好极了,我敢当外国朋友说,就是美国也不过如此,不过多几个钱……不是吗?”她甜蜜地笑,向丈夫。

“真的?不对,哪里话,尽其……”县长夫人大声回答,皱起头皮,思索某一个名词,“也不过……最近行了新政,头痛极了!你们见笑!”她说,发出干燥的,忿怒似的笑声。

副院长尊敬而轻蔑地看她,然后勤勉地走向前,让大家看见她底庄严的笑容。

“哲芹,我问你一件事,你过香港的时候,那里的药品涨了没有?”她问。

“涨了五成。”对方底丈夫回答。

“那么,五金料,电器呢?”

“一定涨的,荷,副院长,一定涨的,真恭喜你,眼睛准呀!”县长妇人哑声说,并向下笨拙地甩手。

“县长太太你真有福气啊!”副院长阴沉地说,露出不满,走开。

威兰奔过院子,尖声喊叫。事业家愉快地截住她,和她说中国话,问她对这个国家有什么感想。她笑,做鬼脸。事业家摇头,走向台阶,忧闷而不安,陷入沉思。“中国,中国啊,非改造不可!”——章华云觉得他在这么想。

铃响,威兰跑近圣诞树,发出庄严的呼声。护士学生开始迟缓地、拘束地移动,并咳嗽,散漫地拖响脚,犹如一群走在驱赶者底竹杆前面的鸭子。被圣诞树底光焰照明着的时候,她们体会到一种被暴露的生涩,脸孔呆板,兴奋而臃肿。

但一坐到教堂底后排,她们就替自己造成了自由的空气,互相低抑地谈话,交换批评了。大家咒骂虚伪的女人,议论朱牧师。

威兰活泼地跑过来，打击她们底谈话。

“嗤……”她吹手指，“孩子们，你们今夜每个人都有很好的礼物，又有吃的。但是时候还没有到啊！嗤……”

“礼物！”一个年轻的学生倔强地叫，“从烟道里送来的？”

“是，是！”

“我们没有资格啊！”

“圣诞老头子认不得我……他，威兰先生，他会走错路！”

威兰，对这两排快乐的，放射着年青的面孔无法可施，感到渺然了，因为她自己也是快乐的。她皱眼睛，跳跃，跑开去。谈话在副院长蹒跚着奔过来的时候就完全停止。

“听见她说吗，丢中国人底面子？”一个同学向章华云说。

她点头。

“我们听惯了；我们还要至少听五年……”她轻蔑地回答。

“看朱牧师，那个没有良心的！”

“看哪，他不知耻！”

朱牧师走至台前，显露在灯光里，温柔地做手势。于是风琴响，大家起立，发出歌声。以后是献圣饼，献花，读祷词……总之，做了想得起来的一切。

在这一切之后，朱牧师垂下眼睛，庄严地向前伸手。

“诸位！”他用微颤的，崇高而悠远的声音诵，“诸位上帝的人民，能在今夜面对圣子诚心忏悔的有福了；为灾难，为人类的不幸而温柔哭泣的灵魂有福了；因为虽然罪恶更深更大，人类自相残杀，堕落……天国却终必降临。天国降临，诸位心中……”他屏息，霎眼睛，怜悯地注视人群。……

一种微弱的，温柔的战颤来到章华云胸脯。她无力抗拒这驾凌一切的，几乎是神圣的肃穆空气。和谐的灯光和人体底排列，朦胧的暗影更加深了这印象。她盼顾，但除了安静的，呈露着肃穆的受苦表情的脸孔以外见不到别的。她迅速地，奇异地想到哥哥，并微语，但哥哥倔强地冷笑，立即隐藏了。泪水涌出了她底眼睛。

但泪水带来了幸福，在泪光里，她看见了芳香的快乐和荣誉，这是陈设在即将到来的圣诞夜里的。于是她欲望澈夜不眠，向同学们和威兰们唱中国复苏的慷慨的歌，显露她底优越的歌唱技巧；欲望青春底涌动的力底发扬，别人底欣赏和爱戴。而在这种过重的渴求里，她变得软弱无力了。她底美丽的大眼睛含着恳求、怜悯、爱情、甜蜜地瞥向周围——接触到威兰底明亮的眼光，停住。

"啊，纯洁的小灵魂！"威兰冲动地低呼划十字。

"我今天不和朱牧师说，另外找一个机会，因为……"她想，俯下头，粗涩地呼吸。

但芬芳的快乐和荣誉并没有实现。宴会后，快乐分两个集团进行，一个是教友们和宾客，他们围住风琴唱歌，并高谈县政，一个是护士学生们，她们挤在廊道里咬嚼糖果，互相开玩笑，然后商量寒假底生活计划。章华云，在大声谈话和迷惑的微笑之后，终于失望。看哪，她们唱得多坏，而且，她们竟然用这样平凡的声音说话！——没有舞台，没有弘丽的照明和响澈全厅的青春中国底歌，也没有那歌唱的女郎底壮丽的不幸！……

十二点以后了。她疲劳，觉察到命运底灰黯。于是离开同学们，离开轰闹的走廊，独自走到圣诞树旁的石阶上坐下，抬头看星，它们在覆盖着沉睡的小城的深黑的冬夜天空里闪耀。快要过年了，在如此黑暗，如此寒冷的冬夜里，哥哥，他在哪里流浪呢？有没有一床温暖的棉絮？

"我不爱吃圣诞糖果。……不，他多么爱吃糖，那种软的，小小的……然而现在呀，以及以后呀，无穷的不幸，他吞饮人民底命运……"

她悄然叹息，垂下头来。多么寒冷！——圣诞树上的彩灯快要完全熄灭了。

"记得从前，我们很小的时候，那街上有灯光，而且我……"

但男性底暴躁的喊声把她从过去拖了回来。朱牧师在和谁争执，然后砰然关门，大步向外走。他底情人在走道里跑，喘息追赶他。

“洪太太请我们，我们到她家里去！”她叫。

“谢谢，不早了，我要休息！”牧师说，忿怒地跨到台阶上。

“你闹些什么呀！”

牧师停住，敲手杖。

“这是谁都知道的事，任何阴谋……”他说，但突然停顿，转身继续向外走。章华云跑过来，拦住他。

“朱牧师！”她叫，一面和兴奋战争。

“谁？”牧师厉声喊。

“我。……”护士学生坚决地，严肃地回答。“我有一件事告诉朱牧师，就是，”她冷淡地看女人，“你太太临死的时候告诉我，她有五百块钱藏在底下红木箱子底夹层里，她要我不告诉任何人，只等……”

“你怎么知道？……她说些什么？”牧师无礼地，轻蔑地看她。

“她说，”护士学生忿怒，战栗，“她说这个钱是她儿子的，他一有消息就交给他。”

“你贵姓，孩子？”

“章，立早章。”

“她叫你这么说的么？”牧师严厉。

“她并没有叫我跟你说，她要我告诉她儿子。因为……”

“好，谢谢你！”牧师冷冷打断她，下颚打颤。“我先回去了。”他转头，告诉他底女人，然后大步往外走。

“哦，朱牧师，”实业家女人奔出，惋惜地喊，“你一定慢点走，你一定等一下，啊！多么值得纪念的夜……”

但牧师已经走出大门。

“他有什么事？身体不舒服么？”她问牧师女人。

“他一向是这样。”

“那么，好小姐，你到我们那边去吧。”

年青女人望圣诞树，灯光照出她脸上的难受的，狠恶的表情。

“好!”她说，收缩嘴部，这是向已经离去的朱牧师说的。“好吧……你看，生活多么好玩……”她尖声说，带着虚假的哭声，并憎恶地看章华云。“那么，吓，我们去；谢谢你底招待呀!”她优美地抬起手，坚决转身。

厅堂里和两边侧房里仍然是热闹的，但院子中央却只剩下章华云一个人——。她握手，慢步徘徊，用鞋底沉思地摩擦地上的砂子，然后兴奋地跃向凄清的圣诞树，向它轻蔑地微笑。她挺胸，小儿似地皱眉，勇敢地呼吸；她底丰满的脸在红黄色的光线里闪出坚定的，纯洁的光采。……

一小群同学默默走到院子里来，其中一个用嘶哑的声音向她喊：

“章华云，冷的很啊——我们回去了，已经自由解散，老太婆说的。”

“好，是的……”她深思地说；“自由……自由解放!”她忽然高叫，嘹亮地笑，举手扑向同学们底默默的一群。

五

哥哥不来信，寒假已经开始了。寒假自然没有什么关系，孤独和悲凉的时候心胸沉深，倒可以更多地看书，想想世界，但医院里不供给伙食，却使她绝对地焦苦。护士同学们带着预备过年底家庭快乐的兴奋的脸，一小群一小群地在两天内走光了。她惶惑地张望，想找一个同命运者，但没有。最后有两个同学来找她，问她预备怎样，并且立刻安慰地说她们绝对(护士学生的少女们很喜爱用这一类的词来表达心意)从家里带腊肉来给她吃。她感激；但她所需要的不是腊肉，于是向她们羞涩地，自觉丑恶地借了五块钱。卧室里狼藉着写着过去一年的功课的纸片；笔记本拆散了；破布到处遗弃，还有涂污的圣诞画片和肮脏的断绒绳。课室里，课桌张着黑口，仿佛企图以它底空虚来吞下更大的空虚；黑板上一端写着："再会吧，值得惋惜的一九四○年！"并有人在它旁边改正成："永别了……"另一端则拙劣地用英文涂着新年快乐一类的字，还画了米老鼠，天真而拙劣。……章华云笨手笨脚地在中间移动，捡起纸片来观看又把它抛弃，胆小地瞧着课桌和黑板，被恐慌、被凄楚淹没了——这平常热烈的房间现在仿佛成了一个茫无边际的海洋，五块钱完全无力镇静她底单薄的小舟，她感到自己即将被什么伟大的东西卷去！

得到副院长底许可，她动手把自己底床铺移到一间小寝室里去，那原是那个颈长，喜欢摹仿英国女人的冷酷的护士长住的。臃肿地抱着被盖，她在走道里遇见提着精美的小皮箱的威兰；英国女人今天异常欢愉，金黄的发卷在发光的、微笑的腮旁荡动着。于是她在心里布置防御，向被盖垂下眼睛，企图不看她。

"哦，孩子！"威兰并拢脚，欠身叫她，"你不到什么地方去吗？"

"不的。"

"那么，我想，你今天到文会计那里去缴伙食费吧！她刚才还问你。"

章华云从粗棉被上阴沉地看她，想表示这用不着她来管。

"我想……我不常常回来，要到图书馆去看书。"她沉闷地说，羞红了脸："我在外面……在外面吃。"她低声说，嘴唇战栗。

"只有十二个人住在家里啊。你们班上全走！"活泼地，威兰皱起鲜艳的唇，吹啸，然后旋开一只脚，预备走，但又忽然想起了一件事，把皮箱抵在墙上，打开，"孩子，我有两封信，希望你等邮差来了交给他。"她带着夸张的同情望护士，"孩子真好，希望你有一个快乐的新年！"

"谢谢……"护士快乐地哑声说，但不知为什么快乐。

"我要住在对岸。有信也叫人带过去。好，孩子，以马内利（上帝与我们同在）！"她敏捷地关上皮箱，"Good bye！"

皮鞋活泼地响，黄色的，透明的外裙在台阶上翻飞，威兰消失。

护士渺茫地站了一下，仿佛在考虑要不要和这英国女人一同向幸福和快乐跑去，以后便转身，急剧地奔向寝室，摔下被盖，战悸地哭泣。

“好，我要，我要绝对担负我底命运！”她发狠地握拳，像被凌辱的小儿，“我一定，绝对，……难道！……”

她决定用仅有的九块钱来支持两个星期，每天吃两次大饼。这决定使她安心，于是她平静下来，对充满房间的高贵的香粉气息皱眉，动手铺床，然后睡下，开始读哥哥给她的高尔基底小说《母亲》。中午她昏弱地睡去了，被难耐的饥饿惊醒的时候已经是下午三点钟。于是她捏紧衣袋里的钞票跑到街上去。……这样度过了三天。

第四天，被小说底热情所动，她开始和饥饿用各种方法斯打，残酷地作贱自己。原始的、被压抑的性格在自觉自己上升的某些瞬间就像她这样子，就有这么粗暴的自贱力。……一个全然新异的世界在她底昏迷的渴求里展开了，那里有冬夜的寒风，雪积的平原，和在这平原这寒风里做着殊死斗争的劳动男女；她向它叩门，被迎迓了进去。“但是，章华云，我们这里需要勇敢，牺牲，你能够么？”严峻的青年伯惠尔向她说。“我？是的，当然，我能够，你们看！”她大声回答，坐在暖炉边，女郎们在那里煮茶炊，“我忍受了三天饥饿，忍受一切痛苦，我身体好，而且我……”她温柔地、倾心地，向女郎们笑。“我底哥哥章松明……”——“你哥哥？”青年严酷地打断她，“他很困难，孤单，不和人团结……他能做我们这样的事么？”——“我呢？”她急迫地问，但女郎们递食物给她，一种浓汤，还有面包，快乐地咀嚼。“你，章华云，我们知道你，很久就知道，你很好，你一定会慢慢革除旧习惯……”——“但是她们知不知道我底坏处呢？我多坏，多羞耻！”她苦痛地想，但大家庄严地站起，她也站起，房里更明亮。……女郎们在夜里，在发光的积雪里勇敢地行走，倾斜着身躯，猛烈的寒风唱着曲子，卷动她们底衣角；在前面远方，峰峦后面的低空里，有城市的叛逆的火光底壮丽而沉重的血红的映照。……

这是一种半梦半现实的奇异的错觉。她觉得她在高歌……但终于战栗醒来了。她寒冷，饥饿。书本从胸脯滑下，忿怒地跌在地板上。黄昏了，房间里是阴惨的，电灯没有亮。窗外，梅树们在灰暗里静静站立着。

“我要怎样了？我究竟怎样？我今天一直没有吃……我要死了！”她想，带着野性的神情俯视自己底青春的胸脯。“……我要去吃，我要不顾忌一切，……宁愿明天，明天死！”于是她眩晕地冲出房门。

但她还在作最残酷的坚持。舍不得用钱，酷爱积蓄，是她从小的习惯。终于她想起医院底厨房，偷偷溜进后院。

厨房里没有灯，周围已经黑暗。穿白衣裳的女厨子从被烟熏黑的矮门里走出，用火钳通水沟，然后大声醒鼻涕，诅咒威兰底狗和全人类，悠闲地拥着肥肿的腰肢向正楼底转角走去。章华云在树枝下向四面窥探，屏息跃进矮门，像一头嗅着鱼腥的猫。

她用战抖的手摸索烧箕，找觅碗筷，动作愈快，便愈恐怖。碗筷所碰出的尖锐的声音，威兰的大狗底吠叫，以及院墙外的人声汇成了一个庞大的轰响，残酷地敲击着她，使她底内部燃烧。……

正预备盛第二碗，电灯亮了，厨妇站在门口。她寒战、失色，闭起眼睛。

“章小姐！”厨妇喊，明了了一切。

章华云机械地放下碗筷，机械地用充血的眼睛看她。

“我在……我找一点东西；你……”她喘息说，感到要疯狂。

厨妇不敢看她，收拢空出的嘴部，深深叹息。

“你吃，你吃，你……”她说，粗笨地走近；“这里还有榨菜……”她忽然流泪，掉过头去；“唉，我要到街上去一下，停会你关灯……看哪，天要下雨，瘟……”她走出去，虽然本来并没有想到要上街。

章华云关灯，忍住冲动，残酷地吞饭。然后她走出，沮丧地，静静地走向梅树园。

“我没有了羞耻，这样丑；一切全完了，这样的生活啊!”她拥抱树干，把头抵在上面，“我不知道，不知道！我要怎样办？你们都看见，我，一个女孩子，这样不要脸，并且将来还要饿饭，落进可怕的社会！将要不再是一个人！这就是女孩子的命运啊，而，亲爱的哥哥，同样孤独的人，你也抛弃了我!”她急迫地呜咽，轻柔地摇落清香的，快要凋谢的梅花；“但是，我完全不怨恨，哥哥，一切的人，人啊！我将在世界上走，风雪里走，女厨子也把我饭吃，生疏的人们也扶助我……亲爱的啊，我不晓得，你们，亲爱的啊!”

哭泣缓和了痛苦，并带来甜蜜的安慰，于是，歌唱涌出了青春的、洁白的胸脯。这是灿烂的幸福。寒风吹落花瓣在她底额上；寒风吹过院墙，墙外的低空里，小城底灯火散布着薄薄的霞照。

少女还有一个祝福。

“祝福，哥哥，哥哥，祝福，祝福一切受难的人们、光荣的奋斗……还有这县城，一切人民！你们站起来，走向新生，不饥寒，没有我们那么多的弱点，哥哥，也不再痛苦!”

六

上午，章华云进城，到公园图书馆里去。十一点钟的时候图书馆关门，她被逐了出来，在不清洁的花圃和假山石里流浪，考虑今天吃什么。最后她来到街上，正在苦痛时，遇见了高明芬。

高明芬穿着新做的蓝花布长袍，并提着同样质料的布袋，面色严肃——眼睛陷凹，露出疲倦和悲愁。她说她是上街来抓药的，因为母亲在老屋里病得很沉。

“我急得很!”她说，愤恨地露出白牙齿，“我只一个人，担负不了这样重的担子呀！我要跑开去……你看，我一点力气也没有了！”

章华云同情，并觉得骄傲，因为轻易地相信了朋友的黑暗的生活底无望。

“那么你怎么办呢？”她问，因压抑不住的兴奋脸红。

“陪我去罢，华云。我们先到老屋里去看病人，然后再到我那里去……”

章华云犹豫，因而怯弱。

“去吧。”

“我想……”

“唉，小姐，只我一个人；我们两个人！”高明芬无可奈何地微笑，觉得对方幼稚，可爱而可恼；“我恨煞那些狗蛋！”

“去吧。”

“我请你吃水饺。……我要跟你谈谈。”她说，皱眉，秀美的脸上闪过一道黯然的光采。

护士学生注意地看她，变得兴奋。

中午，病人睡去，她们离开幽暗的老屋，越过一条街，进到一间后窗对着田野的明亮的屋子里来。这就是高明芬所说的新屋，也就是她的青春底祭坛，章华云曾经来过三次，最末一次就是那次拿白鞋子。房间隔成两段，板壁和天花板上都表糊着低廉的印花纸，打扫得很洁净。家俱是拼凑起来的，甚至有老旧的靠背椅，然而和谐，到处可以发现主人底细微的心意，不过又总令人觉得不安定，觉得主人会突然离去，这一切会突然不存在似的。这种印象人们往往总在那种境遇困难，生活浮沉，然而无时不酷爱形体底外观的妇人们底房间里得到。而对于章华云，这一切是神秘的。

高明芬到房东底厨房里去揉面粉，跑回来两次，表情变严峻，不说话。章华云奇异这变异，追进厨房，借口帮她，偷偷窥看她底灰白的脸，企图理解她为什么沉默。这是包含得异常丰富的沉默，它底主人在这之前，多半是这之后一定会有一个强烈的爆发，或者用言语，或者用行为。章华云熟悉这；她并且知道，在风暴来到之前，一个人心里是充沛着怎样难言的东西：甜蜜、悲苦、坚持和毁坏的焦渴。她酷爱这心情，因此，她感到羡嫉；她努力使自己底脸也露出含蓄的严峻。

“你不把水放得太多吗？”她不自然地说，侧着不懂得掩饰情感的赤裸的脸。

“你看吧。”高明芬随便回答，从衣袖上扑去面粉。她底声音迟缓、怪异、脸上笼罩着梦。……“我们今天肉相当多，”她笑，但这是与目前的事无关的，“呀，没有酱油了！”

“我去，我来打！”章华云急迫地回答，急迫地笑，恐惧自己在这里占不到一个重要位置。

“不，你不认识……”主人贴切地，抚慰地笑，“我们这里只有一家店子好……”她走出。

章华云感激、狼狈，攒进灶后的柴堆，拨火。

“你多么自私呀！”她在火焰底炽热里痛苦地想；“你要什么？你究竟爱什么？……”

吃饭的时候，高明芬又突然不可解地，强烈地快乐了起来，这快乐犹如暴病以前啸过平原的疾风，携带着狂迷的尘砂……她说城里的新闻，县政府底笑话（关于这些，她知道得极多。）用一种吵哑的大声，带着泼辣的笑容，使章华云惊怪地瞪大眼睛，并恍惚地跟着她笑。

收去碗筷，主妇活泼地叉腰，摆动瘦身体，用快乐的大声说：

“现在我们不许笑别人。……来，小家伙，你给我，我们去唱歌！”

章华云简单地、灿烂地笑，跟着她跃进后房，站到靠窗的桌子前去，接住她从箱子里抛出来的歌本。陈旧的歌本上有樟脑和香水底温润的气息；——它已经被窒闷得很久了。

但立刻它就响出生动的愉快的声音，在少女手里颤动了起来。

“唱吧，唱这个。”

“我们一起……”章华云底脸快乐地红润。

“不。我听！”主妇回答，旋动脚，并高高扬起手，倚到床上去。

“哦。好……”

她垂下手臂，咽唾液。歌声起来。因为竭力想表达情绪，她底颈子笨拙地战栗着。但以后就安宁了；歌声由破沙的童音升高，升成亲爱的高音，丰满而甜蜜，激荡着周围的稀薄的，由田野流来的空气，掀起嘹亮的波浪。

五月的鲜花
开遍了原野
鲜花掩盖着志士的鲜血
为了挽救这垂危的民族
他们曾顽强地抗争不歇……

她用潮湿的眼睛肃穆地望窗外。空旷的水田里，一个农夫和他底牛在迟缓地航行；互相咒骂——人用鞭子和嘶哑的嗓音，牛用短尾和倔强的鼻息。高明芬悄悄走近她，攀住她底肩，向她底耳朵吹着温热的呼吸。她没有侧头；四只眼睛一同越过人和牛瞧向远处。远处，在倾圮的城垣左侧有大片黑色的，忧郁的丛林；丛林后面是不怎么高的山峰，长江从它脚旁流泻过去，闪着黯澹、沉重、刚强的淡光……

“回想吧，华云……”高明芬伏在她肩上，用凄凉的柔声说。

她吸气，困窘地望天。

“记得在武汉吗？我们参加游行，那时候你是小孩子啊，用小孩底声音唱。但是现在你底声音变了。唱得好。我想起来，——你记得那晚上空袭吗？我们在码头上，江汉关旁边？你还在唱，鲜花鲜花，喃呀，一架日本飞机！”她动情地笑，抚章华云，“……多么好，可是各人的路是非走不行的。记得有一本小说上说，各人底生活有一个舵，它不是人自己能做主的；你看，我寻找幸福，以为自己永远快乐，但忽然，我底舵转了……于是，一切全过去了，而这窗外荒凉……我底心……”她俯头，热切地呜咽。

章华云垂下嘴角，温柔地，难受地看她。

“忍住！忍……住！”她倔强地叫。

“我们长大了，啊啊，有谁，一个女人，到我这地步吗？”

章华云眼圈发红，但仍然严酷地挣扎。

“不要……”

“可是你不懂得我……”

“我懂得你，可是我不晓得怎样才好，我时常在你面前难受，你不知道——”

高明芬走至床边坐下，脸打颤，苍白。

“那自然……那就好，那就好，总归，你是不曾经验到这些的！”她自私地叫，“将来，但是将来你会明白！……”

护士学生不同意地摇头。

“告诉我，你觉得我是什么样的人！”

“你是很好的，”她庄重地回答，“不过你底环境害了你！”

高明芬严厉地沉默。

“来，我告诉你一件事！”她低声迅速说。

“什么事？”

“你过来，坐下，对了。……我，我有了小孩子了。”她迅速说，凶狠地咬嘴唇。

护士学生叹息，看窗外。

“那么，我觉得，高明芬，这并不是什么坏事……”她缓慢地，沉思地说，“担负起来吧。”

“真容易。真……”高明芬冷笑，接着横暴地叫：“但是他底父亲是谁？”

“你结婚就是了。”

“真容易。你简直一点也不知道……你们院里有没有打胎药？”

章华云被从倦怠的，渺茫的状态里惊起，寒战了一下。

“有自然有的，但是弄不到。”她皱眉，因找到发挥自己的机会而兴奋，“院里前一个月就接一个打胎的女人，不过那是他们底朋友。对旁人，休想——道德鬼脸！”她冷笑。

“道德，多好听！那么你不也是很道德的么？……我自然很快地就要给逼死了，这个城，这个社会是我底仇敌……两个生命！”她冷酷地瞧自己底身体，顿住。“其实，我知道我自己，”她继续说，“无聊，意志薄弱，容易……哎，丑恶呀，……但是不能过别的生活去，我常常想自己很纯洁，很好，但是无事可做，又骄傲；什么也不成，于是……你想，你现在该多好啊，幸福是你的，希望是你的；而我，看吧，”她又流泪，举手蒙脸，摆动她底华丽的头，“我……想；死啊！”她抽搐，耸起肩。

“高明芬，不能！”章华云严厉地大声叫。

“那么，华云，你同情我吗？”她扑近，圈住章华云底颈子，“我，这个不要脸的人，多少次地欺骗你，哦，你纯洁啊！”

护士学生热烈地流泪。

“你愿意做我底妹妹吗？”

她柔顺地点头。但因不习惯这样的感情表白而脸红。

“啊妹妹，我们这世界上是多么可怕，多么荒凉啊！”

“可怕，荒凉？”她偷偷地爱抚对方，用对方底发卷揩擦自己底眼泪，“荒凉的，不过也并不可怕。也许我年轻……我想，我现在要去找寻真的幸福……不是永远有着热情的人吗？不是永远有人在拼死奋斗吗？”她点头，领悟自己底话，“……虽然我们从小就染上弱点，但是我们现在能够明白了。至少是如此。……比方我，”她说，“我是很坏的，很坏的，我明白了，我很坏……”她竭力想自己底坏处，浑身热辣；但别人底夸赞她纯洁的话束缚着她，使她没有勇气像高明芬那样谈论自己底弱点。“我很坏！”她用忿怒的大声说。

高明芬咬牙切齿地叹息，准备着做更激情的动作，但章华云脸上的恍惚思虑的神情阻碍了她。于是她垂头，安适地、颓唐地倒到一张椅子里去了。这动作是这样的准确，优美，仿佛这张椅子所以摆在这里，只是为了等待主人底突发的抒情性的颓唐和慵懒似的。

护士学生开始徘徊，思索着。

“我劝你结婚，”她忽然说。“或者你离开这个地方，我想，到别处去。……”

高明芬缓缓站起，整理衣服和头发，并用抹布揩去桌子上的灰尘。

“我要到别处去，重庆，我叔叔在银行里，可以帮助我……”她抒情地说，慢慢在房里转，舞动脚，“但是丢不下病人，妈妈啊，她为我累了一生，而……我底罪孽真重！”她突然静默，忘记收回刚伸出去的左脚，凝望窗外。

“人家底攻击我们不怕。我也是，这样活下去，不如不活！”章华云动情地说，胸脯起伏；“我要——”她垂下手，垂下眼睑，享受自己底可爱的激情，“我要想离开这里了。”

高明芬收回左脚，皱眼睛，乖戾地看她。

“凭什么不要活！”她用尖声说，眼睛因妒嫉而幽暗，下颚突出，苍白的长脸完全胀红，“告诉你，华云，我要享受，要恋爱，要追求幸福！我有权利，我是人！”她叫，发疯似地攫住桌上的歌本，把它卷起来掷到床上去，“我凭什么低声下气，凭什么躲藏起来……”她扑到床上，用膝盖爬，抓住歌本反身抛向箱子，“你们想想看，各人要有自己底幸福……”她跃下床，追歌本，因追歌本而忘记了说话。

护士学生无言，走向窗口，向冻得僵木的手掌呵气，然后用手抱住发烧的面颊，凝视田野。那边是山，它矗立在冬季底天空下；山后将有平原和城市，哥哥在那里，在那里冷笑而热情地恶斗；而她将去，丢开一切，寻觅幸福和苦难。她底眼睛潮湿。

水田里，人和牛还在倔强地航行，不过已经不再相互诅咒。在冻结的灰色空气里，他们底沉默和顽固是可惊的，人在犁后屈着两股，歪着无表情的尖削的脸，牛则在轭下引长它底脱毛的大颈项，以呆钝，傲慢的眼睛冷冷地瞥着航路。在缓缓向前滑行的铁犁四周,水波清脆地激响着,徒然地想要轮流吞没那一个个突然屹露的光润的黑土底岛屿和峰峦。

七

终于章华云接到哥哥底信和钱了。钱是六十块,比自己所希望的还要多些。早晨落着大雨,她浑身淋湿,弯着腰跑过前院,冲进走廊。在走廊里,她从衣袖底折卷中取出信,慢慢向前走,几次撞在墙壁上,凝神读着。水滴从黏结的发绺上沿面颊往下淌,但她不揩。

"哦,我早知道,看你多觳觫!"她突然把信纸递向前,幸福地做了一个无可奈何的表情,并摇头。

"前信所说的教书事,"信上有一段这样写,"因为不满意,没有弄成,现在是到一家企业公司来暂时混着了。这家公司真伟大。……在这里所要说的是,这几年,我也并不能算白跑;学了不少东西,也体会了真正的新力量,因之,真正的幸福。试想想看,生活为什么会继续下来的?为什么会改变?你说希望,究竟什么是希望?——一切全由于人民底生活要求!看看那些穷苦的人们,学学忍耐和奋斗啊!你那个圈子是骗鬼的,所以不要被情感蛊惑,不要对它软化,而要认识。多读新的读物罢。我在你们城里街上曾见到一些可读的书,也记得曾经告诉过你,但不知你有空去找了没有?你也许忙于另外的事,忙于咒骂和同情,但这像洋娃娃,别人一抽铁条你便叫,是要校正的。告诉我你底经验吧。甚么,近来还"不幸",还"幸福"吗?……我生了一场病,胃坏了,很糟,但不去管它。自然,这里很闷,和别处一样;也管不得的,我已经动手译书了,是一本社会理论。上司时常跟我捣蛋,要我读"新人生观",好的,就新人生观罢——我明天就做笔记给他,像那个小说里的录事。但不知你底书读完了没有?告诉我感想。对一切要留心,慢点批评。晓得吧。……"

"晓得吧。你学我说话,你写得这样急,我真不明白!"护士学生快乐地叹息。"还是老调子!"她批评,因能够批评所爱,所执着的人而高兴。“看哪，你一点也不告诉我胃病怎样了，真是男孩子！我这里有苏打！……”于是她跑进房，搜抽屉，倾出所有的药品，忙迫地，不必要地挑选起来。以后她失笑，丢下药，臃肿地伏到桌上去，动手写回信：“哥哥，你底话都是对的，我没有意见，我很快乐，因为我……”写到这里，她慌乱，激动，写不下去了。于是忿怒地涂画起来，然后撕去。“我有一个意见，我认为他太胡涂，作贱自己，还有，我并不想幸福……我要写母亲的感想……”她在小房间里兴奋地绕圈子，并且挥手，仿佛在和谁争吵。突然有谁敲门。她不高兴地打开，女传达无表情地跨进一步，递给她一个纸条：

——华云，妈死了，来帮我。明芬。

她怔住。活泼和挑逗即刻隐藏了，她底嘴角下垂，脸色严重。“真的么？能写得这样简单么？”她想。

“谁送来的？”她问传达。

“一个男佣人。”

“把你底伞借给我！”她说，反身收拾东西，不等对方同意就抢过伞，从医馆后门跑出。

在老屋底阴湿的屋檐下，一条长凳子上，坐着三个她所不认识的男子在低声谈话，并不时歪头望屋门，其中一个中年人阴郁地皱起鼻子，伸舌头舐嘴角。她庄严地，慌乱地看他们和他们旁边的纸钱堆，仿佛请求援助，恐惧得不到援助。但他们显得冷淡。那舐嘴角的一个向旁边的老头子说：

“不还债，硬给气死了！”

“不要这样说。”老头子心烦地回答，“在外乡……你去看陈明新吧，在明义门外的小山高头……”

这一个默默站起，也不打伞（章华云很想把伞给他），大步擦过颓败的花坛往外走。

老人追他，在雨里嘶声喊：

“我一下就来……”

但章华云不再注意他们，已经跨进了阴湿的堂屋，听见了哭声。但不是她底朋友。白布幔急迫地垂着，这嘶哑的哭叫便从那后面传出。她站定；灵堂底简陋使她心酸。

“华云……”高明芬跨出侧房，淡淡地喊，同时机械地走向供桌，擦火柴，用战颤的手点蜡烛。……“你来刚好，”她甩熄火柴，低声说，“我乱昏了……”

护士学生惊异地，悲痛地看她，眼圈发红。她不能想像她底朋友怎么会这样冷静，麻木；她觉得她应该痛哭，激厉而绝望；尤其应该向她痛哭，诉说生活，寻求力量和安慰，但全然不！在曳长的孝布底下，这女人底脸苍白，宁静，眼睛暗澹，似闭非闭，露出疲倦；有一瞬间她底尖削的下颚战栗着，似乎要向朋友说一句什么话。但立刻就难受地避开脸去，制止了。

一个中年的矮妇人踉跄地跨进门，呈出香烛，向她微笑。她迅速走上去，痛苦地弯腰，攀着她底手。妇人磕拜，她向后退，伏在地上，使额头触地。

矮妇人啼哭，扑进白布幔，里面的一个妇人也更大声地嚎叫起来。高明芬发怔地站着，然后向内跑，失声啼哭。

章华云跟着冲进去。

“高明芬，高明芬，不要……不要……呜呜呜……”她哭，拖朋友底手。这凄凉的尸身和哭泣的妇人们，除了使她悲痛，还更使她骇怕，因为她模糊地觉得，这些妇人们所以要哭，并不是悲伤死者，而是由于意识到自己也要像这样死，这样孤零、黑暗、无助……

她哭，悲悼……而她热情地觉得，高明芬已再没有希望了……

“四婶，不哭……”高明芬爬起，劝阻妇人们，她们已经由哭泣转到咒骂。“是我底罪孽……”她静静地，痴幻地说。

外面男人们喊了起来。她攒出。章华云跟在后面。

“什么事?”她冷淡地问。

老人眯起眼睛，不屑地看她，然后叹息，用不可辩驳的语势小声说。

“该要去看寿材了。”

她点头，从衣袋里摸出钱了，动手数。章华云注意到她底脸在战栗，钱不够。

“大舅，先给八十块行吗？”她皱眉，冷冷地说。

“不行，我问过了！”老人烦恼。

“那么，大哥，”高明芬转头向坐在凳子上的形态猥琐的青年，一面数出钞票，“难为你替我买……”她想了一下，“一丈白布，五尺斜纹，在城外福生庄……”

青年站起，怀疑地看她，然后接过钱，扣着长衫底松脱的腋扣在雨里懒懒走出去。

“大舅，金哥呢！”

“看地去了。”老人忿恨地回答。

“请你等一下，我去拿点钱……就来！”

老人喷鼻子。她向门廊走，偷偷地招章华云。

“你替我烧一下饭，华云。量四碗米，在床肚底下：另外，你去买一点小菜……”她数钱，章华云扰乱地脸红。“我去再换一只手镯，就来的。”她向门外走，但又突然停住，“还有，你注意他们谈我什么话，”她小声说，“他们就是想我一点金子……”

她从头上撕下孝布，交给朋友，迅速跑出。

章华云现在安静了，因为在朋友心里，在这丧事里她有了显著的地位。她买菜，量米，烧饭，愉快地忙碌着，弄得脸颊发火，满头全是灰，而且不时从厨房跑出，假装寻觅东西，狡猾地偷看高明芬底亲戚们，注意她们底行动。有一次，当她提着水闪过屋檐的时候，她听见侧房里有橱环碰响的声音，于是放下水，假托再量一碗米，窜进去。矮妇人正站在旧式的立橱前，抱着一大堆衣服。她把章华云错认为是高明芬，寒战了一下；随后就宽慰地叹息，把衣服重新放进橱。

“死人穿那样的衣服，真造孽！”

她摇头，翘起小而丑的唇，怜悯地看章华云。章华云量米，感到痛恨。

矮妇人失望地蹩出房。另一个妇人跳过来，拦住她。

“那个阴阳怪气的呢？”

她摇手，向房内歪嘴。

“她底同学！”她小声说，拖另一个妇人走出灵堂：“她换东西去了，一定是，一定是！”

老人阻止她们，暴躁地叫喊起来。

“一团糟，没有人问事……一直到这个时候，混账……这位小姐贵姓？”见章华云出来，他问。

“章。”

“饭好了吗？”

“要了。”……章华云向厨房走，听见后面用大声说：

“明芬也的确能干，凭良心讲！”

“就是太自恃，太任性，我说……”

章华云兴奋，因为知道这些话纯粹是讲给她听的。……当矮妇人走进来帮她，和她攀谈家乡，并问她在这城里做什么的时候，她冷淡地笑，同时弄响用具，表示自己很忙碌。

听见朋友底声音，她疾速跑出去。

“这里二百八，大舅，”高明芬兴奋地说，递钱过去。她底脸被冻红，头发完全潮湿。“表哥回来没有？”她问，然后揩发上的水，看章华云。章华云失去了冷淡，兴奋地笑。

“没有。”老人阴郁地回答；“我要去看地，陈明新是个混蛋……瘟天！”他走出去，蹒跚着。

矮妇人走近，扬起左眉。

“你把镯子换多少钱，明芬！”她威胁地问。

“你怎么知道……四百！”高明芬忿怒地回答，向厨房走，脸难看地收缩，下颚突出。

“唉，少了，不划算，你……”

“王道士马上就来！”站在厨房门口，高明芬大声叫。

“阿弥陀佛，异乡孤魂……”

章华云静静地望着，也不思索；她现在觉得朋友所做、所说、所表情的一切，都是应该如此，只有如此的。她不能不自己去换手镯，为金钱对亲戚们强硬而冷淡；不能不请道士；不能不冷酷，坚定；也不能不冲动地哭一下。她觉得她有力量，能够在这最不幸的日子独揽一切，值得羡嫉。——因此，当高明芬拖她到厨房里去说话的时候，她只是热切地，崇拜地望着她。

“一切快要完结了，华云，我底责任尽了。”高明芬说，突然眼圈发红，“……停下棺材来的时候，你帮我招呼伕子。……只有这样的，”她在小木凳上坐下，“那些老太婆是狠毒的！”

“你不累么？”

“不。告诉我她们说我什么？”

“没有什么。你看，我去假装量米，”护士学生说，指灶台，轻轻苦笑，“你四婶在翻你妈衣橱。后来他们议论金镯子，见我来，”她摇头，笑，“就说你好！”

“翻去了什么没有？”

“没有。”

“哼，我就要——”

“告诉我，高明芬，”章华云睁大眼睛，勤快地说，“我觉得你有一种信仰，有勇气……我真没有想到，”她折断手里的一根柴棒，嘴唇战栗。“告诉我你究竟从哪里来的勇气……”

高明芬静静地望着冒热气的锅，想了一下。

“这个时候哪能做梦啊，我底姑娘！”她悄然回答，“你就是不得不如此，否则就一分钟也不能活。勇气……哼，什么也不想，头脑一空，就像苍蝇撞玻璃一样撞上去了。就是，”她惨笑，“麻木，无情，要活！”

护士学生沉默，把手里的断柴棒叠起，再折断，然后揉成一团。

“那么，你……？”她不安地问，在柴堆上移动。

高明芬静静地注视她。

“你说我底生活么？”

“是的……”她滑至柴堆下，一束茅草弯下来，盖在她额上，但她不挥开，觉得这样很舒适。

“一切都是如此啊！”高明芬叹息，在膝盖上温柔地敲着手；“世界上的人，说激烈话是靠不住的。你总要活下去，受尽欺凌，连怕讨饭。我后天就到重庆去找我叔叔……”

章华云狠狠地抛开刺在颈子上的柴枝。

“那么，你觉得，我想……”她举起明亮的，爱抚的眼睛，露出要这种谈话永远继续下去的恳挚神情。但这时候院子里噪杂起来，并且发出了不熟悉的腔调底啼哭，高明芬迅速跑出去了。她失望，感到温暖的疲劳，闭起眼睛把自己埋到柴束里去。但忽然，她觉得膝前火膛里热力在梦幻似地增大，给她以一种甜蜜的爱抚。于是青春底幸福又以另一种方式来到她心里了，她底呼吸匀整，脸孔像做梦的婴儿。……

她睁开眼睛，妩媚地微笑。火膛里的火焰已快要熄灭，她跃起，迅速地投柴束，然后皱起嘴用力吹。烟喷出来，使她流泪。

“唉，你们看，我们终会光明……，我想，晓得吧，多好啊！”她向自己说，狂喜地望火焰，它在浓烟里愤怒地燃烧起来。

高明芬底脚步声惊醒了她。

“你在做什么呀，姑娘！”

“哦，你看：火简直就乌了。……我想……”她扑身上的灰，抱歉地笑。

“想什么！”高明芬叉腰，兴奋地高声说，脸孔冷峭无表情，“你来一下子好吧，姑娘，就要完了，人多手杂……”她疾忙跑出去。

护士学生跑出，兴奋地挤到脚伕们面前，寻找可以指挥的。一个佣人端着东西走过，几乎被木杠绊倒，于是和脚伕们争吵起来。她走近。

“你们，你们，这个拿开去一点！”她用鼻音说。但脚伕抱着手看她，仿佛没有听见。

“你们呀！”她惶惑地，忿怒地叫，几乎要哭。

“什么，你说？……”脚伕冷冷地问。

“拿开一点。”

“哦，小姐，不碍事的。”

这时灵堂里透出哭声，人声噪杂。她脸红，茫然地盼顾。忽然高明芬跑了出来，曳着孝布，颊上有泪水。

“你看……”她指脚伕。

“怎么放在这里，边上去边上去！”高明芬怒叫。脚伕服从了。

章华云叹息。

“不要哭……”她说。但高明芬不回答她，拖她往角落里走。

“这里一个戒指，你替我赶快跑去换了，在二街银楼。”高明芬说，伸直左手底食指拔指环，咬牙，“一定要两百以上，快！”

“我晓得！”护士学生痛苦地回答，转身往外跑，捏紧戒指。

“一定要这以上。”她追着说，“还有，你带一只公鸡回来！”

“晓得！”

章华云跑出去。

“多么可佩的人啊！人总有力量奋斗，……”她想，快乐地叹息；“我能这样自私吗？我要先去兑汇票，买鸡。……”她喘息，踩着泥浆在雨里跑。

四天后，她送了高明芬底行。高明芬原是叫她不要去送的，在走前一天来看她。算是辞行，并送给她一件学生时代的，淡绿的外衣作为纪念，但她还是去了，在码头底栏栅前找到了朋友。

太阳还没有升起，天上积满灰黯的云，仅在东方露出朝霞底火焰似的红光。风从江心吹来，寒冷袭人。她们挤开人群，走到江边的礁石上去。这里更冷，江波击响着。

高明芬底声音和神情还是和丧事那天一样，只是脸色更苍白，下颚更突出，冷峭和倔强更明显。她穿着绿色的纹布大衣，很美，头发也异常光洁。

像一切离别一样，她们首先沉默，后来便急切地寻觅话谈。她们买零食来吃，用以岔开自己底情感；但每次岔开，每次总更辛辣地绕回来。

"你到你叔叔那里去,做什么事?"

"我不清楚。我能做什么呢?"

"你吃。……"

"不,我不想……"

于是沉默。章华云默默剥鸡蛋,向水投蛋壳,痴痴地瞧着在沉重的江波里压着浓郁的倒影,轻轻摆动着的破旧的小江轮,体会到一种不可抑制的悲凉。离别总要使她伤心的,现在她又要离别了,不仅离别了高明芬,这孩童时代的同学,她觉得,也离别了与她底少年的丰富生命有着血缘关系,她常常要惧怕地去依恋它的那种难以说明的,亲爱的东西。

"那么,你说你底小孩呢?"她又问,并偷看对方底身体。

"冷啊,怕有六点钟了! ……我正要告诉你的。"她想笑,但是笑容在脸上化做冷酷的痉挛,"已经解决了。"

"什么时候?"章华云问,但点头,在领悟自己底某个秘密的思想。

"前个星期。……我要走了,很好,那些人!"高明芬说,看坡上的人群。"我永不能过你这样的生活了。死的死了,我只有一个人。我叔叔来信,说给我提了婚事,那么,我去看看……晓得罢,人是不能由自己做主的,哼!"

朝霞变明亮,云散开,江心里的水波被染成红色。护士学生难受地看朋友,呼吸冷风,思索着。

"你不是能够自己做主么?"她问。

"我? ……我不能。"高明芬坚决回答。

"你骗我,你骗你自己……因为一切事情,人自己……"她顿住,忿怒地吸气。"但是我……"

轮船上锣响。两个人底脸上一瞬间露出慌乱。

"再会了……"高明芬颤声说,伸手向章华云底肩头,"也许不再能……再会,妹妹,再会,好姑娘 ……"她咽住,疾忙向栏栅跑去。

"祝你……"章华云微语,赤裸的大眼睛潮湿。

回医院的路上，护士学生构想着给哥哥的信，意想不到地变得快乐而骄傲，“哥哥，”她在想像里这么写，“我现在懂得生活底力量了。高明芬底事情教训了我，她原是很好的人，我今天早上和她离别，她说人不能自己做主，可是人是能够做主的，人要奋斗，用那样的勇气，因为不然，人们会同样受苦，宁愿，……”她跨过水沟，严肃地，微笑，“宁愿在奋斗里战死……哦，那个老太婆多么好，她一生受多少苦？”她跟着一个老迈妇人走，太阳已经升起，照在这老妇人底佝偻的背脊和白发上；“但是她从不灰心……这太阳多好，多暖——祝福全世界啊！”

她跃过充满阳光的灿烂的街道，走近一个油条摊，买了四根。

“你用什么拿？”卖油条的问她。

“替我拿纸包一包罢。”

卖油条的看她，仅仅为了她脸上的表情的缘故，去找寻纸。

“我们没有，本来，困难的很。”他说，翻出一大张纸，活泼地裁开。

“谢谢你。”

“不，哪里……”

“这个卖油条的多么好啊！”章华云，跨着有力的大步走开去。“我要自立，工作！很长的日子，……再隔半年我就离开这里了，接触一切人们，为他们工作，多么好！”

她胸中充满了阳光和诗，充满了新生的祈祷。幸福又降下来了，这次是用了想像的形式：逾越过沉重的江波和层叠的峰峦，前面是无数的人，后面也是无数的人，她向前走，勇敢地走向前，挟着医药袋和哥哥给她的书，在身上穿着那一去不返的童年伴侣高明芬送她作为纪念的学生式的、朴素的外衣。

谷

一

林伟奇和他底恋人左莎，他们隔着一张竹制的小桌子在两边坐着。桌子底靠墙的一端置着一盏油灯。油快枯了，灯心烧得焦黑，冒着黑褐色的辣味的烟。林伟奇底瘦削的手里，拿着一只钢笔。笔头颇久地插在污秽的墨水瓶里，弄出粗涩的嘶嘶声。

在他提出笔来的那瞬间，他底苍白的颊收缩着，淡淡的眉头皱紧而低垂；他微微张开干燥的唇激动地深深吸一口气，——他在那已经有着很多墨水迹的十行纸上，捡了反面一块较洁净的地方写了一行字。写得很艰难，因为笔头破裂了。

左莎肃穆地移过纸去，久久地重复读着。她底有一个红色的小疮疤的左手食指温柔地抚摩着纸角，她底凝视着灯影的眼睛潮湿了。

林伟奇写的是这样的字：

——我相信我们总会幸福的。

——我骇怕。他底恋人在纸上回答他。

——一点都不，莎！他写：我们的幸福将在社会的、群众的幸福一起。……

她默默地点头。她只能质朴地这么做；她只能这么朴素地表现自己底使自己那么激动的生命底允诺。她侧过她底平滑的，褐色的额，把她底因严肃而美丽起来的长圆眼睛探向窗外的黝黑的天空。……她底心里突然充满那种使她麻痹的幸福；她为这感觉而惊惧，举起一只手来，用手指挑起一绺头发绞弄着。

林伟奇继续在纸上乱涂了一会，把“幸福”，“骇怕”，“梦”这一类字眼都涂去。随后，他把纸头撕成两半，在灯上点燃。在作这些动作的时候，他底嘴唇庄严地闭拢；火焰灼红他底脸，在他底眼睛里闪灿着。

“没有油了，每天一盏油怎么够用?”沉默了好久之后他说。他底声音粗糙而嘶哑，而且那音调也十分异样。他已是在自己的感情和思想底微妙的语言里沉醉，因而不习惯于外界的声音了。

“油我房里有的，我跟你送来，今天还要做什么吗?”左莎摩弄着指甲，诚笃地、深情地望着他。

“不……”林伟奇站在左莎底暗影里，俯下了脸；“你再坐一下罢。”

“不早了。我今天上了五个钟点的课……”

“哦。”

“他们讨厌得很啊！”左莎说，慵倦地站起来。

“哦，他们说了什么吗?”

“你这家伙！……”左莎想说什么，但是又犹豫地离开了它——离开了恋人底苛责的权利；她底眼睛凝视了一下昏弱的灯火，又转向林伟奇，“今天开校务会议的时候不是你上街去了?他们又吵了架；王得民要看徐混蛋的账，说他赚买书底钱跟灯油费。他们吵得厉害极了。还有，密斯陈说女职员倒马桶的学校不开钱……”她把手扬开，激昂起来了，“钱，钱，钱……哼，她们教小孩子呀！……他们说你……”

“我怎么?”

“你不负行政底责。……我替你解释了，还是那次跟徐明先底纠纷。”

“我当然不能负这个责。……我嫌恶它。这并不是由于我底浪漫的情感，不是的。”他突然停顿下去，在泥地上以沉重的步武徘徊着——在这里触着了他底内心的严重的东西了；他骚乱而兴奋，以压抑着的声调继续说：“这就是，这就是中国底现实……我完全明白。……”他走到灯前，像要拥抱光线似地张开手臂，“我要离开这里了！”

左莎惘怅地望着他。她突然觉得沉重。他底话里某一部份显然较之爱情，倒是伤害了她底矜持心。他是时常这样说的，虽然在说了这话的十秒钟之后，他就会因意识到自己底可恶的夸张而感到痛苦。——虽然在左莎面前，这刺激性的话只会遭到沉默甚至冷漠的反响，因而事后使他惶恐懊丧，但他仍然时常遏制不住地这么说。

他现在遏制不住了。在扰乱状态里，他把左莎底惘怅认为是他自己底挑激的美好的果实，认为是他自己的爱情底坚固同盟，他以更激动的话句来企图淹没他底扰乱和惶恐。

“在今天，自然，我自己……我们是也代表着这现实的一部份的。我们并不好；我们需要改造。……一个真正的时候，真正试炼一切人的时候已经来到了。现实在酝酿着；为战争初期的热情底急流所暂时蒙蔽住的各种样像显现了。……我们开始面对着实际生活，我们要在各个独立的环境里作斗争！”他停了一下，眼睛被激情所照耀，放射着光辉。“而我，是的，我这样走着路，我也望见了太阳升起的方向，然而我也许无力走到：到那一个力量尽完的时刻，我就默默地倒下。……不变节，不投降，败退了也还是英雄。……”

他底声音低抑了下去。他走到面对着溪流的窗子口，推了一下窗扉，就凝然不动地站在那里。

这是甜蜜的初夏底夜。溪流潺湲着，在寺院——县立小学底校址后面转弯，倾泻到山谷里去，汇合着另一条。溪旁的丛竹温柔地几乎不可觉察地摆动着。有狗在远方吠叫。山坡上，桃林底刚结成的桃子发散着清新的香；这气息是平静而幸福的，有如初恋的呼吸。

他底面孔热辣，自己会不会实践今天在恋人（尤其是这样质朴的恋人）面前所下的诺言呢？……他仰头望着深蓝色的夜空，想唱歌来平静自己，然而他终于掉转了身子。灯蕊爆着花，火苗惜别地跳荡着；屋子里昏黄起来了。左莎向他这边温柔地走来。

“曾经有一个时候我非常忧伤，”他用一种像远方传来的声音说，当他攫住左莎底手的时候，“那是因为青春底梦想受了挫折，因为恋爱底不调和的环境……这是很不好的，对吗？”

但是左莎不能回答。她仰头望着林伟奇底有着奇异的光彩的脸，她尊敬地注视他底黑亮的充满意志底坚决的眼睛，但是她不能完全了解这些。当她底恋人底脸上闪耀某种她所难于了解的表情的时候，她是要感到忧伤的苦恼的。不过她很少把这说出来：在不矜持的时候她就挨近他，诚实地仰着头，带着天真的神情用缓慢的鼻音问：

“你想什么？告诉我。”在这种时候林伟奇就被抚慰地回答：

“我什么也没有想。”

但左莎是不相信这回答的。她知道在任何瞬间，林伟奇心里总充满着各种火辣的问题，而和他所说出来的相比较那问题是还要复杂得多的。并且，当他震动着自己底情感的时候，他很少谈左莎所急于解决的具体的事。——现在，当林伟奇又瞧向远方深黑的山峰上的夜空而且沉默着的时候，左莎又有了同样的感觉，——那发觉所爱的人跟自己不在一道的惆怅的感觉，不过她不表露什么。

“我不知道会浪荡到那里去。”林伟奇开始用悲愤的声调叙述。“现在情况这样坏。因为我活得认真，而且不会掩藏自己，所以很容易遭到危险。——我闹翻出来的那个县中，他们还在通缉我呢。……我听说……哦，不过这是无聊的事，我什么也不是，什么也不曾做，我读一点书，编一点历史的东西，上面写了几个我认为是可尊敬的人名，这就是罪名了。自然，主要的是我要和那一批昏蛋搞不好，就同这里一批昏蛋一样。”他用手指激烈地摇着窗棂上的绊扣，“不过在这里我要对他们不客气了，碰到我，我就回击！”

“你总是这么说的。看哪！灯熄了。”左莎捏了一下他底手。

“那好。……你答应我好好地努力吗？”

“这我知道。”

林伟奇激动地凝视着她。

“不过你不应该太任性。”左莎低柔地说，“不要做那么多的梦。在这里，也要应付得好一点……”

林伟奇底一个异样的手势打断了她底话。他们向窗外，通过竹丛向天上的繁密的星斗望着。屋子里灯熄了，所以从什么地方有稀薄的微光映进来。暗影恬静地偃卧着。从溪流边上传来青蛙底鸣叫。那声音起初是有节奏的间隔的，但后来就热情地噪杂起来了。在山谷底边沿上，有人提着灯笼向市镇走去；那橘黄的光圈，闪耀在浓黑的山谷旁边，有着悲伤的美丽。竹叶梦呓似地沙沙作响。……林伟奇用两只手紧紧地压着左莎柔软的手掌。左莎侧过头来从肩上瞧着他。他们底眼光相遇了。他脸上底神情是甜蜜，骚乱，和苦闷的混合。

“你怎样?”叩着他底肩头，左莎轻轻地问。

“啊，我不安得很！……也快乐，但也痛苦，”他俯脸向她，“我这样拥着你，在你旁边，在这样的你一起；我们在恋爱。”

左莎不大能了解他底话的特殊意义；她凄然地但是热烈地瞧着他底颤栗的嘴唇。她伏在他胸上了，赋予这样的热恋以某种微妙的哀伤、甜蜜、痛苦，深刻地感觉到生命底突然的临近，和它底毫无羁绊的情欲的飞跃——林伟奇在从左莎底脸上移开自己底嘴唇的时候，已把泪水涂满着她底额和面颊了。

二

县立泰和场小学底校址是一座旧的庙宇。它矗立在一个深谷底边沿上，前面临对着一大片水田。水田底远远的后面，是蓝色的，布满了蓊郁的松柏林的连峰。一条路从一个造纸厂那边过来，通过桃林，从学校门前经过，一直蜿蜒到江边的泰和场。

寺院底屋子很多处已经坍坏了。飞檐断了；屋脊上的龙头不见了；门顶上的小泥像，不知什么缘故，也一律失去了头，只有它们底手和脚以慈祥的或凶猛的姿势翘起着。门前有相对矗立着的两棵雄伟的黄桷树，院落里也有瘦小一些的一棵，在它底枝干旁边，有一个石雕的香炉。大殿里，黑板搁在菩萨底脚上，就算做教室。教职员底宿舍在后院，大半是另修的。

校长徐明先是警察出身。他是一个善于谄媚，可怕地势利，在外表上装得十分威武的人物。是一个有着毁谤任何人的欲望，今天在麻将上输完了这个月底薪水，而明天又从灯油扫把上赚回它来的角色。他小学并没有毕过业，所以，今天能安稳地做着小学校长，他是感到意外的满足和光荣的。他在向一百多个学生训话的时候，做出很大的排场，点名，报告人数。……他使学生们饿着肚子很久地在院子里挤着黄桷树和香炉站着。他底训话是一式的，说得冗长，无情而且重复；它们大抵是："夏天不要喝生水，要消灭苍蝇。"（他很喜爱"消灭"这个词）"在抗战时期，你们要吃苦。"和某一个先生吵了架的时候，他就在学生面前说："张先生真要不得，他不配做你们先生，他走了，把办公室的锁都偷走了。"他往往特别招集学生，向他们宣布某先生和某先生恋爱："看呀，他们多么不要脸！"

在先前的教员都陆续离去之后，他找了自己底几个四川教育学院的朋友来帮忙。他们欺压没有关系的女教员，欺压左莎；在上课的时候，当他们之中的一个被学生底一题算术所难倒的时候，他们就这样的喧嚷："老子们读了三年大学，啊呀！连你们这些小鬼子都教不来吗？反了反了！"他们往往向负责办伙食的左莎和另一个女教员说："我们从前吃得多么舒服；这样不行。"

今天就发出了这样的喧嚷。吃午饭以后，左莎因为竭力克制自己底愤怒的缘故显得面色苍白：她甩着发辫、坚决地跃上台阶，向徐明先和他底朋友们走去。

"徐校长，"她愤怒地说，"以前办伙食，是因为周先生们刚来一切不熟悉，我答应帮忙；现在各位一切都熟悉了，我要交卸这件事。"

"哼，我们不是办伙食的呀！"周振亚摇着瘦长的，马型的脸傲慢地说。

"但是请问周先生，谁是办伙食的呢？"左莎用颤抖的手绞着手帕，"伙食难道只有一个人吃吗？"

"对了。"谁讽刺地说。

"不要生气，……"周振亚轻薄地笑。

"我们明天开会讨论吧。"校长考虑了一下，在地上徘徊，一面抖着肩膀。

"今晚上就开会，"左莎走上一步，"明天没有饭吃不是我底责任。规定每人负责一个月，我负责了一个半月了。"

说完了，她迅速地跃下台阶，奔向自己底寝室。她翻出一本书来看，不成；于是她把头埋在枕头里，来平静自己底愤怒。当她正处在一种阴郁的心情里的时候，林伟奇推门进来了。

他读出了左莎脸上底表情，于是沉默地坐在一张凳子上，低头凝视着地面。五分钟过去了，左莎望着屋顶，没有开口说话。恋人们是善于猜疑的；林伟奇对左莎底要求是非常多的。——左莎底这种阴郁使他惶恐而气忿了。他不想自己来追求它底根源：他认为左莎是应该在无论什么时候向他叙说一切的。他站起来，在泥地上走了一圈，但最后还是有些屈服地站到左莎床前。

"为什么，不舒服吗？"他扶着床沿问。

"没有。"左莎摇头，不看他。

他望着她，觉得她底小小底脸有一种质朴的特殊的美丽；她底丰满的柔软的颈子把他迷惑了。他想吻她，抚着她底头发，但是他突然强制了自己，固执地弯曲了嘴唇，从床边走开，犹豫了一下之后，他急忙地走出了左莎底房间。

他回到自己底房间里，把房门关牢。这是他开始思索的步骤。他在小房间里徘徊了一圈，头痛而疲乏，于是便躺到床上去。他底手垫着后脑，眼睛苦恼地望向屋角。蜘蛛在那里结网。

林伟奇是不能安于目前的实际生活的；他固执地，带着浪荡者底心情看向他底理想，看向充满荣耀与自由的远方。然而他曾必须立刻就走起，曾必须在能飞奔的时候就飞奔，——他必须不倦地带着一切世纪底理想者们底姿态去工作。他研究历史。

他底大部份时间花费在那里面；他已经写了一部书前三章底草稿。这种工作，首先，花费在这种工作上的他底精力，使他在目前的生活里感到骄傲。他确认：他底工作将和周围的一群截然分开，而成为劳动人民底果实。——然而，像一切认真工作的人一样，他也往往会怀疑起来，怀疑自己底才能和努力底倾向是否正确，而从这怀疑，就一直牵涉到自己底生活态度和性格究竟怎样等等严重问题上去。

一个这样的青年，生长和完成在这样的时代，他底道路，在强烈的热情光辉冷静下来和蛰伏下来以后，就显得很复杂了。在这种时候，他便开始究求一切，首先是究求自己里面的一切。从小康的家庭出身，受过相当完满的学校教育，然而也从这环境接受了一笔可恶的遗产——到现在，到自己独立生活和工作的现在，自己是否战胜了这一笔可恶的遗产呢？几年来，林伟奇就是在这个严重的矛盾前面苦痛地站着，进攻着的。

当生活从日常底河道破堤，向情感底旷野泛滥开去的时候，林伟奇往往对自己里面底东西感到惶恐的惊骇。他绝望地归纳了自己底弱点——不仅仅是弱点，他以为它们甚至是足以把他自己从新的人群里拖出去的可恶的根性；它们是：利己主义、虚荣心、色情、懦弱……

恋爱加深了他底理智和情感，浪漫的理想主义底心情和实生活之间的矛盾。苦恼频繁地，像风车叶子底交替似地袭击着他。……但是他底对手，左莎，却和他完全不同。她是善良的；一个沉静、深刻而矜持的少女，对一切有着单纯的，朴素的见解，这些见解仿佛是与她底生命一同诞生的，所以虽然恋爱也使她苦恼，她却从不曾怀疑过它们，思虑她自己性格底各方面，像林伟奇一样。

左莎到这里来，五个月过去了。她实际地做事，实际地考虑他们底恋爱，（虽然在很多时候，她有着瑰奇的幸福底幻想）——但林伟奇却很少考虑到他们底实际关系——这自然并不是他玩忽一切，不诚恳于一个女孩子底命运：并不是的。他是以为：一切能够这样已经很好了。……他不能够想到结婚或与结婚同样的实际方式，虽然他是那样多那样强烈地冀求着爱情；他，和恋爱同时，就被不幸的预感所袭击，朦胧地构想着他和左莎底悲惨的分离，（这是一种愈悲惨便愈动人的悲剧底心情）虽然他是那么样冀求永远拥抱左莎！

因为从恋人那里觉察到这样的复杂心情，这样她所难于了解的感情观念——嗅到这样的气息，左莎底心就有时候觉得很沉重。她热忱地，秀丽地，单纯地生活在每一个今天，她底对林伟奇的冀求是很确切的：那是平静的，安稳的生活；那是有相当的物质享受，有快乐的温暖的谈笑的家庭底歌——然而这一切全不能在林伟奇身上找到。林伟奇是固执的、任性的，暴躁的；林伟奇是忧郁的，悲凉的，——而且这一切全很强烈；这使得左莎很烦恼。一个固执的善良的性格原是左莎这样的少女底很好的理想恋人；然而这个性格是怎样的不安于实际生活啊！这里就是悲剧的所在；这使左莎逐渐增涨了要独立处置生活的决心。

三

左莎的寝室底窗户临对着山谷。在生满霉苔的寺院墙壁底下，就是山谷底削壁；一棵老松树弯曲在岩石上，它底根须从石壁底裂缝里赤裸地伸出去，纠葛在马尾草与野生斑竹一起。初夏的山谷，在白昼的阳光下，是绚烂而新鲜的；而在黑暗的夜晚，它也闪耀着溪流底白光，显得异常魅人。时常在夜深的时候，左莎轻轻地推开破污的窗户，含着深刻的哀愁呼吸着谷里底浓烈的芳香，倚着窗棂，回忆着自己底幸福的童年，孤零的少年时代；温习着过去的面影，过去的田园生活和学校生活；思虑着经受波折的丰满的青春，将来的不幸和幸福……一直到平静了和倦了，就又去睡。

这一夜她被暴鸣的风暴惊醒了，不能睡着；于是她披起衣裳走向窗口，像每回一样地推开窗户，她探首出去，风打侧面吹来，把她底散开了发辫的长发吹向空中。山谷底啸响震撼着她；一阵狂放的欢呼突然来到她心里，使她颤栗而窒息；她向山谷伸出手臂。

门开了，林伟奇悄悄走进来，在窗口找着了她。他把手扶在她底温热的肩上，默默地站着。她仿佛处在一个优美的童话中，思想和情感都回返到童年时代去了，所以并不奇异林伟奇底到来。她偏了一下身子，在窗口让给她底王子一个位置。

风一降到谷底就变得更猖獗了，它怒号而沸腾，使山谷摇撼。桃树向一个方向弯着头，松涛悲厉地响着。天空和谷完全被黑暗充满，只可以隐约看见谷底溪流底白光。他们屏息地站着，让狂风向眼睛和胸膛鞭打。新鲜的充满刺戟性的气流使他们处在一种奇异的状态里——一种介于梦与现实之间的激动而又飘渺的状态。周围一切变成不可触摸的了，仿佛一触摸，就要随着风暴飞去。

好久之后，才听见左莎底轻微的声音。

"哦，怕要下雨哩！"她喃喃地说。

"我让风惊醒了，不能睡觉。你也是的吗？"林伟奇用他底悠远的声调问。

左莎点点头；她底右鬓角擦着林伟奇底肩膀。隔了一下听见她埋怨地说：

"夜里跑来，不好的。"

"你生我的气吗？我想不的。在这夜里面我来看你，你，我底唯一的亲人，而且……"

"哦！"左莎底惊异的声音回答。

"白天你为什么生气？气我吗？"

"为了办伙食的事情。真岂有此理，他们太不像话了。……"

"啊，这样大的风！"林伟奇拥住她，"我晓得了，莎，我们不谈那些吧。……想想看，莎，我们都从悲苦和灾难里来，而且向悲苦和灾难里走去。我们今天站在这里，在风暴底欢乐和特殊的激动里站着，在这窗口，这是我们甜蜜的休息。"他底声音暗哑下去，"你底单纯能使我坚强，我怎样地感觉到生命啊！小莎，挨近我，好大的风！”

左边窗页底绊扣在风的震撼里滑落了，它猛烈地撞到它底故居来，玻璃碎裂了一块。山谷底下，发出一种辽远的沉闷咽呜。左莎在听着林伟奇底严肃的声调的时候，感到一种要窒息的心底悸抖；就在玻璃碎裂的那一瞬间她伏在恋人底怀里，流着甜蜜的泪。

“要下雨了，真的要下雨了，……哎，莎，你为什么不做声？……我太兴奋了！你看看我，让我平静一下。”他抚着左莎底蓬松的头发，左莎抬起脸来，向着他。他以微颤的声调继续说：“让我告诉你关于我底身世的一个故事，这是我以前认为不必要，从没有提过的。在我出生的时候，我底母亲就因为难产死去了，我负荷着罪恶。我后来听说，我底母亲虽然美丽，却是一个出身不清白的女人；她是我父亲第二个妻子。我出生以后第二天，父亲不要我，就把我送给邻家了。这是一个做生意的人家，没有儿女——他们就成为我以后在杭州的父母。在八岁以前，他们是待我很好的。但是到我八岁，他们有了儿子的时候，尤其是母亲，就不喜欢我了。记得有一次，在我九岁的那一年，我在店里的时候，——他是开海货店的——来了一个胖女人，两个姑娘，她们买了东西，奇异看了我好久。才坐车子离去，事后店里的老伙计告诉我：‘那来的胖女人就是你的大妈；两个姑娘就是你底姐姐，’你知道，在小孩子心里，这个打击是很难堪的，于是我就跑去问我现在的母亲；‘妈妈’我问，‘我自己的妈妈现在在哪里呢？’当然，她是不喜欢这样的问话的，在他们，养了这么大的孩子仍然要问自己的妈妈，是证明这孩子的心向着别处的；她们不能理解，只要爱他，小孩子会用完全的童稚来接受，并且会完美地报答。……从此以后，她就对我冷酷，虐待我了。被压抑的孩子，在外表上是要显得不可解答的。而且，在我心里，也的确充满了凄苦的、奇异的情感。从这时候开始，一切在我面前失去了光色；我底环境变了。这本来是一个相当富有的家庭，祖父独手成家，他势利，吝啬，没有情感，但是几个伯父却几乎把家庭弄破产；大伯父到处投机，开珐琅厂，开糖果店，都失败了，最后开钱庄，为了一·二八的影响，钱庄也倒了；二伯父是一个不务正业的人；至于我底现在的父亲，他耿直，顽固，但是善良，祖父不喜欢他；他气闷成肺病，苍白而凄苦，他是愿意扶植我到底的，但是他底妻子却异常专横。……初中读了一年，我就辍了学，留在店子里；我不愿意回家的。我记得很清楚，我十一岁那一年，祖母死了。第一次印的讣闻上没有我的名字，家族争吵的结果，第二次有了，但是却写了一个什么'林引孙'——为什么杜撰一个'引孙'呢？这是很有趣的，我还一直没有听过这名词。……我底现在的父亲当时很不答应。这首先伤害了他底强烈的自尊心。他吵闹，结果把第二次的讣闻也拿来烧了。是的，我们同时代青年是大半曾经以童稚的心来负持这破落家族底黑暗的痛苦的；你并不比我好些——你底父亲因为浪荡，在你年幼的时候就去世了；因为你是女孩子，你的叔父就吞剥你母亲底可怜的财产。……我知道。……在这件事发生以后——这件事是我亲眼看着它进行的，这是怎样的刺伤着我底早熟的心呵！他们抢讣闻，为了我；但我在他们里面没有被爱，——他们凭什么要干涉到我呢？我那时候就觉得了，我是孤伶的；我也不爱他们。我冀求知识；我有了我底一半现实一半童话的世界，我幻想着跑到遥远的都市里去，做小工匠，一面求学。但是童年时代的温暖养育在我身上留下了懦弱的种子。我害羞而胆小。……这样过去了两年，那时的情况我不大记得了，总之，在母亲无缘故地痛打了我之后，我突然跑到父亲那里，问他要一张先前为他争吵的讣闻。'为什么？'他问。'我留着做一个纪念。'我回答。我突然面色苍白，在桌子边上站起来了。'你聪明得很，'隔了一下他说，'好吧，你不留在家里，我送你到上海去读书，'于是，我就到上海来了。起初，我还是一个异常感伤的少年；但是我底内部的对世界的希望增强了；我跳出家庭的圈子，认识了社会底人类底尊严理想——在十七岁那一年我就到了北平。我底家庭不问我了；父亲去世了。我狂热地投进一二·九底洪流，算是开始了我底道路。……”他停顿了。一种崇高的情感透进了他底心。他向被暴风所扰乱的漆黑的天空庄严地仰着头。“我就是这样从中国底黑海里摸索出来的。”他咬着他底翘起的衣领，因此，当他继续说的时候，就有一种新的温暖的声音，“我还要摸索下去，走下去，一直到我底最后！……啊！暴雨！”他吐出了衣领，伸手向外面，“啊，暴雨来了！”

“不要……太……兴奋了。”左莎说，战栗着肩膀，她呜咽地投在林伟奇怀里。雷雨在山谷边沿上欢呼地咆哮起来；连续的青色光焰照显了林伟奇底兴奋得抽搐的脸。这脸仿佛是青铝底溶液；它炽热地战栗着，使人感到它就要溶流在他胸前的左莎底头发上，或者，有一种不可思议的力，就要使他立刻迸裂！

“饶恕我，莎，”当雷声远去，暴雨在山谷里欢快地冲激着的时候，他喃喃低语：“你应该饶恕我底以前的一切错失，一切愚蠢可怕的利己主义，不要为那而怀恨我；而且，你也要忘记我以前的一切不经心的无知，和随着情感的矫饰而说出来的话——那其实是不真实的；我是说，那是并不实际的。相信我底诚实——诚实到固执的程度，莎，在这时代里生活和工作，我是怎样幸福啊！莎，告诉我，愿意做我底妻子吗？”

“我愿意。”左莎小声地说——用一种梦境一般的声音说。但当她从林伟奇底臂弯里抬起头来，望着被狂暴的风雨所蹂躏的山谷的时候，她底心沉重起来了。暴风雨不是始终要过去吗？这一段生活，它底苦恼的激情，如林伟奇自己底情感所暗示的一样，不是也要过去吗？左莎愿意做林伟奇底妻子吗？哦，愿意的！但是左莎会成为林伟奇底妻子，——实生活能结合他们吗？——谁能回答这问题啊！……左莎；她挣脱了林伟奇，严肃而忧郁地沉默了。林伟奇底话是那样地打动了她，使她感到强猛的痛苦的欢乐；然而，闪电一瞥过去，来了更浓的黑暗，她现在沉在苦恼的担忧里去了。

从深深的黑暗里，雷雨带着不可抗御的力击打着山谷。因为长久的干燥，灌木丛、包谷地、和饱历风霜的松柏林全欢悦地鼓掌高歌起来。天空和地面作着和欢的交响，一切全投入生底欢愉的流里，以雷霆万钧的力舞踊着——一切全不曾遗忘自己，全狂热地爱着别一个。……接着一股辣味的热气之后，是一种极其新鲜、潮湿、强烈的芳香流进窗口来；被刮进窗口来的雨滴打湿了林伟奇和左莎底脸颊。他们贪婪地呼吸，默默地对暴风雨敬礼，而屏息了。一种不可思议的甘美的力攫住了他们，使他们暂时地遗忘了恋情底愉快和苦恼；使林伟奇离开了自己底热辣的言语和对于一切的频频的思虑，使左莎离开了对于生活的深刻的担忧，——感到自己成为山谷和天空的一员，而投入到这完美的生命底力，生命底猛烈的喜悦，生命底暴乱的爱欲底表现里去了。

他们站了好久。林伟奇以坚决的姿式向天空昂着头，竭力享受和留恋他底神圣的崇高的情感，……是左莎首先离开了窗户。屋子里什么地方漏起来了，她理着湿润的头发，跑去移床铺；她有些疲乏了，像从一个奇异的梦醒来一般地恍惚坐在床沿上。

最后，林伟奇带拢了窗页，把暴风雨关闭在屋外，背过身来凝思着左莎底黑影。另一种激情在他身上发生了。他很熟悉它。他底发烫的口腔喘着气；他底膝盖发软。他惊醒地低下头，——企图用已经残破的理智来审判他底情欲。他底头脑提出了微弱的警告——一种沉闷的声音在头脑的遥远角落里轰震着。但是最后，他举起了手，猝然地跃向左莎。

“原谅我……”他低弱地说，从她的膝上仰面望着她。

左莎把一只抖索的手按在他底头上，但随即移向自己底胸口，仿佛防御着什么重大地打击似的。她喜悦而惊怖，喃喃地微语着。屋外，疯狂的雷雨击折了一棵松树，——一棵苍老的树发出了欢乐的惊叫而死去。

“下次不要再这样了，”左莎慌张地说，“你不要不顾别人……啊！”她猛力攫住林伟奇底手，“我心里多么，多么难受啊！”

四

林伟奇底心情没有能够平静下来，也没有能长久地持续那崇高的情感，像他在那暴风雨底晚上那一瞬间所神圣地感到的一样。一种宽阔的无所不容的爱，激动，和由这而得到的善良底平静和幸福底自觉，是在这种生活里，在日常的烦琐和欲念底专制里逐渐减少了。——但林伟奇也的确并没有奢望生活底幸福的平静，他决不能那样做。不安的精神和苦恼的灵魂在他是与生俱来的。他带着变化得强烈而急骤的容颜，每一分钟都狂放地作着追求。人们假若仔细地观察他，可以发觉他这几分钟脸色庄严而坚决地俯头在书本上，一面在抢夺似地写着东西，下几分钟在房间里扰乱地走着，愤恨地从干裂的嘴唇上喃喃低语，他忽儿在校舍里到处地找寻左莎，找着了也多半是固执地怨恨地望着；忽儿抱着头，脸上呈显苦涩的微笑，望着远天，在山谷上坐着。但他也时常天真地大笑——为了默想中的一句话，或为了左莎被他捉弄了一下，他就爆发了那使屋宇震撼的，使脸上焕发着光彩的笑出泪水来的明朗的笑。

这早晨底阳光很温暖，天空蔚蓝，几片淡薄的云差不多完全溶解地在高空里慵倦地拉长着腰。有着蓝而带紫的翎毛的云雀在天空里迅速地飞闯，闪耀美丽的光，发出可爱的啁啾。牵牛花在寺院底古旧而润湿的墙壁上开放了，满身金边绒毛的大蜜蜂绕着它飞舞，唱着五月青春的歌。地面蒸发着水汽。从寺院门口，传来被农民牵着的牡牛底求爱吼叫，它底大的软蹄拍击着清新的泥土，发出悦耳的声音。

桃林里，桃子成熟了；它底面颊逐渐红软，仿佛从顽童年龄来到青春期的少年。桃树底饱满的叶子沾着夜来的露水，耀眼地在阳光下闪耀。林伟奇底额上黏着一片草叶，用手排开桃枝，从一丛缠着他底腿的蔓草里跨出来。他掷去了一个有些酸涩的桃子，用手遮着眼睛，脸上带着一种明朗的光彩望向谷底银白的溪流。

但是当他想起左莎没有能够在这样美好的香干草一样的早晨和他在一起的时候，他底眼睛里流露出妒嫉和不安。他理一理头发，预备去找左莎；但是一个从小路上往上爬的学生又暂时地勾引了他底好奇心。他有兴味地喊他。

这是一个四年级学生，他穿着土蓝布的长袍，胸前有一个大补绽；在他底苍白的鼻子下，像冬天一样地流着鼻涕。然而和他底这瘦弱猥小的姿态极不相称的是他手里拿着的两只紫亮的台球板，两本暗蓝色道林纸信笺，和一只华丽的派克钢笔。

“我看看你底簿子！”林伟奇装出狡猾的脸相，用愉悦的声调。

四年级生不给他。

“不对，你这台球板买好多钱？”他用哄骗小孩子的快乐的容颜向着学生。

“四块钱一个。”学生说，把板子藏到胁下去。

“那么，钢笔呢？”

“三十……”学生底僵硬的脸皮起着皱纹，“三十五。”他忸怩地耸耸肩，像一个小学徒一般地说。

“你爸爸给你钱的吗？”林伟奇摆着眼睛前面的头发，瞪大眼睛望着他。

学生怀疑地沉默着。

“喂，你家里开店吗？”

“种田。”

“对了。小家伙，你太不大方呀！”他抚着学生底头顶，“这些东西太贵了，你要它一点用也没有。”他俯下腰，像给对方一颗糖吃一样，“去吧，土财主底少爷！你可以要你爸爸跟你缝一身衣服，那要好得多呢！”

他向谷底瞥了一眼，就跟在学生后面，走回学校来了。

办公室前面台阶上，两个被校长徐明先处罚的学生，嘤嘤地啜泣着，以哀求的眼光瞧着林伟奇。林伟奇向寝室的方向走了两步，忽然停住了。五月底充满阳光的早晨与和四年级生的逗闹在他脸上所刻尽的明朗消失了。他底眉头愠怒地低垂，嘴角固执地抽搐。他决然地走上台阶，问了学生所以被罚的罪名。

那罪名是：一个学生没有在遇着校长的时候向他行礼，另一个在同学背上画了一个乌龟。

“你们走吧。”

林伟奇是时常这样做的；当他突然冲动起来的时候，他不能够抑制。他站在办公室门口，面孔因为重大的决心而发绿。在他的侧面，徐明先出现了。

“林先生，我和你商量一件事。”校长说。

“什么事呢？”林伟奇不看他，冷漠地回答。

“请到办公室里面来。”

“就是这件事。”坐下来的时候，徐明先用异常尊重的口吻开始说，“你不是负教务方面的责任吗？这回……”

“啊，我不是已经辞了吗？”林伟奇坚决地看到对方眼睛里面去，竭力压制着自己底兴奋，“我底责任现在是上课。……”

“对了。这回县里来了通知，”徐明先拍击着制服的荷包，即使在严重的时候也并没有忘记他底轻佻的满足——他掏出一包刀牌烟来，拆开，递给林伟奇一只，但林伟奇拒绝了，于是他又拍拍荷包，摸出一盒白鸡牌火柴来，点燃烟，猛烈地抽了一口，“来了通知，说是月底以前查学要来，”烟卷在他底肥嘴唇上颤动，妨碍了他底发音，“所以请林先生把教务方面事情理一下。辞这个责任，口头向我说，我是也没有权力做主的，哈哈，是不是？”他取下烟来，发出他特有的干燥的，无欢乐的笑。

“我可以暂时弄一弄。”林伟奇思虑了一下，冷静地闪耀着眼睛回答。

“我们要各负各底责任，不是自己的事就可以不问，是不是，哈哈！”徐明先站起来，含着讽刺地瞥了一瞥林伟奇；但是当他底眼光和林伟奇底充满轻蔑的眼睛相遇时，他就迅速地避开来，抽着烟。他底鹰鼻锐利地朝向地面，脸色阴暗了。

“还有一件事情。”他开始说，阴险地凝望着烟灰；这次他不再想到抽烟了。

“什么事?”

“奉到命令,对不起林先生,实在对不起,”他望一望林伟奇,“要看一看林先生房间里底书籍东西,……为了教育……还有左先生底。”他把烟蒂栽到嘴唇上去。

“什么命令?”林伟奇苍白而愤怒地站起来,推开椅子。

“地方的。对不起得很;要看吗? 林先生?”

“可以不必。什么时候?”他简洁地回答。

“林先生不必认真,随便今天什么时候,我个人是没有什么的;我们都是朋友,但是命令……”

“好,免得怀疑,现在就去看吧。”林伟奇竭力和自己底激动斗争着,走出办公室,到宿舍里去了。

五分钟以后,徐明先客气地走进来,后面跟着他底朋友,周振亚。

“林先生这房间空气很好呢!”周振亚望望天窗,带着兽性的愉快,欢欣地说。

“对了。但是现在并不是检查空气……校长请看!”

林伟奇以奇异的冷淡声调,带着愤怒的冷嘲回答这两个闯入者。他打开他底藤箱,抱着手臂阴沉地站着。藤箱里一边是一叠衣服,一边是几本书。徐明先郑重地翻着一本《罗马史》;周振亚则捡出一堆稿子来,仔细地察看。稿纸底面上的一页写着:“第二节,关于中国奴隶制度底几个特殊的理解。”

一个带着恶毒的诅咒的微笑,战栗着林伟奇底苍白难看的脸;他在房间底空隙里徘徊着。最后,他走向桌子,从纸堆里翻出一根纸烟。

“这里是抽屉,那里是床,请便吧。”他说。

“不必。……”徐明先跨过箱子,向桌子走去。

“这是一本西班牙小说底英译本。”林伟奇指着徐明先手里一本厚英文书,以拖长然而确实的话句说,“名字叫做堂·吉珂德;著者西万提斯。”

“对了。”徐明先说，看看书底末一页，合起来。他底额上挂着大粒的汗。

左莎在上课，林伟奇就独自陪着闯入者到她房里去。她底房间很洁净，除了几本教课书和一本鲁迅底《伪自由书》以外没有别的书籍。徐明先把《伪自由书》翻了好久，最后说要借去看一看，就道了歉离去了。

五

这次的骚扰使林伟奇异常恼怒。已经吃过亏的林伟奇，是不会有什么东西让他们检查到的，——然而，这检查底末一节却以一种奇异的印象伤害着他：人们确认了他和左莎底关系了；而且，左莎为着他，现在是面对着灾害了，——当别人搜着左莎底床铺的时候，一种难言的恋情底甜蜜和悲哀点燃了他底心；他沉默地发誓，他将从灾害里争夺左莎，而且，为了质朴的生命底被损害，他要永远地憎恨和一生地复仇。

“我是这样想了。这理智与否，我暂且不去管它，我不会长久放任我底空泛的激情的；但是，小莎会怎样想呢?”他在屋子里沉重地踱走，跨过狼籍地堆着纸张的藤箱。“呵，是的；她是要另一样想法的：她会畏惧，会疏远我。她会吗? 哦，我爱她，这就是蒙蔽着我底雾，这在我就是一切；我愿意重复说：我爱左莎！……因为这，我就要迷失，并不是事前或事后迷失，而是恰恰在那一瞬间迷失，犯了可憎的错，我应该清醒地肯定：她是爱我的，但是我和她究竟不同。各人对生活底观念和态度不同。这里就是她会疏远我的根源。”

他站在桌子旁边，望着《堂·吉珂德》底甲虫一般的骑士像。他底听觉突然特异起来，它能够隔着两个教室异常亲切地拥抱左莎底声音。

“这是一种很大的，在热带地方生长的鸟……”左莎底清脆的声音说。

“很大的鸟！哦，像我，”他回复到自己底思想，“我难道不是堂·吉珂德吗？在目前，我底恋情变成了骑士底武装；在以往，我底少年的梦想是这样的盔甲，伟大的错误！我以后也如此吗？从现实飞开，而和风车战斗吗？”他在纸堆里寻到了一根烟，“我很明了我自己。在一世纪以前诞生在欧洲的话，我一定是一个确确实实的加特力教徒；在早二十年的话，我一定会和我底这样的爱人有一个微贱的结合；迟二十年的话，我将很快地被训练成更坚强的人物，而也许不会有这样的恋爱……那么，我在这里肯定了什么？肯定了我和左莎底可悲的结果吗？”

“在很古的时候，这种鸟……”左莎底声音微妙地渗进了他底心，控制了他。他点燃烟。

随着这声音，左莎底影像带着动人的魅力在他心里浮雕了出来。他抽烟，在地上激烈地踱走。但是，他突然站着了；他底眼睛幽暗，望向屋顶。幻象激烈地扰乱了他。他一瞬间回到了暴风雨底那深夜里去了，他呼吸着左莎底灼热的口腔气，咬嚼着她底成熟的两瓣橘子一般的柔软的嘴唇；她底袒裸的，丰满的胸膛贴紧他底手臂；从她底战栗的喉管里，发出柔和的苦恼的呻吟……他和这幻象挣扎，然而同时却留恋着它，最后他扔去烟，绝望地把自己掷到床上。

“我不能设想我会如此卑鄙，我无望了！”他混乱地喃喃说。

“林先生！”一个十六岁的外乡学生站在门口，带着那种学生来找先生的惯有的畏惧唤。

“哦，”林伟奇羞惭地跃起来，“什么事吗？”

“林先生，”学生走进来，消失了畏惧，用亲切的黑眼睛瞧着林伟奇，“我不读了！”

“为什么？”

“我妈妈说，我不读了。”学生在礼貌地说着他准备妥当的话，“因为我们家还有一个月就要到桂林去。而且这一个月读也没有益处，我们有一些课没有人教；校长不负责，我妈妈说他什么都不懂。……”

“那倒是的；不过……”林伟奇拂着头发，感到委屈。他是这学生底级任。

“林先生！”

“你就要毕业了，还差两个月，”他皱起眉头，“真的这么快就要到桂林去吗？”

“妈妈这么说。我爸爸在桂林来了电报。”

“好，我替你告诉校长吧。”

学生犹豫地预备走。但是林伟奇叫他在床沿上坐下了。他像一切感到心灵浑浊的人一样企求从纯洁的心那里得到和谐与慰藉。但是，为了刚才从那里离开的幻象，他心里依然十分狼狈，十分沉重。他无法再开口说话。学生敏锐地看着他，仿佛很了解他底心情；他底秀丽的脸上呈显着感伤的依恋。

“林先生，你不是也要走吗？”

“是的。”

“左先生呢，和你一道罢？”

林伟奇震动了一下，攫住孩子底手。

“你底成绩很好。以后，要努力多看书，我在你这种年龄的时候，已经在努力探索各种问题了。你们要会比我好得多，幸运得多的。……”

林伟奇举起眼睛来，从披在额上的不驯伏的头发下望向窗外。下课铃摇了好一会了。他看见左莎沉思地咬着嘴唇，从走道里通过。

“你们上课了。”他向学生说，一面迷乱地在桌子上翻教科书。学生似乎明了他底情感——他带着掩藏着的某种秘密的同情望着他。他鞠了躬，静静地走到门口，回头望了一下，就仿佛突然决定了什么似地，迅速地跃向天井。

林伟奇挟着书，匆忙地追到左莎底寝室里去。左莎正在洗手，脸上闪耀着沉思的光浪。

“莎，告诉你一件事！”他用冷漠的声调说，“那两个蠢货据说是奉了命令，检查了我们的房间了！”

“哪两个？”左莎甩开淋着水的手巾，望向桌子。

“徐明先，周振亚。”林伟奇回答，突然阴沉起来。

“检查什么？”

“检查他们所需要的：拿去了一本《伪自由书》。”

“那么，我底箱子也看了吗？”左莎揩干了手，蹲下去，从床底下拖出皮箱来。她理着她底被弄乱了的衣服，把它们堆到床上，但是突然她扬着手站起来，向窗外的天空投下了愠怒的一瞥，“岂有此理，他们并没有得到我底允许呀！他们不能污辱我，我找他们去！”

“你不必这样。”林伟奇拖住她底袖子，皱着眉头，“我有办法的。避免冲突罢！”

“没有用的东西！”左莎摔开手，“你有什么办法？”

林伟奇被这诘难伤害了。他负气地走向窗口，脸色发青。他原是因为高度的轻蔑他底敌手，觉得不必和他们争吵的；但是左莎底愠怒里有着真理，他无法否认。而且，最刺痛他的，是左莎底态度否认了他底恋人——或者恋人以上，保护者底特权。

“当然，我敬重你……”他艰难地开始说。他预备说“爱你”的，但是无法说出口，“这是我做主让他们检查的。因为主要的原因在我，我连累了你。”他底声音困恼地震颤着，他感到无法表现他底屈辱。“你会怪我吗？”

左莎不回答。她用一半气恼一半诧异的眼光望着他。

“跟他们争吵反而没有益处。据说他们是奉了命令。”他严重地沉思了一下。“好罢！下学期，我们离开这里罢。”他以一种切齿的声音说，停了一下又沉重地加上：“我又战败了！”

左莎把衣服仔细地叠好，安放到皮箱里去。当林伟奇说完了话的时候，她挑开一块黑底白条花的布，察看着，似乎她所熟悉的林伟奇底语调，并不能比这条布更引起她底兴味。上课铃响了。林伟奇向花布轻蔑地瞥了一眼，走出去。

六

下午，林伟奇独自把自己关在房里，把整个的事情冷静地想了一遍。他被逼迫着暂时摒弃了激情，承认了和决定了以下几点。第一，左莎虽然质朴，良善，但却有着自己底固定了的生活方式。她并不能像他自己所激动地描摹的那样，从损害里觉醒，趋向伟大的理想，而成为他底这一方面的可骄傲的伴侣。第二，自己应该管理好自己底精神活动，不使它成为盲目的放射，对日常的事务关系也要注意，而对这一次的检查，则要郑重地对待，因为这也许和以前的事情有某些关系。第三，在日常生活上，多关心左莎一点，多忍耐一些。暑假必需离开这里，和左莎一同到一个朋友办的学校里去。

他没有想得更远，也没有能勇敢追踪他底这些承认和决定所包含的矛盾。对于他和左莎底将来，他现在简直不愿意设想。他压制自己不再用理想者底激情来涂饰爱情，同时把自己描摹得更不幸和更悲凉，因而取得古典小说里的主人公底甜蜜的浪漫光辉。他已经从生活里得到强烈的暗示，准备理智地接受他们的爱情底不幸的果实；虽然他并没有能够做到，像以后发生的事情所显示的那样。

晚饭后，他在办公室里找到了徐明先。他显得庄严而冷酷地拦在正要走出去赶赴一个赌局的徐明先面前。

“徐先生，关于那件事情，”他无情地说，“最好还是把党部底命令让我看看。”

徐明先老练地望了他一眼，仿佛任何题目都不会拦倒他似地。他从衬衫口袋里抽出一块花手帕来揩一揩鼻子。

“要看吗？”

“对的。这不是好玩的事情罢。”

“好的。”徐明先不自主地歪一下嘴角，随即他嗅一下鼻子，把手巾塞到裤子底口袋里去。他掏出钥匙，气汹汹地走向他底办公桌，但是他突然想起什么来似地站住了。“我想起来了，公事周先生拿去了。”他失望地说。

“怎么能够随便让周先生拿去呢？”

“拿到镇公所去了。”徐明先威胁地说。这瞬间左莎静静地走进来,站在前一排桌子旁边,皱着眉头,听着。

"这和镇公所一点关系也没有!"左莎底进来使林伟奇立刻激动了;他愤怒地战栗着嘴唇,摊开他底手。"这样地对待同事并不是什么办教育的好态度;我们不能让人随便轻蔑!"他提高了他底声音。

"林先生请慢发气,听我解释……"徐明先摇着苍黄的脸,殷勤地笑着,一面做着和解的手势。

"请问徐校长,我有没有权利到党部去解释?"

"可以的。"徐明先突然收缩了手,庄严地直立不动,仿佛林伟奇底话是一个立正的口令。"不过最好不这么做。"

"为什么?"

"老实说,是党部自己下的条子,要我随时注意,……因为,"他又掏出蓝花手巾来一面用另一只手指底骨节敲着桌面,"因为,"一个饱嗳打断了他底话,"呃,因为现在政治问题很成问题,共产党很多。我有我底难处,请你明白。你们是明白人……"

"那么你查我们是的吗?"

"并不是……"

"校长,"左莎以异常冷静的调子插进来问:"你为什么没有得到我底允许就翻我的东西,拿取我底书?"

"林先生做主的呀!"徐明先嘲弄地发出他底无欢乐的笑,耸一耸肩。

"说谎也同样不是什么高明的职业,"林伟奇愤怒地低声说,望定他,"你得到谁的允许拿那一本书的? 那一本书上你认得几个字? 我们走。"他转身向左莎。

"什么,你龟儿子骂谁?"徐明先捞起衬衫底袖子,发火了;"我老子有的是权力,有权力,你要听指挥!"他底声音尖锐起来;他底黄黄的脸上淋着汗水。"你们两个不要脸的。"

"住嘴!"林伟奇颤抖地跨上一步,但是被左莎拖住了。

一种极其猛烈的愤怒底火焰焚烧着他。他底焦渴的嘴唇在颤抖;他底胸膛从衬衣里裸露,要炸裂一般地起伏着。像一切不轻易大愤怒的人一样，他底愤怒是难于抑制的。他欲望立刻跃到对方底卑鄙的头上去，扼住对方底无耻的喉管，把它扼断。……

但是他最后终于服从了自己底内面的警告；他撇开左莎，把徐明先底骂嚷丢在脑后，癫狂地冲出了办公室。

五分钟以后，他默默地坐在山谷边缘上的一块突出在空中的大石头上了。

他用茫然的眼光望着幽暗的谷底，一面用衣襟揩着额上的汗水。满圆的月亮刚升上来，透过对面山峰上的松林底罅隙闪耀着黄绿色的光。桃树底刚硬的叶子和它底充满浆汁的果实在斑驳的月光里魅人地发亮。谷底下，溪流喧哗着。农家底浓烈的辛辣的柴烟气息混淆在杂草底遗留着白天底灼烧的梦境似的温暖的芳香一起，在山谷里静静地流溢。可以听见沉重的石磨底呻唤声和归埘的雏底咕咕的低语。一只孤独的鹭鸶拳起它底细腿，沉默地翔过桃林，飞渡低空。……

面对着魅人的山谷，想着生息在谷里的居民们底无穷的辛苦（他非常愿意把他底思想带到这个方向去了），林伟奇平静下来了。他皱起干枯的，漂亮的嘴唇低低地吹啸着，挺起胸膛，把衬衫撑开。一想起刚才的野性的愤怒，他就微微战栗。

“我们能打碎一切枷锁，只要我们愿意；唯，我们会不愿意吗？”他底思想以轻捷的言语，像黎明底风一般地跃荡着，凉爽的风拂着他。他站起来，被一种奇异的力量所引诱，沿着险陡的小路向谷底走去。

经过一些努力之后，他来到谷底底石板路上，最后，他降到溪流旁的一座坟墓上去。坟墓修饰得很讲究，上面长着毛茸茸的芳香的青草。他抱着头仰躺在上面，又开始严肃地沉到他底艰苦的思索里去了。

“左莎完全明白我吗？”他习惯地提出了他底问题。于是他突然被惊骇了似地，抱着腿坐起来，用缓慢固执的声音跟自己回答：

“也许爱我——但是不明白我！”

——爱你……不明白你。山谷用一种柔软的声应和他。

他在墓丘底顶上站起来。他底低抑的眉，固执紧闭的嘴唇和瘦削的漂亮的面颊在月光里清癯地泛着绿色。他站着；他底姿态充满着理想底尊严。

“我明白她——完完全全地吗？”他祈求地把左手举到和耳朵一般高。“既然她只有这样，只是这样，那么凭什么我们要拖在一起呢？”

送来微风荡过野竹丛的沙声。……

“爱。但是我不懂。……她对于今天底事情，尤其是我底态度，到底会怎样想呢？哦，她冷漠，但是她心里藏着甚么东西呢？一个谜！”他坐到墓丘底石楣上去。“我要，怎样结束这名字叫做爱的把戏呢？怎样啊，我今天无论如何要解答这个问题。”

他苦闷地低下头。

“假使她愿意！”他站起来，一种庄严的激动使他底胸膛急骤地起伏，“假使左莎愿意，”他喃喃说，“我们就结合！……”

但是在同一瞬间，他底心底极深处有一个阴冷而明晰的声音提出了警告：“在艰难的理想底道路上，你要后悔的。你不能忍受她所需要的日常的家庭生活。不要被青春底幻梦和情欲蛊惑呀！”

“是吗？”他惶惑无望地喘息。

但是他底眼睛触到学校寝室底一排窗户了。他辨认得很清楚：在两个有着灯火的窗户中间，左莎底窗户亮了：她底上身在窗口闪了一下，又消失了。

啊，窗户！那临对着深夜的暴风雨，充满着年青底无上的欢乐和苦恼的窗户！从这窗户里仿佛有一首光明的，瑰奇的歌流注出来；这青春底歌润湿了月光的山谷，支配了恋爱底甜蜜的灵魂。——立刻，林伟奇被一种狂乱的壮丽的情绪屈服了。他几乎迷失了自己，他几乎疯狂地冲口喊出来：

“我底小莎呀！”

他跃下墓丘，攀上石板路。

“我不能想像我们会分离。做我的妻子吧，莎！”他迅速地攀登着，把溪流和桃林留在背后；“我恋爱她，我必须向她完全倾诉，也让她告诉我一切！啊，我太兴奋了！”

七

当林伟奇脸上闪耀着神经质的兴奋的虹采走进左莎底房间的时候，左莎正默默地伏在桌上，用手紧紧地托住面颊，眼睛空幻地瞧着油灯底火苗。她知道林伟奇底到来，可是却没有把眼睛转向他。

林伟奇脸上的兴奋隐藏了。他底动作变得滞涩。他走近去，屏住呼吸。左莎从颊上放开一只手，迅速地侧过脸来，把哀怨的眼光交给他，但是立刻又无可安慰似地垂下她底美丽的幽暗的眼睑。她底小而丰满的脸上有一种深刻的伤愁。灯光在她脸上所描出的柔和的暗影使得她底面容格外令人激动。

今天发生的事使她焦苦，使她对自己底命运感到恐惧。她在林伟奇底性格和观念里明显地触到了一种使她不安甚至骇怕的东西。因此，她苛酷地思虑着她底命运，她底爱情。她开始怀疑这爱情了。——爱情的最初的瞬间是温柔的，甜蜜的，但是在往后的阶段里，它就愈来愈辛辣，愈来愈暴厉了。她再不能够看清楚它，她被它举起来，向不可知的深渊抛掷，感到昏晕。她从这爱情得到了什么呢？哦，她得到了她所爱的（对呀，她所爱的！）林伟奇底固执的扰乱，得到了充满了绮丽的梦幻的平静的少女的心底破灭，将来的生活底渺茫。……而无可挽救地加重了这一切的，是今天底检查，是徐明先和林伟奇底争吵。

今天的左莎不再是一年前的左莎了。今天的左莎，她需要特别地去关心另外一个人，把这另外一个人底命运当做自己底，而战战兢兢地注视着。这样的注视，原来是能够使生活底幸福的杯满溢的，是能够使一个少女如左莎那样的，带着一种沉潜的激情，由专心地拥抱了对方底心而得到快乐的。然而可悲的是：

林伟奇底心并不是这一类的恋情底恰当的住所。……于是这沉潜的关切便变成怨恨、苦恼、和惶恐的了。关切在左莎就变成了精神底苦刑——这特别在今天底事情发生了之后，在生活底前面显出了危险的渡口，险陡的斜坡，和灰黑的雾障的时候。

冲出这恶劣的气候，在左莎，可能有两个办法。第一个是干脆然而艰难的：自己离开这里。第二个是她所愿意而且正在做的：在少数的明确而生动的暗示里，使林伟奇像自己一样地来感觉一切，因而在另一种方式里来关心她和他们底命运。她现在的确是宁愿不需要爱情，而需要生活上的实际的关心和照料。她是怎样像林伟奇冀求的爱情一样焦渴地冀求着生活底安宁和忧愁的重担底减轻啊！

她异常确实地领悟了她在林伟奇底精神和感情上的恋人底权力，而且下意识地应用了它。她底表达是不需要言语的。她用她底细微的迅速的动作，她的眼睛底哀怨的波动……控制了林伟奇。

林伟奇扶着桌边，俯下了充满秘密的情感而柔和的脸。他底呼吸逐渐沉重。左莎扬起眼睛来，用她底特有的眼光迅速地瞥了他一眼。从他底因眼球幽暗而瞳孔更显得有一种奇异的光彩的眼睛里，左莎了解他是怎样地爱她：他是被压迫着了。

望着林伟奇的情感底少年状态，左莎底血色的嘴唇上泛起了一个幸福而凄楚的微笑。随即，她用手理着辫发，以整个的脸仰向他。这脸上混淆着责备底亲切和怀疑底哀痛的疏远。

“小莎，你一定感到什么；”林伟奇乞求地说，“你感到怎样呢？”

“我不怎么。……”

“那么，你为什么，”他踌躇了一下，“为什么这样看着我，而不说话呢？”

左莎微微摇头，惨淡地笑了一笑。

“这我全知道！”林伟奇用手把身子从桌边推开。他消失了温柔，有些被激恼了。“你生我底气吗？”

“没有气好生的。”左莎注意地望着他。她用一个突然的姿态把她底手移到领口的扣子上，迅速地播弄着。她底脸上焕发着灼烧的红光。“我想睡了，你去罢。……”她撒谎说，但立刻就对自己突然流出口来的话感到惊讶；她怎么会想到要睡呢？她为什么这样说呢。

林伟奇迷惑地望着她底衬着蓬乱但是稀疏的黑发的颈子。她底手指在衣领上解开一颗纽扣又扣起来。

“今天底事情使得你生气吗？”他诚实地说，“但是，无论如何，我跟你说过，你应该把你所想，所感到的都告诉我。你把我关闭在你底心外面，这使我痛苦。”

“我不生气。”左莎站起来。“但是你应该替我想一想。”她怠倦地说，坐到床沿上去。

“你使我感到屈辱，莎。”林伟奇趋向她，“我难道没有在每一分钟，替你想，也就是替我自己想么？我难道在你，莎，在使你不幸的时候，”他底声音颤抖，他底眼睛湿润了，“在这时候我会想到即使是一点点快乐么？我明白，莎，这是你不曾经历过，也不会经历的——你底心无罪而且安宁地生活——我明白我底生命现在来到了一个狭窄的河口，我会在礁石上撞伤，也会沉没；我会突然返回到童年时代的情感状态去，向你赌气，哀求而哭泣，像我以前很多次一样，也会不幸地颓唐地默望着我底被拒绝而受伤的爱情，失去了我底青春而去，是的，这是一个峡谷，我底生命冲激，跳跃、旋回；它将撞碎在礁石上，变成粉末，或者和泥沙一同沉于阴冷的河底。……但我仍然有着理性，有着我们底勇敢时代的理性；在峡谷前面依然有宽阔的河道，有海洋。啊，我跟你说这些抽象的话干什么呢？我只要求你明了我，不，使你明了我！”他改口说，一面抚着沉默的左莎底头顶，“实在的，我并不在乎今天的事，今天的迫害……这在我是不足为奇的，只是我们要谨慎地防御；但是我惧怕，莎，”他又弯下腰，激动地看着左莎底脸，“我惧怕我们底爱情叛变。我不能设想这个啊！是的，失去了青春而去，你告诉我，你怎样想？你能够和我一道走吗？”

"但是,去哪里去呢?"左莎诚恳地问。

"只是走。"他沉重地说出了末一个字,"并不管到哪里去!"

左莎怀疑地叹息,在手里咬着手帕。林伟奇伸直了腰,凝望着窗外的呈显在月光里的山峰。妒嫉底烈火突然灼烧着他底眼睛。

"你告诉我,好不好?"他变了他底声调问。

"你总是这样说的。"左莎从齿缝里撕开手帕。"你太任性,完全不顾别人。……"

"莎,那么我完全说错了。"他嘲弄地说,从左莎底肩上移开手,笨重地向窗口走去,"这并不是一首什么歌,"他望向谷底,竭力搜寻自己半点钟前站在那上面热狂地思索着的墓丘。"我说空话。我嫌恶我自己。我轻蔑而且嫌恶!"他拧着自己手指在心里叫。

"莎,"停了好久他平静而枯涩地说,"暑假后我们到桂林去好吗?"

"怎样去呢,"左莎倚在被盖上,藏着半边脸。

"我就写信去托一个朋友……"林伟奇疑虑地回答。现实生活底艰难的道路横在他面前了。

"也许……"左莎在绸子被面上摩着发热的脸颊。"不过这样总不好。"她用拖长的声音说。

"怎样不好?"

"我也说不清楚。"

林伟奇走近她,向她固执地望着。

"是不愿意吗?"他冷淡而妒嫉地问。

左莎冷静地用她底洁白的上门牙咬着下唇。

"哦,莎,告诉我,把你心里面的告诉我!我决不惹你嫌恶!你恨我吗?"他突然从混乱里选择了温柔的方向;他低低地俯身下去,向着她。她底黑眼睛在他鼻子底下静静地闪耀。"告诉我吧。"他微微战栗,抚弄着她底头发。他并不理会内心底微弱的反抗——突然劫夺了她底嘴唇,他把她拥在臂弯里了。

他狂热地吻她，抚摩她；他企图粉碎她底冷静的矜持，昏惑她底理性。……然而在几乎完全无力的时候，她底苍白的脸避开了他；她挣脱了。

林伟奇垂头坐了一会。他底心一瞬间冷凝了。他现在明白了自己刚才做了什么事！他苦恼，绝望，狼狈地望着左莎。

"林伟奇，你应该安静些！"左莎怨恨地向他说，"你应该严肃些！"

"对的，"他愤怒地站起来，向依在桌上的左莎走了一步，但是又突然改变了意志，狂乱地冲出房去了。

左莎从背后凄楚地望着他。她现在对自己底命运是愈发感到可怕了。她战栗着，咬响牙齿，忍制着自己内面将要暴发的感情底风暴。像每回感到难以忍受的辛辣的时候一样，她强制自己做起事来——她关上门，扣好，便动手整理床铺；以后，她就走向面盆架，用盆里的冷水把自己底脸颈子，手臂完全淋湿，激烈地用毛巾擦着，一直到皮肤发痛。这样，她开始回复了她底外表的平静，而逐渐地，她真的发生了一种肉体底疲倦，一种渴求睡眠的心情。她底心里突然空洞了；爱情底狂暴的扰乱和生活底使她惶恐的暗影都已远去，远得仿佛和自己完全不相干了。于是，在睡觉之前，她吹熄了灯，带着一种奇迹的平静走向窗口，面对着充满芳香的月光的山谷。

"啊，怎样的人，怎样的性格啊！"她向山谷微语。

而在隔着一条阴湿的走道的另一间较为宽大的房子里，林伟奇正处在一种可怕的痛苦中；他不能恢复他自己底思想，也不能认识自己了。他从床前踱到窗口，撕了壁上的一张霉烂的纸，在嘴里咬嚼着，又从窗口回到桌子上面的灯光前面，疯狂地用手撕着头发。"我应该从人类被驱逐出去，"在窗口的时候他低语，吐出嘴里的咬得稀烂的纸。"左莎应该嫌恶我。是的，她……但是她是怎样冷血，怎样残酷啊！"他抓开胸口的衬衫，站在床前。"不！"当回到窗口，又从窗口回到桌边的时候他叫，"我应该严肃些。生命和生活在我是轻浮的吗？"于是他走到屋子中央，向自己回答："不是的。但是我是强烈而且纵情的。我应该请求她饶恕我！"

……他突然发现自己已经走过有着灰尘一般的微光的阴湿的走道，站在左莎底房门口了。

"小莎！"他敲门，哀求地喊。停了一会，听见左莎底拉长的惺忪的声音问：

"哪一个？"

"我。我有话跟你说。"

"我睡了。"左莎回答，轻脆地咳嗽着；"明天早上再说吧。"

林伟奇痴呆地站着。听出左莎底声音带着抚慰和朦胧的梦境，没有责备和怨恨，他有一半安慰了。但是他仍然迷惑地站着，不想走开。

从走道底一端响起皮鞋的声音。赢了联保主任底钱，因而很高兴的徐明先回来了。他用手电向这边照射，发出他底怪异的干燥的冷笑，又走掉了，他底房门发出激烈的批评的撞响。

林伟奇羞耻地逃回自己房里。他无知觉地在床上躺了一会。随后，他跃起来，挑了挑油灯底灯草，翻出了一张纸写起来了。他把他所要说的话详细地写给左莎。

他一直到深夜贪婪的写着，把恋情底苦恼急急地写在纸上。他解剖自己和左莎，阐述爱情底，尤其是生活底观念，他叙述他底对历史科学的学习，描写自己底精神状态，性格（虽然他明明知道这些话对于左莎，除了引起渺茫和哀怨外，并不能有别的作用，他还是似乎怀抱着极美丽的希望似地，激动地写着）。最后，他请求左莎暑假以后和他一道到桂林去。

他恢复了平静。他搓着发汗的手，抚摩着脸颊走向窗口。月亮已经停在深蓝色的高空里偏斜了；它底晶莹的光从竹丛顶上射下来，使林伟奇底前额肃穆地发亮。他忆起了昨天从一本书上看到的叶遂宁底诗句，于是在心里默念着。那诗底其中的一段是这样的：

风向明天天明的方向吹。
在灌木上戴着的月亮的帽子被很快地除去；
那在旷野里扬着赤色尾巴的
骠轻的小马将要如鼓翼而飞了。

很久之后他转过身子来，让月光照着他底蓬松着头发的后脑。屋子里的灯甚么时候熄了。他借着月光底映照缓缓地走到床边。他心里发生了一种凉润的，鲜跃的快乐。而且，不管他明明知道他底信将不能被左莎接受，只能更引起她底渺茫的苦恼，不管他自己底狂热的纵情已十分明显地暗示出他们底恋爱不会长久，不管他自己已经在心里底某处安排了一种奇异的火焰，以便抵御这恋爱底宿命的不幸，——而且这不幸已被他迫切地感到，他还是暂时地得到了一种恋情底慰安；或者说，唯其这样，他更贪婪地获得这种暂时的慰安。在这种难堪的慰安里他快乐而且幸福地睡去了。

“哦，莎，唱歌叫我睡吧。”他喃喃说。

八

夏天快要过完了。黄昏的时候，山谷里凝聚着一种忧郁而静穆的烟霭。寂静禁锢着山峦，和变幻着金紫的霞光，逐渐变得暗蓝的天空。松树底脂肪饱满了，感应着季节，它大量地脱起皮来。大的孤独的黑蚁在松林底沙地里忙碌地，但是徒然地爬行着，在太阳隐没在山峰背后，山谷底夜生活将要开始的时候，山谷里便闪亮着一种带着辛辣的气息的，温柔而空明的白光。以后，烟雾和暗影浓重了，白光疾速地消逝了，于是松林苍凉地滞涩地呼吸着，聆听着溪流底微语，等待着甜适而清凉的夜。烟雾在谷里漂泊，它底大的软蹄滑过削壁，爱抚着桃林里的被白天的阳光所灼枯的草丛，爱抚着野生斑竹，憔悴的包谷和多石的溪流。使人喘不过气来的暑热散去了。星星在天空里闪耀。

左莎在松林底沙坡上严肃地坐着，抱着膝盖，眼睛望向暗紫色的远天。林伟奇则倚着松树底枝干，使力地剥着树皮，直到指甲发痛。最后，他放弃了他底无意识的努力，不安地走到左莎旁边，蹲下来。

“现在可以告诉我你所要说的话了。”他逗弄着一个在他底手腕上迷失了路的黑蚁，说。

左莎底脸像一个石膏的浮雕一般泛着青灰色。她长久地保持着她底酷烈的沉默。

就在昨天下午，她接到了她底孤伶的母亲从湖南寄来的一封信，要她无论如何回到她那里去；和这同时，她得到了她底表哥要最近动身到湖南去的消息。她底表哥同时是她以前在一个救亡团体里的同事。他是一个温和，有礼，机智，但在事情底严重的关头会施展出冷酷的手腕来的人物。他对左莎底态度是关切的，家长式的；留在左莎底记忆里的他底印象是潇洒，激动而实际的。他不间断地和左莎写信，在信里面流露着轻松的热情。虽然也偶然地把这些信让林伟奇看，虽然她多半强制自己很少思索地把它放在一边，但对于这，无论如何，她心里是怀着暧昧的情感的。而在昨天的来信里，他向左莎提出了显明的爱情。

这使得左莎惊悸而烦恼。她苦重地把整个的事情思索了一夜。——然而她不愿意让自己想到她的表哥底态度和爱情，她只竭力使自己把问题当作是否应该到湖南去而思索着。但在这扰乱的思索里，她所压抑着的东西是怎样突然地闯出来，威胁着她啊，于是她最后不得不松弛了她底矜持，使自己底良心受伤，而来考虑这一面了。她战战兢兢地用她底爱情，不，生活底秤来秤量两个人——哦，这是怎样痛苦的秤！她思考着她底表哥，同时又思考着林伟奇所能给予她的一切。

正因为林伟奇底执着，诚实，她是爱他的。他们在三年前，在武汉的时候就相识；她怀着朦胧的幸福梦允诺了林伟奇到这学校里来：她用过早的忠情底天真的责备攫取了他，坦率地承认了他底爱……然而这一切今天变成了怎样的呢。啊，它们变成了，幸福的梦变成了生活底渺茫，恋情底善意的责备变成了怨恨，苛酷和妒嫉，而最后，坦率的初恋变成了粗暴的欲求。

回到母亲那里，有一个安定的职业；和表哥一路，她可以减少旅途底搅扰；其次，退一步，不，是进一步想（她实在无法避免这样想）她底表哥可以给她她所需要的生活，并且给她底孤苦的母亲一种迟暮的安慰。……这一切难道不能战胜那残破的，充满荆棘的爱吗？

是的，战胜了。当天快黎明的时候，她从床上爬起来。她仿佛做了一个可怕的梦，现在冷酷地清醒了。她伏在窗口上，向残夜底微风，向山谷说："我决定回湖南。"

现在这晚上的魅人的山谷，就成了判决他们底命运的场所。她坚持着沉默，感到假若她一开口，这山谷就要立刻在她面前变色，而一场狂暴的风暴就要降下——这以后，将是悲哀的，平坦但却是荒凉的道路；将是酸涩的回忆，和青春底枯萎。……

于是一种热辣的悲酸升到她底喉管里来。她举起眼睛来望向林伟奇，它和林伟奇底苦闷的眼光相遇了。她突然贪婪地看着林伟奇底漂亮的嘴唇，胸膛开始急骤地起伏。……但是当林伟奇伸手来拥抱她的时候，她逃开了。

"莎，我不能忍受！你为什么？告诉我！"林伟奇呻吟。

"我跟你说，我告诉你，"两滴眼泪在她眼角里闪耀着。但是她突然恢复了她底冷静，她底声音变得坚持而简切了："我决定回湖南去。"她说，揩了一揩眼泪。大的决心毁坏了她底容颜，使它苍白而战栗，变得难于亲近。

"你说什么？你说……"林伟奇叫，站起来。

"我妈来了一封信，叫我去，我决定去了。"

"你决定去？"林伟奇突然变得阴沉了。随后，是长时间的沉默。但这沉默终于为林伟奇自己打破。他不能有左莎那样的忍耐力。他昂起头，恼怒地向着天空。"那么，你是来和我商量呢，还是像你底语气所表示的一样，仅仅是把这消息告诉我？"他问。

左莎震动了一下，用失望的冰冷的声调回答：

"告诉你。"

林伟奇被击聩了。

“什么时候动身?”他强制着自己,依然用威胁的语气问。

“还没有一定。我想后天……”

林伟奇现在忍受不住了。他朦胧地明白了左莎底坚决,对自己刚才的胁迫感到无可挽救的悔恨。他突然跃向一棵松树,疯狂地把自己压在上面。怎样不可思议的事啊,他竟会这样不理解左莎,仅仅五分钟不到,他底左莎叛变了。当他想到后天晚上就要剩下他自己一个冰凉的灵魂在这同样的山谷里的时候,他就迷失了理性,伏在树干上嚎哭了。

“啊,你再说一遍!”他冲到左莎面前去。

左莎沉默着。

“你这样残酷吗,左莎?”他激烈地摇着左莎底肩膀,一面带着一种夸张的虚饰的情感,向她底脸上疯狂地倾诉着;“你离开我,我以后自然就不会再找着你了。你真的这样想吗! 我底小莎,你不是说……”

“我接到我妈一封信,她汇钱我,要我去。”她带着麻痹的平静把手放在倚偎在自己膝上的林伟奇底头上,“我自然应该去。在这里这样呆下去,不是总不好吗?”

“我们不是预备就离开这瘟地方吗?”林伟奇有希望地,稚气地问。

左莎凄恻地笑了一笑。

“不行的,那总是一个梦。”她说,分开林伟奇底蓬乱的头发。

“胡说!”林伟奇挥开她底手,“我是一个梦吗?”

“不是这样说。”

“怎样说?”

“我底目的是,回到妈妈那里。”她沉默了一下,坚决地驱逐了她底意识里的另一件东西。她底面容在幻象底缠扰里战栗了一下,又恢复了;“到她身边好好地过几年,妈妈是很苦的,只有我这末一个女儿。当然,我是希望我不拖累你,你好到你愿意去的地方去。你有能力……”

“我一个人吗?”林伟奇叫,打断她。

“你听我说,伟奇,”她用一个手势遮拦着他。她底亲切的呼唤使林伟奇得到了稍稍的安慰。她放开咬在牙齿底的下唇,继续温柔地说:“我不能够拖累你;我只是一个平凡的女人,在你一点益处也没有。虽然我一直爱你,永远爱你,但是我们无法生活。”(她在这里是确切地说出了林伟奇用另一个方式思考着的可怕的真理了。)“你是有才能的,我知道。你底野心很大,你要去做社会底事业,完全不顾自己。原谅我,伟奇,我不能够这样。我害怕。你去罢,坚决地勇敢地向前。只要我活着一天,我就一天记着你,替你祝福,期望你成功。你不要因为我的离开而悲伤,灰心。伟奇,你今天一定要答应我;答应我不要难受。你答应我吗?”

林伟奇捏紧她底手,俯着沉重的头。他差不多被她底话打动了。

“我不知道。”他说,“能够不难受吗? 你不吗?”停了一下他提高了嗓子,用另一种声调叫:“不,不,你不能,我不能让你走!”

“看我吧。我并不觉得什么,”左莎不理会他,“一个人一生的生命是很短促的,在一起不在一起又有什么关系呢? ……”

“正因为短促啊,莎,我爱你,……”

“这是痴呆的。”左莎做了一个遮拦的手势,一面爱抚着他底赤裸的肩头,“啊,你是多么瘦啊,你以后应该好好保护你自己底身体,替我照料你自己。而且,你以后会有更好的人来照料你的。我算得什么? ……”

林伟奇突然想起来这些温柔的话只是为了达到离别底残酷的目的,他不能忍受了。他激烈地挥开她底手,站起来。他底瘦脸可怕地战栗着。

“你底话全是对的。我把我底尸首交给你!”他残酷地说,立刻,他奔下松林底斜坡,跃在一块包谷地里,疯狂地踩倒干枯的包谷,向谷底溪流冲去了。

左莎恐怖地追下去。在溪流旁的碎石堆上,林伟奇昏厥地抱头躺着。左莎抱起他来。他底额角撞伤了，在左颊上也显着大片黑色的血。

“伟奇！”左莎慌乱地唤，在自己底臂弯里推着他底肩膀。

“啊，左莎，你去吧。”林伟奇突然把头依到左莎底胸膛上，发出深沉的，有力的啜泣，“因为我爱你，我愿意你去。你也是的，我一定……”

“不对，伟奇！”左莎内心底道德的平和突然丧失了，她痛哭起来。

“那么，啊，你不走了吗？”林伟奇乞求地，带着天真地望着她。

在这一种声调的问话里，要给与否定的回答，在左莎，是怎样的艰难啊，——她突然俯下头来，痛苦地，疯狂地，不给与呼吸底瞬间地吻他，咬着他底鼻子和嘴唇。

“我到底得到一种什么呢？”林伟奇忧伤而怀疑地无力地说，“告诉我，是得到一个全生泥[①]做着悲苦的殉道的自己，还是，还是首先得到一个我痛切地爱着的左莎呢？”

左莎底潮湿的发光的眼睛离他很近地痛苦而不解地望着他。

“吻我。”他冷静地要求。

左莎允诺了。她俯下她底南方型的脸，让她底散开的发辫长久地披在林伟奇底面颊上。

以后，她让他在石块上坐好，自己跑到溪边去，把手帕浸湿。她用湿手帕仔细地揩擦着林伟奇脸上底血渍。林伟奇默默地，带着奇异的平静坐着。他底困倦的眼光时而望向天空，时而长久地像没有见到过似地注视着左莎底脸。他几乎完全不能弄清楚他底处境了。左莎为什么在他身边呢？她为什么又要回去呢？而且这样地在他旁边蹲着的左莎，对于他是一个实体呢，还是仅仅是一个名词。假若是后者，那么，她底离去与否，对于空

---

① 原文如此。

虚地坐在这里的自己，又有什些不同呢？对于正在走着艰难的时代所指定的道路的自己，除却得到或失去她底爱，又能有什么另外的影响呢？——得到和失去，这两个现在已仅仅成了空幻的概念的动词，它们有什么分别呢？而爱，它被抽去了精神，理想，生活底基础，还剩下什么呢？

“莎，我是请求你不要离开我的。”但是他仍然这末说，“你心里怎样想，清楚地告诉我。你晓得吧，在你变心的时候，我是不能勉强你的。……”

左莎被他底话伤害了。显然的，这已经不再是他平常所说惯的负气的话；显然他是从另一种力量得到了支持，因而开始轻蔑她底爱情。她惶惑而且混乱了。当对方哭诉着爱情的时候，她从离别的坚持得到了激动；然而当对方冷静地蔑视她以为在对方一定是非常宝贵的东西的时候，受到意外的打击，她扰乱了。但是和这扰乱同样有力地在她身上存在着而且逐渐控制了她的，是她底天性的矜持。

“原谅我，林伟奇。”她说：“我回去。”

“啊！”林伟奇内心底某种刚抑制下去的东西又突然暴烈地闯上来了；“那么，我们——是……分离了！”

“将来……”

“不要说什么将来吧！”林伟奇无主地站起来，走向水边。“我讨厌这句话。”他痛苦地叫，随后，他蹲下来，用手掳着溪水，用一种含着深刻的悲伤的调子缓缓地继续说：“生活是无穷的辛苦，路是无尽的遥远。……祝福你，姑娘。”

左莎突然被猛烈的激情覆没了。“不要祝福……”她战栗地说。她是怎样想立刻冲到林伟奇面前去，向他倾诉一切，倾诉她心里的难于描写的情感啊！但是她无力这么做，不敢这么做。——她低下头，残酷地咬着自己底手指，一直到它出血，再麻痹地把血涂到胸前的衣服上去。然而正在这瞬间，林伟奇向她扑来，疯狂地拥抱了她。于是她幸福地仰起头，望着流血的手指，无声地嚎哭了。

“把妈妈底信给我看……不，我不要看。”林伟奇底嘴唇绝望地颤抖着。“莎，我真要杀死你妈妈，我妒嫉她呀，……啊，莎，我向你告别。”他狠毒地吻她。

左莎底睫毛在他底颊上颤动；犯罪底痛苦使她底眼睛里闪着橘黄色的干枯的火花。她猛烈地摇着头。林伟奇底绝望的信任使她难受得几乎疯狂。……

“你应该杀死我，还有……”她喘息着说。但是她没有能够说下去。她底底下的话是：“还有另外一个人。”

“我们分别了！”林伟奇黯澹地说，随后他突然提高声音，狂叫起来：“哦，让我最后地看一看你！”

他把左莎底斜向前面的身体猛烈地搬向自己。在他底贪婪可怕的凝视里，左莎底眼泪汹涌地流下来，发烫地泻在腮上。他扑倒下去，使劲地咬着她底赤裸的手臂。

最后，她忍住了哭泣，含着怀疑和伤痛昏迷地望着林伟奇；她静静地沉思了一下，突然用手坚决地解开了自己底衣服，裸露出结实的胸膛，把林伟奇底灼烧的头搂在上面。

九

第二天中午，左莎就离开了。

她真的离开了。在山谷的晚上底最后的瞬间，林伟奇曾经绝望地向她叙述在这事情发生以前的他底想法，——事实上，他在以前并没有敢让他底思想面对着这个方向；在那时候，他底理想是以一种虽然暧昧的激情来具现的。但在今天，他突然预想不到地得到了一种支持，一种内心底轻蔑和理想底升华。一种惨澹的光明来到他心里，而且控制着他，使他麻木，他叙述起来。他说明他们的爱情底基础，他们各自生活的目标；他表示他在以前，当他们开始热恋的时候，就曾经预想过他们底必然的结局：看吧，他讲，这结局现在就这样来到了。他底声调绝望而憎恨，他底眼睛冷然不可亲地闪耀着，他对左莎变得生疏，对自己也同样变得生疏了。他不知道他究竟能服从了哪一种法则，竟会奇迹地变得这样。他底这种态度使左莎恐惶地痛苦，他把她推到深渊里去了。虽然这深渊正是她预备下去的，但它一直被朦胧的雾遮蔽着，使她得到模糊的绝望底享乐；但现在林伟奇残酷地吹散了雾，而且使她即使是死也难以回头。在以后的瞬间，林伟奇是怎样地为他自己的在这一瞬间底态度而懊悔啊。

但他必须把这懊悔拖到理念底审判台面前来处死，他必须以它为自己底耻辱。离别既然如自己所分析，是必然的，那么自己在这种难以忍受的瞬间所要求的第一件事就是使自己没有左莎也可以继续生活。他试着这么做了。

到这时候他才明了，这离别，并不如以前自己所浪漫地描绘的一样，是一种悲壮——带着创痛走向火辣的生活去的悲壮行为，这恰恰是一种实际痛苦。自己要割掉自己生命底一部份：而所得到的，不是抽象的激情，却是冷酷的分析。一个年青人不是太容易做一件卑劣的事么？自己内部不是有着太多的腐臭的东西么？在这种时候，林伟奇大声地向自己这么问了。他多少用一种虚无的观念来拯救自己，向爱情提出了显明的反动。他使自己承认，他并不爱左莎。对于一个单纯但却平庸的少女的一方面是理想底执着，一方面是情感和情欲底懦弱叛变的行为，不能是爱。而且，从生下来到现在，林伟奇自己爱过什么么？也被爱过么？

“对一件玩具，小孩子有着爱，但是玩具被劫夺了。”他回答，“我底母亲生我而死，我底父亲抛弃我，后来的父母抚育我仅仅是为了生活利益。爱么？不是。左莎遗弃我，但是我也并不爱她：我不能在今天底社会里忍受家庭生活对精神所加的桎梏。啊，我明白我底细微的弱点，我也憎恨自己而且轻蔑……”

但是立刻他又提出了反驳：

“我明了了！”他在心里狂叫，“我仅仅用憎恶养育自己，而无法前进。但哈姆雷特底命运是我底命运么？……”

这样的问题，是无法在问题不放弃的时候得到解答的。对生活远景和事业前途的凝睇，终于从无数的精神陷阱里拯救了他。……

但是一切这样的精神狂乱和实际反省——拿起解剖刀来复仇地对着自己底灵魂，只是以后，至少，是半个月以后的事情。而在从山谷底晚上一直到左莎离去的这一段艰苦的时间里，他内心底一切是完全毁坏了。以上所说的那种严酷的理念和虚无精神仅仅化做一种非依靠不可的支柱支撑着他底黑暗的心，和化做一种极其突然又极其猛烈的光明的火花一瞬间又一瞬间地照亮着他底浑沌而昏睡的灵魂。左莎在山谷里底最后的委身，造成了一种奇异的幻象苦痛地扼着他——只有当人在梦魇里梦见自己惨死，而以鬼魂底资格看见自己底苍白而腐烂的尸身时所感到的那种惊怖的痛苦可以和这相比拟。

左莎底今天中午就走，是他替她决定的。他目前惟一的希望（假若他还能希望的话），是希望事情迅速地像梦一样快地结束，这一段日子尽快地过去。左莎和他，他们都一夜没有睡。当山谷里最后的时光过去之后，左莎变得麻痹而冷静，他就变得残酷而怨恨了。午夜之后，回到寝室里来，他离开左莎，独自坐在油灯前，抱着头，和他底悔恨搏斗，一直到天亮。第二天整个的早晨和上午，他都显得怨恨恍惚。他底脸肮脏发肿；他底迟钝了的红眼睛无论望向那里；都流露出一种绝望的轻蔑。

左莎是在床上睁着眼睛躺完了残夜的。她不能思想了。她没有能力希望，也没有能力绝望。她只是完全麻痹地使自己服从着已经决定了的命运。她不怨恨任何人，也不怨恨这命运。她善良地自己也觉察不到地流着泪。她以后不再想爱和被爱了；也不再想将来有机会和林伟奇并肩走在西湖底苏堤上，如她以前所多次梦想的一样。她丧失了所有的，连她底母亲和表哥也在内。她底生命是可怕地在一昼夜间空虚了。

不过她没有忘记她将要做什么。她恐惧半天之内会再发生悲剧的波折——她恐惧林伟奇翻悔。但同时她也恐惧他不翻悔。不过，无论怎样，林伟奇所嗜好的精神底再度强烈而锋锐的冲折，在她是无法支持的。她只是不信任地期望着事情从此完结；她底生活将长久地灰白而平安，但宁静的虹采也会逐渐加进来。这样的预感扰乱地鼓励着她。

早晨，她不洗脸，不梳头，也不换去身上的脏衣服，她把一张凳子端到窗前，使自己跪在上面，痴呆地瞧着谷底溪流。

“我就这样做吗？林伟奇？”她喃喃低语。“哪一个能够明了我，哪一个能够救我？——”她滑下凳子来走向床边，伏着，把柔软的被盖蒙着头。但是她立刻推开被盖坐起来了：“都是一样。”她听见自己告诉自己，“我走，”她站起来，把被盖仇恨地掷向床角。

于是她迅速地动手收拾东西。她先理着箱子，把一些信和写着字的纸片整理起来——当在这些纸片中发现了林伟奇底一个条子的时候，她就本能地把它藏到箱子底下去，然后抬起头来，用空幻的眼睛望向眩耀着初秋的太阳的窗外的天空。她底嘴边凝固着一个不明显的惨澹微笑。

在这时候，门开了，林伟奇面容难看地走进来，后面跟着校长徐明先。

徐明先底脸上照耀着一种压抑不住的快意，他以为左莎和林伟奇底命运大半是操在他手里，由他决定的。他看出他们底绝望和凄惶，他把这仅仅认为不以为他会做错，他已经把林伟奇底罪名报到科里去了。

“左先生真的要走吗？”他轻轻地收缩他底略带黄色的眉毛，殷勤地，意味深远地向左莎闪。

“要到湖南去。”左莎回答，没有抬起头来。

“学校正要大考……”

“她有紧急的事！”林伟奇粗暴地打断了徐明先底藏着威胁的声调；他皱紧眉心和鼻翼，嫌恶而冷酷地看着徐明先嘴里的金牙。左莎因为他底这种声调无告的向他把脸抬了一抬，用迅速的战栗的一瞥看着他底发青的脸，又把头伏在箱子上。林伟奇不再翻悔，她绝望了。但这种绝望使她惊怖而惶恐。

“我们希望左先生留在这里。”徐明先突然兴奋而快乐。他低下头，拭着皮鞋上面的灰尘，一面说："这里待遇虽然不好，不过下学期我担保每个先生可以得四斗米。这不成问题。为了教育制度。"他抬起身子来，拉一拉衣袖满意地继续说，"我们希望左先生还是留下来。"

"家里来了信，实在不得已。……"左莎敷衍地回答，不看他。

一种诧异的神情开始呈显在他脸上，怀疑地看了林伟奇一眼，他弯下腰，使劲地醒着因昨夜不安适而伤了风的鼻子，走掉了。

紧张的沉默有五分钟地统治着这房间，最后，林伟奇昏瞶而坚决地走向左莎。

"这里一些钱。"他把一卷票子塞在左莎箱子里，"我替你打行李吧。"

"钱我不要，我要它做什么呢？"左莎仰起苍白的疲倦的脸，哀求地望着他。林伟奇底眼睛和她底眼光接触了，它一直贪婪地搜求到它底最深处去。"它叫你哀求，它吩咐：哭诉你底爱吧。"一个微弱的声音在他内部这样说；这声音逐渐变得甜蜜，变得强大了。他抱着头，抗争着。最后他又放开手，狠毒地向左莎底眼睛里搜求。——这次他看见左莎眼睛里有了晶莹的泪水。

他抬起放在箱子边上的手来，但是突然又颤抖地把它埋到箱子底下去。一种对待自己愈残酷便愈好的冲动在他心里燃着了。他翻着箱子，找着了自己写给左莎看的一卷信，把它塞到裤子底口袋里。

"你做什么？"左莎伤心地叫。

"还我。"他竭力忍制住眼角和鼻梁的酸楚；但是他底眼睛灼烧着，模糊了。他扑到窗棂上，用手紧紧地反压着自己底快要碎裂的头。

等他微微恢复知觉的时候，他听见左莎在用一种异常安静的声调在和一个不知什么时候进来的女教员说话。这异常安静的声音使他心碎，使他差一点痛叫出来。

“那一节路，水路恐怕不通了。大概只好坐汽车。”左莎向她底朋友说。

“不一定，听说好像又通船了。你去了要跟我来信啊。”这女教员说。

他突然忍受不住地转过身子来。她们底谈话是这样地侮辱了他！——他昏迷地瞧着那女教员。这是一个善良的诚恳的母亲，她带了她底孩子因为躲避轰炸才到这乡下的小学校来的。她底丈夫来过一次——他是一个刻板的行政机关底职员，但林伟奇看出来，她是毫不怀疑她底爱他的义务的。她待左莎很好，从左莎那里，林伟奇知道她也关心他。但他觉得仅仅关心还不够。用这一种态度对待他，对待他底恋爱，他是决不能满足的。

这女教员，当发现林伟奇转过身子来的时候，就停止了说话，用她底关切的眼光看见他。林伟奇知道她全部清楚他们底恋爱，而且在恋爱底纠纷上，她是责备他而同情左莎的。于是在她的眼光短促的注视下，他又狼狈地唤醒了他底漠然的怨恨。他跨过去，用一种决然的，企图在这女教员面前掩盖他和左莎底分裂的态度帮左莎收拾行李。

这种态度使他羞惭。但是他现在明白了事情底无可挽回。这是原来写在他底心上和左莎底脸上的。——他现在愿意读这个了。

当女教员走了以后，他就默默地捆着行李，不让左莎动手。在快要捆好的时候，他突然又抬起头来，长久地痴呆地看着左莎。他现在企图再去吻左莎底绝望的嘴唇一次，不过这企图无法实现。一座碰不倒而且绝不能碰倒的墙壁已经矗立在他们之间了。——他感到疲弱，在结着绳子底最后的结绊的时候，他故意延捱着，好使最后的瞬间慢一点到来。

十

但是，这最后的瞬间终于到来，而且，不管怎样延捱，也终于过去了。

现在，林伟奇送走了左莎，独自一个人从发散着辛辣的香气的山道上回来了。在他底惨白的脸上，他底干枯的眼睛横蛮的发红。他起初犹豫地昏迷地走着，每走几丈远就在草坡或石板上坐下来，绝望地望着山下底黄色的丰腴的江流，但是，在走了一半，当江流隐在山峦和丛林背后的时候，他就突然疯狂地奔跑起来。他底身体完全被汗水淋湿了。他底紫黑的嘴唇裂开来，兽性地喷着气。……

他逃回寝室里，关上门，猛烈地把昨夜剩下来的一大杯冷水喝光，僵躺在床上。

虽然还是不能思想，但他现在能感觉到他底处境了。左莎真的走了。在一个钟头以前，在左莎还没有踏上那短途的白木船以前，他底剧烈的痛苦和左莎底麻木的痛苦是可能突然冲激在一起，因而挽回一切的。谁能回答呢，也许，他们底为它而痛苦着的欲求在某一点上不是恰恰相同的吗？但是现在不同了，——现在，两个人之间底墙壁不再有推倒的可能，而遥远的路底分隔，永远地分隔了他们。

别人当这种时候，往往怎样来处置自己，林伟奇不知道。他只是带着愚蠢的准确，诚实地向他底充满矛盾和精神和性格底深处突进。每一次总是这样：当他向内心探进他底无望的思索去的时候。他就突然遇到在他看来是那么丑恶的东西；于是他底整个的思索坍倒了；于是，在这种瞬间，那富于蛊惑力的幻象就像毒蛇一般地缠绕着他。

他几十次地这样企图，这样惨败，站起来又睡下。

“睡吧。”他命令自己，于是闭起濡湿着汗水的眼皮，但在一分钟后，他突然发觉自己又站在房间中央了。“哦，我为什么又想起她来呢？她过了峡口没有与我有什么关系呢？……我什么时候才能在我里面找出任何一点好的东西呀！”

他辛辣地微笑，摇着头，他底手触到了口袋里的一卷东西，他把它取出来。他一面翻看，一面伸手到桌子上去摸火柴。但是他发觉另外的字迹了。——他发现了左莎匆忙把它卷在一起的她表哥的来信。他回到床上去，反复读着；妒嫉底烈火烧红了他底脸。

"我不能说我不爱她！"他站起来，遗失地叫，"是这样吗？……不错，我诚然是坏的；这不能算欺骗！"

于是他不能自持地冲出房间，跑到校外去。他在烈日底下癫狂地企图杀死自己似地到处奔跑。他踩着草丛，践踏着干枯的高粱杆，他把白菜逐棵地踢倒，又在绿色的湖沿一般的山芋田里跃走。最后，他来到山谷里，来到他和左莎在这里度过最后一个晚上的溪流边了。他捧起溪水泼在头上，使得衬衫完全淋湿。

"妒嫉是我底耻辱。"他坐在树荫底下，把潮湿的头无力地靠在树干上，茫然地说。"我底耻辱难道还不多吗？……饶恕我，你们应该饶恕……不，我将走下去；你们不要饶恕我，我也永远不饶恕你们。不过我并不憎恨你们底任何一个。小姐，我们爱过了；现在我在舐这为这爱而流的血。舐完了我就继续走。我们差得多么远呵！我有野心，我渴慕……"

阳光通过桐油树底叶隙斑驳地落在他身上。他仰着头。他底憔悴的嘴唇焦渴地干枯的水蛭一般地颤抖着。那在暴风雨底夜里所经历的神圣而崇高的感情现在以另一种方式来到他心里了。

这样，他沉湎这种感情里，一面顽固地开始思索。当这感情又和白天的灿烂的阳光一般逝去，而头脑因思索而空洞起来的时候，他就转过头来向他一直所没有敢看的左莎的房间底窗口凝视，企图激励自己，试验自己，和那突然迫来的空虚搏斗。虽然左莎的窗户唤起了幻象，使他痛苦，但痛苦在他是比空虚好一万倍的。

他决定半个月后就离开这里——就带着他底残破的心，到桂林底一个中学里去。他现在认识了以前所课给自己的生命底冒险和漂流底实际意义了。那应该不是感情底贫血的急进，而是一个社会的人一样地固执而勤劳地工作。不过他底固执和勤劳是完全被极强烈的焦渴所推动，并且在焦渴里苦恼地完成的。——头两天晚上，他就这样漠然地焦躁着，试着来钞写东西，来读完一本古典的历史著作。一个人当受伤之后来这样地压制自己，鞭策自己，这是怎样苦辛的事啊！他会在极深的眼睛已经被黏起来的夜里，猛然从静寂里抬头，感到门开了，左莎静静地走进来，埋怨地站在他旁边；他会突然听到左莎底冷漠的咒骂，因而抓着头发，苦闷地战栗；他更会在手里的每一件东西上看见左莎底惨笑的脸——这脸颊会多么不同地回到初恋里去，绽开了一个天真的灿烂的笑貌；而在更多的时间，他无望地屈伏在狠毒的或温柔的接吻底回忆里。——懊悔毒害着他，他挣扎，而在前进了几步又突然溃退下来的那一瞬间，他是怎样地感到生命底空虚。……

这使得他亟于迅速地离开这里，离开这山谷，而永远不再回顾。他实现了：在第四天傍晚，他接到县立中学一个朋友底一封信，在这封信里，这个朋友告诉他，徐明先已经把他的罪名报到县里，劝他立刻离开。虽然手边没有足够的钱，虽然等待着的来信还没有到，他还是不顾一切地在第二天就离开了。

酷热的秋天底阳光在山谷里汎滥着；从山谷边沿的石板路上，踉跄地踏着冒烟的荒草，他底瘦长的身影——他底宽阔的肩，蓬松的头发，干枯而发亮的脸颊，最后一次地从这埋葬恋爱的山谷尽头消失了。

求　爱

《求爱》,上海海燕书店 1946 年 12 月初版,上海新文艺出版社 1954 年 7 月再版。据初版排印,并据再版本校勘。

王家老太婆和她的小猪

冬天底晚上，虽然才只九点钟的样子，江边的这座小镇已经完全寂静了。镇上，江岸上，以及周围的田野里，没有一星灯火。在灰白色的蒙眬的密云下面，坡上的那些密集着的房屋，以及江边的那些密集着的木船，它们底黑影沉重、寂寞而荒凉。江流在灰暗中闪着微光，发出粗野的喊声来，流了过去。落着雨，冷风吹啸起来了。

街上好久已经没有了一个行人。风雨底声音，使这小镇显得更为黑暗，荒凉。这时，从正街后面的一个密集着破烂的矮棚的小巷子里，传来了一个尖锐的，嘹亮的，充满着表情的声音。这声音有时愤怒，有时焦急，有时教诲，有时爱抚，和它同时响着的，是篾条底清脆的敲打声，和一只猪尖锐而粗野的呼叫。这声音在深沉的静夜里是这样的嘹亮，在寒冷的风雨里是这样的紧张，很远的地方都可以听得见。

风雨急迫了。这声音似乎是在和风雨作着追逐。

这是一个孤伶的，六十岁的老女人，住在一个破烂的，用篾条和包谷杆子编起来的棚子里，她底和她同样贫苦的邻人们，叫她做王家老太婆。她底儿女们都死去，或者离开了。她底生活显然是非常艰难的，虽然她需要得极少。前几天赶场的时候，她用二成的利息，经本保的段保长担保，借来了一千块钱，买来了一口小猪，保长本来是不愿，也不敢替她担保的，然而她哭诉，吵闹得很久了，当着大家底面，保长就非常之可怜她。“放心罢，老太婆是可怜人，这个钱有我，”段保长，当着大家底面，向放债的盐贩子说。这口小猪使王家老太婆看见了她底幸福的未来：实在说，她没有任何亲人，她渴望着永久的安息了，她希望这口小猪能给她安排这个安息。她希望这口小猪能使她得到一套尸衣，几张纸钱，因为，后坡上的冯家老太婆，前个月是死得太惨，太可怕了。这口小猪又使她觉得光荣，因为，从这一天起，她底生活和往昔是完全不同了。她也有胆量走过去参加邻人们底关于猪的议论了：她是，好像第一次生了孩子的母亲似地，不再感到邻人们底议论和咒骂的压迫了。

然而她又总是有些怀疑：大家不顶赞美她底小猪。

这猪是瘦弱的，虽然王家老太婆觉得它丰满，可爱。而且是很不驯顺的。王家老太婆替它在自己底烂板床旁边——这烂的板床，已经有几十年了——安置了一个住处；但它总是各处地乱窜，有时窜到床下来，有时窜到潮湿的草堆，或壁下的污泥坑里去。在现在的这风雨的寒冷的夜里，小猪更不能安宁了。矮棚朽烂了的顶子已经被风掀去了一半，棚子里各处都潮湿了，而且各处都是草灰和污泥。王家老太婆，全身透湿，缩在她底草堆旁，捏着篾条，借着昏朦的天光看着小猪。小猪呼噜呼噜地哼着，而后就乱窜了起来。于是王家老太婆就捏着篾条追着它跑。

“睡倒！睡倒！好生睡倒！”王家老太婆用她尖锐的，焦急的声音叫，同时用篾条拍打着地面。

小猪，希望得到一个安宁的地方，因王家老太婆底叫声和篾条声而变得非常之焦躁，窜到门边，站下来，迟疑了一下，撒起尿来了。于是王家老太婆用篾条拍打着墙壁。

“不许撒尿！你龟儿跟老子睡到！”

小猪望着她。它，小猪，不知道自己究竟要怎样，毫无主意了，但它觉得这一切：寒冷，焦躁，无主意，全是王家老太婆底错；王家老太婆底喊声，和篾条底打击声，是一切不幸底根源。它愤怒了。冷风突然吹开了破门，小猪就怀着复仇的愤怒窜到门外来。

王家老太婆追了出来。它站在路边的篱巴下面，望着她，好像说：“我原是不想出来的！好！看你怎样办罢！”

王家老太婆追赶着它，用她底尖锐的声音喊叫着。因了六十年的单纯的愁苦的生活的缘故，这声音是非常富于表情的。因为不幸，因为年老，她是不知道镇静，也不知道含蓄了：她喊叫着，完全不曾顾到她底周围的睡着了的邻人们。但她却非常地顾忌着这口顽劣的小猪，她底篾条始终不曾落在它底身上；她底喊声，无论怎样的愤怒，是都含着一种忍耐的爱抚：她对待小猪如同对待她底小孩。

她底喊声表示，她是很孤独的，又表示，对于顽劣的小孩们，她是怎样地爱过又恨过，爱着又恨着：这些小孩们都是已经长大，离开了她了。她喊着，好像小猪懂得她底这一切，并且已经回答了她似的。

风和雨继续着，王家老太婆和她底小猪，在寒冷和潮湿里战栗着。王家老太婆前前后后地追着，叫着，并且用篾条在地面，篱笆，墙壁上击打着。

小猪有时躲藏，希望能不被发觉；有时愤怒地乱窜，叫着它底粗野的或尖利的声音。它是恐惧而又愤怒。渐渐地就糊涂起来，对一切都不明了了。

王家老太婆艰难地跨过了一条泥沟，叫着，拦在它底前面。它躲在暗处，抬起头来，看着她，好像说："为什么要这样闹呢？我怎么会跑到这里来的呢？什么会变得这样糟呢？总而言之，你为什么要和我这样闹呢？"

拍！拍！拍！篾条拍击着地面的声音。"你孤儿听倒！你孤儿回去好生睡倒！"王家老太婆兴奋地叫，望着小猪。"好！你孤儿淋雨淋死！"她叫，"你孤儿跟老子一样造了孽，没得好的吃，没得好的睡，你孤儿跟老子一样的贱！"拍！拍！拍！"你孤儿看，啷个大的风啷个大的雨，别个都睡着了！"她大声地喊，接着就跑了上去，用篾条拍击着地面。

小猪迟疑了，它觉得，无论它怎样做，王家老太婆是总不肯放松的。它闪避了一下，发出轻微的呼噜声来，然后就抬起头来，静悄悄地望着她。

“你究竟要我怎样呢?”它底眼光说。

王家老太婆小心地滑到篱笆边去,举起篾条来预备拍篱笆,小猪就愤怒地叫了一声,窜到路上来了。

王家老太婆痛苦地呻吟了一声。她痛苦地感觉到这个,就是:她底儿女们丢弃了她了。

“好,你孤儿看倒,把我整起!”她愤怒地叫,“你孤儿听倒,老子不亏待你,老子一生不亏待人!儿子媳妇不行孝,把我丢起!我活到六十岁,一点指望都没得!——你孤儿整我!你孤儿听倒!”她愤怒地大声叫。于是又是篾条敲击着地面的声音。

“你孤儿好生听点点话,回去好生睡倒,我明天大早就喂你吃!”王家老太婆恳求地,痛苦地说,捏着篾条站在雨中。她几乎从来都不曾知道,小猪,是并不懂得她底话的。“你想想,这个样子乱跑又有哪些好,你自己又不是不怕冷!”她说,慈爱地望着小猪,她觉得,小猪,连衣服都没有穿的,站在雨中,一定很冷。她想到,小猪,长大了就要被杀死,自己却一点都不知道,是很可怜的。她心酸起来了。“唉,你孤儿多可怜哟,又不通人情,又不会讲话,心里有苦又说不出!”她感动地大声地向小猪说,捏着篾条站在风雨中。

小猪静静地抬着头,站在路边望着她。它是全然不能明白了。它觉得,如其这样无结果地等待着,不如睡下来再说罢,于是就睡了下来。一睡下来,缩着头,就觉得一切都无问题,非常的安宁了。

“你孤儿起来!起来!”王家老太婆叫,在它底身边拍着篾条,然而它不动,而且一点声音都不发。它觉得这样做是非常的好。

这时传来了践踏着泥泞的脚步声,和别人闹了架,在排解纠纷的场子里吃醉了的段保长,提着一个灯笼,摇摇摆摆地走了回来。他提高了灯笼,露出怀疑的,愤怒的表情来,照着王家老太婆,又照着小猪。他觉得,在他底这一保,人们是不应该在夜里无礼地瞎来的。

“我当是哪个哩!”保长轻蔑地说,他底灯笼在风里摇闪着。

王家老太婆觉得自己是受了侮辱,于是愤怒地用篾条拍打着地面,向她底小猪叫了起来。

保长皱着眉头,轻视地看着她。

“唉!我早就劝你说:啷个大年岁,胡里胡涂的,没得事就睡睡觉,喂啥子猪哟!可是你偏想,日也想来夜也想!人家新媳妇想儿,也没得你想得啷个凶嘛!”保长摇着头,用曼长的,唱歌般的声音说。“拿跟我!”保长说,于是抢过竹条来,捞起袖子,愤怒地抽打着小猪。

小猪哼着,但不想动弹,终于它觉得事情不大对了,跳了起来,窜到路边去,惊异地望着保长底灯光。保长追了过来。

“你个瘟猪!你个瘟猪!你个瘟猪!”保长说,尽情地抽打着。

王家老太婆着慌了:保长的篾条,好像打在她底心上。

“段保长,拿跟我!拿跟我!”她愤怒地大声叫,追着保长。

小猪迟疑地逃着;总想偷懒,因此就挨得更凶。保长愤怒地抽打着它;灯笼落在泥泞里去,熄灭了。小猪尖利地嚎叫了起来,重新奔到路上去。

“这孤儿,打得痛快,身上都暖和!”保长说,递过篾条来。

“你啷个打法?不是你底猪儿,没得心肝!”王家老太婆愤怒地说,抢下了篾条。

“好,你自己去打:轻轻地摸!”保长冷冷地说,走了开去。“老子灯笼都熄了……王家老太婆,我早就劝过你,”他站下来,大声地说,“你这个样子喂不活猪的:一匹病猪!看那个钱你啷个办?说好的四个月本利还清,先说在这里,休要又找我吃皮判!”保长在黑暗里说,于是溅着泥水走了开去。

王家老太婆气得直发抖,说不出一句话来。这时周围又完全寂静了,雨住了,寒风在天空里猛烈地呼啸着。王家老太婆非常的难受,同时感到了一种恐怖。她看见小猪在路边悄悄地向她抬着头,觉得一切全是因为它,发狂地愤怒了起来。

小猪同情地看着她。

“刚才究竟是怎样弄的?”它底眼光问。

“你孤儿! 你孤儿! 你孤儿!”她愤怒地叫,冲了过去,疯狂地抽打着小猪。“你孤儿! 别个能打你,我就打不得? 你孤儿! 你孤儿! ……”

小猪失望地,愤怒地嚎叫了起来,从她底腿旁冲开去了。于是,除了可怕的风声以外,再没有别的声音了。她忽然恐怖起来,觉得小猪是被打伤了。她呼唤小猪,用一种柔弱的,哀怜的声音,然而,风吹着,小猪不再回答她了。……她更强烈地感到恐怖,并且感到孤独,她觉得有什么事情要发生。……一阵冷风扑击着她,她底眼睛昏黑了起来,并且她底手脚浮动——她微弱地唤了一声,跌倒在泥泞里了。

她明白她已经倒下了。她忽然感到安宁,她底内心变得非常的温柔。“我要死了! 唉,可怜这多好啊!”她想,依稀地听到了尖锐的风声。她觉得她底一生是无罪的,她心里有欢畅。她觉得另一个世界向她打开了,平坦的道路,照耀着温暖的,慈祥的光明。天上有五彩的云,远处有金色的光。她看见,从这金色的光里,一个美丽、健壮、活泼的女孩向她跑来,从颈项、肩膀、腰肢上飘扬着华美而发光的丝带,手里捧着一个大的,光洁的冬瓜:这个女孩是她底外孙女。

“家婆啊! 我先来,他们都来了哩!”女孩温柔地在她底耳边说。

她听见了孩子们底整齐而清脆的歌声:

磨豆腐,
请舅母……

在她幼小的时候,她是和别的孩子们一起这样地唱着的。在她出嫁的时候,孩子们是这样地唱着的。在她底悠长的一生里,邻家底孩子们,也这样地唱着。……

她底小猪悄悄地跑了过来,在冷风里战栗着,长久地怀疑地望着她。对这个，它是一点都不能了解了——它挨着她底身体在泥泞里睡了下来。

一九四四年十月

瞎　子

公路局车站底验票员高国华，穿着一条破烂了的灰裤子和一条发黑的老布衬衫，个子很矮小，打皱的、干枯的脸上显露着一种烦闷；但在这烦闷里又含着一种暴躁的确信和毅力，因为他底生活，在某一点上讲，是非常充实的。他暴躁而忙碌，每一辆开出的车子都使他感到一种热情的兴奋，久而久之，这热情的兴奋就变成了他底生活的当然的一部份了。他本能地就会被那些熟悉的声音刺激起来，即使他已经疲乏得在打着盹睡。和烦恼的旅客们大声地争吵，在票窗前面和车门前面雄纠纠地大声喊叫，这些，好像吃饭似地，是成了他底一种需要了。他觉得，假如没有他，一切便会不可想像：车辆将不能行驶，于是就要发生一些惊人的灾难，比方乘客互相踏死，漂亮的姑娘突然失踪之类。这一类的灾难常常在他底梦里出现，使他感到快乐，并且使他对于他底职务有了一种严肃的意识。

夏天的一个炎热的早晨，第一辆班车开驶以前，高国华站在车门旁边验票。他把左脚踏在车身上，同时叉着左手，这样，他便享有着一种雄壮的姿势了。他兴奋而骄傲，严密地注意着上车的乘客们。

一对年青的男女正在上车。

"这一对一定不是正式结婚的，不信你看！啊哈，她抓着他底手！"高国华想，接住了穿西装的年青的乘客递过来的车票，一面紧紧地看着那个漂亮的女子。

"这一定是发国难财的暴发户！这是他底女人。这个呢？恐怕是他底小姨——你看小姨才风骚，他一定跟她勾勾搭搭！——乖乖，这个包包里头值钱呢！”他想，接了票。忽然他有些烦恼，他想他应该给一点颜色让这个摆架子的暴发户看看，于是他就大叫了起来。

“朝里头走，进去！叫你进去！”他愤怒地叫，然后又向暴发户底集团轻蔑地看了一眼。那个肥的，戴金手表的男子，喘着气，挤进去了。

“看你敢不进去——这一定是一个特务人员。”他想，望着那个戴黑礼帽，穿黑色中山装的男子，谨慎地接了票。

“哈！这是男学生女学生，其实他们懂得什么！他们一定刚才从旅馆出来，有一个笑话……”他想，轻蔑地接了票。

“草帽！草帽！”他怒吼了起来。那个乡下人，慌忙地摘下了草帽。

一个穿得很蹩脚的女学生，提着一个行李，走了过来。

“不行，上不了车！”他冷淡地说，指着她底行李。

“请……请原谅一点！”女学生柔顺地说，可怜地看着他。

他露出坚决的表情来，摇了一下头，接住了另外的票。

“那么，补一张票来！”他说，瞥了她一眼。“看她怪可怜！”他想。

“请你通融，因为只有这一点点！”女学生说。

“公家上的事情！又不是我要钱！”他大声说，摇了一下头。“尤其是女学生不能通融！”他想。

这时有一只手触着了他底肩头，他抬起头来，立刻变得庄严。这是一个乡下人，一个瞎子，他在摸索着。他底另一只手里，提着用绳子穿着的一串铁器：锄头，铲子，钉扒，和镰刀。它们是很沉重的，沿着地面拖着。

高国华勉强地接了票，皱着眉头看着他。

“等一下！等别人上完！”他突然愤怒地吼。

瞎子，放下铁器来，等待着。

终于，在高国华底严厉的监视下，瞎子开始了他底艰难的摸索。他颤抖着举起他底右腿来，踏着了车门。接着，他全身颤抖着，提起铁器来；这是过于吃力，他满头大汗了。

拥挤在车内的乘客们，有趣地，或者为难地，看着瞎子。高国华愤怒地看着瞎子，他觉得是车内的乘客们要求他这样。忽然地，他大吼了一声。意识到乘客们正在看着他，他觉得光荣。瞎子惊慌，碰在车门上，同时绳索断了，锄头、钉扒、镰刀，碰出了大的响声，散落在车内。

车内发出了不满的，埋怨的声音。那个戴黑礼帽的人，几乎被一个钉扒打伤了脚，愤怒起来，看着瞎子。

一个穿制服的学生，向落在他底脚边的锄头踢了一下，他是想踢出来，但是他踢到一个军官底脚上去了。军官愤怒地把锄头踢到旁边去。戴黑礼帽的人踢了两脚，一个西装青年踢了一脚，很多脚都焦躁地，愤怒地踢了起来，于是锄头就消失在脚底森林里了。

瞎子伏在车门上，用他底颤抖的手摸索着。他脸上显得忍耐而安静，无论是脚踢的声音，乘客们底怨恨的声音，或者验票员高国华底吼叫，都不能破坏他底这种安静。一阵混乱的脚踢声，钉扒，铲子之类落在车下来了，于是他就往地上摸索着，并且查点着数目。

高国华停止了吼叫，乘客们底怨恨使他不安起来了。他觉得应该忍耐一下，让车子快一点开出去。他觉得，对瞎子，应该特别忍耐一点。但他忽然向瞎子演说了起来。同时他觉得漂亮的乘客们都在赞美着他底演说，不但不怨恨他，反而因他而快乐了。他对那些被他轻蔑的乘客们发生了强烈的好感，他觉得他们都是一些顶好的人。

瞎子在各处摸索着：他还差两件。

“你想想，你是瞎子，根本看不见，”高国华说，“你也来赶车，你说看看，你知道汽车是个啥子样子？是圆的还是方的？”他兴奋地说，做着姿势，他听见了车上的笑声。“你说是圆的还是方的？我当你以为它是一个乌龟哩！”他说，爱着乘客们，并且爱着瞎子所不能看见的汽车了。“我告诉你汽车是个啥子样子！它是美国人发明的，美国就是同盟国！你还看见过飞机没有？……”（车上有了不耐烦的，啧啧的声音）“瞎子！我警告你！”高国华迅速地愤怒地叫，挺起胸来，看着在地上摸索着的瞎子，“你带这些东西不准赶车！ 别人带包包箱子，你带这些破铜烂铁，真是从来都没有看见过！”（车上有了愤怒的喊声，高国华重新着慌了。）“你想想，瞎子，你今天要是把这些客人底脚打伤了，你怎么办？”他面红耳赤地大声叫，觉得乘客们重新地非常之喜欢他了。“你想想，这些烂铁能值几个钱？ 打伤了这些客人，好，起马要在中央医院头等病房住一个月，两三个月都不一定，头等房间，你想要好多钱！ 医药费，看护费，还有伙食！”

车上的客人们暴怒地吼叫了起来。天气是这样的热，车内是这样的拥挤，乘客们是急切地希望着开车，对于瞎子，铁器，以及高国华底关于医院的演说毫不发生兴趣了。

“混蛋！”车内暴怒地叫。

“这些先生们是不会要你的烂铁的！”高国华大声地向瞎子说；他仍然在车门前面的地上摸索着，带着淡漠的，安静的表情。

“混蛋！ 混蛋！ 你这个王八旦！”车内叫。

高国华吃惊地看着车内：他明白他们是在骂他了。站长愤怒地从车子前面跑了过来，于是高国华愤怒地跳上前去，把瞎子拖开，关上了车门，面红耳赤，满头大汗地吹了开车的哨子。

“都是他妈的王八旦！”他骂，望着驶开了的车子。

瞎子，被高国华猛力一拖，仰天地跌到地上去了。但他即刻就爬了起来，带着他底顽强的安静和忍耐，重新地在地上摸索着。

他发觉情况已经改变了。他站了起来，听着不远的车声，用他底瞎了的眼睛，向车子开去的，飞扬着尘土的方向努力地凝视着。

“瞎子底车票钱拿去！”高国华怨恨地说。

瞎子，踮起脚来，侧着头，带着沉思的表情，听着遥远了的车声。

一九四四年十月

新奇的娱乐

阴雨，泥泞的重庆底街边上，人们成单行地排列了起来，在等候着公共汽车。后来的人陆续地加入着，这行列就不停地增长。这些人，大半都是穿得相当整齐的公务员：灰色、黄色、黑色的制服，大衣，中间挟着小姐们底漂亮的丝巾，头饰，和鲜艳的外衣。间或也有难看的工人，狼狈的青年和流浪汉站在他们中间。

汽车好久不来，大家都无聊，焦躁，烦闷，他们之中，有的在看报，有的在不停地重复地束着衣带，要使衣服更整齐些；有的，小姐们，在不停地轻轻地摩弄着头发，她们总是确信她们底头发已经被挤散了。

小汽车和大卡车在街心奔驰着，溅着泥泞。……

有一个讨饭的瞎子，在拥挤的人行道上摸索了过来，用他底破烂的竹杆轻轻地敲着地面。这街道是喧嚣的，然而瞎子是安静的，他走他底路。他摸索着转过身子来，预备过街去，然而他碰着了这烦闷的行列底尾巴。

"过去点！"一个穿西装的，在看报的人说。他是很无意地这样说的，因为他没有想到要移动；然而，他前面的一部分人转过头来了，看着瞎子。

大家有趣地看着瞎子；他，沿着行列摸索了一下，又转身，碰了壁。

"过去点！"一个穿长衫，戴礼帽，拢着手的人，说，有趣地笑着。

他附近的有几个人笑了，有一个小姐笑了，引起了更多的注意。

“过去点，你老兄！”一个提着长衫的，戴着漂亮的鸭舌帽的青年，快乐地说。

更多的人笑了，引起了更多的注意，笑和注意，好像波浪一般，在这烦闷的行列里波动了开来。

“唉，哪个这样长呀！”瞎子自言自语地说，用破竹杆敲着地面，在大家底笑声里摸索了过去。

“里边去点！”一个穿着黑色的大衣的胖子，正在笑眯眯地等待着瞎子来碰壁，说。遵从了他底话，瞎子向里面走了一点。“还要里面去一点！”他得意地说；瞎子，又向里面走了一点，挨着墙壁了。“告诉你，长得很哩！”他说，得意地盼顾了一下，他底周围哄笑起来了。

现在是已经到了这行列底中央了，瞎子静静地摸索着。

“总该可以了罢。”他想，弯了过来，用竹杆轻轻地敲着地面。

“先生太太，请让一让路哟！”他说，摸索着。这次他碰到了一位漂亮的小姐。

“过去！”小姐愤怒地说，但随后又笑起来了，用手帕掩着嘴。大家看着瞎子和小姐，全体都哄笑了，热烈的笑。“告诉你，长得很哩！”小姐快乐地说。

大家快乐地笑着，大家都觉得骄傲，因为自己们竟然能够站得这样长，以至于使得瞎子多次碰壁，大家看着瞎子继续地碰壁，热烈地哄笑着——现在是，他们全体都兴致浓厚地加入这件新奇的娱乐了——大家希望他们底行列比原来的更长，更长。

在人行道上行路的人，有一些站了下来，张着嘴巴，看着。

“你哥子要注意！”一个瘦小的，提着一个大的布口袋的人，向碰壁的瞎子说。

“唉，真是长得很呀！”瞎子低声地自语着，轻轻地敲着竹杆，静静地摸索了过去。

“早就告诉你长得很呀！”

大家笑了，连行路的人也笑了。大家觉得，这长，是他们底光荣：“我们站得多长呀！”——站在路边观看着的行路的人们，也分享了这光荣。

“喂，这里走。”一个衣裳破污的，挟着一包书的青年，在瞎子走近的时候，低声说，同时让开了自己底位置，牵着瞎子底手，使他走了过去。

“道谢了！”瞎子说，轻轻地用竹杆敲着地面。

大家沉默了，望着这个青年，这个青年，皱着眉头望着地面，他底面颊在颤动。大家扫兴，不满，比原来更烦闷，望着这个青年，他放走了瞎子。

“哎哟，要死。车子怎么还不来呀！”一位小姐，烦躁地说。

一九四四年十一月十四日夜

草　鞋

晴朗的，美丽的早晨，从山里面来的下力的乡下人，已经一批又一批地担着米粮、煤炭、水果之类从这条山道上经过了。那些强壮的乡下的男子们是穷苦的，赤着膊，但从他们所挑的东西看来，那山里面又是那样的丰饶。他们有的就在这山道边的大竹林旁边停了下来，歇着气，抽烟、或者简短地谈话。大竹林里面是深邃的、神秘的寂静，初夏的早晨底辉煌的阳光照射在竹林底左边，竹林里面斑驳地散布着黄金的光明和新鲜的、潮湿的暗影。山道边上的那些杂乱地散布着，又是神奇地结构着的旧的房屋在冒着蓝色的烟了，山雀们从烟影里活泼地飞过。这早晨的景象是一种奇特的愉快，而且，山下的那一座不小的村镇，它底屋顶，它底夺目地闪耀着的玻璃窗，以及它四周的绿色的稻田和林木，在辉煌的天空下，形成了一种富丽的景象，而飘起各种形状的，成百的蓝色、灰色的烟带来。一个幼小的、肥胖的、破衣服的女孩，一只脚跨在门外，咬着一个稀烂的桃子，睁大着她底纯洁的眼睛，不动地、惊异地看着山下。

保长王德兴，搬了一张靠椅搁在大竹林旁边的水沟上，就在那些歇脚的乡下人底旁边，安闲地躺着，抽着烟，吐着痰。他用一种可怕的大声吐着痰，没有多少时间，他底周围就布满了浓痰和泡沫了。他异常安闲地躺着，在这样的早晨和这种景色里，这简直是帝王般的幸福。他是精瘦的老人，可是很和气，他不时地张望着，嘲弄地闪耀着他底眼睛，希望和别人说话——显然的他是又满足，又快乐。

十四岁的，瘦削的女孩张幺妹担着空了的箩筐慢慢地走上来了，疲劳而满足，喘着气。她是天亮时就担米下山的，现在是卸下了重担回来了，并且，买了一双草鞋。她底细瘦的手搁在扁担上，用着一种温柔的、精致的感情，玩弄着草鞋底绳索。她底赤脚无声地在光滑的石板上走过。她是爱俏的，可爱的姑娘，用红线系着的两根细小的辫子，在她底结实的后颈上，柔顺地摇动着。

“幺妹儿！你啷个快就转来了！”王德兴大声说。

“三叔，你看我买的一双草鞋！”

“拿跟我看！”王德兴庄严地说，并且意味深长地点了一下头。

“三叔，你看我买的是一百二，还是线打的绊绊！三叔这该不贵罢！”张幺妹兴奋地、活泼地说，红着脸，看着王德兴手里的她底心爱的草鞋，又看着王德兴底严肃的脸，显然的，希望赞扬，这赞扬将使她特别的幸福。

王德兴严肃地，意味深长地翻看着草鞋，好久不开口。他一向都不高兴这个刁顽的、无礼的姑娘，也痛恨着她底父母的，于是他不觉地嫉恨起来了。他底那种快乐的，满足的心境，就突然地消失了。

“这瘟丫头！”他想，大声地吐了一口痰。

“三叔，他还是要了一百八，我给他一百二就卖跟我了！这要管一些时候穿的罢！”张幺妹说，红着脸，哀求地看着这个操纵着她底幸福的、高深莫测的、古怪的人。

王德兴沉默地看着草鞋，拉了一下它底绊结。

“我看你还是遭了！”他突然地大声地说，轻蔑地看了张幺妹一眼，“这个烂草鞋，一百二——贴我十块钱看我要不要！”

张幺妹，羞惭地红着脸，痛苦地假笑着。她觉得自己是错误、有罪的，并不是因为损失了钱，也并不是因为草鞋真的不好，但总之是错误，有罪的，她希望王德兴能够原谅她，她刚才还希望赞扬。

“你这个草鞋，顶多只值五十元！”王德兴说，弹着鞋底，又拉了一下绊结，“你不信叫别个品品看！”他说，指着那几个看着他的、歇脚的乡下人。“这个鞋子嘛，”他向乡下人说，“你看它表面上还有个形式，其实毫不值钱！只有你才会乖乖的拿一百二去买嘛！”他不屑地、活泼地动着身体，向张幺妹说，他底样子，使两个老实的乡下人笑起来了。

王德兴于此更为兴奋地说了下去。

“不过，”幺妹说，受不住这样的打击，含着眼泪了，“它总比……打光脚板好！”

“打光脚板！咦！”王德兴兴奋地、满足地大声说；“请问你姑娘，打光脚板要钱么？你买一双高跟鞋来穿还要好哩，那些摩登儿！”歇脚的人们笑起来了，王德兴无比地快乐了，“在前些年一双草鞋嘛，值不上一个桃子底价！”他指着那个咬着桃子，看着山下的，幼小的女孩，“是在民国十三年，我十块钱在乡下收一千多双草鞋，这哪个又不晓得！那时候你怕还没有见阎王哩，又说……”

“你不管！”张幺妹说，含着泪夺过草鞋来，“我上我的当跟你屁相干！”

“好，跟我屁相干！”王德兴说，被这意外的反抗弄得有点狼狈了。“本来我倒不当说，只是我心里藏不住真话！姑娘，我说的是真话！你那个草鞋，”他吐了一口痰，指着草鞋，说。但又沉默了，喘息着，觉得心里有刀割一般的痛苦，他底脸发白了。

张幺妹呆站着，看着草鞋。它已失去一切的光泽与美丽了，好像经过了一种奇怪的魔术似的。她底幸福，啊，那温柔的黄金的幻境，这个美丽的早晨，是从此消失了！

“姑娘，你那个草鞋嘛，本来倒还不错，”王德兴，痛苦地喘息着，说。显然的，他是被自己底意外的热情所伤害了，希望从痛苦中平静，安慰自己。

但这时张幺妹举起草鞋来，拍的一声抛击在他底脸上，而且，被自己的这个行动所惊吓，又替草鞋觉得伤心，失望地、愤怒地哭了起来，奔开去了。但跟着她就停止了哭声，站下来了，又着腰，凶恶地望着这边。那些歇脚的人，沉默地、严肃地看着她，又看着王德兴。那个幼小的，咬着桃子的女孩，直到此时为止惊异地看山下的，也转过脸来看着她。

“好，你个疯丫头，我老人家不跟你动肝火，二天卖你哥哥底壮丁！”王德兴，痛苦地喘息着叫，然后他就捡起草鞋来，讥嘲地察看着，又在自己底脚上比了一下。“都还乖，”他快乐地嘲弄说，“小不到丁点儿——夏天穿起来硬是安逸得板板！”

滩　上

黎明的江岸上，纤夫们发出了一种甜美的、柔和而宏阔的声音，在这个声音底每一间歇里，有一个美丽的、嘹亮的男子底声音在歌唱着。纤夫们出现在急流左边的石滩上了，形成了一个向前倾斜的肉色的整体，紧张地静止着不动，因为江流是非常的湍急。在急流里挣扎着的沉重的大木船上，敲起了鼓来。鼓声停止了。纤夫们，那肉色的、向前倾斜的紧张的整体里面，发出了年青的男子底嘹亮的歌唱声，而后就是那一声柔和而宏阔的应和，那个整体向前移动了一步。

礁石滩联接着宽阔的沙滩，再里面就是绿色的、树木丰茂的山坡了。是精力饱满的夏天。黎明的凉爽而活泼的风在江面上和沙滩上吹着，淡蓝的洁净的天上映着日出的红光。那个强壮的、赤膊的、浓眉大眼的美丽的男子，肩上披着一块破烂了的白布在微风里飘荡着，因了内心的痛苦和悲伤而尽情地歌唱着，虽然那歌词是异常的单调；从他底四周发出来的他底匍伏在地上的兄弟们底那一声宏大的应接，使他底整个的心都颤抖着。他结婚才只半年，因了穷苦和不幸，他的女人病倒了——已经非常的沉重。天没有亮的时候他就出门来了，没有人看顾她；而且他出门的时候是怀着对她的怨恨的心情，他好像故意地要折磨她。生活里面的相爱的人们底互相怨尤，冷淡的郁怒和自私的对于自己的怜恤，使他站在黎明的江边觉得异常伤心。然而他仍然反抗他底女人所带给他的一切，他觉得光荣，因为他底兄弟们需要他。在这个江上，再没有人比他歌唱得更好了。

因而这个早晨是显得和一切时间都不同：这个早晨是如此

的痛苦和美丽，他预见着什么重大的不幸，他确信他已经摆好了架势，准备迎接命运底打击。他底思想时而飞翔在他底不幸的女人的身边，忏悔着他底罪孽，时而飞翔在山里面的那一块荒凉的田野上，去寻着他底父母底踪迹，时而又深深地飞进了他底辛苦的兄弟们底心里，激发着甜蜜的安慰。他站在他底兄弟们底中间，慢慢地移动着，沉醉地激情地歌唱着。

太阳升了起来。一个褴褛的老女人在沙滩上出现了，困难地奔跑了过来。她站下来用手罩着眼睛看了一下，又伸着头听了一下，喊叫起来了，一直跑到纤夫们底身边。

纤夫们，发出了宏大的声音，跨出了一步。激情的歌唱者，觉得是在无比美丽而舒适的波涛上飘浮着。

"赵青云呀！这不得了呀！赵青云，你那个女人她过去了！"老女人大声叫着，跑了过来，看着他。

赵青云几乎是冷淡地看了她一眼。但他底脸忽然地发抖了，他底歌唱声音破碎了，他觉得有一阵眩晕。但他感觉到，他底兄弟们发出了呼声，抬着他前进了一步。

他突然有燃烧般的奇异的快乐，他一切都不明白了。他用可怕的眼睛望着江面的远处，于是他用轻柔的、美丽的、动情的声音唱：

江上的风波呀从古到如今哟！
人间底事情呀有多少问不得，
拉得牢呀依哟呀兄弟们啊底心咚！

"海——哟！"纤夫们唱，于是他们沉重地前进了一步，好像使得地面都震动起来了。这样地，赵青云就在那种奇异的激情里继续地歌唱下去了。老女人，恐怖地看着他，跟着走了两步，突然地替他觉得悲痛，哭起来了。

"日头出来呀依哟日头又落呀，"赵青云唱，望着前面。他好像什么都不明了——整个的世界在他底脚下轰然地震动着。他希望这个滩永不完结，而激情的歌唱继续着直到永远。他底兄弟们拥着他前进，直到永远。但江里的木船上敲起鼓来了。他感觉到恐怖。纤绳松弛了，纤夫们从地上散乱地爬了起来——那个坚强的沉重的整体破碎了。

纤夫们围绕着赵青云，赵青云呆呆地站在他们底中间。老太婆，哭着挤了进来。

“赵青云。”一个瘦弱的少年，同情地说。

赵青云摇了一下头。

“可怜她死的惨啊！”老太婆哭着，说。

“婶娘，”赵青云疲乏地、谴责地说，灰白而打战，“没得啥子好哭的！”

随后他剧烈地抽搐了一下而低下头去，沉默着，眼泪落在洁净的鹅卵石上。老太婆停止了她底哭声了，升起来了的辉煌的太阳，照耀着这沉默的、静肃的、褴褛的一群。

一九四五年八月九日

悲愤的生涯

队伍奉到调防的命令，行军几天之后，在一个小城里住下来了。王青顺底一班住在一个潮湿而阴暗的煤坪子里，他是班长，已经四十几岁了，不认识字，升为班长，是因为当了二十年以上的兵。原来的队伍被改编，解散之后，他就落在这个他所极端轻视的新兵补训处里，从这个城市到那个城市，已经三年没作战了。他一天一天地觉得心里有更深的疲劳，好久以来，他对于他身边的任何事情都不大关心——他怀着一种绝望的心情，暗暗地觉得自己是已经衰老了。是落着雨的初秋的晚上，他靠在煤坪底潮湿的墙壁上，裹着军毡而昏沉地打着盹睡。他底这一班的兄弟们，除了那个害着什么急病的周国兴以外，都已经在黏湿的泥地上互相地枕籍着而睡着了。周国兴，靠在一根柱头上，战颤着，不停地可怕地呻吟着。吊在右边的墙壁上的一盏昏暗的油灯，照见了他底痛苦的、扭曲着的瘦脸；他底睁大着的、哀求的、无望的眼睛，是在紧紧地注视着他底父亲一样的班长，然而王青顺是毫无办法；他并且已经整个地倦怠了，他底头沉重起来，他想到周国兴是从小就死去了父母的年青人，觉得非常可怜。他又想到，周国兴假如已经结了婚的话，那爱着、盼望着他的女人一定会非常的痛苦，并且对整个人世觉得失望。这样想着的时候，周国兴底痛苦的脸在他底眼前摇幌着而扩大了，同时，一个年轻的女人底温顺的、哀怜的相貌在昏暗上浮了起来——这是他底女人，穿着褴褛的衣服。但忽然地她向他悲痛地笑了一笑，幻化成一个衰老不堪的，憔悴的妇人了。

“她是老了——恐怕是死了罢？”他想。

他惊醒了。

“周国兴，忍着点儿！”他悲痛地说。

“班长啊！哎哟！我是不行了！”周国兴，动弹了一下，说。

他想告诉周国兴说，他，王青顺，离开家乡已经二十几年了；就是这样地过了二十几年，到了今天，人生对于他是已经再没有什么可以留恋的了。他不知道他果然说了这个没有，这种极深切的感觉留在他底心里，他底头突然地又变得异常的沉重，眼前的各样的暗影混融着而扩大了，面前不远的一根柱头，肿胀了起来——他看见一个肥胖的军官向他走来，举起了皮鞭。忽然地又不是抽打着他，而是抽打着他底从小的朋友金贵发。金贵发在地上翻滚着呼号着，他觉得他是怯懦的，太对不起朋友了。……忽然地又是落着雨的，凄凉而泥泞的大街上，马号尖利地吹了起来。一队兵士出现了，他底兄弟们！他们绑架着那死白的金贵发，走向刑场。

“我对不起我底亲娘啊！”金贵发可怕地大声叫，挣扎了一下。王青顺追着这规则的队伍跑去。他哭了，突然地醒来。

他重新听见了他周围的鼾声，梦呓，和周国兴底沉重呻吟。他睁大着眼睛，他觉得他再不能睡去了。

“周国兴，天亮了就好了，耐着点啊！”

“我倒不是那些吃不住的人，……哎哟，可怜我底心啊！”

“我晓得。”

“班长啊！”

王青顺，站了起来，走过去，在周国兴底头上和胸口摸了一下，并且替他盖好；周国兴底眼光激动了他，他觉得非常地不安，轻轻地打开门走到街上来了。落着雨，小城的寂寞的街道上，街灯凄凉地照着。他慢慢地走了过去，想着周国兴底那种眼光，一面就懊悔着他自己在二十几年以前不曾耐性一点如他底父亲似地蹲在家里；即使在后来，他也曾经有很多机会可以回家去的，但他总抱着一个悲凉的雄心，轻视家乡的人们，并希望能够在宽阔的天地中，如这个世界上的人们所说的，成立功名。如果在那些机遇里能够及早地回头的话，那么，他在现在这样的凄惨的晚上当能在和平如梦的灯下，住在亲人底身边了。他悲痛他在年轻的时候曾经那样地欺凌、轻视着那爱着他的，忠厚的女人。在这个荒凉的世界上——如今他是已经在那宽阔的天地中奋飞过了，他就是这样轻率地丧失了那仅有的一点点爱情。

一辆人力车在他底面前闪过去了。忽然地从黑暗中一个女人溜了出来，抓住了他。这个女人穿着漂亮的衣服，涂着脂粉，急迫地喊王青顺为官长，又卑屈地笑着。王青顺非常地惶惑，并且他羞耻得含着眼泪了。他觉得，这样的女人，她底身份是比他要高得多；而且他是这样的男子，笨拙地生长了起来，对于女性是怀着痛苦的羞耻和赤热的崇敬。这女人是这样急迫地拉扯着他，他不知要怎样是好了。忽然他想到他应该拿钱给她，于是伸手去摸索他底钱，他觉得唯有这样才能对得起这个不幸的女子。但那娼妓看见了警察，放开了他就溜走了。

王青顺恍惚地站着。他忽然觉得有一阵失望。他不明了这是为什么。年青的、穿着破衣服的警察，故意地显得很安闲，走了过来。王青顺觉得他自己，以及这个警察，都是非常的可笑的。于是他嘲弄地看着警察，站在微雨中。

但他忽有无比的悲愤，并觉得自己在这个世界上是坚强，有力的。他奇怪地激动得发抖了，在微雨中大步地走了过去。

“吓！吓！”他愤怒地说，然后他唱：“只有铁，只有血，只有铁血可以救中国……见他妈的鬼，去他妈的鬼！”他叫，大踏步地走着，觉得那个警察是在他底背后无可奈何地看着他。

“三十功名尘与土，八千里路云和月！”他大声地狂暴地唱着这士兵底歌，好像是喝醉了，在街上大步地摇摆着。

……

他轻轻地重新走进了煤坪。

“唉，我底班长啊，我怕是不行的了！”周国兴，呻吟着，说。

“不怕，孩子啊，第一要安静！”他用发颤的声音说，在周国兴底身边蹲了下来。

一九四五年八月十日

老的和小的

“哦,刘二太婆,你这个生意倒要得呢。”张家么娘走了过来,客气地笑着,说。她底衣服胸前撕破了一大块挂在那里,其余的地方也同样是破烂的。她看来有三十五岁了,或者更大些,她底脸上充满着劳苦的、忧虑的神色。她底眼皮是红肿的,显然地刚刚哭过。

“哪里啊,张么娘!”刘二太婆和悦地笑着回答。在她底打糖罗汉的担子前,围满了活泼的、紧张的孩子们。她一面回答着张家么娘,一面就转动了彩牌,孩子们大叫了一声,一个穿着灰色的布袍的孩子,紧张地瞄准着这彩牌,发出了他底射击。孩子们紧张地挤动着,彩牌停止了,他射中了五彩——小罗汉一个。

孩子们静了下来,失望的空气笼罩着他们。他们总共已经打了十几次,但每次总只是得到一个不像样的、手指般大的小罗汉,或者小糖一块。那个一尺多高的、胖大的糖罗汉,或者那个半尺多高的、舞着宝剑的二罗汉,他们总是不能射中;它们仍然稳稳地坐在它们底位置上,高傲地挺着肚皮或者舞着宝剑。但孩子们也只是在这失望中静了一下,立刻他们就尖锐地吵了起来,互相推挤着,来抢夺这最末的一个小罗汉了——立刻就把它抢得粉碎,塞到他们底满涂着黑墨或者泥污的嘴巴里去。然后,他们满足地大叫着奔开去了。

这时来了一个赤着脚的、怯弱的小女孩,她交了五十块钱,默默地射击着,得到了一块小糖,舐着这小糖,默默地走开去了。

“这是吴家小女儿呢。”刘二太婆笑着说,慈爱地看着小女孩底安静的背影;“她老人前年子亏了啥子人底一笔款,抓到法院里，后来又送去当壮丁了！不过她外婆还是有点钱！”

“是呀！哎哟，谢谢你刘二太婆，我不吃的！”张么娘说，接过了刘二太婆递给她的一块小糖；“五十块钱打一下呀，你这个生意倒不错呢！”她羡慕地、留恋地说。

“糖贵了，还是不行哟！”刘二太婆和悦地笑着说，显然地并不想掩藏她底得意。她是一个干枯的老女人了，瘦弱的、暴着血管的手，在抓着什么东西的时候，是在颤抖着。然而她穿得很整洁，头发也梳光了。张么娘记得，就在去年，被她底穷苦的媳妇驱逐出来的时候，她是那样的潦倒，穿得破破烂烂，整天地哭着，看来简直活不下去似的。谁也没有想到，过了半年的时间，她居然收拾得这么好，能够独立地生活着了。

张么娘觉得非常的慕羡、尊敬、感动。她自己是这样不幸的。今天早晨，她底男子那样捶打她，撕破了她底衣服，仅仅为了她昨天赶场时多花了两百块钱。

刘二太婆，显然渴望谈话继续下去，看着她，和悦地、愉快地笑着。

“你这衣服哪个撕烂的呀？”她问。

“二太婆，说不得，我那个男子不讲理啊！”张么娘说，有了眼泪；“二太婆，我说是你倒好——你一天还是赚得到千把块钱的啊！”

“七八百块钱吧！”

“那就好了！你今天哪个没有过河赶场去呀！”

“我底脚今天又走不得！”

“你这个担子，是自己背起走呀？你背得动？”

“背得动，没得好一点儿重，我呢，”二太婆说，“高兴哪里去做，就往哪里背，我总是一个人——你想想呀，去年子我是连一个过河钱都没得，我心里就是记得住，我一个人就是背一千斤都没得关系！”

“你那个儿媳他们哪个样了？”

“他们呀，我不吃他们的，他们自己还不是没得吃！哼！”二太婆愤激地说，“昨天来找我了，说是孙姑娘病了，保长又要派捐，问我拿钱！我说：要不是黄福民是个大恩人，拿两千块钱给我做本，我怕早就死了！我说我没得钱！”

“啊！”张么娘说，觉得刘二太婆也是残酷了一点了，心里很纷乱。

“你再吃一块糖！”二太婆客气地笑着说。

“我吃。”张么娘说，“我说，一个人活在世上嘛，还是要行点儿善——你还是拿几个钱给你孙姑娘看病吧！你那个儿又不在家！”

刘二太婆沉默了一下。

“那到是！”她说。“你这话就说中了我底心！”她说，“我那个儿，晓得他死在那个战场上啊！”她说，沉思着，泪水模糊了她底干枯的眼睛。

她们静默着了。这时已经是黄昏，街道安静着，春天的柔和的空气好像是整个地凝住了。有一对燕子在附近的屋檐下飞着，轻快地追逐着，发出清脆的叫声来。微弱的阳光从江面上返射过来，使半条街道都浴在一片粉红的光辉里。

“你个狗日的你还不回去！”张么娘底男子，拿着一柄锄头，站在街角向着这边愤怒地叫，惊醒了这两个女人底梦境。这男子又骂了一声，走开去了。

“二太婆，我走了。”张么娘说。

“唔，”二太婆痛苦地笑着说，看着她走了开去。“喂，张么娘！”忽然她动情地叫，“你再吃一块糖呀！”

“我不吃，谢谢你。”

“你一定要再吃！……”刘二太婆追了上去，喘息着，把两块糖塞在张么娘底手里。“你不吃，就带跟你底娃儿呀，就说是我给他们的！”

张么娘走开去了。刘二太婆又站了一下，刚才的那个赤着脚的吴家的女孩，从空场那边出现，怯弱地张望了一下，就一直向糖担子跑来。

她交了五十块钱。刘二太婆转动了彩牌，她就默默地瞄准，默默地射击了。

她射中了头彩。

“呀!”刘二太婆低声叫,露出了失望的、错乱的脸色。她决定对这女孩蒙混过去,但同时她底心受到了痛烈的一击。随即她就强烈地感到:她已经在这个世界上又获得生活了。她心里燃烧着强烈的快乐,又燃烧着强烈的凄凉、悲哀,她想她不久将死去——她已经又在这个世界上获得生活了。她用颤抖的手去取那个胖大的、挺着肚皮的糖罗汉了。

“小女儿,这是你底——头彩!”她说,温柔地、慈爱地笑着,抱着那个巨大的糖罗汉,轻轻地把它递了过去,同时她底眼泪热辣地奔涌了出来。

街道静悄悄的,周围没有一个人。……

怯弱的、赤脚的女孩,这失去了父亲的、孤苦的女孩,她一直没有开口。她从不敢想像她会得到这个——这伟大的犒赏,仅仅是在她底远处发着光辉,招引着她向前奔去而已。她将成长,成熟,向她底前程默默地、狂热地奔去,如现在似地,得到她底犒赏。她底脸发白了,她底嘴唇发着抖,她紧紧地抱住了这个伟大的糖罗汉。

她底光赤的脚向前移动,她向空场慢慢地走去,显得怀疑、动摇、不安。但她突然地发出了一个尖锐的、狂热的叫声,向前飞奔了。

四六年四月一日

棋逢敌手

夏天底炎热的中午，在这个小镇上，差不多整条街都睡着了，统治着一种巨大的昏厥和寂静。人们在任何一个略有荫蔽的处所，在那些破墙底后面，在那些光秃的树木下面，在地上和板凳上半赤裸地仰躺着。就在毛厕底旁边，污水和粪便底上面，人们躺着而发出喘息声和呼噜声来。暑热扩张着它底威力，灰尘在明亮的空气中颤动着；这一片喘息声和呼噜声，就加深了那种巨大的昏厥和寂静，而造成了一种奇异的、生命衰竭的景象。

然而有着为了他们底生命而活动着的两个独特的人。在一堵破墙底荫蔽里，肥胖的、滑稽而可爱的夏人儒，一个小堆店底老板，和另一个小堆店底老板，瘦弱的、庄严而可敬的张克正，在走着象棋。他们那样专心地、紧张地走着象棋，胖子含着轻敌的微笑，瘦子则铁青着长脸——造成了对于暑热的唯一的胜利。在这间堆店的空房，或者如老板自己所说的，办公室里，桌子歪倒了，椅子缺着腿；什么一个玻璃瓶打碎了，碎玻璃底旁边又积着小孩底粪便。各处都是厚厚的灰尘。那从天窗照进来的太阳是直射在一把竹椅上的一个盛着几块肥肉的大碗里。然而，在这种惨澹的破烂和空虚里，却有一块新漆的、黑底金字的招牌在墙上辉耀着。这是一种奇怪的营生。老板和他底客人，就坐在这金字招牌底下面，走着象棋。

胖子夏人儒走了一着，瘦子默默地吃了。

“我看你又吃嘛！”胖子说，轻视地笑着，又走了一着。

瘦子张克正，铁青着脸，看着棋。

“啊！”忽然地他叫，而且兴奋得发抖了，“又吃！”

"哈!"同时胖子叫,伸出手去抢,但随即就靠在椅子里,平放着手,痛苦地、嘲弄地笑着,看着对手。

"不行,吃车要言明!"他说,又伸出手去抢,同时痛苦、兴奋得发抖了。他痛心他底可怕的损失,但又觉得有异常的羞辱:他觉得他自己太不像一个敢吃敢当的男子汉了。

同时他又痛恨他底对手底傲慢不逊。他突然觉得他是很可怜的,他底对手对他是过于残酷,使他底温柔的、娇嫩的心受到了伤害。这样他就变白,而流着大汗了。

"还给我!"他喊。

"不!"张克正说,举着右手,一面用左手防御着夏人儒。他很想还给夏人儒,然而,吃来了,又是特别地幸福、快乐的。他同样地觉得痛苦和羞辱;他突然觉得他是被欺凌了:对于他底温柔的、娇嫩的心,夏人儒是过于粗暴了。

"不还!"他说,痛苦地笑着,并且发着抖。

"这个人多丑呀!"夏人儒想,凶恶地看着他,伸着手。

"他这个样子多难看呀,比不上一匹猪!"张克正想,凶恶地举着手。

"还跟我!"夏人儒疼心地喊。

"摔到街上去——都要得!"张克正,可怜地喘息着,说。

夏人儒又倒到椅子里去了,突然地他全身发抖,跳了起来,而发出了一个可怕的吼声。

"老子!你龟儿不要脸!"

"你龟儿,才不要脸!"张克正喊,推开椅子跳了起来。

于是他们就叫骂了起来。张克正,非常惧怕夏人儒底有名的野蛮,觉得这是很不划算的,就一面叫骂一面退走。这样他们就叫出了破墙,一直叫到街上来了。

他们在街心叫骂着,在可怕的毒辣的太阳下面。很快的,附近的那些昏厥地躺着的人们,都突然地爬起来,向这街心奔来了。这些人们,店老板、小伙计、以及凌乱而肮脏的妇女们,本来是无论如何很难得起来的,但现在却活泼地奔到太阳下来了——好像发生了一个奇迹。而因了这种激励，夏人儒和张克正就叫骂得更凶了，一时揪在一起，一时互相地推开，不停地用各样的生动的姿势叫骂着。

“你们大家听听看！”夏人儒，弯着腰而拍着手，向大家说，“他龟儿唧咯不要脸，骗别个十万元的一张支条！逼得别个跳河呀！”

“我总不像你！”张克正，掳起袖子来，指点着夏人儒，又看着大家，说，“你龟儿偷别个小媳妇，又吃别个补贴！——小媳妇，”张克正打了半个旋，在耳朵上面张着手，说，“硬是安逸呀！”

周围的人们，那些老板、伙计、女人们快乐地笑起来了。这使得夏人儒非常的痛苦；他站着不动了，希望能想出一个毒辣的报复来。然而，张克正嗤了一下鼻子，预备走开了。

“你哥子又何必哟！”夏人儒跳了上去，沉痛地叫，“你个龟儿！”他说，涨得通红，看着张克正，忽然他牵动着嘴角，忍不住地笑起来了。

“唧个的？”张克正说，表示自己对于夏人儒底态度是一点都不懂。

“唉！算了吧算了吧！”胖子说，摇着手走了过去，抓住了张克正，“我们又来！今儿算我遇到了！我们又来！”他大声说，嘲弄地、快乐地笑着。并且嘲弄地、快乐地笑着看着大家。

瘦子，先前还有点困窘，装假的；现在是坚定了起来，铁青着脸了。他严厉地说：一定不行。他更严厉地说：要来就明天来。这就把周围的热心的人们整个地弄得莫名其妙了。

“你哥子今儿非来不可！”胖子说，快乐地、滑稽地嬉笑着，并且拧了一下瘦子底耳朵，表示他们是异常亲爱的朋友。瘦子，铁青着脸。

于是，胖子就拖着瘦子向他底那个奇怪的堆店里走去了。大群的莫名其妙的人们，紧张的跟随在后面，堵住了堆店底破门。

“你叫别个看看——这个棋，是不是吃车！”瘦子，铁青着脸，严厉地说。

“就是！就是！”胖子，快乐地说。

于是他们就重新坐了下来，一个快乐而嬉笑，一个阴沉而严厉——不过，如事实所表明的，他们是这个世界上的最好的一对朋友。

“这回我又要输——我走炮。”

“我走兵。”

“啊嗬！他们是在将军——我当他们是剥皮哩！”一个披着肮脏的制服的、快乐的国民兵，说，环顾大家。

有的人就走开去了。接着，大家觉得再没有什么可看的，都走开去了，咒骂了几句，就回到各自底阴影里去重新躺了起来。不久之后，整个村镇重又昏厥了，浮荡着奇异的呼噜声和喘息声。但这里，在破墙后面和金字招牌下面，有两个为他们底生命而活动着的独特的人，在走着象棋；而那个快乐的、苍白的国民兵，是张着嘴，流着汗，站在旁边，紧张地看着他们。

“这回我又要输——我出车。”

“我管你出你妈的鸡。我出兵——小兵儿。”

一九四五年七月

英雄底舞蹈

在两条澄碧的、细瘦的、美丽的小河像亲爱的姊妹一般地会合的地方，有一座小的村镇。它总共不到两百户人家，然而，这个中国应有的东西，它都有了。有穷人，当然也有富户；有据说是打过仗的将军，自然也有据说是和显贵的权威亲狎过的官员；有漂漂亮亮的小姐，自然也有读过什么艺术专科学校的少爷。但不管这一切，在很长的一般时期里面，可爱的、和善的居民们，是生活在一种非常古旧的英雄的气氛中，而且厉害地激动着。这种气氛，是从镇上的一座茶馆里散发出来的。茶馆里，靠着正面的墙壁，十几年来，用一张方桌和一张小的条桌搭成了一个高台，每到黄昏，不论是冬日的严寒，或是夏天的酷热，都坐满了年青的年老的男子们，——而天气黑下来的时候，一只蜡烛亮了，有名的说书人，张小赖，爬上了高台。这是很少有过例外的。张小赖十几年来好像从不曾生过病，张小赖在茶馆里生动地叫喊着古代底英雄们底事迹，从年青直到年老，从他底女儿的出生一直到他底妻子、女儿都埋进了黄土，从他自己都忘却了的年代直到这个奇怪的、不可解的今天。

他是衰老、病弱，仅剩下一副干瘪而可怕的躯体了。十几年来他抽着鸦片，镇上的那些权威们，也觉得他有抽鸦片的特权。在他年轻的时候，他曾经拼命地干过一下刀、枪、剑、戟之类，就是所谓十八般武艺的，而且收了不少的门徒。许多中国人，在他底一生里面，都有过这一类的显赫的时期的。但即使他，张小赖，现在已经衰老了，却仍然抱着雄心；他总希望练成功，肩膀一缩就能够贴着墙壁升到屋顶上去，或者一个筋斗就能够从空中翻过一个天井。他是非常地爱着他底家乡，他是被所有的人所赏识，他觉得他是被他们所喜爱。因此，有时候，要撒一点儿娇。街边上，因为要实行“新生活”，种了一颗可怜的小树，他要热烈地批评一下；挖开了一块石板，他也要热烈地批评一下，那结果，是那棵可怜的小树，和那一块遭了恶运的石板底周围，都布满了他底黄绿色的浓痰。深夜的时候他从茶馆里回到他底破烂的孤居来了，捧着一把茶壶，劈劈拍拍地拖着鞋子——睡下了。不久，悽悽凉凉地，太阳升起来了，通过窗户照着他底凌乱的、污黑的板床，在那上面，缩着他底衰竭了的、干瘦的肢体。他要一直睡到下午，然后就换了一个姿势躺着，点起烟灯来。

到了黄昏的时候他就突然地振奋了起来，而充满着一种神秘的热情了。

他热中于他底这样的生活，恰如这地面上的任何人热中于他们底生活一样。可是，突然的有一天，在斜对面的茶馆里，一个女子拉着胡琴，一个男子用女人的声音尖利地怪唱起来了。是从城里来的，唱着他从来都不曾知道的《毛毛雨》和《何日君再来》。他底听众们，突然地跑过去了一大半。并且从那边传出热闹的哄笑声来，这，使他发抖，感觉到尖利的痛苦。

“这种，伤风败俗的东西啊！”他叫，猛力地拍了一下他底惊堂木，而后就拖着腿，点着头，哼着，不再讲下去了。于是剩下的听众也跑了过去了。

他在寂静中溜下讲台来，回到他底孤居去了。这是可怕的失败和痛楚。但他底那个少年时代的梦想，他底那些古代的英雄们，都在他底梦里升了起来，照耀着他了。他梦见吕布一戟刺来，挑下了他底帽子，然后又向他温柔地笑了一笑。他醒来就流出了感激的眼泪。他一下午都发烧，非常的不适，但黄昏的时候他带着神秘的、惨白的、严肃的神色重又走上了他十几年来所盘据的高台。

蜡烛点燃了。

“今天，我们来说华容道，关公知恩放曹操！”他用神秘的、轻微的声音说。拍了一下惊堂木。

但他底听众只有往常的一半。同时斜对面的茶馆里男人装做女人的声音突然地叫起来了。他寒战了一下，望着街上的摊子上的、阴雨里的、悽迷的灯光。他看见有人冒着雨从他这边向对面跑去了。

“我是替天行道！”张小赖想，猛力地、愤怒地拍了一下他手上的坚强的、光亮的木头；这个突然的声音，和他底脸上的那种轻蔑的、讥嘲的、魔鬼似的神情，使得剩下来的那十几个人肃然了。他凝聚着一种可怕的力气，慢慢地耸起他底瘦削的、仅剩了两块骨头的肩膀来，并且鼓起眼睛来，用那两颗露出的、巨大的眼珠，轻蔑地凝视着什么一个远方，而他底那一件破旧的衣服，就从他底身上，在寂静中滑脱了。这就露出了十几年来这种生涯底记录，那一副可怖的、奇特的骨架。这一副骨架，和它上面的那个魔鬼的头颅，在寂静中轻轻地颤动着。这种生涯，像所有生涯一样，并不是轻而易举的。一个说书人，他底精力和血液，要为各样的装疯作怪，各样的恶魔和幽灵所蹂躏。最初这或者是有趣的，博得全场的哄笑；但到了仅剩下一副骨架在这样的装疯作怪里颤动着的时候，就只能引起一种恐怖的印象了。他没有欢乐，他假装着纵声大笑；他没有悲苦，他逼迫着高声假哭；他伸出两只手来舞蹈；他假装听到了询问，并且捶胸顿足。这样的被什么一种力量支配着而舞蹈的骨架，就真的能够在那些阴暗的茶馆底高台上，产生一种幽灵的气氛了。张小赖，在高台上，幽暗的光线下，高举着两手，站起来了。

“却说曹操一看，啊呀呀呀呀！”他叫，全身发抖，然后突然寂静。他这样地高举着两手站着有半分钟。

在寂静中，听到雨落在瓦上的清晰的声音，斜对面的甜甜的胡琴的声音，和男人装做女人的尖利的、淫荡的歌声：

哎呀呀

我的心

"曹操心中一想!"高台上的那个精灵,突然地缩下去了,那一块木头猛力地击在桌子上;然而,这假做的精灵底衰弱的人底心,却瞥见了,他底听众们,有些涣散,有的在谈话,有的在听着斜对面而笑着。突然地他觉得有一阵眩晕,他听见对面的歌声唱:

摸一下么妹的手呀
么妹生得乖!

他呆住了。同时他觉得手脚发冷。"不好!"他想。忽然地周围的一切都变得模糊了,他看见了他底女人,她还是非常的年轻,梳着光洁的头,抱着一个胖胖的孩子,走了进来。他渴望这个,在这个世界上,有一个温柔的灵魂,整个地爱着他,并且不计较他底罪恶。所有的人都把他推到这个台子上来,使他发疯一般地做着怪相,但她,爱他的人,走了进来,含着眼泪告诉他说,这是再不能够的了!

"我再不做丑相了,我要去归田!"他心里面对那个温柔的、亲爱的人说。

"喂,张小赖,曹操啷个的呀!"酒馆底肥胖的老板喊。

张小赖突然地惊觉,发着颤,不顾一切地叫了起来,叫喊着曹操、关公、青龙偃月刀、大火和参天的古树。但酒馆底老板,却摇摆着走了出去了。一种极端的愤怒,和跟着来的一种极端的、奇特的欢笑,使张小赖发狂了。他吸引了几对紧张的视线了,这使他陶醉起来,并觉得自己已经从那个失望,那些可怕的印象得到了解放——他愤怒、欢笑而发狂,和这个失望做着殊死的搏斗,而胜利了。

精瘦的、可怕的魔鬼在高台上嘶喊,跳踌。他要唤回那些古代的英雄们来,以与现在的生命、丑恶、失望抗衡,这些古代的崇高的英雄们一个一个地回来了,使这间茶馆,使那些简单的年青人严肃而激动。但这神圣的瞬间迅速地消逝,突然间可怜的张小赖语无伦次了。

“不是吹的话，要是生在几百年前，我还不是一个吕布！”他说，站在高台上，举着手，“我兄弟有一手魔法，不是吹的话，”他拼命地、愤怒地叫，“十八般武艺件件精通！要是日本人来了，洋鬼子，外国人来了，吓，你看——”于是他耸起肩膀，鼓起嘴来，弯着腰，向空中拼命地吹着气。他听见了歌声、胡琴声、笑声，他歪着头轻蔑地倾听。“啊，杀啊！”他喊。

台下的人们，有趣地笑起来了。他底嘶哑的大声使得很多人从街上跑过来了，于是茶馆里就挤满了人。那些简单的人们，把一切都认为是有趣，当然的，不觉得这里面有什么特别的东西，快乐地哄笑着。

精赤的、狂热的张小赖突然地就唱起来，并且打起拳来。随后他跳了下来拾起了地上的一根竹棍——他在台上挥舞起竹棍来了。

他觉得窒闷，可怕的窒闷，于是拼命地叫喊了一声。这叫喊引来了无数的人，他听见对面的胡琴声和歌声停止了——它们被他征服了。然而这窒闷继续强大，他又叫喊了两声，并且拼死命地舞着竹棍。忽然地觉得他心里的什么东西碎裂了。

他大叫一声扑翻了条桌，跌在地上了。茶馆里腾起了一阵惊异的、失望的喊声，有挤动和茶杯碎裂的声音。然后是突然的寂静。

“死了。”一个苍老的、严肃、安静的声音，在寂静中说。

但这个故事，并没有什么其他的意义。

一九四五年七月九日

俏皮的女人

春天快要过完了，空气里加进了一种暴躁的成份，每天都是准确的晴朗，阳光渐渐地变得强烈。王子和好久就觉得心里有一种烦闷，有时候还是难受的厌恶和痛苦，虽然他每天照旧地推着过河船，并且和弟兄伙们吵叫，咒骂，开着粗野的玩笑。买[卖]线的女人，年轻的寡妇张小猫——大家都这样叫她——底影象老是在他底心里纠缠。他想，他没有父母也没有家庭，今年已经二十四岁了，时间一天一天地过去，他却老是连自己一个人都吃不饱。他是强壮而有力的，看来非常顽皮的青年，工作得那样地起劲，没有人能够看出来，有一种渺茫的烦闷和严肃的痛苦，以及一些甜美的幻想，随着日益热辣的气候在他底心里滋生着。

他想，他假如能和张小猫住在一起，他底生活便会完全不同了。那时候他将严肃起来，让老头子们知道他原来并不是一个简单的、爱开玩笑的小孩子。那时候烂嘴巴吴子清就不敢再到他底面前来吹嘘他怎样地和女人们这个那个了。那时候，张小猫坐在他底船头，懒懒地晒着太阳，和各处的熟人拼命地、快乐地吵骂着。那时候最好她仍然逢场时过河去卖她底漂亮的花线，每天下午，他推船去接她回来，而如果真地能够如此，江面上的微风会是非常醉人的，黄昏的景色又是多么安静呀！这是一定能够实现的，因为他底心很忠诚，张小猫虽然和他老是开着玩笑如他对她开着玩笑一样，但对他显然是最亲切的。不过张小猫也和别人开玩笑，也对别人亲切，她是那样的会刁嘴的、厉害的女人，你只要看她多么会在卖线的时候逢迎太太们和玩弄乡下人，你就会知道她是有着一种取悦一切人的本领的，她并不一定会有一颗诚实的心。而且，她一个人是生活得这样地快乐，谁能说她有那样冷静的心，甘心于你底这艰苦，无望的生活？

所以王子和就非常难受了。他又是善于妒嫉的，他觉得张小猫是放荡的女人，有时候简直很下贱。于是他就又决心不再和她开玩笑，并且做出严重的、难受的脸色来表示他心里的悲痛和警告；如果她不改悔，就永远不理她。

早晨，张小猫背着一个口袋，又挽着一串红花线和一串黄花线，下河来了。她已经两场没有赶他底船了，这次碰巧他底船已经装满了人，她就活泼地跳了上来。“王子和，恭喜，”她说，笑着，总是笑得那样一点也不顾忌的。

“不理她！”王子和对自己说，于是就严重而悲苦，好像一个寂寞而清高的读书人，望着前面，开始撑船。但他又不觉地向她底背影看了一眼。“她底辫子梳得多俏皮呀！”他想。

“王子和，你今儿气大得很哩！咦，看不起人了呢。”俏皮的女人说。

“好说。”王子和阴沉地说；“跟你说，过河还是要拿船钱的啊！”他说。

“咦，歪起来了呢。我今儿偏是没得钱！”她说，偏一偏头，“我赊账。”

“赊嘛。”王子和说，“你底花线也赊一子给我嘛！”

“要得。你怕是要接堂客了吧。你娶堂客，我送你十子大红线，还要送一子绿线，让你打帽子！”然后她就快乐地大笑起来了，船里坐着的几个赶场的乡下人，也笑起来了。

但王子和沉默了。他被击得这样痛，渴望一下子就把她底心刺出血来。于是他就努力地思索着。张小猫，开始和赶场的乡人们谈话，显得非常地愉快。

“她一个人又有吃又有穿，又有这么多男人喜欢她，高兴到哪里去就到哪里去，啷个不快活呢？”王子和兴奋地、嫉妒地想。

“我怕你是过得太安逸咯！”他大声说，声调里有一种沉痛，暗示着他底真理和诚实的心，但张小猫显得讥刺而漠不关心。

“唧个有你安逸!”她说。

船拢岸了。明朗的阳光曝晒着一大片洁净的沙滩。远处的坡下,是赶场的密集的人群。张小猫第一个站起来,轻捷地就跳上去了。

王子和,轻轻地叹息了一声。

“王子和,我就是不给钱!”张小猫在沙滩上走着,叫,“下午转来我还是要坐你底船,有本领你就等着!”

王子和在江边上扣好了空船,走到沙滩上去了。他心里非常烦闷,他一直走到沙滩中央,解开了衣服,在阳光下躺了下来。他不觉地就睡去了。醒来时忽然伤心得落泪,觉得异常地寂寞,已经是沉闷的、带着凉意的下午了。

他不想做事,他走到摊子边去,吃了两碗面,喝了一碗酒。然后他回来躺在船上。他底轮子都让给别人了。最后天黑下来了,所有的船都回去了,他才吃惊起来,发觉到自己是在等着张小猫。

两边的岸上都有了灯火,对面的岸上比较稀落。月亮及时地升起,照耀着江面和沙滩。王子和看见有一个人影在沙滩上走了过来。他决定,如果这是一个客人,他就不再等张小猫,一切便也就结束了。

但这是张小猫。即令把她放在一万个女子中间,他都能认得她底走路的姿态的。命运是如此地奇怪,让她一个人在这种时候到来。

他站在船头上不动。

“喂,各位发财的,有船没得!”离开有五六丈远,她就嘹亮地、高兴地喊。

“这里!”王子和底深沉的声音回答。

“哪一位?”女子喊,“啊,是你个龟儿,王子和,你真地在等我啊?这回我就一定要给钱!”她说,跳上船来。

王子和默默地、迅速地拔了篙子,默默地、迅速地把船推开了。她仍然兴奋地说着话。但看见王子和不把船向对岸推去,而是向着荒凉的沙滩那边走，她就突然地沉默。

“王子和，你唧个的？”她问。

“跟你说话！”王子和说，在离开沙滩一丈远的地方把船插住了。

王子和底声音非常激动。他心里是非常地混乱，他从未和这个女人这样单独地在一起，他一面十分地希冀，一面又有些厌恶。他好一会不能开口，扶着竹篙，在月光下呆呆地看着她。

“王子和，”她生气地喊，“你莫要开玩笑啊！”

“把她玩了算了吧！”王子和想，他底头脑是有点疯狂了。

“喂，我跟你说，”他用轻微、激动的声音说，“我们两个结婚吧。”

张小猫站了起来，沉默了很久。

“你这是说真的还是说假的？”她问。

王子和从来不曾听见她如此严肃、认真地说话，因此困难了起来。实在说，他一直是如此地在幻想，但现在他又不能担保他是在说真话；就是说，他此刻是脱开了幻想，接近了真实了，他底心里是混乱的。

他想，要是别人，比方烂嘴巴吴子清吧，就决不会这么傻，他们一定玩一玩再说。但他又被她问得十分痛苦起来。

“我是说真话！”他认真地说了。

张小猫用发亮的、锋利的眼睛看着他。

“你发个誓！”

王子和指了一下在月光下发亮的河水。

“不，我不相信！我们要找个证明人！你们这些人！……”

王子和重新混乱了。他不能相信他自己。

“你想想，我这个人平素可有胡说的。”他愤激地说，“我不能不说……”

“哎呀，我都晓得！”张小猫激动地叫，突然地坐了下来，哭起来了。但即刻又停住了。显然地她心里也十分地混乱。“王子和呀，”她轻柔地、受伤地说，“我算是答应你了！不过你说说看，你存的有好多钱,我们哪个办事情呢？你们这些人底话我平素决不相信,真冤枉呀,我今天相信了你,所以你不能骗我啊！今天老实我喝了点儿酒！我到街上去碰到一个汽车夫老是跟着我！我心里多难受呀！他老是,你不信好了,他老是跟到我,多少人都看见了,我就躲起来！王子和,我也不要做这样吃苦的生意了,我忘了告诉你,前场有个警察兵要吃我呀！他那么不要脸,还在我的脸上摸了一下,唉,王子和,我们哪个办呢?"

王子和呆住了,好像看见了什么奇异的、不可相信的东西似地。他长久地看着她。

"你不是过得蛮好嘛!"他清醒了过来,阴郁地说,但心里觉得异常的失望,痛苦。

"你哪个说呀?"

王子和好久沉默着,望着月光下的水面。他底心是碎了。但一种愤怒使他坚强了起来。

"我是个大傻瓜!"他想。

"我是跟你开玩笑!"他冷淡地说,站了起来。

张小猫站了起来,激动地看着他,好久不能说话。忽然地奇怪地笑了一笑,跳起来抓住了他。但他轻轻地把她推到船里去了。

"我操你底祖宗,跟老子开船,老子要喊了!"她凶恶地叫。

王子和阴沉地推开了船。他想,再过两年,积几个钱,他要找人说媒,讨一个乡下姑娘了。

船拢了,张小猫站了起来。码头上的弟兄们,看见王子和推了张小猫一个人过来,一齐都叫起来了。

张小猫取出两张票子来递给王子和。王子和突然觉得,大家都不知道这个女人底悲痛,他自己并且伤害了她,于是他有点怜惜起来。

"你自己留着用吧!"他说。

"拿去。"她说。王子和相信他看见了她眼里有眼泪。

"王子和,安逸呀!"一个顽皮的家伙,在岸上跳着叫。

"我操你底祖宗！老子没吃了你！"张小猫向岸上愤怒地叫。"你要不要钱嘛！"她回过头来向王子和说，"你不要老子就检倒起，明天早上吃碗面！"她说，愤怒地跳上岸去。

"王子和，"忽然她回过头来叫，"你伤了老娘底心，老娘叫你一辈子发瘟！甜的不吃要吃苦的，你个龟儿，喂！烂嘴巴，吴子清！"她喊。

"啥子事嘛，在这里。"吴子清笑嘻嘻地说，从船里爬了出来。

"上我那里去！我请你吃杯酒！"

"要得，就来！"

各个船上，发出了一阵讥刺的笑声。王子和在黑暗中坐在船尾，看见张小猫和烂嘴巴吴子清绕过亮着油灯的摊子向上面走去了。他觉得异常地伤心，并替张小猫难受，落下泪来。

幸福的人

在郁热的一夜之后，天气凉了下来，江面上吹着冷风，突然地就是秋天了。空气是新鲜，潮湿，愉快的。码头上异常的沉静；这种气候底激变给予了一种喜悦的、自由的感觉，人们好像已经可以随意走到哪里去了，并且有一大堆幻想开始活跃了起来，向着那一片似乎从来没有人到达过的，生活的幸福底无限的国土伸展了过去。

周绍钧走下坡来，坐到渡船里去，向船伕王吉云打一个招呼。老头子王吉云蹲在船边上，亲热地回答了他一声，继续地收着船钱，周绍钧就取出钱来：在灰色的清凉的天空底下，一切都显得愉快。周绍钧底那种豪爽的动作表示着，他今天是很有钱的，并且对这个一点都不想隐瞒。半个月前收进来的两百斤盐巴，在昨天镇上缺盐的时候，用双倍的价钱卖出去了，他底女人今天早上替他打了一碗鸡蛋汤，用鸡蛋汤吃肉包子，他对于自己底生活异常地满意。在这个地面上，人们是随便怎样弄一弄，都可以生活的，自然也有坍下台来，检吃别人底剩饭的事，但放胆地说，这样的情形原来就并不多。而且在这个镇上生活，真是太舒服了！太舒服，太自由了！奇怪呀，为什么以前总是没有想到这个呢？这样的一些思想，以及那一堆说不出来的美丽的幻想，就使得周绍钧在今天早晨变成幸福的人了。

老头子王吉云，穿着一件破烂的衬衫，在收着钱——那破衬衫是像街上的中心小学底破国旗一般地在冷风里飘着，可是他却很有兴致，不停地说着闲话。这样就使得他旁边的船上的一个年轻的船夫替他焦急了起来，吼了他一声，告诉他说，假如他收错了钱的话，是该他自己倒霉的。他轻蔑地摇了一下头，数了一下手里的钱。果然收错了，差了一百元。

老头子，非常地迷惑了。船上坐了一个挟着皮包的兵，老头子称他为军士，他说，军士，是不给钱的，一个穿西装的青年，老头子称他为先生，已经给过钱了。此外是两个乡下人，他们说，他们是一共给了一百元。于是周绍钧掉过头来了，望着坐在后面的那个年轻的、羞怯的乡下女人。她摸出钱来清查了，但自己也弄不清楚。周绍钧兴奋地帮着她清算，这才弄清楚了，老头子多补了她一百元。

“我清都没有清。”她说，突然地脸红了。

“这就对了呀！”老头子王吉云叫，数着票儿，快活了起来。

在王吉云底这个快活的叫声下，那年轻的女人底脸红显得特别地有意义，它唤起了大家的对于朴素的心的尊敬之情，他们都觉得愉快。但最快乐、得意的，要算周绍钧了，他觉得自己是做了很有价值的事。

“王吉云呀，我跟你打听一桩事情！”他因快乐而说。

“你说嘛。”

“这是前几天咯！我格老子打对河过来，身边少带了二十元，刚好就碰上了一个宝气，我说过了河补钱，他看我带了两个油篓篓，穿又穿的一件旧布衫，就把我当做那些乡下人了，他孤儿要撵我上坡！”

“你就跟他吵么！”老头子说，一面推开了船。

“不吵！天都要吵翻了！”他得意地说，“我问你么，那个个儿不高的，脸上有一疤块的——他孤儿认钱不认人——你认不认得他！”

“怕不是这边码头上的船吧！”老头子说，“我说，要是他碰到那些狠的么，就是没得钱，过了河再说！要钱，吓，就扯上镇公所，扯上警察局！”

“你当做我是呆子！”周绍钧快乐地叫，“这些人，上镇公所上警察局简直就当做回娘家！我是说么，人活在世界上，都要讲个客气，况且我又是在码头上混了这些年！他孤儿二十块钱就不认人了！”

“要是我们这些么，碰上了，招呼一声，没得话说！碰上那些乡下婆婆，那些残废人，心还不是早都软了，找钱本是艰难……”老头子，一面在撑着船，吃力地说，想起了一些事情。

“咯！就是那个家伙！”周绍钧叫。

一只空的渡船迎面流了过来，一个头上包着白布的、年轻的船夫，拿着毫杆，站在船头。船上的所有的人，都望着那只船了，他们觉得这一切里面有什么东西是很动人的，也许是那站在船头的、笔直的、年轻的船夫是很动人的。

“唉！那是史老么嘛！你未必不认得！”老头子感动地说，显然地，他爱着史老么。

“喂，你孤儿认不认得老子！喂！”周绍钧威风地叫，站了起来。

但那只船疾速地就流过去了。史老么，站在船头，不动地望着前面，没有听见他。

“算了，码头上的事情，周二爷！”老头子感动地说。

“算当然是算了！”周绍钧说，他本来就异常感动。“不过我托你告诉他，我要叫他认得我！未必我们这些人就值二十块钱么，在河边上几十年！”

船漂过急流了，老头子又开始说话。

“你底事情么，别的我不晓得，我倒是清楚的咯！”他说，“那些年你在魏家魏三爷坪子里做事，怕有十几年了吧！哪个又不晓得！”

“是呀！我刚才还在想这个。我在想过去的事情，今天一起都想起来了！”周绍钧说，望着水面。

“那时候你成天在码头上跑！你还年轻哩，人也生得漂亮！我心里想，怕邓家三姑娘还是想了你大半年哩！”老头子说，因为是在吃力地撑着船的缘故，匆促地笑了一声。

“那时候还是不懂事啊！”周绍钧，严肃地、感动地小声说。

“邓三姑娘嘛，人不漂亮，也不难看，倒是做得一手好针线！”

“吴老大那时跟你一道跑！那时候真有本领！可惜一个人有一长就有一短，他是到城里去就抽起鸦片来落得病死了，堂客都跳了河！”

“他死了！”周绍钧吃惊地问。

“咦！去年子就死了！你还不晓得嘛？”

“不晓得！嗳，真可怜啊！”他说，但他底心里的那个关于自己底幸福的意识，变得更强烈了。

“人嘛，找钱由命，富贵在天！”老头子说。

周绍钧觉得他是太舒服，太舒服了，他想，过河去赶场，一定买一只鸡回来，吃了补一补。

“对了啊！”他说，快乐地笑着。“你记得我那些年跟吴老大一道跑，他硬是要跟邓三姑娘讲恋爱，邓三姑娘却不爱他！说规矩话，”他严肃起来，说，“我那个堂客还是他介绍的呢！”

“你那个堂客是又能做，人又生得好，你还是有后福啊！”快乐的老人说，他是无论什么话都可以顺着谈的，“你这时怕有个把儿子吧！”

“你还不晓得嘛！三个儿了，大的一个就在读中心学校！”

“嗳呀，那你底后福才不浅哩！”老头子吃惊地说，“我吗，到如今还是推我底过河船！”他说，快乐地，活泼地摇了一下身子，好像说，他，孤独的老人，什么事情都晓得，在艰难中平安地过完了他底这一生，也是非常幸福的。——他底破衣服在大风里飘抖着。

老头子，一面应答着那幸福的人，一面在逆流里撑着船，喘息，涨红，发着抖；但他高兴自己底劳作，毫不嫉妒别人的幸福，他是很快乐的。而且这天气是非常令人高兴的。船上的人们，听着他们底这种谈话，虽然这与他们是全然没有什么关系的，但却是完全地同意着，并且赞美着周绍钧底幸福的情感，因为天气是这样的美。他们都觉得，这个奇怪的人生，还是能够有一点儿幸福的。

“一个人搞钱嘛，总要搞在直路上！我就不信我一生搞过不正的钱！你想还是的哈?”周绍钧感动地、幸福地说，红了脸，并且含着感激的眼泪了。“说正经话，再隔几年，我老了，腿一翘，就让儿子们来!”

“咦，那才享福嗳!”老头子说。

“说不上!”周绍钧感动地叫，“那时候先不说别的，我一定要请你到我家里来耍上几天，我们两个算得上是患难之交了!”他说，虽然他从未和老头子王吉云一同患过什么难。“我底那个堂客，别的不行，菜倒是会弄几手的！好，我就在这里起坡了!”他站了起来，但心里有点慌，觉得离开这个船是非常可惜的。

老头子靠拢了船。

周绍钧——天啊，他是太幸福，太幸福了！但是他又感激地觉得自己未免有一点傻。他非常感谢这几个同船的人知道了他底幸福，他就向他们友爱地笑了一笑，而且点了一个头。

“道谢了!”他说，于是他跳上岸去。

那两个乡下人，愉快地向他笑了一笑。那个穿西装的青年露出一个善意的嘲笑来。那个军士，也笑了。但那个女人，却又红了脸。于是大家望着这幸福的人，他在滩上非常自在地走着。

老头子沉默下来了，重新地推着船。大家在沉默中觉得有一种不平常的严肃，江面上的空气是灰色、悲凉、愉快的，大家长久地在想着这幸福的人。

江湖好汉和挑水伕的决斗

挑水伕罗正光，两年来，被拉过两次壮丁，又挨过镇公所的国民兵底一阵毒打，但因为他是非常茁壮的青年，虽然很胆小，却有着连他自己都不知道的蛮力，几次他都平安地逃出来了。在这些痛苦的羞辱之后，他就在身边暗藏了一把锋利的短刀，并且不时地揣摩着各样的攻击和防御的方法——假如敌人是这样地进攻的话，他就要这样地去刺击。一种复仇雪耻的热情获住了他底整个的心。但他又是很胆小的青年，总是不敢相信他自己。他是被他底热情弄得诡谲阴郁，而且神经过敏了，在内心里面过着一种孤独的奇怪的生活。

街上有一家酒馆，酒馆主人江海平，是一个蓄着美髯的，看来非常强壮的人。在很长的一段时间里，他是整天地醉着——早上一爬起来就喝醉了。他似乎丝毫都不料理他底生意，他把一切都交给一个十二岁的小孩子；小孩，就学会了在干酒里掺水以及各样的赚钱的手段。但不久之后，小孩也一早起来就喝醉了，并且似乎是发现了人生的奥秘，打起瞌睡来，在他底靠在墙上打着大鼾的师父底身边。这样，这家酒馆底生意就变得非常地清淡。但江海平却尽是喝醉了而昏睡着，有时微微地眯开眼睛来凝望着街边，似乎是非常地笨重，又是奇特地善良，对于人世的任何精彩节目他都毫无兴味似的。

但有一天，他突然地从后房里取出一柄大刀来：就是人们在戏台上常见的那一种——这在中国是一种英雄的和骇人的武器。他提着这饰着红绸的大刀，笨重地、从容不迫地去到街尾的广场上去了，他底那个十二岁的徒弟，醉昏昏地跟着，敬畏地看着他，他脱去上衣露出美好的壮健的肌肉来，沉默地舞起了大刀。广场上立刻就围上了成百的人。在美丽的刀底闪光里，显出了他底好汉的姿影。这是一种怎[样]动人的生活和神奇的理想！而且，刀光里的好汉和酒徒，又是显得异常地善良可爱的。

这就叫挑水夫罗正光看得发痴了，他底短刀又算得什么！第二天或者是第三天，江海平收起徒弟来了，每星期三个晚上，教授十八般武艺，以及一切神奇的和基本必需的功夫。每月的酬劳是两千块钱。人们因此知道了，江海平是在中国底大地上流浪过的，他是有名的江湖好汉。

罗正光因为生活得非常地辛苦，又是在贫苦的农家长大的缘故，是爱钱如命的吝啬的青年。他聚着一点钱，预备娶一个女人；在困苦中被温柔的人儿爱着，是一种动人的幸福，这个地面上的美丽的诗。他舍不得这两千块钱，但看见有好几个人都参加了，他就也参加了，为了将来的光荣的战斗和复仇，先缴了一千块钱的定金。

但在江海平底这些门徒里面，罗正光算得是最麻烦的了。他要江海平包他一个月就学会，他说，如果学不会，他就不缴钱。江海平和善地笑着点了头，并且嘲弄地看了他一眼。

于是就这样地开始了。在晚上的安静的广场上，江海平教授着他底门徒们，先练气功，拳术，后练刀枪。在所有的门徒里面，罗正光是最努力的一个，他回到棚子里去都彻夜地练习着，然而也是最笨拙的一个，他是异常地急迫，常常地要发慌，所以，那些柔韧的、灵活的姿势和动作，他无论如何都学不会了。

他的伙伴们也很不高兴他。那几个理发匠和面铺的司务，总是非常地灵巧，他们讨厌罗正光底笨拙的扰乱。理发匠和面铺司务们，眼看着自己底建立功勋、扑杀仇敌的时间就要到来了。这样过了大半个月之后，罗正光一面为妒嫉所苦，一面替自己觉得焦急。好的本领，奇异的功夫，是都让别人学了去了。他日夜地在家里拼命练习——一直到月底，仍然是一件奇妙的本领都没有学会。

他为他底两千块钱觉得痛心。他突然悟到,这是一点都不能怪他自己,这是要怪江海平的:江海平和理发师们搞得很好,对他却总是敷衍,不耐烦,一点都没有教授的诚意。

最末一次练习完了,理发师们答应下个月还来学,去了以后,罗正光就凶凶地站到他底师父底面前去,他底师父,正在看着他。在月光下赤着身体的江湖好汉,露出强壮的肌肉来。

"不行咯!还我一千块钱!"罗正光说,被痛苦的情绪窒息着,变得苍白而发着抖了。

"为啥子?"江海平,喷着酒气和善地问。

"说清楚的嘛!不学会不给钱!你莫当我是怕你嘛!"

"那么别个又怎样学会的呢?"江海平,抑制着被激起来的强大的怒气,问。

"我晓得那些龟儿搞的啥子登儿!"罗正光细声说,"说过的,不行咯!"他说,固执有如顽石,是说不通的无法可想的青年。显然地他是嫉妬得非常的苦痛。

"那……没得那么容易!"江海平突然地震怒了,用锐厉的声音说。

罗正光痛苦地呼吸着,不知说什么好了;显然地,他非常之害怕江海平,他确信江海平底一拳是能够使人丧命的。

"给我滚开!"江海平骄横地说。"我江海平在海内外混了这么多年,如今虽然自得其乐,与世无争了,未必还怕起你来了嘛!"他说,一面在月光下走了过去收拾着地上的棍棒和刀枪。

"不行咯!"罗正光,痛苦地喘息着,说,一面恐惧地看着他。

这又是一次奇耻大辱!他觉得他要发疯了——他永远不能忘记理发师们对他的轻视。他不觉地摸了一下插在裤带上的短刀。

"我杀死你!"忽然地他大声叫,几乎不知道自己在说什么。

"你说啥子?"江海平,丢下了其余的东西,拿着一根棍棒,问。

"我杀死你!"罗正光厉声说,虽然非常恐怖,却在一阵疯狂的热情里，闪电一般地冲上去了。江海平来不及举起棍棒来，他也来不及拔出短刀，也许是根本就没有再想到这个刀，因为他究竟是异常善良的。江海平底棍棒被他冲落了——非常简单地，江海平被他打倒在地上了。

"咦！奇怪！"他想，觉得有些不可理解，他战胜了江海平。

江海平迅速地爬了起来。罗正光就立刻地抓起了地上的木棍。

"这是趁人不备！"江海平说，痛苦地，讥刺地笑着。"我们两个又来，赤手空拳，都不准带家伙！"

"要得！"罗正光英勇地说，腾起了壮大的热情，那年青而原始的好斗的蛮力——虽然一面暗暗地觉得恐惧。他丢下了木棍，那看来很是强壮的好汉，昏沉的酒徒，就冲了过来了。

这是一场壮烈的格斗，双方底生存和荣辱都决定在这一倾间[瞬间]。那好汉，施展着罗正光未曾学会的本领，飞来了一腿，对于这神奇的一腿，他是有着无上的自信。但如牛的年青的挑水夫却对这个毫无感触，他好像石头。心里有点虚了，于是施展了另一件本领，所谓"童子拜观音"，也是罗正光痛苦他自己未曾学会的，但他还没有能够达到罗正光，他底头上就震动了一下。罗正光乱七八糟地打他底前胸，他一蹲，正好击在他底头上，把他击倒了。

他迅速地就爬起来坐在地上，捧着跌痛了的腿，愤恨而沉思地看着广场外面的月光下的宁静的房屋。罗正光心里觉得很奇怪，但一面摆着架势，等待着他再来。

但江海平好像是忘记了刚才的事情了，坐在地上揉着腿，而呆呆地望着那月光下的房屋。于是罗正光，不觉地非常地怜恤他了。他觉得他是那样善良的人，而且，他应该比自己有本领得多的。

但他仍然嫉恨那些理发师们。

"那一千块钱我不要了！"他说，转身走开了。

"喂，"江海平喊，"我有话说。"

“你说嘛!”他说，站了下来。他心里有些难受，但他又决不愿承认自己是做错了，因此，他显得有点凶横。

江海平站了起来，摸着裤带里面的荷包。

“这个钱还给你，”他说，一面捧着痛腿；“我还是要教训你，在社会上你不知天高地厚要吃亏的！我今天不过是吃多了酒!”又说，“你听好：你我好汉做事要心照不宣!”

罗正光，觉得他说得很有理，仍然有点怕他——他仍然相信他是非常地有本领的，——但又决不愿承认；同时，他底心是在为江海平手里的那一千块钱而痛苦地斗争着。

“还给我嘛就还给我！你怕我连钱都不晓得要么!”他说，凶凶地冲了过去，抢下了钱，大步地、笨重地走开去了。

“你怕我真的打不过你!”江湖好汉，望着这粗鲁的青年的背影，威风地大声说，然后，想了一想，他就做了一个滑稽的鬼脸——孤单地站在美丽如梦的月光下。

一九四五年七月十八日

一个商人怎样喂饱了一群官吏

有一次，一个视察从城里到这码头上来了。视察是一个胖胖的、大个子的、红润而可亲的人：当他底滑杆被总务机关和管制机关的职员们拥护着走过街道的时候，各处的煤坪子里的老板们心里都紧张了起来。管制机关底主任郭逸清，一个油光满面的，显得是很有魄力的人，走在他底身边，向他笑着指点着各处的煤坪。其余的四个人跟在后面，其中有一个是胖子，有三个是瘦子，大家小声地议论着什么。瘦子们一般地总是郑重其事的，如果他们果然并不在乎他们底饭碗的话，那么他们底这不在乎也是极其郑重的，一点都不像在他们里面摇摆着的那个肥胖的家伙，挂着满脸的自信的、快乐的微笑。

视察刘柱石要到这里来干一件很了不起的事，这是大家早就知道的了。但他究竟是来干啥子的呢？谣言说他是来查封某两家煤坪的，因为这两家煤坪底黑市发票在一家军事机关里闹出一件据说是要砍头的案子来了。谣言又说他是来没收存煤的。后来又有一个谣言出来了，说都不是原因，他实在是来撤换郭逸清和税务局的办事员张实诚的。总之，不论怎样，老板们是很紧张了，整整一天码头上就没有人敢下一挑煤。“你看他底皮包好鼓啊！一定是带了几百万来收煤的！”一个老板说，但马上另一个老板就来反驳他了：“你哪个晓得他不是带了公事呢？”这辩论到这里就似乎继续不下去了，但忽然的一个光头的年青人高兴地插嘴说：“是来吃油大的呢，你看他龟儿长得好胖哟！”

视察先生没有多久就从办公室里出来了。一切大人物总是庄严而可亲的，那种善良而崇高的品格，总是会使他底舅子们感激得又蹦又跳的。视察先生当然也是如此。视察先生领着他底属员们到街上来察看煤坪了。他每走到一处都同样地说:“好!好!大家辛苦……啊!”同时主任郭逸清就拉着一个老板走到一个角落里去,和他耳语了起来。“刘视察这个人,平心说是一个好人,”他说,一种感动的表情就同样地出现在他和老板底脸上了,这老板是一个发胖的,留着胡子的人,“他是部长底亲戚,这回是部长亲自要他来的,要他跟一个美国顾问研究一下,就是这样子,所以你们不要怕。不过,”主任特别感动地说,“他刚刚生了一个儿子,你跟他们说说,大家,表示这么一下子。”主任,伸出一个指头来比了一下,表示一下子是什么意思。

“我马上就去说,那哪里能不表示呢?”老板用同样的声调说;“不过我们同人须晓得视察喜欢啥子……”

“啊!简单一点,他,”他向站在光明的地方和属员们谈着话的视察看了一眼,无疑地是说到了他所心爱的了,“他这个人简朴得很!他平常连衣服都不爱做,大家看着送视察太太一点儿衣料……”

“主任,我们小地方怕办不出……”

“你这就差了!”主任用力地按了一下老板底肩头,说。“简单就好!还有,视察喜欢喝酒,你们今天多陪他几杯!”

离开这一段谈话没有多久,大家就陪着视察在馆子里坐了下来了。刚才的那个老板,他是同业们底领袖,发表了如下的演说:

“刘视察今儿到敝地来,没有啥子招待的;同人又都是在乡下住的人,不会讲客气。不过刘视察是个好人,一看就知道是个简朴的君子,我们中华民国底栋梁……”他迟疑了一下。“我们都晓得刘视察是连衣服都不爱穿的,平常连荤菜都不吃……他是部长亲自叫他来的,代表部长跟美国人……”

他红着脸坐下去了,显然地因窘迫而有点激动。郭逸清非常不满,站起来补充了很多,但视察却显得冷淡,有些疲倦似的,好像心情颇为不好。他只是喝了很多的酒——这个宴会就如此结束了。

视察回来就睡了，而他底属员们在那里漏夜地赶制着表报。视察底坏心情引起了大家底不安。他为什么这样不高兴呢？这真是很难说的。不过，一个大人物，他底担子总要比别人重得多的，别人不过管自己底一个饭碗罢了，大人物呢，那是上面抗着成百的饭碗，下面拖着成千的饭碗的。

第二天早晨起来的时候，视察底圆圆的脸有一点苍白，他说他希望大家在两天内就能把两年来的数目字弄清楚，制起表来。这时老板们底代表来了，送来了四件衣料，两件是给视察底太太的，两件是给公子的，此外还有两万元的礼金。

视察即刻就严厉地拒绝了。

“你们这是什么话？”他问，严厉地看着老板；“哪个教你们的？”

然后他就看着报，一句话都不说。东西却由郭逸清替他收了下来。

于是大家都传说视察不近人情，是个怪人了。这一整天视察都是不快的，什么一种繁重的忧愁侵蚀着他底娇弱的心。晚上的时候，郭逸清走到视察底房里来了，连同白天里的礼品，又加上了五万块钱。

“老郭，你坐。”视察看着钞票不快地说。这说明他实在是因了钞票这种讨厌的东西而不快。“部长对我说的，在每个码头住三天，对于黑市和走私要严厉地取缔。”停了一会，他叹了一口气说：“我实在厌透了，替别人跑来跑去，自己家里太太还在生病。并且，钱这个东西，对我究竟有什么益处呢！”他带着一种不胜悲苦的柔弱的表情说。

视察的心终归是悲苦的了。他底道路也的确不是能够放马奔驰的。但这悲苦却使他底下属们大为愉快起来。老郭一走出门就跟胖子余焕文捣鬼说：没得问题了。其时，视察先生底另外的三个下属，全是属于瘦子的一类的，是全身都埋在公文堆中，在划着表格。

但第二天早上却出了一件意外的事。视察在黎明的时候突然出来缉私，把狡猾的商人张德兴抓来了。

张德兴是同业中间名誉最坏的，实际上他是一点本钱都没有，到处拖欠着。他底破坪子里总共不到五吨岚炭，但早已用了钱，过了交货的期限，遭着子金和力钱的损失，实在忍不住了。他以为视察既吃了油大又拿了包袱，没有问题了，于是走起私来。但他昨天晚上和他底同业们吵了一架，因为他不肯拿出，同时也实在拿不出摊派给他的那两万块钱的招待费来。他说他不但一个钱也不出，而且还要到视察那里去告密，关于黑市发票的。大家一致地攻击他，天还没有亮就有人敲了视察底门，把他告发了。

他有什么资格在他底同业们面前逞凶呢？他家里有七八口人，在这个萧条的冬季已经在饿饭了，他并且又欠着他底同业的债！现在他就一句话都说不出来，穿着一身单薄的衣服，在视察底面前发着抖了。

他真是活该的，这个被一切人唾弃的犹太人！

"啊，替我站到那里去！"视察说，就不再理他了。

"刘视察，我下回不了。"

"你！我还没有把你的坪子封起来呢！"

"告诉你，刘视察还没有把你的坪子封起来哩！"忽然地，主任职员都异口同声地说，四五个声音，简直好像是唱歌一样。

这时，一个蓬着头发的、憔悴的女人领着一个赤脚的、但是肥壮底孩子出现在办公室的门口。

"爹！"小孩满不在乎地喊。

"出去！"张德兴跳着脚叫，"出去！"

但到底还是胖子余焕文跳起来才撵走了他们。接着胖子就向视察说，这是张德兴底女人和小孩。他底声调，好像是要撩动视察底怜悯心似的。视察皱着眉头了，但他想了，面前的这个家伙是商人，商人是什么呢？就是天生的赚钱的人——所以还是不饶他。不过——视察又想——这人底女人，小孩，看来是很可怜的。

视察很久地沉默着。终于他说：

“你晓得你走私会连累郭主任的吧!”

“视察，我下回不了。”那个可怜的奴隶说。

“不了!”视察轻蔑地说，“别人替你来砍脑袋，不了！不过我是很好说话的，”视察接着说了公事私事应该如何分开之类，“你看你怎样替郭主任陪个礼!”

“刘视察连觉都没有睡好，你看怎样向刘视察陪个礼吧!”郭逸清沉着地说。

“这样子，”胖子余焕文开口了，“你今天中午在菜根香叫一席，视察明天都要去了!”

“用不着!”视察说。

“去！去!”余焕文叫，于是那可怜的奴隶就跑出去了。

“刘视察说的!”这家伙跑出去和他底同业们说，“他明天要走了，我们今天一个出几个钱，欢送他一下子。”

“刘视察没有你那么不要脸!”大家回答他说。

“郭主任叫我来说的，你们不信，哼，就看哪个底坪子要遭封，没得哪个坏得到我!”这家伙恶狠狠地说，“刘视察亲口跟我说的，有人要遭封!”

但没有人理他。不久之后，刘视察和他底五个下属已经坐在菜根香里面了。张德兴有点苍白，走进来坐下。他一个钱也没有借到。

不知为什么，视察底胃口、兴致今天极好，因此他底属员们底胃口、兴致也极好。视察要了两盘红烧鸡，一杯一杯地喝着酒，大声地谈论了起来。

忽然一个卖报的小孩喊着进来了，视察转过喝得发红的脸去，严厉地问：

“什么报?”

小孩抽出一份报来。但视察更其严厉地大叫起来了。

“《新华日报》，不要！我看见这批共产党就要生气！来，小娃,我问你,你为啥子要卖《新华日报》?”似乎是有点醉了的视察,问。

小孩不回答他。

“我问你是不是中国人,小娃?是中国人,为什么要卖《新华日报》?你是不是共产党,啊,小娃?”说着说着视察就跳起来了,心里燃烧着正义之火,一切大人物总有这种正义之火的,向那小娃扑去。那小娃开始逃跑了,但视察是恰巧跃过壕沟向敌人底刺刀奔去的勇敢的士兵一样,不顾一切地向前奔去,在菜根香的柜台里面俘虏了那个小娃,把他拖了出来,使他恐怖地大叫起来了。

视察突然地夺过小孩所有的报纸来。

“你们看,这是共产党鬼孙子底《新华日报》!”他把这报纸举到头上去摇了一下,向馆子里所有的人说。自然,大家都敬服他底热情,于是乎他咬起牙齿来,两三下就把所有的报纸撕得粉碎。

“我给你钱,哭啥子!”视察向那哭着的娃儿摔了一千块钱,然后,非常兴奋地,重新坐到酒席上去。

视察先生会如此奋激,一变数日来的庄重和沉着,使他底下属们大为惊讶了。但因了这和报纸的壮烈的战斗,他底下属们就乐开了,喊着拿酒,一个敬了视察先生一杯。这时桌上的七八个盘子早就空了。

“视察,主任,还要点啥子吃请吩咐。”坐在下首的那个一直在沉默着的奴隶,笑着说。

“嗳,弄一个鱼吧!”视察说。

“主任,你又说!”

“来一个鳝糊吧!”

“视察,请酒!”那奴隶发着抖说。

“你看,我一口就光!你喝呀!你这个真不够朋友,这酒并不醉人,而且人生也难得几回醉,你请喝呀!”视察动情地向他说,用那样甜蜜的眼睛看着他,使他感激得真不知如何是好了,但同时他想:“怕要吃了两万出头了!”

“你请呀!”视察和蔼地、温柔地说。

“我底女人娃儿在家里没得吃的,该死呀!”那奴隶想,“他们是在吃我底肉喝我底血啊!”

“啊,视察,主任,我是一个乡里人,做一点儿小生意,承提拔!”他激烈地说,一口喝光了。

“你请呀!”一直到最后视察都这样说,胖胖的脸愈发红,声音也愈发温柔了。

“不,视察,再吃两个菜再走!”看见他们走了,张德兴激动地喊。他在杯盘狼籍的桌子前面呆坐了一下,就默默地向柜台走去。

一共吃了两万四千,连上个月的是四万整。他正在跟老板说好话,说明天来付账时,他底女人带着他底三个孩子奔进来了,好像一群饿狗,小的孩子,爬上桌去就动手在盘子里面抓,大的两个,则跟着他们底母亲,把残剩的汤汁一齐洗刷到他们带来的一个大碗里。张德兴大叫一声向他们扑去……

那可怜的奴隶从菜根香里奔出来的时候,他底同业们都站在街口,在注意地看着他。他凶恶地看了他们一眼,跑过去了。在他底后面从菜根香里出来的,是他底流着血的女人,和三个哭着的孩子。

第二天早晨老板们送走了视察回来,发现他们底这狡诈而凶恶的同业挂在煤坪底柱子上,吊死了。

一九四六年一月十日

翻译家

吉普车从郊外的一个有名的风景区开回到这小城里来，已经是黄昏的时候。车上的四个美国兵都喝醉了。车子在热闹的街边上停下，一大群赤膊的、穷苦的人，其中穿得较好的是一些理发师和店伙计们，拥了过来，围住了它。强壮的美国兵们，躺在车子里，安闲而疲倦地环顾着，都没有想到要动作。一个矮胖的、穿着黑绸短衣的人，快乐地挤进了人群，用英语向美国兵打招呼。这就是这个小城里有名的周善真了。周善真是非常愉快的、善良的人。在上海的一个什么大学里毕了业，但并不曾沾染到浮华的青年们底那些恶劣的气习。几年以前他就到这个小城里来了，开了一家很蹩脚的旧书店，艰苦地养活着他底妻子和孩子们；默默无闻的几年间，面对着人世的沧桑，他是在念着那些破旧的书，怜恤着自己，而生活着。但自从那些快乐而年轻的美国兵们到了这里，自告奋勇地领着这些美国兵们玩了一下风景和古迹，他就突然地煊赫起来了。很快地，他就收起了他底那些破书，开起了“盟友咖啡店”。虽然有很多人嫉妒他，但这是无可奈何的，因为他有学问，而且天性温良——不仅美国兵们喜爱他，常常高兴地拧一下他底耳朵，就是他底邻人们也非常地喜爱他，说他对人诚恳，做事负责，并且“一点脾气也没有”。

现在他就是来接这几位醉昏昏的大兵到他底店里去用晚餐的。他等待他们已经很久了；时间已经不早，他生怕这些大兵们突然不高兴起来，不吃晚饭就走掉。

“成斯先生，你们回来了！”他亲热地用英语说。

那个叫做成斯的、瘦长的、年轻的美国兵，懒散而舒适地躺在车椅上，定定地望着身边的穷苦的人群，显然地正在想着什么。忽然地他激动了，跳了起来，站在车椅上。

他底一个肥胖的同伴，在那里懒懒地分散着纸烟，并给了周善真一支，同时摇起头来，怀疑地看着他。然后，他就把剩下来的几根纸烟一齐抛到人群里去了。人群扰乱了一下，叫了起来，有两个人巧妙地接着了纸烟，有好几个人同时蹲下去争夺着，并且发出骂声和笑声来。周善真点燃了烟，倚在车身上，安闲地看着他底同胞们，然后抬起头来，亲切而会意地向站着的成斯笑了一笑。然而成斯站在昏暗的光线中，非常的严肃，他想，在这个伟大的世界中，他应该尊重这些穷苦而不幸的中国人，他们底劣点并非由于人性底丑恶。

但在这陌生的土地上，昏暗的天幕下的美国兵底思想和感情，自然是没有人知道的。成斯看着苦难的中国，并热情地觉得它伟大。——这个时代的年青人，他们底头脑里，是被灌注了一些动人的理想。成斯想到，当西方和东方携手的时候，世界就可以向前飞跃——他读过罗曼罗兰的书。但实际上，他底思想与他底单纯的心相反，是颇为混杂的。

成斯希望向中国人演说——他要发表一篇动人的演说，像罗斯福一样。街灯亮了。

"亲爱的绅士，我希望能向贵国人民说一点话，"成斯向周善真说，突然地变得温柔而雅致，"你允许替我翻译吗？"

周善真看了他一下，点了一下头，笑着说，亲爱的先生，这是没有什么不可以的——不过时间不早了。

"这位先生要跟你们讲话，大家听好！"周善真说。成斯严肃地，挺直地站在车椅上。

"亲爱的、伟大的中国，各位女士，各位先生们！"成斯说，虽然下面并没有女士。他等待着翻译。

周善真的脸上，浮起了一个了解的、愉快的、嘲弄的微笑，好像说，他很明白，亲爱的成斯，为什么要如此发疯。

"这位先生叫你们听倒！"周善真说，于是人群寂静了。过路的人们停了下来，各处的人们跑了过来，人群塞满了整个的街道。年轻的成斯，面对着有生以来的最动人、最伟大的场面了——他觉得是如此。

但成斯的演说并不高明，他努力地摹仿着那些有名的人们底优美的风格，说得有点凌乱。

“我来到中国，我们伟大的盟邦，感到非常的荣幸。”

“这位先生说，”周善真说，笑着沉思了一下，“他说他来帮你们打日本，心里很高兴！”

“要得！”人群里面，大声喊。

成斯底眼睛里闪着激动的光辉了。

“我相信贵国底文化底无上的价值。贵国政府和人民，处在这一伟大的理想之中，英勇不屈地战斗，我特别向各位女士及各位先生致敬！”

“这位先生说，”周善真觉得时间不早，愁闷起来了，说，“他的意思是，他叫你们各人走开！”

人群里面发出了嬉笑的声音。周善真觉得是被伤害了，严峻地皱起了眉头。他底愉快散失了，他底心里煽起了对于人群的敌意，觉得他们愚蠢而卑鄙。

“我相信正义必会胜利，仁慈的上帝不止一次地在不幸中启示我们，并且扶助牺牲者！贵国底伟大的牺牲今天已得到了它底报偿！中美两国并肩作战，表示了东方与西方的伟大的携手！”成斯兴奋地说，“人类底黎明已隐约可见，我们对于我们共同的敌人只有一项答复，一个条件，这就是开罗会议底条件，即敌人必须无条件投降！”

周善真皱着眉头听着，然后沉思了一下。

“这位先生说，他很，……”他又想了一下，“他很高兴中国，又喜欢中国人，但是你们这样围着他，气味臭得很，他不高兴。”他说，愁闷的脸上，忽然闪露了一个狡猾的微笑。他觉得他是在讽刺成斯。

“成斯先生，这些人很愚蠢，听不懂你底话。”他抬起头来，温柔地用英语说，愉快地笑着。

“但是我相信，人类底一切弱点都是社会所造成，人底善良而光明的天性不能负这项责任。”成斯向人群激动地大声说。

“他说，你们围着他底车子不走，他就要打人了！”周善真威胁地大声说。

但人群寂静无声，大家怀疑地看着周善真，所有的头脑都在努力地思索着这外国人底态度和声音，大家模糊地觉得他们是受了那翻译家底骗了。大家不能确定什么，呆呆地站着不动。

“我是得到了极深的印象……各位可敬的女士和先生，我，一个美国人，祝大家向光明的理想前进！”

“他说要开车子了，大家走开！当心他发脾气！”

“要不得！”有人叫。

“走开走开！”周善真说，愤怒地伸着手。

“他们说什么?”成斯问。

“成斯先生，他们说他们非常感谢你！”周善真温柔地回答，快乐地笑着。

“顶好！”成斯快乐地叫，并且挥着帽子。于是周善真有点狼狈了。

“大家举起手来。”他向人群叫，“大家摇手，叫顶好，顶好！”他说，并且做着样子。

但在中国人底愚昧的群集里，奇特地到来了死一般的寂静。没有回答。怀疑和戒备，没有人叫顶好。

“好，走开走开！”周善真愤怒地叫，挥着手。然后他就快乐地笑着爬上了吉普车。美国兵摇着手，叫着，但中国人，寂静着，在寂静中吉普车开走了。

人群继续地寂静着，然后慢慢地分散了。

一九四五年八月十七日

英雄与美人

车子在秋天的阳光里行驶着，两旁是美丽的、清爽的、闪着颜色和光芒的田野。忽然是一大片柔媚的深绿色的竹丛，好像巨大的绿色的绵羊群，忽然是一座黄色的土坡和一条湾曲的、在阳光里快乐地流着的溪流，车子发出吼声通过了一座桥。在远远的前面，那伟大的晴空之下，矗立着闪着紫金的光彩的、树木苍郁的山峰。

车上的乘客都坐得很舒适，他们特别满意今天的车子一点都不拥挤。但年轻的邓平却不想坐了，他是幻想得过于兴奋了，于是站了起来，拉住了顶上的皮圈，注视着窗外，又注视着坐在左边的两个在谈天的、穿西装的、高雅的乘客。他是——他是谁呢？他是如人们所说的，小康人家底子弟，他是读过高中二年级底学生，但成绩很坏；他是随着他底整天在穷苦里吵闹的家庭经过了那么多的痛苦的、苦闷的日子的，在那些日子里，他是厌恶着一切，希望着一有机会就逃跑。在那些日子里，他没有一个朋友，没有人爱他。但这些都还不能够说明他。他是，如他底黄布军服和梅花臂章所表明的，知识青年军；就是在那些日子里人们所看见的，在手臂上扎着红绸子，被从各个小市镇上打着旗帜放着鞭炮欢送出去的那一种。邓平是被欢送了出去，心里非常的豪壮，不理会他底老年的母亲底哭号，觉得从此是和过去的那苦闷的日子诀别了。他现在心里更是非常的豪壮，日本已经投降，他是不久就要换上美国的装备出发了；他是请了假回来看一看他底母亲的。

左边的那两个穿西装的、高雅的客人，是在兴奋地谈着中国目前的种种。他们说，今天日本要在南京签字了，最多还有三个月，他们大家就可以到南京去。那比较瘦的、戴眼镜的一个说，八年的抗战真是叫人疲倦了，他觉得《大公报》底社论说得真好！不过他有一个疑问，就是，在胜利了的今天，中国人里面，谁最光荣呢？

“那当然是蒋主席蒋先生他老人家咯，”那比较胖的一个，陶醉地笑着，用异常温柔的声音说，恰如人们在说着什么心爱的的时候一样。

那比较瘦的一个说，这自然是没有问题的。可是他是说一般人，那么他觉得，那些任劳任怨坚守岗位的公务员，如《大公报》所说的，是最光荣的了。那比较胖的一个，因为快乐的缘故，好像是故意地要反对他，就指着邓平说，他，军人，是最光荣的。

邓平脸红了。特别使他幸福而羞耻的，是左边角落里的一个娇小的、年轻的女子底注视。这位女子打着两个小辫子，穿着一件红色的外衣，在放在膝上的籐做的光洁的皮包上，绣着“Happy”两个字，意思是“快乐”。“快乐”是那样的娇柔美丽的，用着一种稚气羡慕的目光，注视着邓平。邓平底眼睛发烧，眼前的一切都模糊了，有了一种幸福的、又是痛苦的感情，正如那些从来不曾知道爱情的青年一样。他想，这是可能的吗？

“请问贵姓？”那比较瘦的一个，愉快地问。

“我姓邓。”邓平老实地回答，觉得那位在皮包上绣着“Happy”的小姐在听着，又脸红了。

“我姓张。”那比较瘦的一个说，显然地高兴谈话，“他刚才说你们最光荣，我要解释我是一点都不否认这个的！”

“哪里！”邓平说，但不知道自己是否应该这样说，那位娇小的“Happy”就是“快乐”，仍然在注视着他。

“你们是要开走了吧！开到哪里？”那比较胖的一个，和蔼地说，好像是在欺骗小孩。

“我们还不知道。”邓平说，一阵热情冲击着他，“大概下个星期先到芷江，也许到台湾，也许到……日本！”他激动地说。

“啊呀！那你们真出风头呢！”那比较胖的一个，说，打了一个呵欠。

“快乐”微笑了一下，她觉得“这个怪人”打呵欠非常有趣。

“你们要到日本去吗？”她问，温柔地笑着，觉得这真是非常了不起的。这就使得邓平整个地落在那种胡涂的热情的火焰里了。而那两位穿西装的乘客，忽然地掉过头来，严肃地、监视地看着她，好像耽心她会做错什么似的。

“还不一定，大概要到日本去。”邓平说，红到耳根了，含着兴奋的眼泪，呆呆地看着她。于是那两位高雅的客人，就抬起头来，同样地严肃地、监视地看着他。

“这真了不起啊！”“快乐”说，然后微笑着望着窗外。

“你们恐怕要换一换装备了吧！”那较瘦的先生，就是张先生问，用一种怀疑的、搜索的态度，显然地这态度与他所说的话无关。

“要换！自然要换！”邓平说，陶醉地笑着，显然地这也与他所说的话无关；“这一下总该要穿漂亮一点了吧！”他兴奋地说。

“美国的卡其真漂亮哩！”那比较胖的一个，说。

邓平这时注意到，那位小姐，已经在呆呆地看着窗外了。

“不过我倒是不喜欢卡其的！”他大声说，红了脸，亟于表现自己，为的是惊醒那位美丽的小姐，那位“快乐”。“为什么呢？穿起卡其来，觉得行动都不自由！像现在这破衣服，要在那里坐，就坐下去了！要在那里一躺，管他的，”他兴奋地笑了起来，“就躺下去了！我真可惜这破衣服跟了我半年！我以为，到日本去，不必穿好的，就让日本人看看真的货色！中国就是这样打仗的呀！”

小姐，又看了他一眼。两位先生，又向小姐看了一眼。另外的几个乘客，向两位先生看了一眼。车子在颠簸着。

“你这真是现代军人！而且是中国大国民风度！”较胖的先生说，又打了一个呵欠。

“哪里！”

于是他们沉默了。车子下着坡，疾速地行驶着。但邓平却不能安静了，他不时地偷看那位小姐，呆呆地注视着她底美丽的皮包上的两个绿色的英文字——快乐。一点也不错的，她真是快乐的天使，而人生应该快乐，特别是在这样充满了希望的时代。而且，像有些小说上说的，女人底心事，总是一个谜，也许她是故意地逗你，也许她是真的，大胆的，但假如错过了一秒钟，她就不会理你了。

"她刚才跟我说话，我为什么不和她多说一点呢？她对我是一定很有意思的，而且这个时代的女子多半爱军人。不过我怎么办才好呢？"他想，呆呆地望着她，她底皮包上的那两个英文字，在他底眼前扩大了起来。她底目光偶然地又向着他了，他就鼓起所有的勇气来向她笑了一笑。但她好像不觉得，又看着窗外。

他底脸上掠过一阵热来。

"难道她不想恋爱吗？我就不信！她是单身一个人，她大概是没有爱人的，不过，也许有呢？而且我连她底名字都不知道！但是可见得她是浪漫的，因为皮包上写着'Happy'——真有趣啊！她一定在希望着我！我早上还照过镜子的，我也不丑！而且我是军人，就要远远地走开了，何必胆小呢！……啊，我发昏了！从前我是那样胆小，我底生活是那样的毫无希望！现在一切都摆在眼前，我难道还要胆小！又没有家庭管着我！而且朋友们都是有了爱人的！……啊，我真昏！……我是最光荣的，女子不爱光荣么？也许她在想跟我一路去日本呢！"

车子在一个小站上停下来了，那位娇媚的少女，站了起来，垂着眼睑，拿起了身边的一把精致的雨伞，走到车门这边来。邓平紧张极了，看着她。

她冷淡地看了他一眼，走下车去了！

"别人都是这样成功的，而且她是很骚的！我跟她下去！我下去吗？"他想，流着汗；"不怕，反正我身边有钱，我今天不去带她开房间就不是人！"他愤怒地想。

“还有！”他向关门的站员叫，于是跳下车去。

“怕别人看出来了吧！”他恐慌地想，“不管！哪个干涉我我请他吃枪！而且如果她不爱我，我就用枪打死她再打死我自己！”他悲痛地想，虽然他身边并没有枪。他是充满了悲痛，孤独而且悲凉，觉得他底前途是非常渺茫的了。觉得他底未来是痛苦、黑暗、可怕的，他将死在什么一个荒野里，——悄悄地死去。这一种感情是这样地深刻，以至于他即刻就强壮起来，向田间的小路上追去了。

两边是赤裸裸的水田，太阳照耀着，他有一种眩晕的感觉。那美丽的身影是静静地走在前面。

“喂，你站住一下，我有话说！”他慌乱地喊，于是那位小姐站住了，他又看见了那皮包上的英文字；他拼命地跑近去，“我问你，你看见我底手枪没有？”他大声问；天晓得他怎样想起这句话来的。

“快乐”变得灰白了——显然地她很恐怖。

“我问你！”邓平叫了出来，“我连你底名字都不知道，而我是一个军人，也许明天会死了，我求你可怜我！我又年轻，我从前没有自由，受过那么多的苦！现在是一个大时代，哎，老实说，……我爱你！”他说，如在可怕的梦中，呆呆地站住不动了。

那位小姐同样地呆呆地站着，呆呆地看着他。忽然地她发抖了，举起手里的雨伞来在他底头上敲了一下。被自己底这个动作所惊吓，她就叫了起来。

“救命呀！”她叫，拼命地逃了开去；但突然地她又停住，觉得是无论如何都逃不开这个可怕的兵的，坐倒在草坡上恐怖地大叫大哭起来了。

邓平茫然地站了一下，看见有人从远处跑来，觉得很可怕，于是就转身拼命地逃开去了。

一九四五年九月十三日

秋　夜

县政府底雇员张伯尧，早晨听到了县长底关于苦学成名的一篇谈话，想到自己还是非常的年青，心里很感动。午饭以前，翻读了几页伟人成功要诀，对自己发生了一种庄严的意识。于是在他心里产生了一个热情的计划，他借来了一部《古文观止》，一本《会计学入门》，并且从办公室里拿来了一个算盘，先读诸葛亮底《出师表》，后读《会计学》，打算盘，划表格，晚上一直用功到深夜。他心里很快乐，充满了憧憬。这时周围一点人声都没有了，外面刮着秋夜底寒风，远处隐约有犬吠。他凝神静听，觉得这是他有生以来的最美好的时光。

“唉，多么好呀！静坐读书，不觉已深夜矣！”他说，推开了面前的算盘，伸了一个懒腰。“现在再复习一遍！”他坚决地说，坐正，把书本拉到面前来。“临表涕泣，是不知所云啊——看这里第二页！传票共分三种，一为收入传票，一为支出传票，一为转帐传票。此地须特殊注意者，为转帐传票，盖表现现金与各帐户之关系也！”他念，在食指上醮了一点唾沫，用指甲狠狠地在书上划着。然后他抬起头来，霎着眼睛背诵；又低下头去，伏在桌上背诵。——这时周围更静了。

“为学贵在有恒，今天成功了，以后晚上决定不去喝茶摆龙门阵！”他说，站了起来，得意地徘徊着。这是一间前后都是毛厕的低矮的、潮湿的房子，他用五百块钱一个月租来的。他底表哥，也是他底同事，夫妇两人租了隔壁的一间。“抗战军兴以来，离乡背井，不觉已是四年了！真是光阴似箭！我才二十四岁，我要发奋下去！不能像表哥那样为了表嫂断送了自己的前途——

他们真是睡得好香呀！……我的人生计划共分四步。要晓得，不进大学也能成名的，不进会计学校也能当会计——他们睡得好香呀！……一马离了呀——西凉界嗳——”他唱了起来。“第二步是，我当了机关里的主管长官——决不要看不起自己！而第三步，是的，第三步才是结婚！”他走到墙壁前面去，伸起头，向隔壁听着。“……他们睡得好香呀，这样的秋夜里真非常适宜……”

渐渐地他就飘忽了起来，觉得自己已经娶到了县长底女儿：她带来了一百担谷子底嫁妆。没有多久，他就坐上了小汽车去出席省政府底会议了，省主席和他亲热地握手——他欠着腰，伸出手来，练习握手——终于抗战胜利，南京收复，他回到故乡去了，受到了热烈的艳羡与欢迎，那时他就娶了第二个太太，是苏州人，因为苏州女子苗条而多情。

“不！何必要两个，一个尽够了，事业要紧！”他向自己说，快乐地笑着。

他在房内徘徊着，想着他底光明的生涯。忽然他站住不动了，——听着外面的风声和远远的江流声，感到了一种荒凉，他恍惚地觉得，他所想的一切都不确实。周围是这样地深沉，他觉得，在这个世界上，现在只有他个人在活着。他忽然觉得他底苍老可悲的父亲站在他底背后，他寒战了一下，迅速地回顾，他底父亲消失了。

一种大的严肃，浸透了他。

他不觉地走过去，打开了房门，向堂屋里看了一下。他痴痴地站着，困难地想着什么，听着外面的深夜的风声。他想到了他底母亲，想到她用柔弱的声音唤他去吃饭，眼泪流了下来。

这时有一个老鼠从屋顶上跑了下来，伏在门顶上，叫了一声，以它底怀疑的黑眼睛看着他。

他看着老鼠。

“四川的老鼠真大胆——像人一样坏！”他想，摇了一下门。老鼠向门外移动，他本能地迅速地闭门，恰好把它压在门缝里。

他非常之欢喜，他很有兴致地做着这件工作：压老鼠。他用力地抵紧门，看着老鼠底乱动着的后身，听着它底叫唤，感到快乐，但是他压不死它，它仍然在动，在叫。它的细微的、尖锐而紧张的声音，是如此广漠的深夜里的唯一的声音。注意地看着它底抖动着的发白的后身，他感到了一点恐惧。他底快乐和兴致突然消逝了。他闩上门，并且用一条板凳抵住，防备它逃掉。他注意地看着它，神经紧张，他底恐惧增大了起来。

他落到一种紧张的、惶恐的局面里去，好像遇到了大的危险。他兴奋地找出了钉锤、剪子，又找出了一根大铁钉。

"判决死刑！"他说，笑了一下，显然希望提起兴致来，但笑容是恐惧的。

在这种深沉的静寂与荒凉里，老鼠底尖利的叫声，挣扎声，它底急速地抖动着的、发白的后身，以及张伯尧自己底神经紧张，引起了恐惧。然而正是这恐惧，鼓起了杀伐的决心与勇气，这已经变成了一件深刻的苦闷，毫无兴致可言了。

他拿着油灯、剪子和钉锤，打开了通过道的门。走进堂屋，他底腿就发软，而且打抖了。周围没有一点点人的声音，黑夜广漠无边际，而一只老鼠，一个活的东西，在他底面前锐利地挣扎着。

他勉强地拿起灯来。

他看到了那个从门缝里倒挂着的、乌黑的活的东西，和两只滚圆乌黑的、发亮的眼睛。这两只眼睛在望着他。

他抖了一下，灯落到地上去了。他迅速地逃了回来，战栗着，找到了火柴。火柴好久擦不着，他觉得只有他一个人活在世上了。

"不行，我是一个男子汉！"他想。

他点上了蜡烛，拿着蜡烛跑了出去，在堂屋里东张西望地跑了一圈，拿起了钉锤，抬起头来，看着老鼠。

老鼠抓扒着，叫着。

他举起钉锤，闭上眼睛，猛力地击了下去。一下，接着又是一下，敲在老鼠底头上，它尖锐地叫着，而后它沉默了。他从事这个恐怖性的战争，处在一种昏乱的状态里面，他听别人说过，老鼠们是常常会装死的——他一共敲了八下。

他又举起蜡烛来，照见了流着血的老鼠，它底那两只突出的，乌黑的眼睛，仍然在看着他。他认为它没有死，又敲了三下。

他昏乱地跑进房来，忘记了有板凳抵着，好久都打不开门。门开了，老鼠落了下来，他赶紧关门，跑到床上去。用被盖蒙住头。

他觉得那两只突出的、发亮的眼睛仍然在看着他。

"不行，今天夜里一定要做梦！"他想，跳了起来。

"传票分三种，收入，支出，转帐，特殊注意的，表现帐户与现金之关系！"他迅速地念，抱着头。"薄记又分三种，总帐，日记帐，明细帐！……而报表之类，一般以为，……实在是，我国之会计工作！"他抬头，凝神，又看见了那双可怕的眼睛。

"不行不行！"他说。"臣亮言，先帝创业未半，而中道崩殂，今天下三分……"他停住，凝神。"我底人生计划共分四步，第一步为学会计，读国文英文……不一定要进大学也能当主管长官的，为学贵有恒，要发奋努力……抗战已经七年，我离家已经四年，今年二十四岁，我是七月八日子时生，妹妹是五月二十日丑时生！桂花香，桔子红，吃年饭，放爆竹……不行不行！怎么一点人的声音都没有呀！"他焦急地说。

突然地他听到了老鼠叫。渐渐地周围全是老鼠叫：吱吱吱！他疑心那只老鼠没有死，邀了同胞们来复仇了！

"老鼠会不会咬死人？人家说老鼠有毒，不然怎么会有鼠疫？十个二十个老鼠一定会咬死一个人的！"

"这张现金表上一共是十八项！逢九进一，逢九进一，三下五除二，四下五除一——我明天还是去喝茶了——四下五除一！"他高声地念着，打起算盘来了。"先要学好算盘才能当会计——又是逢九进一！……它们叫，比方说，三十个老鼠总会咬死一个人的！"他用力地摇了一下算盘，沮丧地抱着头。

“表哥！表哥！喂！”他站起来，大声喊。

他底表哥在隔壁房里愤怒地捶着墙壁。

“你闹什么呀！”

他打开侧门，跑到他表哥底门前。

“我有话跟你说，表哥！”他紧张地说。

“哎！你用功的成绩怎么样了？”表哥说。

他听见了他表嫂翻身的声音，他做了一个鬼脸。

“吓，你来看，我打死了一个老鼠！”他说，快乐了起来。

一九四四年九月十五日夜

可怜的父亲

王吉弟，在他底妻子分娩的时候，发生了强烈的热情。这种热情，在他底一生里面，从来不曾有过。是春天的晚上，他底妻子陈逸珍在房内痛苦地号叫着，他兴奋地在医生、产婆、姑妈、表姐之间跑来跑去，什么也不能做。医生、产婆、姑妈、表姐们也并不叫他做什么，都以谴责而怜恤的眼光看着他。他是一个小小的科员，但现在觉得自己十分重要。他迷迷胡胡地觉得自己是伟大的：这种感觉也从来没有过。他跑到潮湿的厅堂里面去，抱着头，喘息着，好像不能忍受了似的。他脸上有恍惚的笑容，或者愁容，——很难分得清楚。他底妻子在里面呼号得更凶了，他听出来她是在咒骂他，咒骂他不负责任，害她受苦。他觉得快乐，非常快乐。他忽然想到，不久之后，就会有一个可爱的小东西在这阴暗的房子里活泼地奔跑了，于是他跳起来，掳起衣袖，歪倒面颊，出力地打起自己底耳光来。

"你！你！你！"他说，在右颊上打了三下。"你配做父亲！你配做父亲！你配做父亲！"他换了手，打着左颊，说。

他安静地坐了下来，但忽然更快乐，更快乐。看着桌子，灯光，窗外的春夜的星星，都忍不住要发笑。真是非常美丽的春夜，院子里的树幽静地低着头，在诉说着某种悲凄的甜蜜。

"唉！唉！唉！……"王吉弟笑着，满堂屋地走。他底妻子在房内不停地叫号着，仍然在咒骂他。

"骂！骂！对，我该骂！"他小声说，吃吃地笑着。"我配做爸爸？比方说，小东西喊我爸爸——他果然会喊我爸爸？奇怪！奇怪！奇怪的人生！'爸爸！'"他摹仿着他所想像的一个柔嫩的声音，喊："'嗳，喊我做什么？——叫你妈妈去！'——不，不对，一点都不像！奇怪！奇怪的人生！"

"比方说，我是一个低级公务员，现在同盟国在打仗，中国在继续抗战，公务员吃苦耐劳，但是寂寞，气闷，无聊！我底签呈上去五天了，一点消息都没有，而小东西要吃要穿了……——不，说这个干什么？别人总不会说你好的！"他严肃起来，站在窗口，看着春夜底柔和的天空。在他底心里，出现了回忆和想望——那种使人们联系着过去和未来的美丽的东西。"我从前曾否抱负过崇高的理想？"他问自己。"是的，学校毕业的时候，你曾经想办实业，改造社会！你想做实业家，别人，一切，都不对，看你来！那时候，深夜长思，心里也如现在一样的感动！然而时日消磨，现在一切都过去了！而从被叫做爸爸的那一天起，一切都完了！"他严肃地、带着轻微的感伤，沉思了一下。"是的，我懂得了，我已经老了，过去了，而新的生命出现了，一切都让他们来，让他们生活，理想，恋爱——唉，你以为这是很甜蜜吗？"他对自己说，心里仍然非常快乐。

他底妻子仍然在房里呼叫着，他跑了进去。

"你这个……哼，哼，不负责任的死东西呀！"她指着他底脸骂。

大家谴责地、怜恤地看了他一眼——只有瘦小的女医生显得庄严而冷淡。他摇摇头，走了出来，一出门就快乐得笑出了声音。他又打自己底耳光。

"从前，在我们出生的时候，我们底父亲是否也有我们这样的思想？"他重新严肃起来，想。"然而他们是老式人，我们底可怜的父亲！是的啊，我们底可怜的父亲！"他说，又走到窗边。

他长久地站在黑暗的窗前。

"比方说，我们底可怜的父亲是在皇帝老儿治下，我们就赶上民国了！而且遇到如此伟大的第二次世界大战！又比方说，从前他们见不到这些东西，连梦都没有梦到过，我们却见到了！而且办公的情形也不一样，礼节风俗也不一样！……那是多么静静的、一潭死水的时代啊。比方说，我们底可怜的父亲，他出一次门……”他长久地这样迷胡地、快乐地想着，一面听着里面的声音。

他底同事张志芳走上台阶，探进头来。

“你拿着雨伞干什么?”他问，看着张志芳手里的雨伞。

“你不要以为不然，我相信要下雨——怎么你站在这里，生了么?”张志芳问。

“他真蠢——记挂下雨!”他想。

“你真蠢!”忽然他热烈地说，“我问你，在从前，在你年轻的时候，你有过崇高的理想么？理想你自己做一件大事业?”他问，眼里闪耀着光芒。

“你在想些什么啾!”张志芳轻视地说，哈哈地笑着。

他严肃地沉默了一下，然而心里跳跃着快乐。

“唉，你不懂!”他说，“我在想我们底可怜的父亲!”

“好罢!”张志芳说，得意地放下了雨伞。“你要请客：我有一个好消息!”

“我不相信。”他说，望着张志芳；“也许是的罢！就是没有好消息，我这个人也是不会不请客的！只有那位老毛子才不请客!”他骄傲地笑着，说。

“请什么呢？嗳?”

“你说消息罢!”他说，想到了，在此刻能听到好消息，是格外值得高兴的。“是不是我的签呈下来了?”他问，假装着不介意。

“恭喜你升官!”张志芳说，“还有，国防最高委员会决定，加薪水二成，又发布，又发油，又发面——所以你要请客!”他说，抓起雨伞来。

“果然果然！老毛子这要气死我了!”王吉弟说，喜欢得跳了起来。“但是为什么要我请客呢？又不是发给我一个人!”

“你升官呢？还有，添儿子呢?”张志芳说，用雨伞轻轻地在他底头上敲了一下。“老毛子要气死了。”他说。

“真的，这恐怕要把老毛子气死了，他不晓得我做签呈的!”

他快乐地说，笑着。“老毛子这个人呀，前天在摊子上替他太太买了一双皮鞋，他太太穿来了，一进门，就脱了底，于是乎光着脚：光着……又踢……”他说，快乐得结巴了起来。

“他太太就跑不掉了呀！”

于是他们就快乐地哈哈大笑了起来，笑着老毛子和他底太太底皮鞋。愈笑愈快乐，愈笑愈响亮，忘记了房内正在进行着的事了。

“慢点，我有点事情跟我太太说一说！”王吉弟说，想使太太知道这些好消息，向房门跑去，忘记了他底太太正在生产的痛苦中。

他刚刚跑进房，房内就传出了可怕的叫喊声。张志芳跟着走到了门口，很想知道里面究竟在闹着什么，站在暗处观看着。

房内有喊声，挣扎的声音，和低语声，门轻轻地关上了。

“张志芳，你等一下我有话跟你说。”王吉弟紧张地在门缝里说。

房内有细微的绻绻的声音，没有多久，又有了窒息的喊声和挣扎声，接着就是新生的婴儿底哭声。……张志芳觉得希奇，紧张地站在黑暗中。

房门打开了一个缝，王吉弟探出头来。

“老毛子可要气死了呀！”王吉弟说，快乐地笑着。

张志芳突然很是气愤。

“你这个东西！”他说，用雨伞打王吉弟底头。

“唉，你说签呈准了吗？老毛子可要气死了呀！”王吉弟快乐地说。

一九四四年九月十二日

一封重要的来信

黄昏的时候，办事员吴器识底女人张爱英，和她底肥胖的、怀孕的女佣人吵着架。她认为女佣人在背后骂了她，女佣人说没有，拖了邻家的拍卖行里的王福勋底瘦小的女人来做证，并且赌咒说，要是她果真骂了，她就会在生娃儿的时候死掉，然后就坐在门槛上冤屈地大哭起来了。张爱英，因为小孩生病，因为家里什么都没有，又因为是这样的黯澹的黄昏，非常的烦闷，讲了愤恨的话，一瞬间也觉得非常的委屈，落下泪来了。于是拍卖行底女人就温和地、感动地两边劝慰着。正在这个时候，吴器识喜气洋洋地走了回来。

张爱英点上了灯，向他诉说起来。但看见了他底快乐而新鲜的样子，心里就轻松下来了，只是那个冤屈的女佣人，还坐在门槛上哭着，一面向拍卖行的女人诉着苦。

吴器识觉得他底女人是这样地小气，居然和女佣人拌嘴而淌眼泪，非常厌恶，狠狠地骂了她几句。但他仍然压制不住那快乐、新鲜，而因了这个，张爱英就一点都不介意他底责骂了，在等待着那愉快的结局。

吴器识，喝着茶，静默了一下。

“周嫂，不用哭了，算是太太对不起你！”他站了起来，走到门边，爽快地喊。

“有什么事情？”张爱英悄悄地问。

“唉，头痛！大人物底事情！”他说，摇摇头，严肃地从衣袋里摸出一封信来，“华明来了这一封信，我正在办公，就接到这么一封信！”他用感动的低声说。华明，是他底内弟。

“华明说些啥子呀!”张爱英拿着信问。

“你自己看嘛!”吴器识,主要的是因为无力压制自己心里的那种感动,生气了。——他觉得这种感动是他底一生底弱点,永远地,好像一个怪物,忽然地就跳出来破坏了他底男性的尊严和意志了。“真气人,你又不是不识字!”他说,希望打败那个感动,但他终于不能忍耐地说起来了——虽然他底女人正在看着信,“华明跟我说,黄司长要来!”他小声说,感动,然而又痛苦地发着抖。

“哪个黄司长呀?”他底女人,移开了信,看着他,问。

“唉,你自己看嘛!”他说,心里异常痛楚。他为什么对这件事情一点都不能尊严而冷静呢? 黄司长要来,来好了。

“就是财政部底黄司长黄涤尘先生。”他感动地,带着莫明其妙的痛楚,说。“他老人家是我底老上司,这回是带太太公子来玩温泉,明华要我替他在旅馆里订两个好房间。”

“那不是要化好几千呀!”太太又移开了正在读着的信,惊讶地问。

“跟你这种女人家没得谈的!”吴器识愤怒地喊,发白了。“老是这么坐井观天,头脑简单!”

“人家好好地跟你说,你又骂人了!”张爱英用怨恨的小声说,但仍然因丈夫底快乐而快乐,又看着信。她底看信的歪着头的艰苦的样子,使吴器识又生气了——别人家底太太,总没有这么笨的。

“拿来,不跟你谈!”吴器识喊,夺过信来。

“唉,脾气怎么这样暴躁呀! 别人总没有像你的!”张爱英说。

“哼!”吴器识说,又把这信看了一遍,深思了起来。然而,想到黄司长要来,赏识了他底忠心和周到,说不定还反而要请他陪太太公子一桌吃饭,心里就那样地感动——一点都不能安静了。这么多时以来生活是这样的灰暗、苦闷的,但今天一切是变得多么美丽啊。黄司长是多么温和的人,还能够体恤别人了——唯一不能使人满意的,只是身边的这个愚蠢的女人。不过,将来一穿起摩登的衣服来,受受训练,也还是一样的。

但今天晚上怎么过法呢?一定得把事情整个地考虑一下。于是他就走出来了。那个受屈的女佣人,仍然坐在门槛上低低地哭着。

"叫她做事去!"他想,"不!让她休息吧,这种没有知识的下等人实在也是怪可怜的!"

他走到隔壁的拍卖行里面去,拍卖行底肥胖的老板王福勋,高卷着衣袖,坐在柜台内高声地念着书——念的是《古文观止》。

"咳,吴先生,请坐嘛!"他停止了念书,高兴,有人来谈天了,快乐地说。

"不坐,不客气。"吴器识感动地说——这个邻居真是待他太好了。"我请问你一件事,"他靠在柜台上,用感动的、严重的小声说,"温泉的几家大旅馆,你有熟人吧!"

"这个——倒没得哩!我跟你问问看:是不是人家要办喜事?"

"不是的。"吴器识说,"你看这封信真气人呀,我正办公忙得要死,我底内弟跟我来了这么一封信。这就又要我忙!不过呢,人生总是忙的,否则人活在世上有什么意思呢?——你看,不要紧,你看。"他感动地说,叫王福勋看信。

不知为什么,王福勋,虽然很爱偷看别人底私信,这回却觉得看别人底私信是很不妥的,所以不大敢认真地看;看清楚了几句,但还是弄不清楚。而且吴器识忍不住地又说起来了。

"我内弟说的黄司长黄涤尘先生,我想你天天看报的人总晓得他底名字吧,前不久报上还登着,说他在部里面纪念周上训话,他讲的是三民主义与财政。真是很有学问的人哪。他又是我的老上司,待我顶好的,常常叫我过意不去。这回他要陪太太公子到温泉来玩,我内弟在他手下做事,告诉我要先一天订两个上等的房间。我内弟人很年青,不懂事,还是我介绍给黄司长的。这些要人们,大人物们,一到温泉这个地方玩起来嘛,起码总是大排场，你我小百姓才够不上呢！”他说，兴奋地笑了一笑，确信他是庄严地批评了要人们了。“真要命呀！还得头一天去订房间，你想，两间房，总要个三四千块钱吧？”

“唔，那怕是要三四千哩！”王福勋认真地说，高兴有机会说了这一句话。

“那也只好破费一下了。要人们的事，有什么法子呢？中国底事情就是这样子，唉！”他感动地说，“要是美国，就是罗斯福杜鲁门总统吧，一个人出来玩玩，跟平民一样！甚至于跟平民一起玩。中国呢，有时候大要人来温泉洗澡了，一个人洗，老百姓就不准去！我觉得中国这个国家真是太不进步了，再有几百年都不行！”

“是咯，恐怕几千年都不行！”拍卖行老板说。

“不过，黄司长这个人倒顶好的，人还蛮年轻，办事情相当的开明！我从贵阳搬家出来，穷得一个钱都没有，好，硬着头皮去找他看看罢！哪知道，不用你开口，就借给你两万！那时候两万块钱可不算少呀！”

“是呀，那时候的钱！”

吴器识静默了一下，想着他底幸福的心。他看到门外的月色异常的好，就想到月亮底下去散散步一定是很有诗意的。他走出了拍卖行。忽然地想到：应该马上回内弟一封信，并且问候黄司长一声，不，应该直接地向黄司长写一封信。

他看见周嫂已经不哭，在厨房里洗着什么。他底女人则在灯光里煎着菜，锅里腾起一阵一阵的热气来。她在热气里大声地说着话——他听出来她底声音是快乐而兴奋的。

“喂！”他快乐地喊。

张爱英迅速地跑了出来。

“你想出一个决定来了没有呀？”她兴奋地问。

“什么？”

“黄司长……”

“哦，不用你耽心——替我把小字笔跟砚台拿出来！”

“要吃饭了呀！”

“我写了信就吃！”

于是他坐下来写信了。他底女人，摆好了菜，谨慎地坐在一旁等着。他写了好久，搁下笔来，嗅到了周嫂刚端上来的肉汤底香味。

“真的有点饿了——爱英，”他感动地、甜蜜地说，“下回对于无论什么事情多想想，头脑不要那么简单，何必跟周嫂那种下等人吵架呀！”

“唔，”然后他说，喝了一口汤，呷了一下嘴，“这汤不错！——再跟我去煎一个荷包蛋来！”

她底女人就快乐地去煎荷包蛋了。

卅三年十一月于重庆

求 爱

男教师胡吉文，恋爱着女教师林凤山了。乡下的生活是苦闷的，学生们是愚笨而顽劣，教师们贫穷、孤独，无论在哪一方面都得不到安慰，容易发生这种猛烈的爱情。据人们说，胡吉文是一个老实人，他是从师范学校毕业回来，立志献身给家乡底小学教育的；单从这一点看，就足够证明他是一个老实人了。他长得很胖大，行动很不灵活，因此，虽然年纪不怎么大，却已经有了一种威严的神情，使得孩子们很是害怕他。他穿得很坏，平常总是一件灰布的长衫；他是很孝顺的，他自己也激动于这一点：他所有的一点钱都拿回家去供养他底母亲去了。他是体育教员，他实在不是一个高明的体育教员，因为他底身体很笨重；他承认他底身体很笨重，因此他相信他底头脑一定是很聪明的。因为他已经献身给小学教育了，所以他憎恨学生们。这种仇恨是不可解的，他一站在学生们底面前，一接触到他们底畏惧的、沉默的、然而又是狡猾的眼光时，他就要憎恨得发着抖。他相信他们都是在心里看不起他，在背后咒咀[1]他的，他相信他们都是阳奉阴违的。阳奉阴违这几个字特别使他欣赏，他一想到这几个倒楣的字，就要对学生们咆哮、吼叫起来。“你们都是阳奉阴违的！阳奉阴违！你们再要是阳奉阴违，我就要罚你们全体的跪！”他觉得这几个字一定是一个非常有学问的人想出来的，这几个字对他是有着如此之大的压力和魅力，因为，只有这几个字，能够给他描述出他面前的使他快要疯狂的现实来。学生们于是给他

① “咒咀”，新文艺版作“诅咒”。

取了绰号，叫他做“阳奉阴违”。

但是，对于校长和同事们，他却是非常恭敬、和蔼；什么事情都没有意见。和同事们在黄昏的时候出去散步的时候，他底神情是特别庄重的；有什么话要说，总是用着一种严肃的、恭敬的小声。他意识着这是在和别人交际，对于他底一生是很重要的。像这样，大家就叫他做老实人。

他不幸心里有这样强的爱情，爱着他底同事，音乐教员林凤山了。事实上恐怕林凤山一点都不知道这个，恐怕她是连做梦都不会想到这个的。她是一个活泼的、聪明的女子，时时地欢喜用洁白的小牙齿咬着上唇，唱歌唱得很好。尤其使胡吉文感动、崇拜的，是她读过那么多的书，每天都在读着一些厚大的书，谈起高深的话来是那么自然，简直好像家常便饭一样。想到这一点，胡吉文就觉得很惭愧：他只是学体育，从来没有读过什么厚大的书。一天早上，他下了决心，红着脸到她底房里去了，他说他想要借几本书看看。

“这里没有什么书了，都让别人拿走了，你自己找吧！”林凤山说。

“我想，我看看有没有啥子哲学书。”胡吉文说，红着脸贪婪地看着她，惊异着她底态度这么简单而自然。她底房里有一种神秘底香气，胡吉文不知道它究竟是从哪里来的，被它迷住了。他呆呆地看着她底额角上的一个小小的、发亮的疱。

“你不找么？”她说，“这里一本《新哲学大纲》，还不错；不过要先读哲学史读起来才容易。”她说，觉得自己有卖弄的嫌疑，红了脸。

“那是，那是！”胡吉文说；“我就想，一个人怎么能不懂得哲学，”他说，大胆地向她底整洁的床铺看了一眼，“要是不懂哲学，就不知道人生底意义……我请林先生以后多指教我，我这个人笨得很！”

“哪里！”林凤山笑着回答，用洁白的小牙齿咬着上唇。于是胡吉文拿着那一本厚书走出去了。林凤山摇摇头，觉得很好笑，又坐下来看书。不过心里总是不能安静了，她忽然觉得这早晨是这样的美丽，这样的美丽，她怎么能够老埋藏在这里！她在窗前站了一下，唱起一只歌来，在房里跳了两步，挟着皮包走出去了。

这边，胡吉文是把房门关了起来，开始读哲学书。他马上就完全绝望了。他并不绝望他读不懂这可怕的书，他是绝望着，从这本可怕的书看来，他在林风山那里是再无希望了。不久之后，他就愤怒地推开了书，躺到床上去。渐渐地他想到了他底孤苦的母亲，想到了他底死去了的父亲和姐姐，想到了他姐姐从前是多么爱他，而现在没有人爱他，他已经是三十岁的人了。是星期天，所有的人都出去了，周围静悄悄的，可以听见外面的阳光下的麻雀底叫声。"这又是一个春天了啊！"他说，伤心地哭了起来。

可是他突然地跳了起来，带着一种疯狂的神情，抱起了床下的一个篮球，打开门冲出去了。他奔到操场上，脱去了长衫，疯狂地一个人打起篮球来，打了有两个钟点之久。

第二天上午，他在教学生们叠罗汉的时候，生气了。孩子们老是不专心，做不好。后来，他们害怕着他，更做不好了。他非常地着急，因为这叠罗汉是要在儿童节的时候拿出去表演的，现在离儿童节只有三天了。他弄得满头大汗。他刚一转过脸去，就猜疑孩子们是在他底后面做鬼脸，于是他立刻转过头来。孩子们在有些炎热的阳光下静静地站着。但他相信他们是一定是做了鬼脸的，觉得非常愤怒。

"你们这些，又是阳奉阴违，又是阳奉阴违！"他高声叫。于是一阵笑声好像一阵风似地从孩子们底队伍里吹了出来，立刻又寂静了。他愤怒地又叫了一声，发觉孩子们都朝他底背后看着。他回过头来，看见了披着灰色的外衣的、新鲜、美丽的林风山。她站在课室底屋檐下朝这边望着。

他觉得羞辱。他愤恨地想，你林风山，一个婆娘，根本是什么东西，配在这里讥笑我？可是他心里又感到甜蜜。他突然地向学生们大吼一声，要他们重新来过。但他们刚刚开始排列，他就抓着一根棍子向一个穿着破烂的黄军衣的少年跑去了，因为他在那里用胛肘捣着他底同学做鬼脸。他举起棍子来在这少年底肩上猛击了一下，在这少年底痛叫声里，感到强大的复仇的快乐。

“不要打人！”左边有一个学生尖锐地喊。

“哪个？哪个？站出来！”他吼。但学生们无表情地、静静地站着。他转过头来，看见林凤山仍然站在那里，他气得要发疯了，可是他又想，她这样站着，莫非真地对他有点意思吧！那么，他一定要使她看见他是怎样的一个有为的人，他要叫她看见他在学生们面前是多么威严！

人们在求爱的时候，总是不觉地要把特殊的才能表现给他们底爱人看的。胡吉文又向那个穿黄布衣服的少年奔去，并且用棍子打在他底肩头、手臂上，显然地是一种求爱的举动。这少年痛叫着，哀求着了，但他仍然打下去，觉得甜蜜，快乐。

“不要打人！”这次是右边有一个尖锐的声音叫。

“是哪个？是你，一定是你！”他说，用棍子指着一个瘦小的、生得很丑的少年。

“不是我！”

“我说是你就是你！”他叫，跑上去打起来了。但左边又有一个声音叫不要打人。

“全体跟我罚跪！”他跳了起来大声叫；“全体罚跪！不然全体开除！”

学生们望着前面，静静地站着不动。那个瘦小的、难看的少年，在寂静中呜呜地哭起来了。

“不跪是不是？”他威胁地说。“老实告诉你们，你们这批东西长大了做不得上等人，只配下力，拉车子！你们只配打！黄至云！出来。”

站在左边排尾的一个肮脏的孩子，走了出来。

“一个打五下！”他说。这肮脏的孩子恐怖地伸出手来，他就开始打;他打一下,这孩子喊叫一声。然后,他喊第二、第三个。挨了打的,有的哭了,有的在咬着牙齿擦着手心。没有挨打的,脸上一律是恐怖的神色,站在阳光下静静地等待着。

他每打了一个,就回头看看林凤山是否还站在那里。她一直静静地站在那里。于是他觉得甜蜜、威严、光荣。他这个奇怪的求爱的举动就继续下去了。现在,有十几个孩子挨了打,在那里哭着了。

"林,林老师,"一个快要挨着打的稚弱的孩子恐怖地喊,同时哭起来了,"你,你帮我们说说呀!"

于是林凤山讥刺地笑着走上来了。她客气地替孩子们求情,要胡吉文不要再打。

"是!是!"胡吉文奴顺地、甜蜜地笑着回答;"你林老师底话,没得问题,是!好!"于是他向学生们喊,"今天是林老师替你们说情!不然就是天王老子来求情都不行的!你们要晓得,林老师人又好,又有学问,我平常顶听她底话的,她是我们大家底模范!"他热情地叫,兴奋得满脸都是汗水了,"林老师这个人,她不像你们,她也比我好,她整天都用功,研究哲学,你们晓得哲学是啥子吗?就是,人生底意义!我是为了你们好,这就是人生底意义!我自己已经发过誓,从今以后,要跟林老师一道研究学问……"

他回过头来,林凤山已经在不知什么时候走掉了。于是他底演说也就结束。他突然地又异常、异常地憎恨着孩子们了,他紧捏着手中的棍子,凶恶地看着他们。

"好,下课!"他愤怒地叫,"你们这些阳奉阴违的东西!"

他在操场上转了一个圈子之后,走进了林凤山底房间。

"那些学生,我告诉你,非打不可!你心肠太慈悲了!"他粗鲁地坐了下来,喘着气说。

林凤山简单地笑了一笑。

"真地你心肠太好了!我还不是心肠软,不过我要狠心,这是替他们前途着想!"他说。

但林凤山沉默着，低着头向着一本书。他觉得痛苦、困窘，他站了起来预备走出去。但突然地他又站下了。

“我这个人就是爱说老实话——我爱你，真地我爱你。”他说，变得灰白了，全身都发着颤。

“笑话！”林凤山轻蔑地说，抛下了书，“请你出去！”

“你……你晓得，我是一个可怜的人啊！”

“出去！”

“我情愿为你牺牲一切，牺牲我这条命！我是一个老实人！”

“出去！”她愤怒地叫。

“好！我出去！”他昏乱地说，四面看了一下，懂得真地是没有希望了，这才走了出去。

几分钟以后，他脱得只剩一条短裤，抱着一个篮球向场子上跑去了。就在林凤山底窗子外面，他一个人狂热地打起球来，一直到吃午饭的时候。

一九四六年四月三日

感情教育

“你瞧，是这样的！理论教导我们认清现实，正视现实！在我底分析之下，你可以看清楚，这是怎样的重压！否则我一定不能原谅自己！……”宋子清说，激动地做着手势。

这时来了第二阵的急雨。宋子清带着严肃的神情张望了一下，就抓着张蒲英底手，领着她向附近的凉亭跑去。

这是夏天常有的情形，一阵急雨，然后又是一片阳光。花园里腾着干燥的、浓烈的气息，茂盛的绿叶滴着水，尘土底小球在青石路上滚动着。宋子清和张蒲英跑得喘息起来，然而在跑近凉亭的时候，虽然雨并未停止，他们都停了下来，互相地露出一种犹豫的、苦恼的神色，观望着。尖锐的、恼怒的神情立刻就出现在张蒲英底瘦小的脸上，这脸刚才还因淋雨而洋溢着喜悦的热情的。

在某些时候，妇女们发怒，因为她们底男子在行动中露出犹豫来，这犹豫暗示了他们底生活深处的苦恼的纠纷，毁坏了她们底突发的快乐和想像。在此刻，张蒲英底快乐是，园林底芳香中的夏天底急雨，以及那个建筑在花丛中的美丽的凉亭，此外的一切她就全不去想了。宋子清犹豫，因为凉亭里已经歇着几个乡下人，主要地，因为他底爱人底快乐的热情。他觉得，这种快乐的热情，对于他底那些严肃的话题是非常不利的。

“你为什么这样看着我呢?”宋子清严肃地问，表示他不能屈服。

张蒲英扭过头去，望着滴着水的、芜杂的、怒放的花丛。

“你想想，你所喜欢的是戏剧工作，但我认为现在的剧团是非常无聊的!”宋子清说,渴望压倒她——这是战斗的渴望,在他底心里,鼓动着热烈的自尊心。“你干了那么久,难道连一点经验都不曾得到么?就没有别的工作了么?这边学校里,不是更适宜学习么?你难道不曾想到现在的生活里的重大的一切么?”他说,带着强烈的仇恨情绪。“我并没有强迫过你……”他突然停止,看着她。“雨都止了,我们坡下去走走好么?”他温和地问。

沉默着。

“要去你一个人去!”张蒲英愤怒地说,眼圈发红了。

“就这样又吵起来了么?一点点严肃的话都不能谈了么?我说,今天发了钱,我们出来玩玩……那些人原是混蛋……唉,我早知道这是囚笼,锁住你!——这个县城是多么荒凉啊!”他停住了,呆呆地望着坡下的发闪的绿叶。这时有两个乡下人从凉亭里注意到他们了,宋子清有些局促,就假装着要去摘花。然而,张蒲英仍然那样地站着。

“你喜欢那朵红的么,我跟你去摘!……我看还是那边的一朵好些……喂,不要老这样站着,别人注意我们啦!”他凑近她,触着她底细瘦的手臂,说,“不过太潮湿了,走不进去!”宋子清大声说,向凉亭来的乡下人看了一眼。“我真惭愧,人家乡下人过着怎样的生活,我们又过着怎样的生活!”他愤怒地说,抛下了手里的花叶。“你想想,为什么我们没有严肃的工作,只知道过着特殊的生活,而且倾慕虚荣!你要懂得,浪漫的精神,决不是虚荣,我们都在这个时代里生活得不浅,有一首诗说——不要老这样站着,有学生来了!”

两个女学生,一个穿着难看的黑布裙子,一个穿着打了补绽的蓝布衫,走了过来,看见了宋子清和张蒲英,就显得非常的窘迫,垂下了眼睛,红了脸。宋子清露出笑脸来,看着她们,然而张蒲英仍然那样地站着。

女学生慌乱地鞠了躬,喊了老师,走了过去。

“你看,在学生面前都这样子,”宋子清皱着眉头说。“下面去走走行么?正好这时候没有太阳,而且有风,我跟你摘花,回去插在瓶里……”

“不管你怎样说，我这个雾季要到重庆去！”张蒲英愤怒地说。

“吓，雾季！”宋子清轻蔑地说，“那些走江湖的，投机的……”

“什么走江湖的！——只有你不投机！”张蒲英说，决然地转身，走进了凉亭。

宋子清站着不动，带着强烈的、痛苦的脸色，向着参差不齐的林荫路。他看见了刚才的那两个女学生：她们并肩地在坡下的草地上走着，兴奋而亲密地谈着话。他忽然凄凉起来，觉得自己爱她们。他蹲在这个阴沉的小城里已经两年了，他想到过去的热情，他怀着更为猛烈的嫉妬和仇恨，想到了噪杂的城市，舞台上的辉煌的灯光。

“蒲英！”他走进凉亭，当着乡下人底面，温和地笑着说，“下去走走好么？”

“等一下。”

他皱了皱眉，靠着栏杆坐了下来，望着那几个歇脚的乡下人。他们坐着或睡着，在身边摆着扁担、箩篼，其中有一个年纪大的在抽着烟。大家都疲乏地沉默着，丝毫都不注意他们。宋子清略微安心了。

太阳照在潮湿的、芜杂的花园上，林荫深处，蝉叫起来了。

“你怎样想呢？在这样沉重的压迫下面，人应该走一条深刻而广大的路！”宋子清说，一面严肃地望着乡下人。

“我不听你说！你自己又做了什么没有？所以我不听你说！”张蒲英，在苦恼地沉思了很久之后，忽然严厉地说。“比方昨天，我和小胖子唱几句，”她兴奋地说，“我唱几句，你为什么要干涉？”

“我讨厌那种无聊的歌！”宋子清说，重新愤怒了起来。

“那么，什么才不无聊呢？”

“看见广大的生活——这一个月你看了一行书没有？”

张蒲英严肃地沉默着，渐渐地眼睛潮湿了，她觉得她自己是很可怜的。

“根本我们就……”她说，要哭起来了。

“理智一点！”宋子清冷淡地说，看了那几个乡下人一眼。

“我们就没有一点点……一点点快乐！”张蒲英说，朝着凉亭外面流着泪。

“快乐？追求快乐吗？不！”宋子清想，“然而她的确需要快乐——需要感情的教育！”他兴奋地想。

“快乐是怎样的东西？”他问她。然而她忧伤地瞧着外面。这忧伤的小脸，对于宋子清，曾经是辉煌的存在，然而现在他觉得他在它里面看到了生命底渺小和疲乏。

“快乐是愚蠢的东西，当全世界都在迫害下呻吟流血的时候！”他被激怒了，骄傲地对自己说。“我们受过这种感情底教育！——但是，是的，我们不是出来玩的，为什么不学习伟大的人，为什么不乐观，不克制自己底感情呢？”他想。

“蒲英，安静些罢，我现在心里很快乐了，我们原是出来玩的，而且……”

他注意地看着她，发现她靠在柱子上，就要睡着了，就沉默了下来。他继续地想着他底严肃的问题，仿佛重新看见了狂热的时代，但渐渐地他就疲乏了起来，觉得非常之烦闷。这时有两个乡下人已经走了，悄悄地来了一个糖贩子。这个卖糖的家伙年纪很青，精力饱满，然而有着一付呆头呆脑的表情；他总在那里动作，好像手脚永不能安静似的，他不停地偷看着张蒲英。宋子清突然地觉得非常烦闷了，恨恨地推醒了他底爱人。

“告诉过你，我们是出来玩的！”他愤怒地说。

“玩什么？”张蒲英问，看见了糖贩子，觉得他很滑稽。

“你不应该睡觉！”

“我雾季要到重庆去。”她懒懒地说，注意着糖贩子。

“那就去好了！”宋子清说，决然地站起来，冲了出来。

张蒲英在靠板上支着头，沉思地看着糖贩子。糖贩子局促了起来，脸红了。

“我不该生气——是的，必须感情的教育！”宋子清想，重新走了进来。

“你这个糖卖不卖?”张蒲英问，走到糖担子旁边去。

“要卖！”糖贩子大声说，不安地看了宋子清一眼；然后低下头去，用一条脏手巾在担子上面挥着。

张蒲英蹲了下来，说：“脏得很。”检了一块扇子糖，同时拍了一下自己底荷包。

“I have no money!”(我没有钱！)她说，打开纸头，把糖塞到嘴里去。

宋子清取出钱来，温和地看着她；虽然她在乡下人面前说英文，使他有些不快。

“再吃一块吗?”他问。

“要得！”她说，伸手又拿了三块。

卖糖的，装出一种庄严的样子来，挥着苍蝇。

“你吃吗?”张蒲英温柔地问。

“我抽一根烟。”宋子清说，取了一根烟。

“你一定要吃一块！”张蒲英说，打开了一块糖。

“要不得！”他说，坐了下来，抽着烟。

“我不——我一定要你吃嘛！”她说，跳到他底膝上来，用手搬开了他底嘴。卖糖的，显得特别地庄严。

她坐了下来，把头靠在他底肩上，啜着糖，快乐地闭上了眼睛。她又拉他底手，要他替她垫着肩膀。卖糖的显得更庄严了，对于驱赶苍蝇，则显得更专心。宋子清想到，感情底难关已经打破，他就可以从感情上着手，向她提示一切严肃的问题了——他觉得很幸福，不大在乎那几个乡下人了。

突然地又是一阵急雨打在凉亭上，和周围的芜杂的花木上，张蒲英迅速地抬起头来，脸上有稚气的、可爱的、狂喜的表情。严肃地望着外面，然后她生动地叫了一声，跳了起来，在凉亭里打了一个旋，跑了出去，显得红润、生动，站在雨中。

“出来！我们到城墙上去！”她叫，然后她拍手。

她在雨里跳了一下，跑了几步，站了下来，又跳了一下，叫出了生动的、美丽的声音。庄严的糖贩子突然地抬起头来，看着她，然后就不觉地嘻嘻地笑起来了。不知为什么，卖糖的家伙底傻笑，比起爱人底美丽来，还要使宋子清快乐。

“走罢，城墙上去！”他说，坦白地笑着。

“不，慢点！我再拿两块糖！”张蒲英叫，红着脸跑上了台阶。

“快点！你看哪，那边露出了太阳！”宋子清热情地说，走到雨里去。

他们向坡上的茂盛而芜杂的花木里跑去，宋子清紧紧地随着张蒲英，好像卖糖的家伙底傻笑要求他如此，好像是，假如那个傻家伙反对他们，他们便会破灭。他们在温热的、沉重的雨点下向坡上跑去，发出热情的叫声来。

接着，从荒凉的、被急雨笼罩着的坡顶上，传出了兴奋的合唱声。

一九四四年九月十一日夜

旅　途

一年以来，何意冰是一直在重庆底周围奔波着，大半是因为失业。这次他又经过这小城。已经是黄昏了，几朵洁白的云浮在明亮的、黄色的落日底光辉中，天气仍然是闷热的，街上拥满了人，灰尘飞扬着。这一切他都觉得是和几年前他在这里的时候相同，但又不相同。仍然是这一类的和他毫不相干的人们，但已经再没有一个脸孔是熟悉的——或许在先前就一直没有注意过他们——并且他觉得他自己已经不同了。他有一阵悲怆，他很希望这已经是凄清的秋天，他觉得，这样，对于他底难于说明的沉重的心，要比较好些。

他找了旅馆出来，去看他底女友王洁芝。三年前，他在这里的一个小学里教书，恋爱了他底同事王洁芝。他底拘谨的、缺乏华采的性格不能赢得他底对手，他底那些看来是不可解的笨拙的狂热使那具有着温淑的天性的女子觉得慌张，他就被拒绝了。他当时觉得自己是全然罪恶的，经过了一种痛苦的内心斗争之后，就向她忏悔，并请求她原谅，就是说，继续着她所能给他的友谊。他觉得这友谊将是他底人生底长途上的唯一的芳香，安慰，与犒赏。他真地觉得是如此。诚实的男子，是以这样的一种姿态去恋爱的，而且他们又迫于这个时代底一些道德的原则。温良而活泼的女性，并且看来是幸福的使者，愈加在他底眼前光辉了起来，一个微笑和一个动作，带着无限的神秘的智慧，就治疗着他底饥渴的心了。他是在暗暗地等待着有一天她会被感动，而向他伸出手来。对于他特别重要的是，她底思想——就是对于社会和时代的那印着神圣的记号的简单的理论——和他完全相同。在这里别人是不能说什么的,因为他自己觉得是如此。对于这个的这一时代的崇奉,就迫住了他底一切私心了。

离开了她以后,他仍然怀着隐秘的希望。他也希望突然地就接到她底和别人结婚的消息,以免除他底烦恼。但不久他就对自己怀疑了起来,他觉得自己底心里原来并无爱情。假如他果然敢于有那为他所恐惧的狂风暴雨一样的爱情的话,在当时,只要再略略前进一点他就可以得到她了。并且,离开她,她也不觉得有什么痛苦。他在她底头脑里虽然有时是带着浪漫的光华和高贵,但大半的时候却显得是平庸的。他看出来他是平庸的,而且他底心里是充满了人世的利害的纷扰,浪漫的青春和崇高的梦境是迅速地就消失了。他所描绘给自己的,也只是那世俗的利害,丈夫和妻子互相吵架的图景。他常常不满意,或者说,惧怕他底幻想,他觉得她不能做一个很好的妻子,如他在别的男人身边所看见的。

对于人世间一切,何意冰底态度都是如此,重要的他是诚实的和单纯的。他底心里充满了现实的利害,对于他底将来,他是万分的恐惧。但他底不甘屈服的理智常常要唤起一些幻想来,以和这痛苦的现实抗争。对于伟大的时代的憧憬造成了那些瞬间的狂热,因为,这伟大的时代已经在他底心里被一种黑暗的力量窒息了。于是,结果是更深的颓唐、混乱和疲劳。离开了王洁芝以后,他是预备和几个朋友去办一个中学的,但这事情毫无头绪地就失败了。不过他也不觉得有什么,只是在实际的生活问题上受了一下打击。这以后,他是经常地失业,他几乎什么都不愿意干,也干不了。

那日益累积下来的是对于自己底身世的一种莫可名状的感伤。虽然那热狂的心境时常起来,但也只是幻想着暴动、杀人、放火之类的事,实际上他是只能随遇而安了。他显得是很匆忙的,但他什么也没有做。计划着给自己看的一本什么哲学史,半年来,是一直折在那一页上;而舒舒服服地在床上躺了下来以后,是用那样的幻想来娱乐着自己,比方说,突然地发财,突然地成了有名的领导者，突然地被美丽的女人所爱，等等。先前的幻想枯萎了以后，这样的幻想就在一块肥沃的土地上开起花来。虽然是密切地注意着那些政治斗争，从这而盼望着自己底解脱的，但他却的确是一个与世无争的、善良的人了。

从政治势力的变化来盼望自己底解脱——战争突然地结束以后不久，这样的盼望就在局势底复杂的变化里受到致命的打击了。他痛苦地感觉到，在将来的那个庞大的局面里，他会是非常渺小的。他有了一种可怕的孤独的感觉，就是，他已经被一切人遗忘了。

他现在经过这小城，是准备到县里的一所中学里去教书；他底当校长的堂哥将给他一些接济，并且他可以探问一下他底孤零的母亲的消息。

像在这种时候常有的情形一样，他希望王洁芝已经离开此地了，他希望会不到她。他觉得他底这行动是很无聊的。他经过噪杂的、拥在街边的人们走上坡去，经过一个空场，左边有草地，和看见那巨大的、灰色、颓败的房子同时，听见了王洁芝底嘹亮的、兴奋的笑声。这是他所熟悉的。那种甜蜜的感觉惊动了他底沉睡着的心，他脸红起来了，不得不站住而踌躇了一下。

王洁芝和母亲住在一起。她已经没有工作了，是靠着她母亲底积蓄和两个叔父底接济而生活着。母亲原先是颇为富有的，死去了丈夫以后，就在女儿底身上放着唯一的希望。在这种情形里，那做母亲的女人，照例是反对着一切亲戚的。王洁芝和母亲吵闹过很久——一直到现在都在吵闹着。她出去过两次，一次是八年以前，投身于救亡运动的，一次是三年以前，在何意冰离开了以后，辞去了学校的职务，跑到成都去考了大学。但一年以后她便因生病而回来了，而这病是因了一件痛苦的恋爱。——这样她便一直住在家里，过着痛苦的、失意的生活。她是用了一种坚强的自制，和一种愤怒的牺牲精神生活下来的。先前她拒绝了何意冰，幻想着和艺术家或革命家的恋爱；但现在她底年岁已经不小了，对于这种幻想，悲痛之后，是持着一种恶意的嘲笑。但她又是决不愿向母亲屈服的，为了她底婚姻的问题，她是在不时地和她底母亲争吵着。

她正站在门前和一个年轻的女子谈天而大笑着。何意冰觉得有点惊异，他不能想像她能和那些庸俗的女子这样简单地相处，他总觉得她是在内心里面过着一种高贵而深刻的生活的。他慌张地走了上去，希望被她看见。他底心里是洋溢着快乐了。

王洁芝惊异地叫了一声，跳了起来，发红，快乐，奔下坡来了。何意冰，善良地、但有罪地笑着，站住了。

“我们好久好久不见了啊！”她动情地喊。

但何意冰却显得不安起来，注意着周围的人们。各个屋子前面的人们，以及和王洁芝谈天的那个年轻的女子，都沉默地看着这边，这些目光，唤起了他心里的重压的感觉。他突然微微地发抖：他厌恶这些人们。他觉得，几年来他一直忍受着的，便是用这些目光所代表的这种重压。他看见台阶上有洗衣的女人，半赤裸的小孩，以及苍白的男子，他听见有敲糖的声音。他告诉他自己说：“好了，现在什么都没有了！”他严肃地随着他底快乐的女友走了进去。他底女友是完全不觉察到这个，相反地，她还显得有一种骄傲。

“妈妈见过何先生的，这是妈妈。”她说。

半老的、庄严的女人，冷淡地笑了一笑，说了一句什么就走到后面去了。王洁芝露出了一种愤怒的表情，接着就痛苦地假笑着坐了下来。

他们沉默着。王洁芝，在想着她底母亲。

“不行！假如我爱他，没有谁能干涉我！”她想，同时对自己觉得吃惊，看着他。

他心里有了各样的纷乱的问题。他觉得，到这里来，果然是非常无聊的。

“抗战结束了。”他说。

“是的。”她说，笑了一笑，“你打算怎样呢？”

“我不晓得。”他说：“真的，我不晓得，”他振作起来加上说，因自己底散漫而觉得羞愧，善良地笑着看着她，他觉得她底感情仍然是非常优美的。

"他还是那样。"她怜爱地想。

"你这几年在做些什么事情，你显得很疲劳。"

何意冰笑了一笑，于是他们就又沉默着。

"你没有事情么？我们出去走走好不好？"他突然地问。

她沉思了一下。

"妈！"她喊，"我出去，就回来的！"

她露出坚决的、愤怒的神情来，打开了手边抽屉，取出了一个小的皮包。她底这种神情，就使何意冰觉得是从一切束缚获得了解放，快乐起来了。

*

他们吃了东西，出来走在灯火的街上，晴朗的天上有淡白色的星河。他们沿公路走下去，黑暗中开始有冷风吹着，他们是落在迷糊的梦境中。他们底过去的误解已经不必再说明，但他们都有这样的一种感觉，就是，这两颗心之间的温柔，来得太迟了，并且是来在一种匆促之中。他们走进了一块草地，草地里面是槐树底密丛，从树叶间透出一座茅棚底灯光来，他们并且听见有婴儿底哭声。

他们在这黑暗的草地来回地散着步。他们渐渐地有点清醒，觉得自己是在和那不可见的命运做着残酷的斗争；但他们都希望掩藏这，他们竭力地使一切重新蒙眬起来。他们听见有婴儿底哭声。

对于过去的生活、痛苦、思念的动情的叙述；对于往昔的感情的温柔的复习；对于人生，对于那美丽的未来的希望——他们互相鼓舞，重新地又振奋起青春的灵感来，为了在那即将来临的新的时代，去走崭新的路。

"我觉得非常地奇怪。我从来不曾料到会有今天，又看见了你。"何意冰幸福地说。

"是的。"

"有时候人需要梦想——为什么要向现实低头呢？我们白过了这么多的时间！"他激动地说。

王洁芝含着眼泪了，沉默地走在他底身边。那些幻想、那种幸福的热狂，使他发颤、窒息了。

"真的，我为什么要向现实低头呢？错过了的，是一生的悔恨！"他想。

"我们……都需要……"他说，他底女友，低低地发了一个声音，落在他底怀里了。他们热狂地互相亲吻。……然后，他们两人在黑暗中站着，突然地又听见那强烈的婴儿底哭声了，都觉得有点狼狈。

"你究竟怎样想呢？"王洁芝痛苦地问。

"什么怎样想？"何意冰茫然地说。

"我觉得很委屈。"她说，"从前你就不能怪我，我那时候虽然对不起你，可是今天我对得起你……"她底声音破裂了。"关于我们底将来，你究竟怎样想呢？"

何意冰，对于她底这直率的态度，觉得非常惊异。

"我想……我决不会辜负你的……"他痛苦地说。"但是你底母亲会同意么？"他悄悄地、严重地问。

"她没有权利管我！"

何意冰沉默了一下。

"你不应该怀疑我！不过我觉得我们都没有看清现实……不！我说错了！"他痛苦地叫，站在黑暗中。

他不知道要怎样才好了。但忽然有猛烈的、迷人的欲情起来了，他想，他现在是和一个女子在黑暗中在一起，他多时以来所想望的，他必须不顾一切。而且他也并没有想到在得到了她以后就抛弃她！

他混乱地在草中走了几步。他不能决定。

"你是明天要走么？"王洁芝冷淡地问。

"不！我决定不去了！为了你！"

"不行！"她说，恐惧地推开了他。"我要回去——明天再谈！"

王洁芝迅迅[迅速]地奔出去了，他茫然地、长久地站着，一点都不明了，又听见了那婴儿底强烈的哭声。

回到旅馆里去，他开始了冷静的思索了。他想，有谁说过，假如一个人在三十岁以前不能在人生中有所确定的话，那么他便再不必指望什么了。他觉得这句话是一个可怕的真实。他想，他底青春的年华是已经过去了，王洁芝并不如他所想像的那样优美，而且他能负担她么？这一切又有什么意思呢？

他不禁因自己刚才的热狂而战栗。怎样荒唐的事情！他几乎闹出怎样的祸事来啊！她是完全不美的。她是苍白、瘦弱的！没有生活的常识，并且连一件衣服都不会做。

但他又觉得刚才的遭遇有一点甜蜜、稀奇，他仍然渴望得到她。他觉得别人都在这么做，他是可以这么做的。也许他底境遇好了起来，那么，和她结婚也是未尝不可的。

“不过我又并不是公子哥儿，只有公子哥儿才能享乐……”他想，迷迷糊糊地睡去了。他迷糊地觉得自己是站在一个斜坡上，无数的人，有的是年轻力强而光华灿烂，有的是嫉妒、怨恨，含着那样沉默的目光的，他们全体都指望着他底灭亡，要把他挤下坡去。他想，这是人生底可怕的下坡，他不要下去。他竭力地挣扎，他不要下坡，他不要！——于是他醒来了，风在屋顶上吹着。

“啊，我底不幸的娘啊，多么可怕！”他想，流出慰藉的眼泪来。“我幸而没有失去理智，不然便完了！朋友们都忘记我了，他们对我还好，因为他们觉得我诚实，但他们根本看不起我，因为我没有才能！其实呢，他们都是在政治上投机，将来他们可以有好的生活，有势力——而只有我是一个傻瓜！有些人他做得好看，其实骨子里还是如此的！……我现在只要有二十万块钱，一切问题都解决了！计画是现成的，但是哪里有这个钱呢？该死！该死！我是一个失去了一切机会的混蛋！”他捶着自己：“但是啊，这个时代是就要结束了，我见到了什么呢？丑恶！懒惰！没有真正的光荣，没有伟大！”

风在屋顶上吹着。他觉得悽伤并且孤零，是在渴望着那一个温柔的、亲爱的人了。这是不可抵制的。但是他坐了起来，点燃了灯，写信向这温柔的人告别了。这是不得不如此的，他写了不短的信，说，请她原谅，他们将来或许可以再见，并希望她纪念着他，一如他纪念着她。

写了这个，他觉得是获得了一点安慰。他又决定亲自把这信交给她。

*

王洁芝，是在悲痛、愤怒、和冲突的心情中。她非常屈辱，她是受了何意冰底欺凌了。她觉得他是平庸的男子，没有奋斗的意志，并且没有才能。她告诉自己说，她是完全看不起他，于是她回来以后就奇突地快乐了起来，大声地唱着歌，她要向母亲、何意冰以及她底命运挑战！想到战争已经结束，不久就可以回到故乡去，一切都可以有新的希望，她就觉得自己是坚定了。但深夜里她又颓丧了下来，觉得何意冰究竟是她所碰见的最好的人。

她是非常的尊重她自己，这个创伤是难得平复的了。她决定严厉地拒绝何意冰，使他能够明白她。

早晨，何意冰来了，她阴沉地迎出来，他们一同走到坡下。何意冰非常难受地拿出那封信来。早晨底明朗的阳光照耀着他们。

王洁芝看完了信，折了起来，变得灰白，盼顾了一下。

"没有关系！"她说，嘴唇战抖着。

"我觉得……非常地对不起你。"何意冰激动地说。

"没有什么，也不必说得太远，"她说，她底如梦的眼睛对直地望着远处的蔚蓝色的田野。"你是要走了吗？"

何意冰抬起头来，怀着对于她的敬畏，诚恳地、温柔地看着她。这眼光表示爱情，表示正直的意念，也表示离别——他是要继续地在他底旅途上去奔波了。王洁芝没有看他，但感觉到这样，含着眼泪了，于是她底心里萌生了新的勇气了。

“我妈说，我们预备两个月回南京……我送你到车站去吧！”

何意冰失望地叹息了一声。

“不。我走了！”

“我祝你前程远大，生活幸福。”她说，目光未变，露出了一个讥刺的、然而善良的笑容。

何意冰迅速地走了开去。但不久他又走回来了：那亲爱的人，那被他吻过的纯洁的女性已经不在，他就在她刚才站立着的一块石头上坐了下来，在阳光中长久地抱着头。

“不，我还是要走！”他说，站了起来，揩去满脸的眼泪。

一九四五年九月八日

人　权

明和华到这个私立中学里来教书，已经有四个月。这是荒凉的乡间，周围全是高山。四里外有一个乡场，明和华不常去，这一类的乡村，与他底生活无关，明和华对它们早已厌倦了。只在他受着这个时代的折磨而失望痛苦的时候，他才想到这些乡镇里的人类底愚蠢的、灰暗的生与死，这种时候，他底心就得到了一种悲凉的矜藉。那些人底真实的生活，他们里面的那一股激荡，假如不能在他底某种心情里使他想到自己的话，是与他无关的。……正是冬天，比往年寒冷，明和华烦闷而寂寞。

教务主任严京令是他底朋友。是一个弄考据学的学者，在大学里教过多年的书；因为嫉恨那些大学，又不愿落到官场里去，他就抱负着一种苍凉，到这个私立中学里来了。他爱重明和华，他觉得明和华是一个前途辉煌的历史学家。他自己底谦虚和学者底良心令他高兴。明和华底另外的一切，他是不能知道的。明和华，是在这个时代成长起来的人，他觉得严京令是一个良善的学者。一股强烈的热情，一个强烈的观念鼓动着明和华，他要给他底朋友打开门，领他到一个宽阔的天地里去，在这个天地里，全世界的人民，被一面鲜明的旗帜领导着，正在从千年的苦难里站起来。明和华，由于这个有力的理想的缘故，他底智力就常常地使严京令感到惊异了。严京令朦胧地感觉到，在这个人底表情里面，是有着一种特异的东西的，但不能知道究竟是什么。

明和华是非常地孤独，不然他不会接近严京令的。现在，他已对严京令怀着好感了，这是他几个月来的生活里的唯一生动的部份。明和华，实据上已经接近中年，但仍然独身。抗战的最初几年，他被狂潮吞没，干过一些热情的事业。他流浪了好几年，在流浪中致力于文化史的研究；到这里来住下了，他算得是已经落荒，他底心境，常常地，是非常的悽凉。

他不停地对自己做着斗争，一面怀着恐惧。在他底周围，没有一个人能理解他，文弱的严京令，除了他底学术底造诣以外，关于他，是什么也不知道。认识严京令以前，他简直不和任何人说话。空气是窒息的，他也不接近学生：他厌恶这些愚蠢的学生。他觉得自己是已经变哑了，他甚至怀疑自己是否还是一个人。如果有谁曾经落荒，在生活、思想、感情和自己完全相异的人们中间生活过，那么他便能明白这种心情了，假如他不明白这个，那他该是如何的幸福！明和华觉得，他是中国底新一代的智识人，他是继承着中国底，从那个悲壮的梁启超开始的光荣的战斗传统的。在他底眼前，是招展着鲁迅底伟大的旗帜。他要开拓新的疆土，使将来的人们得到繁荣；他要肩住黑暗的闸门，放幼小者到宽阔光明的地方去。他是怀着怎样的抱负！然而，他是出身于书香的门庭，读了太多的书，对于任何生活都显得格格不入了。这两年来，他是在书本里找求着他底启示，在知识上安心立命的。但是现在，他对于这个——对于他自己有了强烈的恐惧。他读到易卜生底一个剧本，这个剧本震动了他。这个剧本说，一个艺术家，全心地渴望着创造一件伟大的艺术品，但是，到了老年，发觉了自己底虚妄。发觉到，真实的人生、爱情和欢乐都被他忽略了——年华消逝了，一切都不可复返。

他找到了易卜生底另一个剧本来，这个剧本说，一个宗教家，渴望拯救人类，不愿离开他底传染着疾病的教区，以至于失去了他底爱子，使他底妻子陷于绝望。他终于抱着“全有或全无”的理想以殉道。

这两个剧本大声地沉痛地向他说：要求一切！争取一切！否则就什么都不要！

他，明和华，他底生活是残缺的！他再不能麻木地容忍这残缺和这中庸的自守了！青春，爱情，人生，理想，全有或者全无！

这是一个寒冷的晚上，周围已经寂静了：学生们，在远远的教室里上着自习。他坐了下来，点燃了灯，怀着庄严的、激动的心情，动手为自己写一篇文字。他要告诉自己说：知识，学术，全是乌有，理想底价值，是在于雄壮的实际的人生。他希望追回他底失去了的富丽的年华。他要温习那些被埋葬了的微笑；他渴望，从他底心里，升起一股神圣的火焰，照明一切，给他指示未来。

*

他在他底窗前工作着。他热诚地为他自己底灵魂而工作。有谁曾经如此地孤独，渴望从几页稿纸上面去得到生命的解放？在人生底歧路上，有谁曾经被短短的一句诗重新唤起搏斗的勇气？有谁曾经如此，他就能懂得这个世界底痛苦和庄严了。

明和华，严肃地回忆着他底过去：他底父亲底那个阴沉、丑恶、缺乏人性的家庭。他突然狂喜而又痛苦地发现了，在他底身上，是纠缠着过去的幽灵的。一切自私、怯懦、守旧、中庸，都是从这里来的。于是他热情地和这个幽灵做着搏斗。这对于他已经不是第一次了，但是他觉得，这是第一次，一切问题都是新的，全然新异的。他想到，年轻的时候，每当见到他底那个阴沉的、自大的父亲，他是如何地害怕。……

敲了下自修的钟了，附近腾起了一阵活泼的喧闹，半个钟点以后，又敲了钟，一切全安静了。明和华不感觉到究竟经过了多少时间，一切声音他都不曾听见。

但突然他听见他底隔壁有咆哮的声音。他继续工作着，听见了鞭挞声，伴着这鞭挞的，是哮喘、吼叫、咒骂、呻吟。他底隔壁是校警室，显然发生了什么事。最初他不觉得这些声音有什么意义，他只希望他们即刻就停止——让他安静，思索，追求一个崇高的观念。但这些声音更大了。他听见了沉闷的捶击声：棍子捶在肉体上。跟着这每一下的捶击，是一声狠毒的咒骂和一声痛苦的呻吟，它们对明和华表现了人类底恶毒和人类底痛苦。

明和华被扰乱了。他搁下笔来，抚着他底发烧的脸听着。

又是皮鞭的清脆的抽打。沉默了一下。

“打！”一个愤怒的声音说，于是又打了起来。

“好极了，打！”明和华，捶了一下桌子，讽刺地笑着，向自己说。他不曾注意到，在他底心里，发生了这种讽刺的、强烈的情绪。

传来了紧张的、搬动器械的声音和走动的声音，接着就寂静了。“他们在干什么？”明和华紧张地想。突然地，传来了一声可怕的叫喊。

又寂静了。

“冷水。”紧张的、短促的声音说。

“好极了！我在欣赏！”明和华说，讽刺地、辛辣地笑着；他讽刺他自己，然而，这讽刺给他带来了辛辣的快乐，“好极了，他们在进行谋杀，我在追求理想！”

他站了起来，迅速、愤怒地打开了门，冲了出去。严肃的侠义的感情使他快乐，觉得自己高贵。

他走进了校警室。

在黯淡的油灯下，那个囚徒，那个不幸的穷人，那个瘦弱的男子，倒在地上。一个校警在松着夹板，一个在向他底脸上喷着冷水，另一个，站在旁边，拿着鞭子。年青的头发光亮的校警队长，叉着腰，带着一种严厉的表情，站在灯光前面，他们都不注意明和华。他们是另一类的人们，他们有着另一样的心境。他们永远不能知道明和华底内心，他底热情和他所服役的那个崇高的观念。和明和华一样，他们觉得自己底行为是重要，有意义的。显然地，他们不感到那个可怜的囚徒底痛苦：他底几十年的生活，他底家庭和儿女。显然地他们觉得，在他们底同胞们中间做强者，是人生底最大的意义。支配别人底生活和生命，是他们底人生底最大的快乐。

那个囚徒苏醒。他不回答校警队长底问话，四肢捆在一起，他被吊起来了。他升到昏暗的空中去，他底明亮的眼睛，看着明和华。

“请问，这是什么事情？”明和华问，虽然含着庄严的愤激，却已经不觉地拿出儒雅的、有礼的态度来了。他已经明显地觉得，在这个房间内，他是不会发生作用的。那个囚徒，看着他，使他觉得有罪，痛苦。那一对明亮的、痛苦的眼睛向他说：“看吧，你只能自己做梦，这里却是残酷的现实！你已经妥协了！”

年青的校警队长，本能地对明和华怀着敌意，不理他。他是陶醉在自己底权力中，他以为，明和华这样的人物，是什么都不懂的，于是明和华突然地感到了权力是什么。他突然对这个权力发生了崇拜的感情；他突然希望能够讨好校警队长，得到他底友谊。他痛苦起来。他温和地笑着，又问了一句。

校警队长向他简单地笑了一笑，这笑容，使明和华感动了。于是校警队长温和了起来，愉快地笑着，开始和他说话。受宠的明和华感动着，然而有些惊慌，他觉得罪恶，痛苦。校警队长心里的敌意，是被明和华底温和有礼溶解了，他突然觉得自己是在和一个值得尊敬的、有知识的人谈话，于是他热情，快乐，生动。显然地，他们能够在适当的时机互相地交换他们底权威，他们都会觉得快乐，而对他们底人生觉得满意的。在上流社会里，人们是常常地，在人生底适当的时机，互相礼赞，然后又彼此相安，愉快地走着他们底人生的长途。

校警队长，乐于向这个有知识的人表现自己。他快乐地说，校长半个月以前曾经失窃，损失数万，这是一个小偷，由镇公所送来交给他亲自审判的。他说，这一类的小偷，是非常狡猾的；他底手段并不毒辣，他底心还太软。他说，他的半生，就吃亏在这心软上面。他愉快地说着，亲热地笑着，雄辩地做着手势。

从昏暗的空中，那一对眼睛，含着希望，注视着明和华。明和华，被权威友爱着，又被这眼睛注视着，一面怀着庄严的理想，一面又怀着受宠的喜悦，兴奋而且混乱。他平常不和任何人来往，自然更不会想到这个校警队长的。他厌恶他，好像他是一匹讨厌的动物。校警队长,穿着马靴,梳着光洁的头,威武地在学校里走来走去,常常地使他愤怒。但现在他却对这个人发生了好感;他亲切地感到了这个人底真实的生命。他觉得这是一个明朗的、单纯的、正直的,有着愉快的天性的人。

“我要放弃我底理想了吗?”明和华想,热情而惊慌。

“明先生不晓得,我这个人,总是拿不出狠心来!饶了别人,我自己吃亏,你想我跟哪个说去呢?”校警队长说,热情地笑着。

突然地,那个悬在空中的囚徒,用一种破碎的声音,大叫了起来。

“我没得罪啊!先生,冤枉啊!”

明和华,战栗起来了。

“我以为最好不要用私刑……”他说。

“不要跟这些东西心软,明先生,他们底命不值钱,”队长异常友爱地说,拍着明和华底肩膀。然后他回过头去。

“打!”他叫,充满着杀气。

“你招不招?你招不招?你招不招?”那个瘦长的校警,机械地叫着,抽打了起来。

明和华憎恶自己,愤怒了。他严厉地看着校警队长,在他底年青的、漂亮的脸上发现了全盘的奴性、残忍、谄媚、丑恶。他转身走了出去。他听见喊声:“先生,冤枉啊!”他兴奋得战栗,充满着对人对己的凶恶的热情,冲进了严京令底房间。

*

那个文弱的教授,穿着他底宽大的长袍,捧着一杯茶,坐在桌前看书。他底脚,踏在火盆边上,显得安静而舒适。他抬起头来,愉快地笑着,迎接明和华。

“他们向全世界宣布保障人权!……”苍白的,狂热的明和华说。“你听见了没有?”

他底脸上有着一种凶恶的、威胁的表情,“他在这里看书,喝茶,烤火!他显得这样舒适!他是多么渺小可怜!”他想。他发现了他自己底高超,他觉得快乐了。他对自己愈满意,他底表情就愈凶恶。在他底心里，是藏着一种幸灾乐祸的热情的；他好像要证明给他底朋友看，世界已经快要毁灭了。

一种强烈的感情，他渴望着他底朋友底灭亡和痛苦。

“听见！什么事?”严京令，严重地问。

“没有什么事……”他说，不觉地开始掩饰自己了，坐了下来，皱着眉。

严京令，以一种严重的目光，看着他。他逃避着这个眼光。严京令，在他那样地冲进来的时候，吃了一惊。他从来没有见过他如此的。他忽然觉得，他找到了藏在明和华底智力下面的那个隐秘，那个热情了。这是：要求人权——他觉得是如此。他觉得这是一个极大的发现，这个发现，照明了明和华往日的曲折的谈话。

严京令记得，在他年青的时候，他追随过章太炎，向往着梁启超，怀着一种革命的热情。这种热情使他觉得，任何生活，都是崭新的，有一个永恒的东西，将要到来。他带着飘泊的心情南北地奔波，等待那个东西底到来。然后，不知怎样地，他懒惰下来，渴望安宁和隐遁了。这样地，研究着古史，不得志又略有小名，他过去了二十年，现在已经是三个小孩的父亲了：孩子们上学了。他们底母亲，两年来，是寄食在他底岳父的家里，他正在考虑着是否要把她接来。

贫穷，不得志，压抑着他，他底牢骚是异常多的。在目前，他也希望中国能发生一个大的变化，然而他又不敢信任什么。在他底想像里，中国，是被几个有名的人物代表着的，特别是被什么一个样子的知识界代表着的。他底朴素的心，时常受着这个时代底诱惑。糜烂的社会，那些色情和贪婪，以及他底那些前辈的充满着矛盾的一生，和目前的那些他所难于理解的青年们，常常地使他痛苦地考虑着：他要走怎样的道路？是宋明理学的道路呢，还是实事求是的道路？是梁启超的道路呢，还是胡适之的道路？

他底苦恼，正是明和华底苦恼。明和华，是用他来警惕着自己的:“看呀！这就是知识份子底末路!”——明和华，是攻击着他底每一条道路的。因此,明和华变成了他底诱惑。现在,他突然得到了一道光明,发现了明和华,并且想到了自己底青春的热情了。

然而他立刻觉得,那种年青的热情,是过于幼稚了。他讥刺地、了解地笑了一笑。

“我要把他拖出来,放在狂风暴雨中!”明和华想。

明和华,简单地把刚才的事实告诉了他。他觉得,这就是生活,人民,血淋淋的现实,知识份子底战斗的道路。然而他没有法子使严京令懂得这个,因为,对于这个,他自己也只能有一个朦胧的感觉。

“你说,怎样呢?”严京令,温和地笑着,问,注意地看着他。

“这是国民政府统治着的地方！国民政府宣布了保障人民身体自由,他们却这样干!”明和华愤怒地说:“你是要求民主的!我们要做,民主就是从这里开始的！你在考虑着你底学术和人生底出路,”明和华煽动地说:“这里就是真正的出路,我觉得!”

严京令,不觉得这和他所要求的民主,尤其是学术和人生底出路有什么关系。对于明和华底话,他了解地笑了一笑。“他想闹革命,以为这就是出路!”他想。

“是的,”明和华想,“学术是乌有的,只有人生,人民！——我要打破他!”

“我们去找校长：干涉这件事!”

“慢一点：你坐下来。”

“学术文章是为了人生,这一点你同意的！但是什么是人生呢?”明和华热情地说:“未必看看书就是人生么？我觉得,这就是人生……从康梁以来,知识份子一直关闭在一个狭小的圈子里,现在正是打破它的时候！学术,知识,这些又算得什么?”

“未必吧?”严京令说,笑着。“你这是闹革命了,老兄。”他嘲讽地、愉快地说,想到了他底往昔的热情,和他现在的悲凉的安心立命,感到了一阵慰藉。

“你听!”明和华凶恶地说。

他们静默。传来了一声惨叫。

“不过,这事我倒晓得的。”严京令严肃地说;显然的,他是被这一声惨叫打动了。他沉默着,觉得明和华是说出了真理。“老兄底精神实在可佩,”他解嘲地笑着说,接着他又严肃起来。“是偷的老头子的东西,值十万多,可是抓来的是不是真犯呢?”

“我们不必管这个!我们底问题是:人权!”

严京令沉思了一下,显然地,想着另外的事。

“唉!两三件大衣,又是料子,手表,值不少呀!”他说,露出那种单纯的羡慕的表情来。“偷得好!像我们这些人,哪里经得起偷!”

接着他就津津有味地谈起窃贼们底本领来了。显然地他已经从他所探进去的那个庄严的世界缩回来了,那一笔财富,使他羡慕。明和华底热情引动了他,使他严肃地想起自己来,然而即刻他就觉得吃力,非回头不可了。

明和华站了起来。

“我们去找校长!”

严京令,顿然地显得很为难。

“为一点小事结下仇来总不好……这样吧,我写一个条子叫人送去。”于是他取出笔来,写:“校警室拷打小偷,哭喊之声远闻,扰乱安宁,请予制止。”他喊工友把这个条子送给校长。

“原来是‘扰乱安宁!’好极了!”明和华对自己说,带着凶恶的表情,坐在那里。他想到了那一双希望的眼睛,那个沉痛的叫喊,想到了自己底怯懦、虚伪、罪恶,想到了他近来的大的苦闷和迷茫,异常地痛苦了,他忽然觉得他底生活已经破灭,他已经落进了一个可怕的深渊。然而,现在是事情已经解决,安宁了,严京令愉快了起来。他生动而活泼地谈着他所想及的各样的问题。他说,他要把太太接来,他太太顶会做菜的。接着他就谈到了学术。

“又是学术!学术!多么狭小,自私,可怜!真可怕,我以前也是和他一样吗?”明和华想。

严京令谈到了胡适之。

“胡适之已经做了官!”明和华,用一种失望的、嫉愤的声音,说。

严京令,愉快地看着他,把他底烤热了的左脚,搬到膝上来。

“阁下莫非以为我会做官吗?”他问,笑着。

他底愉快,他底嘲讽,他底忧郁和善良,平常总是使明和华觉得亲切的,但现在他觉得他是全盘的自私,愚昧,迂腐。他显得疲乏,痛苦,不愿说话。终于他走了出来。

“他也要闹一闹人权啊!”严京令,看他走出去,对自己说,愉快地笑了起来。

*

明和华失望,痛苦,混乱地走了回来。隔壁的拷打已经停止了,或者是因为已经到了限度,或者是因为严京令的那张条子发生了效力。明和华走到桌边,挑亮了灯,看见了桌上的文章。

“好了! 安宁了! 你们这些尊贵的人所需要的!”他凶恶地对自己说,撕碎了稿纸。

“我从前也有过这种心情! 理想主义底失败!”他坐下来,对自己说。

“不,这不再是什么心情! 这是不能弥补的,我懦弱! 我自私! 我虚伪!”他说。

他为什么不自己去找校长呢? 不,问题还不这么简单! 他感到心里有无比的恨毒,妒嫉,悔恨,痛苦,羞耻。他突然有疯狂的渴望,渴望毁灭人类,毁灭自己,毁灭知识,友谊,爱情,毁灭一切。

他夸张这种疯狂的心情,惩罚、并且娱乐他自己。

“什么理想! 给我一支枪,我打死那个流氓警察,打死那个自私的学者,打死那个小偷,再打死我自己!”他凶恶地说。他愤怒地吹熄了灯,冷笑了一声,坐在黑暗中。他感到周围寂静而深沉,于是,有一种严肃的东西,从他底虚张的感情里面,透露了出来。他底心忽然温柔了。他觉得他在爱着什么,也被爱着。

他走了出来,走进了寒冷、黑暗、潮湿的操场。

他静静地,带着温甜的渴念,徘徊着。已经是深夜了。院墙外面不远,是一座高山,右边,是另一座高山,它们底参差不齐的峰峦模糊地显露在积着密云的天空里。他听到了山上的树木底深沉的微响。这一切,给他证明了他心里的温甜的渴念。操场左边的一排低矮的屋子,学生宿舍,已经完全寂静,黑暗了。走近它们的时候,明和华听得见里面的不规则地起伏着的、沉重的鼾声。

明和华来回地走着。

"我向你告白罢。"明和华说。他向他底那个动人的对象告白:"我不敢去懂得青春,爱情,美丽,我不敢看见人生,我用知识粉饰我自己!我从这个时代落荒了下来,我怀疑自己是否还是一个活人,更怀疑自己底道路!我麻木,退缩,甚至于不知道要求人权!'人是生而自由的'——卢骚!卢骚啊,假如我只求安宁,躲在火旁,我可以安适,一旦成名,也是学者,我岂能懂得自由!"

他站了下来,望着黑暗的高山,他底心充满了庄严。

"一切梦想已经粉碎,现在是到了渴求行动的时间了!我不能遗忘我底那些兄弟们!"

他长久地来回地走着,怀着温甜的渴望,回忆着他底往昔的朋友,一直到听见了近处的鸡啼。

中国胜利之夜

一九四五年八月十日晚上九点半钟，日本政府接受《波茨坦宣言》无条件投降的消息从镇公所里和附近的一所学校里同时传了出来，这座乡镇上立即传出了鞭炮声和欢呼声，大半的人们，特别是公务员们、学生们、商人们和其他的所谓上流社会的人们，投到一个狂欢的漩涡里去了。在鞭炮的烟雾和繁杂的灯影里面弥漫着，并且腾起了一阵欢乐的、幸福的气氛。一个什么办事处底主任放了一万块钱的鞭炮，他底孩子们在烟火里尖叫着，打着滚，和那些褴褛的野孩子们争夺着；一个煤坪底老板，在抗战的第二年就购置了一只大木船，时时地准备着载着财物回到故乡去的——虽然这只木船到今天已经破烂了——放了三万块钱的鞭炮；随后他就去到赌场里去了，一夜之间输了十万。几个大学生在街上大叫而且高歌，唱了一句《马赛曲》又唱了一句《何日君再来》。没有多久，锣鼓的台子在街边上搭起来了，一个肥胖的、赤膊的、表情傲慢的老板，用棒棰在挤在台前的一个穷孩子底头上狠狠地敲了一下，使他哭了起来，而后就异常满意地敲了一下锣，檀板响了起来，川戏开场了。有年青的学生们喊着万岁而走了过去；有娇弱的女孩们互相地搂着肩膀而叽叽咕咕地走了过去，而鞭炮不停地响着，苦力们和各色的穷人们拥在街头。……

*

某机关底男女职员们，聚在门口谈天，不时发出快乐的笑声来：鞭炮时而在他们底左右响着，时而在他们底前面响着。

“抗战胜利了——我一直坐船回南京。”一个女的说。

“我才不一直走——我要到处玩玩，悠哉游哉！”一个男的说。

“我要把家乡口味吃一个饱，先吃一个月再说！”第二个女的说。

“这一下要吃你底喜酒了！”第一个女的说。

“我才不！先吃你底！”第二个女的说。

“这一下非赶快赶回去，有钱先买起地皮来，你不信，南京的地皮值钱呢！”一个男的说。

“你是南京人——二天我上南京买地皮，你哥子要帮我把言语拿顺，啊！”

“我不管，我说要吃她底喜酒！”第一个女的说。

“我晓得你底心理，你希望我说你嘛，我偏不说！”第二个女的说。

“我要到东京去，弄一个日本老婆！”

“我底叔叔到日本去过！日本女人，见到丈夫回来都跪下来接！”第一个女的说。

“那才安逸！”

“唉，真想不到中国也有今天！”

“我说嘛，把日本那些女人都弄到南京来，由各人去选……”

“哪有那么容易！我回去先收一下租……”

“记挂收租！南京风景多好啊！哪个蹲这个四川！这些四川耗子嘛，看他还凶不凶，告诉你，跟我磕头我下江人都不来了！”

“回家了嘞！”第一个女的，兴奋地叫。

啊，在那一片遥远的凝着血的土地上，有这些小鸟们和可爱的小白兔们底美丽的、甜蜜的家！

*

小烧饼铺底司务黄福贵，听见鞭炮声，听见日本投降，可以回家去了，心里腾起了疯狂的快乐。他跳了一下，打了两下拳，跳到桌子上去又跳下来，跑到街上去叫了一声又跑回来，冲进房去了，抱住了他底正在跑出来的凌乱的、生病的女人，快乐地捶打着她底背脊。

“乖乖要回家了呀，乖乖呀！”

“鬼东西！鬼东西！”他底女人叫，推着他。

“七八年来心里好想呀，乖乖呀，回家了呀！”

可是突然地他沉默了，垂下了手在暗澹的灯光里站着，然后他冲动地哭了出来了。

“家里是烧光了。亲娘又是炸死了啦！哦哦！”他哭着说。他并且想到，挣扎着带着孩子们回了家以后，仍然是这同样的辛劳的、受欺的生活——虽然他底悲伤又是奇异地混合着甜蜜的。

“福贵呀，我们总是苦人，不哭了吧！”他底女人，难受地，亲切地说，摩着他底头。

*

两个穷苦的、赤膊的男子，张海云和王得清，在腾着欢声的街上亲密地说着话而慢慢地走着，一直走到河口，望着坡下的黑暗的流水，停了下来。天上，繁星在静默中闪耀着。

“他们说不准日本天皇——天皇是个厉害家伙哩！”张海云说。

“晓得！”王得清说。他们是在一种沉醉的、温暖的、亲密的感情之中。

“日本天皇，美国人说要废除，还有苏联人，那样凶的德国都让他打败了呢！”

“是咯！”

“唉！那些美国兵啊！一个个那样快活！”张海云说：“就是不尊重中国人，看见中国女人吗，随便地闹！”

“这都是国家有强弱——我心上在想着我那个哥哥啊！”

“打完了仗，他怕要回来了。”

“晓得！”王得清说。“要是不打死呢，”停了一下他接着说，“总有一天要回来的罢！我那个嫂子是日夜地哭，我下力的人又莫得办法——生活艰苦啊！”

"打胜了日本倒是值得呢。"

"怕就怕回来了还是找不到生活!"

"唉,我们中国啊!"

于是他们就长久地沉默着,并肩地站着,望着下面的发着声响的黑暗的河水。

*

欢闹的街边围着一大群穷苦的人,一个侍候老太爷上街来耍的男用人,在人群中举着红字的、堂皇的大灯笼。一个瘦弱的、披着绸衣的男子,造船场底管事方吉民,指手划脚地高声谈论着。

"罗斯福拿起手里头的棍子来就在他头上打了一下,说,跟我罚站两个钟点!罗斯福叫罚站,哪个敢不站呀,他比我们中国蒋委员长还要多点儿权威!好!"他说,摇了一下头,"好,罗斯福就说,我叫日本投降,你敢说日本不投降么?罚站!——老实说,美国人顶多只是罚站,我们中国人呢,就要打屁股!"他巧妙地小声说,周围的静默着的,愈聚愈多的穷苦的人们,笑起来了。"好!罗斯福心里一想,就发了一个通知:跟我用原子弹炸日本!吓呀呀!这个原子弹,是一种科学发明,你看见了火光,眼睛就要瞎!罗斯福说!"

穷人们听得异常地紧张了,那个男用人,高举着他底灯笼。忽然地,一个穿着破衬衣的、强壮的男子,玻璃厂的工人胡海洋,打断了他说:

"罗斯福早就死了呀,是杜鲁门!"

"啊!"管事方吉民说,被提醒了,有些发慌:"你龟儿懂得屁!"他轻视地说。沉默了一下,脸上有些烧热了,说不下去了——这奇怪的故事,奇怪的热情的幻想底产儿。

"你龟儿当心点儿,在本码头!"他说,摇了一下身子,挤开了呆站着的、莫明其妙的人群。

"你龟儿吹牛皮!"强壮的工人说,发出了啸声,并且快乐地大笑了起来。他觉得非常地幸福。

*

大学生郝朴诚，在街上闹了一阵，回来了。他底同学王静明，因为喝多了酒，在拉着胡琴唱戏的时候吐了，不久就睡去了。但郝朴诚不能睡去，他觉得这日子是伟大的，想到他不久就可以回家去，把财产好好地整理一下，休息半年，然后出国——到美国去留学，也许可以娶一个美国女人，想到这一切，他底心就快乐得发抖。他坐在门前和他底邻居，一个独住的年轻的太太谈天，他谈着他底这一切计画，那个太太也是非常地赞同他。末后这太太也进去睡了，已经夜里一点多钟了，他仍然不能睡，独自坐在门前。

“啊，我好快乐，好兴奋呀！”他大声说。

于是他忽然地长篇大论地独白起来了，——用着十分蹩脚的戏台上演戏的调子，因为，对于话剧，像对于平剧一样，他是非常爱好的。

“啊，我底心啊，你爆炸了吧、爆炸了吧！那雷电！那风暴！风暴！让这世界上的一切丑恶都死灭了罢！都死灭了罢！我没有眼泪，没有眼泪！……我觉得我是坐在美丽的海边，那碧绿的海波上走来了一个美丽的女郎，啊，姑娘，我在这一个梦中等待你。”他用温柔的声音说，而且站了起来，伸手去拥抱，“啊，姑娘，年轻的，大而黑的眼睛的姑娘，在这抗战的几年里，我受尽了人间的辛苦，而现在，抗战是胜利了！让我们到那边的山里，故乡的流水的旁边结一座茅屋而安慰这痛苦的人生罢！啊，姑娘，为了你，我财产也不要，人世的一切荣华富贵也不要，啊，答应我，啊，我底心是像原子弹一样的要爆炸了，爆炸了呀！”

不知他是喝醉了，有些昏乱呢，还是果然地要爆炸了，他一下子就抓住了他底女邻人，那个独住的、会唱戏的年轻太太——她是因了他底胡言乱语而又跑出来的。她惊吓地尖叫了起来，一瞬间周围的门都打开了，一些人跑了出来。大学生郝朴诚，趁着这种混乱，疾速地溜到自己底房屋里去了。

后　记

这里收集的二十几篇短小说，是一九四四年到现在两年内所写的。在这一段时期里，我所接触到的东西大半非常沉闷，带着一种黯澹的性质；巨大的思想内容被浓烟遮盖着而窒息了，旋转在我底四周的却是一个花样繁复的世界。在我逐渐地认识这个世界的时候，我底精神常常地被迫着退却，但我也偶尔地抓住了汹涌的波涛中的碎船底一片，从它们来继续我底道路。这便是这些短小说底由来。

在我们所生活的这一片土地上，不仅单纯的梦想要常常受到挫伤，即使老练的战术有时也难得跨越的。这些小说里所写的都是攀住历史底车轮的葛籐，但既然人类是在生活着，这里面是也有着历史力量底本身的。这固然是一个平庸的世界，没有英雄主义底实现也没有或种高贵而神奇的情操，但就在这个平庸的世界底各种现象和碎片之下，是有着一股强大的激荡的，恰如在破船之下是有着海洋底激荡一般。在中国是一切秩序都被粉碎了，暴虐的阶级是藏在霓虹底光华之中，人民是呻吟在黑暗的重轭之下，但事实却并不这么简单，因为，无论怎样，人类总是在生活着。对于各样的角落、各样的斗争、各样的人生的检讨，是我们今天应做的工作之一；而对于一般的、异己的、别样的人生底无视无觉，则恰恰是我们这个时代底最大的缺点之一。经验主义或教条主义的先生们，是从不给予“人类是在生活着”的这个自觉，以及从这自觉发生的从过去直到今天，并且一定要达到未来的力量的。人们是应该以自己底精神来说明客观世界，而不应该沾沾自喜或随波逐流。我们实在应该知道，在这个平庸的世界中所展开的各样的人生斗争，其实也正是我们时代底诗！

我知道我距离这个目标还有多远，因此我希望我底这一点点努力不至于白费。

路翎

一九四六年七月二十日南京。

图书在版编目(CIP)数据

路翎全集. 第一卷,中短篇小说:1940—1946/路翎著;张业松主编. --上海: 复旦大学出版社,2025. 2. -- ISBN 978-7-309-17723-7

Ⅰ. I217. 2

中国国家版本馆 CIP 数据核字第 2024AA7203 号

路翎全集. 第一卷,中短篇小说:1940—1946

路　翎　著

张业松　主编

责任编辑/方尚芩

复旦大学出版社有限公司出版发行

上海市国权路 579 号　邮编: 200433

网址: fupnet@fudanpress. com　http://www. fudanpress. com

门市零售: 86-21-65102580　团体订购: 86-21-65104505

出版部电话: 86-21-65642845

上海盛通时代印刷有限公司

开本 890 毫米×1240 毫米　1/32　印张 12. 25　字数 318 千字

2025 年 2 月第 1 版

2025 年 2 月第 1 版第 1 次印刷

ISBN 978-7-309-17723-7/I · 1426

定价: 70. 00 元